魅丽文化

# 轻话

Dr.Solo 著

江苏凤凰文艺出版社
JIANGSU PHOENIX LITERATURE AND ART PUBLISHING

图书在版编目（CIP）数据

轻错 / Dr.Solo 著 . — 南京 : 江苏凤凰文艺出版社，2021.12
ISBN 978-7-5594-5576-5

Ⅰ . ①轻… Ⅱ . ① D… Ⅲ . ①长篇小说 - 中国 - 当代
Ⅳ . ① I247.5

中国版本图书馆 CIP 数据核字 (2020) 第 259745 号

# 轻错

Dr.Solo 著

---

责任编辑　张　倩
特约编辑　喻　戎　苏　婷
装帧设计　ABOOK STUDIO 安柒然 Design QQ|2469318609
出版发行　江苏凤凰文艺出版社
　　　　　南京市中央路 165 号，邮编：210009
网　　址　http://www.jswenyi.com
印　　刷　湖南凌宇纸品有限公司
开　　本　880mm × 1230mm　1/32
印　　张　11.5
字　　数　392 千字
版　　次　2021 年 12 月第 1 版
印　　次　2021 年 12 月第 1 次印刷
书　　号　ISBN 978-7-5594-5576-5
定　　价　46.80 元

---

# 目录

# 目录

# 第一章
## 他是巨星，而我是脱轨的卫星

1

傅错提着两袋垃圾出了门。丢垃圾的地方就在巷口，他往巷口走去，光就像冲破闸门般一泄而入，同时泄进来的还有从马路对面的音乐学院传来的鼎沸的人声。

酒吧的斜对面就是CTR音乐学院，巨星隋轻驰今天会来这边做签售，从上午起这一片就又拥堵又嘈杂。粉丝、歌迷和媒体自然是不用说了，连车辆经过这里都要慢一拍，降下窗子看看隋轻驰空降的盛况，足够作为一天的谈资。

傅错站在巷口往人声鼎沸的方向看了几眼，提起两袋垃圾，重重地扔进了垃圾桶里。

酒吧这会儿还没开门，他是最早到的一个。他在这家酒吧的身份很复杂，说是入股者，但平日里杂活儿没少干；说是员工，晚上又还要驻唱；说是酒吧的主人，这家酒吧的主人又另有其人。

打扫吧台的时候，门开了，高跟鞋踩在地板上"噔噔"响。傅错手扶着吧台抬头看去，老板姚可把带来的一瓶红酒放在吧台上："天哪，你还在这儿瞎忙什么？走啊，陪我去隋轻驰的签售会！"

傅错把手抽出来，嘴上说不去，但心里到底有点好奇，边擦吧台边说："他都这种名气了还需要来学校做签售啊？"

"你不知道CTR是他的母校啊，感情当然不一样了。而且听说这次是带着他新组的乐队西风来的。"

傅错手顿了顿，将抹布扔在吧台上，说："你想去就陪你去吧。"

姚可见傅错从吧台里出来，心想：男人可真善变。

巨星的签售会现场，人挤得就像沙丁鱼。傅错个子高，即使站得远也不妨碍他看台上的隋轻驰。隋轻驰穿着一身简单休闲的白衬衣、黑西裤，衬衣束在长裤里，显得腿很长，袖子挽到手肘，右手拿着麦克风，左手按在腰上，正一派熟稔地同粉丝和歌迷们寒暄。姚可还想往人群里挤，傅错被隋轻驰抬手时手表的反光刺了一下眼，拉住她说："就在这儿吧。"

"这里哪行啊！我什么都看不见！"女老板使劲踮了踮脚。

傅错看她一眼，说："我抱你起来你就能看见了。"

"啊？"姚可面上羞赧，实则正中下怀，张开双臂说，"那你抱！"

傅错说"你转过去"，姚可便转了过去，身后的男子果然将她抱了起来。腰被那双手臂搂得很牢靠，搅得她心里一阵小鹿乱撞，就听见傅错问："看得见吗？"

"看见了看见了！"姚可笑道，"哇，他好像都看见我了！"

四周的人都向他们行注目礼，但姚可一点都不在意，想不到自己一只单身狗也有被情侣羡慕的一天。

傅错抱着姚可，虽然看不见隋轻驰，但仍然可以听见隋轻驰说话的声音。这么多年，他的声音好像沉稳了许多，但也有可能是抽烟抽的。傅错想到这里，不禁有些惋惜，一个歌手竟然酷爱抽烟，有那么好的嗓子，却不懂得珍惜。

暴殄天物啊，隋轻驰。

现场没见着什么音响设备，那就证明隋轻驰应该不会唱歌。但在学生们的强烈要求下，他还是配合着清唱了几句。他一出声，就像是有魔力一般，整个场子都安静下来，歌迷们都化为了沧海桑田的那种神奇。歌是傅错没听过的，大概是新专辑里的歌，不晓得是谁给他写的，傅错不由得想。

签售开始了，姚可原本只是个路人粉，对隋轻驰的签名并不感兴趣。但因为是头一次见到真人，又被现场的气氛所感染，她也非要留下来排队买CD得签名。并且她当场就买了三张，还说要送给傅错一张。傅错忙说"不要"，可姚可说"要的要的，谢谢你抱我"，后来他竟然也就没有再拒绝。

签名的队伍排得很长，好在歌迷排队秩序井然。傅错站在排队的人群外等姚可，轮到姚可时，那姑娘激动得跟什么似的。也不知她和隋轻驰说了什么，隋轻驰笑了笑，抬手和她握了握，签名时好像还抬起头来问了她什么。

姚可被隋轻驰的神颜迷得神魂颠倒，却不忘在隋轻驰写到最后一张CD时提醒他："这张请签'TO 阿错'！"

隋轻驰停了一下笔，先写了自己的名字，假装不经意地问："哪个错？"

"错误的错，谢谢！"

他点了点头，熟练地写上那个字，嘴角勾了勾："这个名字挺少见的。"

"哈哈哈，是啊！"姚可嘴上在回话，内心早已找不着北——居然被隋轻驰搭讪了！

隋轻驰签完名，又再一次主动抬手同姚可握了一下手，然后手指转着笔，意味深长地目视对方把那三张CD捧在怀里，右手按着被握过的左手，被工作人员带下了签售台。

签售会的后半程，柳眉明显感觉到了隋轻驰的心不在焉，签一会儿他就会拿起手机看看时间。第三次放下手机时，他向后靠在椅背上，扭头对柳眉说："我有事要早点走，不加签。"

"看这架势，最起码得加签一个小时啊。"

隋轻驰皱眉，眨了一下眼。这一下让他本就幽深的眼神变得更深且更有压力，柳眉耸耸肩："好吧好吧，不加签。"

姚可把CD拿给傅错，傅错看见CD封面上那个龙飞凤舞的"隋轻驰"和"错"字，有点受宠若惊："怎么还画了颗爱心？"

"都画的，我的也画了。没想到他真人还挺有亲和力的，和网传的不太一样。"

网传他是个"中二病"，傅错心想：这一次竟然是网传比真人更靠谱。

回酒吧的路上，姚可一路都在吹隋轻驰的神颜。傅错听着都替他难过，出道这么多年，专辑发了这么多张，谁知被人惦记得最多的还是那副皮相。

入夜，酒吧开始营业。这儿的氛围比较清淡，常客多是些下班或周末来听听音乐放松一下的年轻人。不少人最初都是听说这儿有个挺不错的乐队，慕名而来，傅错就在这个乐队里弹吉他。年初时乐队的女主唱回去生孩子了，还没找到接盘他们的新主唱，这段时间他就只好硬着头皮自己上了。

可能因为隋轻驰大驾光临，今天递上来的点歌单上都是他的歌。傅错看着点歌单，摇摇头说新歌没怎么听过，对方就换了一首隋轻驰以前的歌。

这首曲子是傅错写的，歌词是隋轻驰自己写的，傅错换了把木吉他，闭着眼睛不看歌词，就这么唱了。

唱完台下有不太热情的掌声，下面有个哥们儿喝高了，喊道："和隋轻驰比，一个在天一个在地！”

傅错点点头：“嗯，虚心受教。”其实他心里也承认，隋轻驰的嗓音带着一股魔性，就好像他的眼睛。看得久了，会让你觉得他有种神经质的气场，是善于走火入魔的眼睛。他唱歌也是，容易走火，听他唱歌，就容易入魔。

这边大家都在听歌，那边又有人进了酒吧。来人身材高挑，戴着墨镜，和一个人高马大的保镖低调地坐在角落里，点了酒后便一言不发地听歌。

下面又有人点了隋轻驰的新歌，傅错笑着说：“今天是他的专场吗？”

隋轻驰搅着鸡尾酒的手停下，台上歌手的那一笑勾起他无限回忆。

凌晨三点半，傅错收拾好乐器离开酒吧。他想了想，还是将那张CD带上了。按照隋轻驰如今如日中天的热度，以后说不定还要弹唱更多他的歌。

他走出酒吧的后门，穿过那条长长的巷子，总觉得背后有人跟着。他警惕地一回头，才发现尾随自己的是个醉鬼。对方说着污言秽语，踉踉跄跄地朝他走过来。

傅错一抬手把人拂到一旁：“再跟着我我就报警了。”

“你报啊，”醉鬼从墙上撑起身子，“你报警的时候我早把你给干掉了！”

傅错摇摇头没管他，往前走了没几步，那醉鬼突然朝他扑过来。他转身让开时那醉鬼借力扒掉了他的背包，还很不解气地一把将包扔到地上，里面的东西“哗啦”一下掉了出来。

醉鬼的脚正“咔嚓”一声踩在CD的一角上，就感觉身后有人拍了拍他的肩膀。他一回头，被一拳扫到墙边。

来人是一个人高马大的保镖。

傅错看见保镖身后有人蹲下捡起从他包里掉出来的CD，摘下墨镜别在领口，低头打开CD，把歌词本重新插好，才慢慢起身道：“替你解了围，能跟你谈谈吗？”

傅错望着路灯下的隋轻驰，脑子像被人一脚踹得放了空。想起来自己应该走的，但他的背包还在隋轻驰的脚边躺着。

“我就要十分钟。”隋轻驰说，“多一秒都不烦你。”

24小时营业的快餐店明亮却冷清，只有两个客人。隋轻驰站在门口不想进去，傅错要往里走的时候他抬手拦了一下，说：“去我车上吧。”

傅错没理他，自己推开门走进去，到前台点了一杯热饮，又在角落里找了个位子坐下。没过一会儿门又开了，隋轻驰走进来，在他的座位前一言不发地站了几秒，才拉开椅子坐下。他拉得不太客气，椅子腿在地上摩擦发出很大的声音。

傅错揭开热可可的盖子，隋轻驰直接拿过去，说了声“谢谢”后就喝了起来。

傅错说：“有什么话直说吧。”

“在那家酒吧驻唱多久了？”隋轻驰问。

“和你有关系吗？”

隋轻驰放下热可可，背靠在椅背上，把手里的墨镜扔到桌上，道：“不假辞色啊。多少人求着跟我说话，多少玩音乐的人求着见我一面，我都不想理。也就只有你，我上赶着跟你搭讪，你还能给我摆一下谱。”

傅错看着隋轻驰的脸，早就没有初见时那般惊艳，如今只剩感慨良多：“你知道外面的人叫你什么吗？”

“什么？”

“‘中二天王’。都多大了，说话还像初中没毕业。”

隋轻驰沉默了一会儿，说：“我们都没毕业，你没从西风毕业，我也没从你这儿毕业。”

傅错沉了口气：“你到底要说什么？没要紧的事我要走了。”

隋轻驰不说话，隔着那张还没两个人手臂宽的桌子，眼睛都不眨一下地看着他。傅错觉得这样的距离有点危险，尤其隋轻驰的脚直接跨过了餐桌下的中央线，毫不避讳地伸到了他的领域，踩在他膝盖下方的地板上。那桌子在他们之间，或者说是在隋轻驰这样的人面前，起不到一点阻隔的作用。

他干脆起身离席，胳膊却被隋轻驰抓住了。

隋轻驰的手刚握过热可可，温度与傅错的形成反差。

“我还可以弥补的。”隋轻驰的声音从身后袖口的方向传来，“以我现在的能力，什么都可以弥补你。你不是想要西风吗？我还你一支西风。”

傅错不敢相信地扭头看向他。

“现在这个西风乐队的吉他手只是暂定的，我随时可以把他换掉，你懂我的意思。”

隋轻驰抬头注视着他，那神情认真得令他恶心。他甩开了手：“这不是西风，你别再糟蹋西风了。”

隋轻驰讪讪地放下手：“行，乐队其他成员你要是不满意，都可以换。我随便找个理由让他们滚就是，你可以换上你满意的人。”

“主唱也能换吗？”

隋轻驰一脸荒谬的表情："你要连我一起换掉？"

傅错："我只是说说，你当然不可能离开，所以我也不会加入你的乐队。"

他拉开门，就听见身后隋轻驰双手重重地拍在那张小小的桌子上，杯子里的热可可洒了出来。

店里的两个客人和店员都朝这边看过来。

"你到底还想要我怎么样？要我跪下来哭着跟你说我错了吗？！"

傅错停在门口，回头道："你要是真觉得自己错了就不会这么说了。"

隋轻驰看着他摇了摇头，眼里满是不解和愤怒，撑在餐桌上的手握成拳头："你别逼我。"

2

隋轻驰带着新组的西风乐队出道了。"西风"两个字第一次跃上热搜，作为乐队名字进入大众的视野。关于隋轻驰与西风的种种恩怨，柳眉算是比较清楚的一个了。现在看着隋轻驰不顾后果地将西风带上热搜，心情也十分复杂。隋轻驰做这个决定时她不是没有劝过，但如果隋轻驰是个肯听劝的人，也就不会有现在的"中二天王"了。

在微博上风向还算好，毕竟前西风只是个地下小众乐队，粉过的人不多，加上早已解散，带给如日中天的隋轻驰的负面影响着实有限，还不如那些吐槽隋轻驰不好好做音乐、一天到晚穷折腾的黑粉多。可是在某个音乐人和发烧友聚集的知名匿名论坛，那就是另一番面貌了。

科普帖："中二天王"与西风乐队的前世今生！

1L（1楼）：西风乐队成立于十一年前，解散于三年前，常驻队员包括吉他手兼创作人傅错，贝斯手谭思（已过世），鼓手AK，主唱按时间来算先后有第一任主唱隋轻驰，第二任主唱贺斌，第三任主唱樊凡（现在是有点烦乐队的主唱）。隋轻驰在西风待的时间最长，也不可否认是西风乐队最受欢迎的一位主唱，后来西风换了主唱还有很多他的粉丝对第二任、第三任主唱开过黑。隋轻驰和当时的西风成员是高中同学，从高中时就组了西风，感情怎样大家可以想象。而他之所以离开西风，是因为那时的寰艺来挖角，寰艺看中的只有隋轻驰，于是隋轻驰就抛弃了一起奋斗多年的队友。

在这之后，隋轻驰凭着出色的外形平步青云。好吧，论唱功，平心而论，他是真的不赖，楼主当年也迷了他很久。所以硬要说他靠脸开挂不诚实，我当初也觉得长成这样的人还能有这样的声音和这样的实力，他不如日中天都没天理。但后来才发现上帝果然是公平的，这种人吧，我已经找不到什么话来评价他了。

下面肯定会有隋轻驰的粉丝出来说他当年也想拉着乐队一起走，奈何东家只想要他一个巴拉巴拉。是吧，可能他真的努力过吧，但我就是不喜欢这么现实的人。他走就走了，我虽然对他有怨念，却也不至于因为这个就恨他。西风没了他灵魂人物还在，肯定能再火。我看不惯的是那段时间他摆出一副“他是被西风的队友排挤走的，怪西风的老粉不肯放过他，他比窦娥还冤”的委屈样。

先贴到这儿，去吃个饭再来继续。

2L：隋轻驰几时抱怨过这些？

69L：他没说过？你去翻翻他的微博，现在这些言论都还在上面挂着呢。要我贴两段上来给你看看吗？真当西风已经完全没粉了吗？

接着 1 楼说。西风是我那些年跟过和追过的最有灵气的乐队，我觉得他们就是第二支 LOTUS。你们的“中二天王”毁了一个几十年难遇的乐队，但这还不是我讨厌他的终极原因！你们以为隋轻驰就捅了西风这一刀吗？那可真是太小看他了。还有人记得当年的《乐队狂潮》比赛吗？他那时已经红得发紫，被邀请当了评委，西风也参赛了，一路闯过海选，进入电视比赛。隋轻驰干了什么？他竟然在关键时刻把自己起决定性的一票投给了达姆弹，淘汰了西风！是，这个西风乐队少了他，主唱确实有点不成气候，但依然甩达姆弹好几条街好吗？他把昔日的队友淘汰了，别说一句“对不起”没有，就是脸上也没见他有丝毫难过的表情。结果他的粉丝在微博怎么给他洗白的？说他凭良心投票，达姆弹就是比西风好；说他顶住压力不容易。还有人说什么西风确实烂啊，这种情况下还要投给西风他不是还要背个不公正的骂名吗？

三位评委老师里有两位都投了西风，达姆弹只是在媒体投票环节略胜西风而已。就连隋轻驰自己的偶像石头也在微博转过西风的比赛视频，西风的水平到底如何大家心里就没点儿数吗？他隋轻驰心里没点儿数吗？这要是被别人淘汰也就罢了，可那是你的队友啊，而且你心里一清二楚他们一点也不输给达姆弹！你要是还记着以前的一份情谊，就算顶着舆论的压力也该把票投给昔日被你插过一刀的队友！再说了，三位评委有两位都投了西风，你投西风还能有多大的压力？！

隋轻驰我就在这里问问，你为什么要那么做？你让傅错、谭思和 AK 心里怎么想？

被淘汰后，谭思隔天夜里就因为飙车出了车祸，你敢说跟你一点关系都没有？你在谭思的葬礼上出现了吗？你有在微博上表示一点点伤心和难过吗？半年后你出了新专辑，专辑里竟然出现了西风的老歌。听说是寰艺为你买的版权，你唱得很爽吧？没想到事情过去这么多年，你居然还有脸要重组西风。隋天王，你真是不断刷新我的下限！

78L：作为一个曾经的西风迷，现在的天王粉，我也来客观地说几句。当初天王选择了寰艺我觉得没毛病，寰艺能给他更好的发展，这跟义气没关系，义气也不是靠牺牲他个人的机会来成全的。当年寰艺的柳眉也在微博上暗示过天王有为傅错争取签入寰艺的机会，但傅错没有答应。你要是认为柳眉是在胡说八道为天王洗白，我无话可说，但我还是相信柳眉会这么说肯定是确有其事。只是傅错和隋轻驰明显不是一路人，傅错不可能抛弃以前的队友，隋轻驰去找傅错也就说明他不了解傅错，挺悲剧的，可以想象两个人是怎样不欢而散。乐队狂潮那次，天王把票投给达姆弹不投给西风，我也觉得他太作死，但他当时投给任何一边都会被拿出来说。那届比赛后，达姆弹就签在了寰艺旗下，说明寰艺那时是有意让天王保达姆弹的。其实我想，以天王的性格，他真想投给西风也没人能拦得住，但确实那届的西风表现也就那样，又有先前的矛盾，于是天王就顺水推舟投给了达姆弹。当然，我不是说他这么做是情有可原，就是对的。但是他可能过不去心里那道坎。如果那时西风乐队里有人能拉下脸跟他和好，他肯定就投西风了。我对此坚信不疑，他就是这种性格啊。

PS：我也认同西风的歌甩隋轻驰的歌好几条街，第四张专辑是隋轻驰销量最高的一张，而且也是离最佳专辑奖最近的一次，他被人知道最多的单曲都是第四张专辑里以前老西风的歌。老实讲，西风的歌真的就好像是为他量“声”而做的，太适合他了，也难怪他会对西风有执念。西风和他明明可以彼此成就，最后却变成这样，只能说造化弄人啊。

92L：行了，说公司给隋轻驰施加压力的，那时才十六进八啊，寰艺有那么好的眼光当时就看中达姆弹能拿第一吗？那么早就要隋轻驰保达姆弹？没影的说法就不要车轱辘地拿出来洗白他了，他当时把票投给达姆弹的时候老子真是恶心得快吐了！

113L：排楼上，我当时看傅错的表情，简直是肉眼可见地心碎好吗？这一刀捅得也太狠了！

114L：西风的粉丝不要矫情了好吗？你们的乐队玩完了就把气撒在隋轻驰身

上，你们的乐队不存在了关隋轻驰什么事，不是你们自己说的灵魂人物也不是他吗？！乐队成员出了车祸我很遗憾，但这能怪隋轻驰吗？！西风有梦想，西风的梦想不能被践踏，隋轻驰就没有梦想了吗？！他就该牺牲自己的梦想，即使有更好的路也不去走吗？！我不信隋轻驰是个无情无义的人！柳眉姐也说了，隋轻驰有为了乐队成员去找她，几乎都要说服她了，结果乐队成员不领情，你们还要隋轻驰怎么样呢？！那就算了，我就绑在西风里一辈子得了吗？！我感谢寰艺从西风挖走了隋轻驰，我也谢谢西风给了隋轻驰最初的舞台，让他能被伯乐相中，成就今日的他，才让我们的青春里有他！

121L：呵呵，没错，西风就是隋轻驰的踏板，你们终于承认了。

122L：感觉西风的粉丝真是矫情，"矫情"两个字太配你们了。隋轻驰能红到今天这种地步全靠他自己，西风凭什么妄想一路就靠隋轻驰，隋轻驰不给方便就是对不起昔日的成员？对不起，这个罪名好重，我们隋轻驰扛不起！

123L：天哪！谁要隋轻驰给方便了？是求他不要捅刀啊！

124L：如果那个时候隋轻驰和西风已经没有关系了，那他当时投给谁是他的自由，怎么能叫捅刀呢？怪就怪西风没有以大比分领先咯，这一票偏偏就落到隋轻驰的头上，他也是可怜。话说我不知道西风到底怎么样，但我喜欢达姆弹。如果那个时候隋轻驰淘汰了达姆弹，那才是损失。所以捅刀一说可以打住了，真当他在这儿只有黑没有粉吗？

129L：好吧，就当是西风的粉丝玻璃心吧，那么能不能请隋轻驰不要再无止境地消费西风了呢？他要玩乐队可以，换个名字好吗？另外别再买西风歌曲的版权了，哪怕那些歌以前是他唱的，现在的他也不配唱了。

130L：是是是，都是西风的老粉矫情，矫情粉跪求隋轻驰不要再祸害西风，让它成为历史吧。现在的这个新西风乐队除了有他的声音还有什么？空有躯壳，没有灵魂，有意思吗？真不知道他图什么？

隋轻驰埋头刷完帖子，手里的烟基本不是抽完的，就这么在他手里一直燃到底，拖鞋上全是烟灰。看到那句"空有躯壳，没有灵魂"，他心烦意乱地扔了手机，仰靠在沙发上闭上眼。

傅错洗完澡出来，听见手机在响，来电是一个陌生号码。他有些纳闷地接起来，手机那头传来一道醉醺醺的声音："好了，你现在高兴了，看到你的粉丝这么挺你，把我骂得狗血淋头，是不是很解恨？”

傅错皱眉：“你是怎么知道我手机号的？”

隋轻驰那边静了一下，“吧嗒”一声就挂断了。

傅错看了看手机，锁着眉头，有那么一瞬间想去网上看看隋轻驰到底被人怎么骂，但最后还是放弃了。都已经过去了，没必要自寻烦恼。

谁想睡到半夜，手机又拼命地响起来，拿起来却半晌没人出声。他刚要挂断，那边闷声道：“是我，别挂。”

“你现在酒醒了？”傅错说，“你知道现在多晚了吗？”

“多晚？三四点吧……”

“你怎么有我手机号的？”

“有了就有了，再问怎么有的有意思吗？”

傅错无语，说了一句：“以后别再打给我。”

“傅错，你敢挂我电话的话……”

傅错没听他说完直接就挂了，还顺手设了一个黑名单。

第二天去酒吧，傅错在地铁上百无聊赖地刷手机，赫然看见隋轻驰又上热搜了。因为他在微博发了一张很嚣张的自拍，还写了一句：长江后浪推前浪，前浪死在沙滩上，恭喜新西风乐队出道。

评论里有人问前浪死在沙滩上是不是太过分了，隋轻驰给点了赞。

傅错到了酒吧，尽管一再压抑，最终还是意难平，去洗手间给隋轻驰打了个电话：“算我求你了，你放过西风吧。”

隋轻驰听完就挂断，连一声呼吸都没给他。

等他再一次拨过去时，发现已经被对方拉黑了。

3

傅错有些后悔给隋轻驰打那个电话。如果他不打过去，烦的人就会是隋轻驰。他太了解隋轻驰了，“中二天王”不怕跟任何人刚，怕的是人家不和他刚。

当然，事实也可能是隋轻驰更了解他，知道他一遇到和西风有关的事，就会往自己的陷阱里跳。

“傅错，”一名酒保推开门，往外面指了指，“有人找。”

他纳闷地走出去，吧台处一个刺头青年笑着朝他挥了挥手。

“AK？”

西风解散后，AK也没有加入别的乐队，平时除了在一个私人音乐教室教人打鼓，就是跟一些固定合作的乐队定期跑跑穴。

傅错把一大杯啤酒放在他面前：“我请你的。”

AK也没客气，爽利地喝了一大口，打开了话匣子：“你知道隋轻驰要重组西风吗？”

傅错点了点头：“随便他吧。反正‘西风’这个名字我们也没注册。”

AK烦恼地抓了抓头发，“啧”了一声：“你说他是不是受什么刺激了？好好地当他的天王巨星不行吗？为什么要旧事重提呢？”

傅错没接话，他感觉AK来找他应该不是为了和他讨论故人的。他也不想话题老往隋轻驰的方向赶，事情过去那么久，AK或许以为他已经释怀了，可他还真就没有：“你来找我不是想聊这些陈年旧事吧，有什么事直说吧。”

AK果然朝吧台坐近了一点，说：“你知道那个《地表最强音》比赛吧。”

《地表最强音》是一个演唱类的选秀比赛，这两年的选秀比赛都是换汤不换药，他早就不感兴趣了，一期都没看过。

AK接着说：“是这样，我遇到一个男孩，歌唱得真的超级棒，也特有潜力，我想帮他上那个比赛……”

傅错听着有点惊讶，不理解AK这股不合时宜的热情劲是从哪儿来的，心想：你是老了吗？都开始当伯乐物色起千里马了？

AK叽里呱啦豪情万丈地说了一大堆，意思他听明白了——鼓手先生想帮那个孩子上《地表最强音》。但自己毕竟只是个打鼓的，唱歌方面不在行，所以就想找他帮忙指导一下对方。

“我可是吉他手啊。”傅错说，“你不是应该找个唱歌的给他指导一下吗？”

“我认识的人里关系好到能帮这个忙的没有唱歌的啊，哎呀，你行的，毕竟是CTR毕业的嘛，再说你以前也指导过隋轻驰啊。”

傅错听到这个名字心就一紧，心想：你能不能不要说着说着就炸我一下啊？

“但我不是专业唱歌的，我在CTR学的也不是声乐。”他说。

“那最起码能教教他乐理啊，发音技巧也行。这孩子虽然歌唱得不错，但是个野路子。其实他靠自己也准能进比赛，我就是希望能帮他走得更远一点。你想啊，万一当了某个导师的学员，乐理不懂，连谱子都不会看，那多吃亏啊。”

傅错没说话，真的很想问这个人一句：选秀比赛的亏你还没吃够吗？

“我有他的照片。”AK 拿起手机翻了翻，然后递给他，“不但歌唱得好，也有红的资本。”

傅错看到照片后大吃一惊，这个男孩长得十分俊美，一下就让他想起当年的隋轻驰。

AK 盯着傅错，小心地道：“我知道你在想什么，我给你看他的照片也是不想对你有所隐瞒。他的确和隋轻驰有点像，老实说连个性中的某些方面也有点像，但本质上是和隋轻驰完全不同的。再说你也知道，他像隋轻驰更说明他有红的潜力。”

傅错看着照片苦笑了一下，像他怎么就代表有潜力了？隋轻驰火成现在这样，已经把大家对红的定义都给带歪了吗？

看在 AK 的面子上，傅错还是决定跑一趟，去会会这个“低配版隋轻驰”，到时候看了觉得不合适再拒绝也显得比较有诚意。AK 很高兴，一离开酒吧就给那个叫钟岛的男生打了电话，却只得到一句“您拨的电话已关机”。尴尬的鼓手先生皱眉骂了一句：“臭小子，让他随时保持开机的！”

傅错耸耸肩：“就这态度，我看还是算了吧。”

AK 拉住他：“别啊，我知道他住哪儿，保证不让你白跑！”

送佛送到西的傅错又跟着 AK 去了男孩的家。走到吵闹拥挤的老居民区，路边还有人在泼洗菜洗肉的水。翻着血泡的脏水沿着马路牙子流淌，却并不影响坐在街边吃麻辣烫的居民们的胃口。这让他想起儿时的老家，他和谭思就是在这样的街区认识的。那天太阳正好，他趴在窗口，看楼下的挡雨板上一只黑猫矫健地逮住一只老鼠，开始享受它的午餐。猫把老鼠皮扒掉的那一刻，他“啊”了一声后移开视线，抬头时却见对面楼的窗户那儿也趴着一个男孩子。他们看见彼此，相视而笑。

“到了。”AK 说。

傅错抬头看去，老式筒子楼又破又旧，乌压压的阳台上罩着乌压压的铁丝网，看着就像笼子，真想不出自己当年是怎样在这种环境中长大的。

AK 敲了好一会儿门，才听见一个老年人在屋里问“谁啊”。AK 转头和傅错说了一句“他和他外公一起住”，门上的小窗冷不丁就打开了。窗口后是一张布满皱纹的脸。AK 凑近了问：“老爷子，钟岛在吗？”但老人家仿佛听力不好，两个人在那儿鸡同鸭讲弄了半天。老人一脸警惕的表情，死活不肯开门，来来回回就一句“我不认识你”，最后摆摆手让他们离开，小窗“砰”的一声关上了。

傅错在后面看着AK碰了一鼻子灰，肚子里憋着一股笑。

下了楼,AK一脸沮丧地和他说对不起。虽然白跑了一趟,但他的心情还算不错。两个人经过前面一个篮球场，傅错往那边瞧了瞧。小时候住的那个街区也有这样的篮球场，不该叫篮球场，其实就是在空地上竖了一个篮球架而已，但已经充满耀眼的人性关怀了。

一个男生胳膊下夹着球走出篮球场，AK突然在前面停住，像猛地站起来的大兔子似的大喝一声：“喂！”

男生闻声转头，傅错费了一点工夫才认出这就是照片上的男生。倒不是他眼力不好，照片也没有PS过，只是这男生这会儿正鼻青脸肿呢。

AK大步流星地走过去，揪了一下男生T恤的领子，说：“老子让你开机怎么不开？你干什么来了，又跟那帮混混干架了？！”

“关你什么事啊大叔，”男生不耐烦地扯了扯衣领，“我又没让你帮我干架。”

两个人你一言我一语地怼，傅错笑得蹲在地上。AK和男生都朝他看过来，他抬起头对AK道：“你说得没错，真的像。”

三个人找了家饭馆吃了一顿迟来的午餐，傅错问钟岛：“你想去参加那个比赛吗？”

钟岛兴味索然地吃着菜：“我这种能进得去吗？”

“我也不知道，”傅错说，“要不你待会儿跟我去酒吧，现场唱一唱，我就知道你能不能去了。”

男生皱着眉头没说话，AK撞了他一下：“问你话呢！”

钟岛瞪他：“我在考虑！”

傅错憋住笑，说：“边吃边考虑吧。”

AK是个急性子：“你有什么好考虑的？你不是想当歌手吗？”

钟岛难得有些沉默，说：“我是想当歌手，但我不确定走选秀这条路对不对。”

傅错漫不经心地夹了一筷子菜，问：“为什么不确定？”

“我不喜欢选秀。”

“我也不喜欢，”傅错放下筷子，“选秀的商业味很重，但是话又说回来，你这样要钱没钱，要学历没学历，要人脉没人脉的草根，除了选秀还有什么路可以走呢？”

“不是还可以跟你们一样玩地下乐队吗？”

傅错点头：“是可以，那你现在就和我们一样，一个到处跑穴，一个在酒吧驻唱，你要是喜欢我没意见。”说着喝了一口啤酒，然后他又拿起筷子，“当然了，你要是不想参加，我更开心，那我就不必让你去我的酒吧听你唱歌了，没准等你唱完，我们俩都尴尬呢。”

钟岛抬头看向他，眼里的倔劲一下就上来了：“我去。”

今天是周末，酒吧的上座率很高。钟岛有些好奇地问：“他们都是冲着驻唱乐队来的？”

“你也太瞧得起我们了。”傅错说。

其实称不上乐队，大家只是来这儿谋一碗饭吃，一起共事，勉强算是同事而已。编制上除了他，就是键盘手影子和贝斯手小满。影子白天在艺校教课，小满还是个大学生。在这儿驻唱，人家点什么你就得唱什么，连排练都不需要有。反正听众大部分时间也听不出个好赖来，和正儿八经的乐队相比那真是差远了。

也不知是怎么的，突然就想了这么多。

他看着正喝水润喉咙的钟岛，看得出这小子表面装潇洒，实际还是有点紧张，大概从来没在这么多人面前唱过，就问了一句：“有人跟你说过你长得像某个明星吗？”

钟岛冷笑：“中二天王？”

傅错在心里“呵”了一声。

“我是我，他是他，而且我一点也不喜欢他。”钟岛说。

“为什么？”

“就因为你们都说我像他。我到底哪点儿像他了？歌写得一塌糊涂，还非要亲自操刀。他不就只有脸和嗓子吗？老老实实唱别人给他的歌不就好了。嗓子那么棒却不懂得珍惜，抽烟抽到嗓子都沙哑了，整天作天作地，难怪名气这么大却一个奖都拿不到。虽然那些奖也不代表什么。”钟岛有些讽刺地笑了笑，“上天对他太好了，他不知道他现在能站上的舞台是多少人梦寐以求都站不上去的。”

“听起来你好像也不是特别讨厌他。”

“直说吧，你是想听我说讨厌他才会帮我还是怎样？我觉得你不喜欢他，但我也不至于因为你不喜欢他就要讨厌他。”没等傅错回答，他就皱起眉头，“你该不会是欣赏他吧，觉得我像他才想帮我？”

傅错傻了眼，没想到自己还被将了一军。不知道要是当着他的面说“你现在这个样子就很像以前的隋轻驰”，这小子会有什么反应？

“我帮你，只是看 AK 的面子。”他说，“和你像不像隋轻驰没关系。”

“那我先说声谢谢了。”钟岛点点头，随即又道，“但我也不是求着你帮我。”说完就披上外套走出了后台。

酒吧里等着听歌的人甫见到一张生面孔，一开始还在抱怨“这小子谁啊”。可当钟岛开始演唱，不到四个小节后，所有质疑就都平息了。第一首歌是一位外国客人点的《Closer》，The Chainsmoker 的。那么巧，隋轻驰曾经也唱过这首歌，傅错忍不住就要在脑中进行对比。钟岛刚开始唱时还有些放不开，进入副歌前的小爆发却让他一下子就放松下来，将台下众人带入属于他的节奏中。他的台风和隋轻驰是不同的，享受演唱的方式也不同。钟岛沉浸在自己的歌声中，全身心沉浸于音乐之中。反而隋轻驰的演绎并非自恋或孤芳自赏型的，他是给予型的，更善于表达。傅错一时之间也分不出到底哪种更好，但是他知道，钟岛非常好。

一晚上，客人们一首接一首地点歌，傅错也得以全方位地考察钟岛的能力、长板和短板。他唱歌的路子是比较野，就连这一点都很像隋轻驰。隋轻驰刚开始在西风当主唱时就唱了这首《Closer》，有些段落竟然唱出了一种念白感，居然意外地好听。他念的方式不同于说唱，有那么一点儿捉摸不定的韵律在，慵懒随性却又狂放优美，台下的歌迷一下就炸了。下来以后问他怎么改唱法了，隋轻驰说刚刚喉咙有点卡。只是喉咙有点卡而已……那个时候的隋轻驰甚至不知道这样的即兴代表着多大的天赋。

钟岛的音色比起隋轻驰的音色更单薄一些，但音域上似乎并不输给隋轻驰，光这一点就很了不得了。隋轻驰是可以原调唱女歌手的歌也毫不费力的那种天才，钟岛现在的高音和转音虽然没有隋轻驰那么自然，但这些是只需要通过训练就可以改善的。

他最大的短板是表现力。这是纯天才的部分，谁也教不了。如果只要通过训练，谁都可以像隋轻驰那样去表达一首歌的话，那隋轻驰就不会是天王了。

“你吉他弹得真不错。”

那天的演出结束后，钟岛对他的态度有了一百八十度转变。他甚至从这小子眼里看到了一点拼命压抑的崇拜，也是好笑。

“马马虎虎吧。”他背对着钟岛，假装不在意地说。

“太谦虚就是虚伪了。”钟岛撇嘴。

“这样啊。”傅错背起吉他。

“你不是说要指导我吗？”钟岛问。

“唱歌不是我的专长。”傅错说，“你唱得比我好。”他挎着吉他包想了想，“如果非要我提意见的话，你的歌听着很舒服，但不够有感染力。”

钟岛皱眉：“感染力怎么练？”

傅错耸耸肩：“不知道，这东西很玄，写一篇论文都说不清楚。你以后常来我这儿唱唱吧，客人们如果点歌，一定都是带着某种情感上的期许的，你可以观察一下听你的歌的人的反应，什么时候能把他们唱哭了，也就无师自通了。当然，点歌的钱也会照常结给你。”

钟岛思忖着点了点头，说：“好。”

两个人一起离开酒吧，在回去的路上，钟岛忽然问：“你们以前组乐队的时候，主唱的唱功好吗？”

傅错不太想回答，随口敷衍：“我们有过几个主唱，你问哪一个？”

钟岛在后面翻了个白眼，心想：这人不是要流氓吗？我又没听过。

于是他说：“你觉得唱得最好的那一个。”

傅错沉默了一会儿，钟岛这小子比他想象中还要固执，与其纠结来纠结去，倒不如照实回答：“当然好了。”

“你们现在没联系了？”

“理念不合，分道扬镳了。”

钟岛迟疑了一会儿，有些在意地问：“我和他比起来差得远吗？”

傅错想说：别做梦了，你和他没得比。却又立刻皱起眉头，心想：我也犯不着这么抬举隋轻驰吧，而且钟岛大概是希望他能从中给出一点建议的。

“我们有过三个主唱，唱得最好的是最早的那一个。”走在路灯下，四周都是一团黑，有种隐秘的安全感，傅错不知不觉就说了起来，“他唱歌能让五大三粗的汉子在台下哭得像个小姑娘，我那时也很想知道他是怎么做到的。起初我猜也许和他的音色有关，他的声音并不属于很清亮的那种……”

今夜的月亮很亮，隋轻驰的声音有时会让他想起月亮。若是纯白无瑕，也许是很美，但那一定不是月亮，一定无法吸引人们长久的凝视和思念。它必须有阴影，必须有伤疤，这样当气流擦过这些伤疤时，才会被擦出弯弯曲曲的火花来。

“有一个催泪的声音，并不一定就真的能催人泪下。后来我又想，大概是因为他音域宽广，音感很强，唱歌对他来说就像说话和呼吸一样自然，一样不费力。所以当别的歌手还在想要怎么把这个高音唱上去，把这处转音处理得自然时，他已经根本不关心这些了。他有更多的时间去理解歌曲，理解歌词。可这样一想就更奇怪了，因为他身上好像压根儿就没有这个步骤。把歌词拿给他，他看过就唱了，还唱过意思都不懂的日语和法语歌，也能把人感动得一塌糊涂。这些其实都不是答案。”

“那你找到答案了吗？”钟岛问。

傅错摇了摇头：“所以他是主唱，我只是吉他手。”

他是巨星，而我是脱轨的卫星。

# 第二章
## 就当是帮我圆梦了

1

“哥，你听这个，《盘点那些一个人撑起娱乐圈半壁江山的巨星》……”

保姆车上，隋轻驰闭着眼，前排的助理汪小鸥正热情地给他念着网上不知哪个营销号发的文章：“如果说艺天和盛年的半壁江山是 LOTUS 打下的，那隋轻驰一个人撑起的，远不止寰艺的半壁江山，他还凭一己之力……”

汪小鸥念到这里就卡住了，一旁的柳眉凑过去瞄了一眼手机上的内容，立刻给了汪小鸥警告的一瞥。汪小鸥转头偷瞄后排的隋轻驰，他正歪着头靠在椅背上，希望已经睡着了……

谁知隋轻驰忽然出声：“我还凭一己之力怎样？”

胖胖的女助理连忙埋头在手机上划拉，隋轻驰睁开眼睛坐起来问：“找到一句好听的没？”

汪小鸥放下手机：“对不起，哥，我以为……”

隋轻驰把手机拿了过来，汪小鸥根本不敢跟他抢。隋轻驰拿过手机扫了一眼，没什么表情地关闭后退出：“网上只有教你怎么骂我的，不可能有教你怎么夸我的。”说着就把手机扔还给了助理。

汪小鸥见隋轻驰跷着二郎腿，面色平静地看着窗外，小心地问：“哥，你不生气啊？”

“当然生气了。”隋轻驰冷淡地说，右手大拇指摩挲着攥成拳的手指。

汪小鸥什么也不敢说了，闭上嘴后转过头去。

隋轻驰今天来公司和策划兼制作人吴天一起为新专辑选曲，听了一上午小样，对备选歌曲都不满意，有的还没听几个小节就让换下一首。

吴天也很无奈：“你到底想要什么样的歌？”

笔记本里还在播放下一首，隋轻驰靠在椅背上，盯着屏幕上缓缓前进的进度条，心不在焉地说：“我想要的，是钢琴第一个小节就能让人代入情绪，乐器编排没有一处多余……”说完发现吴天没回话，他才想自己在说什么痴心妄想的话，就坐起来问，“与非老师的歌呢？”

吴天耸耸肩：“没约到，说是最近没时间，争取下次合作。”

隋轻驰皱眉盯着他，一句话都说不上来。

吴天已经从他的眼睛里看到了隐隐的愤怒：“你是非他不可吗？”

隋轻驰没说话，又坐起来重放了那些小样。吴天看他耐着性子在矮子里拔高子，但最后还是一首一首地切掉了。

歌单到了头，吴天问：“一首都选不出来？”

助理汪小鸥给两个人送咖啡进来，隋轻驰没喝，站起来说：“我去抽支烟。”

吴天一个人喝着咖啡，思绪良多。作为一名音乐制作人，他很清楚最近发生的事。有人说隋轻驰的新西风空有躯壳，没有灵魂；有人说隋轻驰凭借一己之力撑起了娱乐圈头条和热搜的半壁江山，当年出道时这个年轻人因为非凡的唱功和惊艳的表现力被激动的乐评人们誉为“从他身上看到了明日天王的影子”。如今这个预言在某种程度上也算是一语成谶，“天王”这个标签已经和隋轻驰分不开，却是从“明日天王”变成了“流量天王”“中二天王”这样的调侃。他明白隋轻驰的焦躁，隋轻驰是一名歌手，需要的不是话题，也不是热度，而是好的作品。为此隋轻驰甚至也尝试过写歌，只是很快就意识到自己没这种天赋，所以没怎么挣扎就放弃了。

如果从头到尾都只是个流量巨星也就罢了，但隋轻驰是乐队主唱出身，一开始给自己的定位就是歌手，这一点从来没变过。

他也挺惨的，样样都事与愿违……

咖啡都喝完了也没见隋轻驰回来，吴天也有点犯烟瘾，就带上烟去了楼梯间。刚走到楼梯间外，他便听见里面两个男的正在闲聊——

“听说隋轻驰找老非约歌了，又没约到。”

“唉，我都替他尴尬。人家唐杜约一首是一首，上次在吴天的生日宴上看两个人聊得好像还不错的样子，还以为这次有戏呢，结果……”

“自己作的呗，你看他那副萎靡的样子，肯定又玩通宵了，妆都盖不住黑眼圈。”

“有这么明显？你是凑多近去看的啊？我觉得还是帅啊。”

吴天打算推开门咳嗽一声，好让这两个人别再往下说了，免得大家见面尴尬。可门推开还没咳嗽，就已经尴尬大发了——隋轻驰就靠在门后的墙边，边抽烟边听楼梯下方那两个人激情讨论着。

他站在半开的门后，隋轻驰一双胳膊环抱在胸前，淡淡地看他一眼。他只好轻手轻脚地进来，没有惊动下面大肆吐槽的两个人。

那两个人接着聊了三五分钟，话题围绕隋轻驰那些乱七八糟的花边新闻，然后可能是烟也抽完了，就说说笑笑地上了楼。

隋轻驰并没有要躲开的意思，就这样跟走上来的两个人打了一个措手不及的冰冷的照面。

气氛紧张极了，吴天见那两个人脸色又红又白，低着头匆匆忙忙溜出了楼梯间。

等那两个人走远了，吴天忍不住道：“你就在这儿听他们说啊。”

隋轻驰吸了一口烟说：“那难不成我还得滚？”

吴天：“……”

回去后吴天瞧出隋轻驰有点疲倦，黑眼圈也不是人家乱说的，只是要仔细看才看得出来，免不了抱怨一句：“今天有正事你还玩通宵……”

助理汪小鸥想说什么，被隋轻驰“啧”了一声。隋轻驰的各种语气词、拟声词和小动作她早已融会贯通，只好闭了嘴。离开会议室，她回头看了看隋轻驰强打精神的背影，挺不甘心地想：他没玩通宵啊……

“专辑里十二首歌，除了之前发过的两首，这边还需要选十首出来。”吴天说，“我来帮你选，我选十三首，到时候你再挑三首出去就行……”

也许是真困了，隋轻驰控制不住地走起神来。他想起从前在西风唱的那些歌，那时没有专业的制作人陪着他选曲，更没资格向那些大牌音乐人约歌，傅错给他什么他就唱什么。反正傅错给他的一定是最好的，他想唱什么就自己写，歌词怎样乱来傅错也不会有意见……

他还想起某个早晨，看见傅错借着晨曦的微光在写歌。他只看傅错写歌时的神态，就知道那是一首怎样的歌，应该配上怎样的词……

那时的他不用求任何人。

“至少主打歌不能将就。”

吴天冷不丁被隋轻驰打断，还有点诧异。

隋轻驰起身，拿起椅子上的外套披上，说："歌我自己去约。"

吴天探身看向门外："找与非吗？没用的，别去了！"

隋轻驰一路走到电梯那儿，只说了声"烟"。吴天正纳闷，就见胖胖的女助理像一只愤怒的小鸟一样冲进来，抓起桌上隋轻驰忘拿的烟就追了上去。

上了保姆车，汪小鸥边系安全带边问："哥，去哪儿啊？"

"先送我回别墅，然后今天你们也没事了，都回去休息吧。"

突然被放假，汪小鸥心里有点开心，但还是强迫自己装出一副不开心的样子，毕竟现在隋轻驰好像不怎么开心。

隋轻驰看了看她，没拆穿对方用力过猛的表演。

路上有点堵，汪小鸥回头问要不要放点儿音乐，隋轻驰说随便。

电台调到音乐频道，里面一个电台 DJ 正在读某个乐评人的评论——

"隋轻驰的专辑年销量虽然很高，但多数是粉丝捧场。从第五张专辑开始，他的歌已经越来越没有传唱度……"

汪小鸥心里叫了声"妈妈咪呀"，连忙要换频道，却听见隋轻驰说："听他说。"

汪小鸥与司机对看一眼，还能怎么办，只能听下去了。

"大家还记得唐杜上一次上热搜是因为什么吗？是因为在《乐王》唱了一首《Yellow》博得满堂彩。而隋轻驰上一次上热搜是因为什么？因为一张自拍和一句'前浪死在沙滩上'……"

DJ 的话音未落，汪小鸥就感到椅背被重重地一踹，几乎是飞扑上前换了频道，心想：这一定是膝跳反射，膝跳反射！

调到交广频道，电台里正在放歌。汪小鸥一听前奏就认出是唐杜的新歌，而且这首歌正是与非写的，心想：今天电台里怎么全是雷啊？没等唐杜的声音出来她就机智地换了台，结果隋轻驰却有点在意那段前奏，又让她倒回去。

可不能倒回去啊，倒回去你肯定要生气的！

"怎么了？"隋轻驰说，"倒回去我听听。"

汪小鸥最不希望隋轻驰对上唐杜，哪怕是在保姆车里听对方的歌。因为隋轻驰是她的哥，而唐杜是她的偶像。唐杜出道要比隋轻驰早得多，在歌坛打拼也比隋轻驰要坎坷许多，她上初中时就听唐杜的歌，每张 CD 都会买。当了隋轻驰的助理后，她还天真地幻想过以后说不定有机会见到歌神本人，可结果一次都没如愿。就连《乐王》这样的音乐节目，请隋轻驰就一定不会请唐杜，反之亦然。大家好像都默认要遵守这个“王不见王”的游戏规则。

歌还是倒回去了，唐杜的歌声换来了保姆车里骤然的死寂。

汪小鸥小心地往后瞥，隋轻驰面朝窗外，看不清表情。虽然是乐坛宿敌的歌，但显然看在歌好的面子上，这次隋天王没再搞什么膝跳反射。汪小鸥尽管只是个助理，跟着隋轻驰浸淫音乐圈这么几年，心里也很清楚，与非的歌不单好，且风格也更适合隋轻驰。在上一季的《乐王》上，隋轻驰就唱了与非给唐杜写的那首《惭愧》。虽然业界人士不敢轻易地拿两个人出来比较，但在普通歌迷眼里，哪怕是那些不喜欢隋轻驰的人，也不得不承认这是翻唱胜原唱的典范。

就是不知道为什么，与非老师好像总和隋轻驰不对付似的……

钟岛来酒吧唱了几回歌，傅错除了教他识谱，偶尔也会指导一下他的发音技巧。教识谱还好，指导演唱可不是个好差事。唱歌这方面他没什么优势，虽然也跟着隋轻驰去观摩过几堂声乐课，但感觉没什么用。他所知的那些演唱和发音的技巧，多是从隋轻驰那里得来的，隋轻驰在 SLS 还未开始为人了解的时候，腔体的运用就已经堪称纯熟。现在让他指导钟岛，就等于是让他把隋轻驰教他的又教给钟岛，隋轻驰要是知道了会怎么看他？一边要和我划清界限，一边又把我送你的拿去送别人，傅错你贱不贱？

唯一值得安慰的，是钟岛顺利地从《地表最强音》海选中脱颖而出。这天傅错才刚起床，就接到了 AK 的电话。AK 向他报告了这个好消息，并问：“你今天在家吧？”

傅错坐起来，有种不好的预感：“干什么？”

“哎呀，本来该当面感谢你的，但我今天有课，所以我就让钟岛去找你当面道谢了！”

“什么？”

电话刚挂断，门铃就响了。傅错皱眉拉开窗帘，阳光直射进来，已经是中午了。他回了句“等一下”，起床飞快地提上裤子，再套上一件套头毛衣。门打开，就见钟岛戴着一顶棒球帽，手里非常有喜感地提着一袋……红富士。

“AK 哥让我来的。”棒球帽少年硬邦邦地说。

傅错低头看着那一袋红红的苹果，说：“我不喜欢吃苹果。”

钟岛皱眉：“是吗？那家伙让我买点儿水果来当谢礼……”大概觉得这样说

像是在推卸责任，他又说，“那你喜欢吃什么水果？我再去买。”

傅错说：“西瓜。”

钟岛感觉出来了，这个男人不好对付。

虽然钟岛少年一脸“上门来寻仇”的表情，但身为大人的傅错还是让后辈进来了，只留下一句“你自便，我先去洗个脸”就走了。

在洗手间，他一边刷牙一边想着要怎么应付这个少年。家里很久没来过客人了，而他对着钟岛总有种对着隋轻驰的既视感，很难给对方好脸色，只盼望着钟岛送完苹果就能走，要不留下来吃个苹果也行。

他低头吐了泡沫，就听见外面传来音乐声——是他昨晚刚编好的一首歌。

钟岛只听前奏就被吸引了，他以为傅错和AK这种玩地下乐队的人做的音乐应该都很朋克，却没想到这首歌这么优美，旋律缓慢克制，只用了钢琴、大提琴加一点点背景音效。最朴素的和最朴素的相加，却加出了从云端坠落的感觉。

只是这首歌的调子也高得惊人，他有些怀疑自己能不能驾驭，或者这根本就是写给女歌手唱的歌。

刚听完第一段副歌，就被按停了——傅错走过来直接关掉了编曲软件。

钟岛抬头，看到傅错难得有些冷酷的表情，也知道是自己做得不妥：“对不起，我看你的笔记本电脑没关，有点好奇，就点开来听了。”

傅错合上本子，说：“刚刚你那种行为你知道像谁吗？”

钟岛皱眉：“像谁？”

“隋轻驰。”

钟岛最讨厌被人说像隋轻驰，知道傅错就是故意这么说来硌硬他的：“行，我发誓不会有第二次。”

傅错说完也觉得自己有点过了，这种戳人痛处的事他曾经干过一次，一直后悔到现在。只是刚刚他真的有点生气，笔记本里写的东西是他个人的秘密，他并不想让别人听到。

两个人一个坐在沙发这头，一个坐在那头，彼此无言，各怀心事。

歌曲的旋律像有魔力一般，一直在钟岛的脑子里萦绕。刚发完誓他就憋不住了，脑子发热地问：“这首歌我能唱吗？反正我都听了。”

这理直气壮的……傅错反省到一半就觉得完全没必要反省：“这首歌不给谁唱。”

钟岛不解："歌写出来不就是给人唱的吗？"说完又皱起眉头，"你是觉得我还不配唱吗？"

这敏感度，能赶得上某人了。

傅错又好气又好笑地问他："你到底来找我干吗？"

"来谢谢你的指导，顺便也想让你验收一下指导的成果。"钟岛又问，"有纸和笔吗？"

傅错没问他为什么，也有点好奇他想干什么，开一张支票给他？于是扔了一支笔给他："纸没了。"

钟岛拧开笔帽，低头就在手上写起来。

傅错在那一秒愣住，一瞬间仿佛看见了十九岁的隋轻驰。

窗外艳阳高照，他却恍惚沉浸在淅淅沥沥的雨里，时隔多年的雨的幻影，好似也打得他背脊发凉。

那天他和隋轻驰去一个学长介绍的地方演出，两个人坐大巴时坐错了方向，被大雨困在了偏僻的车站。与世隔绝的体验催生了灵感，他突然想写一首被抛弃在世界尽头的歌，反正返程的大巴最快也要过半小时才能来。

雨下得世界缥缥缈缈，好像只剩下眼前无限延伸的灰色马路，和这个庇护他们不受风吹雨打的小小车站。抱着吉他试了几个和弦，犹豫着要用哪个的时候，隋轻驰说了句"F 调吧"。隋轻驰一向比他果断，还有着惊人的音乐直觉。于是他便给未出生的歌曲定了 F 大调，很快就从漫无目的的尝试中找到了那个对的动机，哼出的旋律令他自己都感到惊喜。虽然只有一把木吉他，但背后有雨打在马路上的声音，还有远方温柔的雷声，是最天然的鼓点和贝斯。

隋轻驰坐在那儿望着雨，出神地听了一会儿，忽然问他："有纸和笔吗？"

他的吉他箱里有一支笔，但没带谱子。隋轻驰摘了笔帽，举起笔看了一会儿，细细的笔尖承载着俊美少年思考时的凝视。傅错有种错觉，那一眼仿佛让笔尖有了灵魂。

然后他抬起左手，在掌心写下了第一句歌词：突然一场雨像个恶作剧，听到世界坏笑的声音。

那天隋轻驰穿着一件白色长袖 T 恤，一边往手上写，一边将衣袖一点点捋得更高，黑色的字迹从手掌延伸到少年结实的小臂。写完后隋轻驰把"歌词"拿给他过目，那动作都不知是在炫耀自己写的词，还是在炫耀身体的一部分。而他低头欣赏，也搞不清楚让自己心跳的究竟是歌词，还是什么……

钟岛搁笔的声音打断了傅错的思绪，他没来得及阻止钟岛唱出那段即兴编写的歌词，词写得好不好另当别论，但唱的话……是真的不错。

傅错不断想起隋轻驰，偶尔又有点出戏，心想：这里隋轻驰不会这么处理，他会处理得更高亢，就像教堂的穹顶……这里隋轻驰也不会就这么平淡地唱过去，他绝对会把它处理成一个记忆点……

钟岛唱完，看向傅错。傅错回过神说："成果我验收完了，你可以走了。"

钟岛性子虽倔，却也不是个死缠烂打的人，都被这样拒绝了，也没什么话好说，放下衣袖，拿上背包就走了。

他一拉开门，突然又站住。傅错抬头想说"你还想说什么"，这一抬头却是一个字都说不出来了。

隋轻驰就站在门外，墨镜上倒映出钟岛惊愕的表情。傅错看钟岛和隋轻驰面对面站着，这一幕极其诡异，像十八岁的隋轻驰和二十七岁的隋轻驰迎头撞上对方，一个恨不得自己眼瞎，一个恨不能撕了对方。

2

钟岛猝不及防在这里见到隋轻驰，内心的震惊可想而知。有那么一瞬间他也在怀疑这个男人或许不是隋轻驰，毕竟对方戴着墨镜，说不定摘下来后是两个完全不同的人。但不管怎样骗自己，他也知道是自欺欺人。墨镜的颜色还没有深到让他在这样近的距离都看不清五官，而隋轻驰的长相本来也不是那么容易被撞脸的。

他回头不敢相信地看向傅错，沙发上的男人显然也无言以对，许久后才说了句："你先回去吧，我以后再跟你说。"

钟岛带着怀疑被证明的震惊和满腔的疑问出了门，过道不太宽，隋轻驰也没有让出太多的空间，他与这个曾经只出现在屏幕上的人狭路相逢，闻到了他身上的古龙水味，还夹杂着淡淡的烟草气息。一直走到走廊尽头，他才忍不住回头看去，却见隋轻驰也在看自己。那一眼有力的凝视，带给他的感想比起"受宠若惊"，恐怕用"诚惶诚恐"来形容更为准确。这位巨星同他在屏幕上给人的印象一般无二，高高的，腿很长，穿着黑色衬衫，戴着一块看起来就价值不菲的腕表，外表英俊，品味极好，只是整个人充满冷酷的气场。钟岛立刻别过头，然后便听到身后传来很不客气的关门声，"砰"的一声，像是在关给他听。

傅错没能阻止隋轻驰进来，隋轻驰一关上门就问他："那个男生是谁？"

傅错觉得没必要隐瞒："是我的学生，来我这儿学音乐的。"接着又问，"你怎么知道我住这儿的？"

隋轻驰摘下墨镜别在衣兜里："你问我手机号是怎么知道的我回答你了吗？"

傅错在心里点点头，懂了，意思就是让他不要白问。

"他刚刚唱的是什么歌？"隋轻驰问。

傅错目视隋轻驰鞋也没换，穿着皮鞋直接走进屋里，仿佛为了掩饰他在门外站着偷听的事实。隋轻驰这个人就是这样，生怕别人揭穿他，他的态度越是跋扈，就说明他越是心虚。但是去揭穿他好让他难堪这么无聊的事，成年人才不屑去做，傅错心想：我又不是你。

"随便写的。"他说。

"我想要那首歌，你开个价吧。"

"这首歌不卖。"

隋轻驰皱眉："那他唱什么？"

"他唱着好玩。"

隋轻驰好似吃了瘪："你写歌就是为了让它烂在硬盘里吗？"

"那首歌是写给西风的，现在西风不在了，它只能烂在硬盘里。"

隋轻驰睨着他："你应该知道，我听过一遍就能记住。"

傅错压抑着怒气抬起头："隋轻驰，你要这么无耻我也奈何不了你。"

"那也行，你另外写一首给我。"隋轻驰自个儿走到沙发旁边坐下，"钱我照给，你有什么别的条件我也可以答应。"

傅错在心里叹了口气，知道隋轻驰一旦认定了什么，就不是那么好打发的："你现在的地位，想给你写歌的人不计其数，你何苦来找一个已经退出的人。"

"什么地位？'中二天王'？"隋轻驰打量了一下这间屋子，自嘲道。

傅错吐了口气站起来："你走吧，我是不会给你写歌的，以后别再来找我了。"

他却听见隋轻驰在背后问："我有点渴，有水吗？"

傅错无可奈何地看了一眼开放式厨房的方向："在那边，自己倒。"

隋轻驰起身给自己倒了杯水，还真的一口气喝完了，看来他是真的渴。

"水也喝了，能走了吗？"

隋轻驰背对着他，两只手撑在饮水机上，半晌才重重地出了口气："傅错，你这个人真的是……"

傅错等着看这个人原形毕露，果然，隋轻驰转过身来，又变回那个"中二天王”：“真的是给脸不要脸，茅坑里的石头说的就是你。”

傅错懒得理他，心说：骂吧，隋轻驰发脾气是他快要滚的前奏，隋轻驰发起火来连自己的偶像都要侮辱。

“西风重要还是音乐重要？你的梦想到底是西风还是音乐？！你可以恨我，但你以为这样最后受伤的人是我吗？我发唱片、开巡演，住别墅、开豪车，我过得好得很！”

还真是病得不轻，傅错在心里摇着头想。

“你想报复我？可以！等你做到像与非那样，做到金牌创作人的程度，然后再我约一首你就拒绝我一次，这才叫报复！”

傅错愣了一下，抬起头。隋轻驰也像是愣住了，似乎迅速意识到自己一不小心就把弱点暴露给了对手。那种从极端的愤怒到极端的恼羞与狼狈，竟让傅错有一点点不忍。

他只能装没有发现，所以不予还击，低下头说：“我要工作了，你请回吧。”

隋轻驰再蠢也不会抓不住这个台阶，果然不再说什么，转身就走了。

傅错松了一口气，然而门拉开还不到五秒，隋轻驰又退了回来。

傅错诧异地盯着他。

隋轻驰脸色发黑地说：“有‘狗’。”

“你什么时候怕狗了？你自己不还养着一条狗吗？”

隋轻驰眼睛一亮，有些意外：“你怎么知道我养狗的？”

傅错僵着脸道：“打开手机、电视，天天都是你的消息。”

怎么知道的？应该是在微博上看到的吧。不知是粉丝还是狗仔，拍了一张隋轻驰牵着狗走出宠物医院的照片放到网上，粉丝、路人一晚上都在讨论这狗到底是什么品种。粉丝们还跑到隋轻驰的微博下留言，说狗狗好可爱，激烈地讨论这条狗的血统。他当时看了都觉得好笑，又觉得可悲。隋轻驰这样最讨厌别人干涉他生活的人，终于也尝到了天天被人窥视的苦果。因为跑来问狗到底是什么品种的人太多了，隔天隋天王就在微博上写了两个字：杂种。

从粉丝到路人都无话可说，可依然还有粉丝体贴地替他挽尊，说看起来有萨摩耶的血统，哪晓得隋轻驰直接回道：我是没见过萨摩耶吗？

他正出神的时候，就听见隋轻驰口吻严肃地说：“我不怕狗，我说的‘狗’是他们。”

傅错心中有不好的预感，起身出门往楼下看去，就看见巷口有几个鬼鬼祟祟的身影。隋轻驰就像一块香蕉皮，把苍蝇、蚊子和蜜蜂全引到他这儿了。不过这会儿再来怪他也没有用，怪隋轻驰是世界上最无用的事。

他皱眉问了句“现在怎么办”后回过头，走廊很窄，身后的隋轻驰离得很近，大概也在往下看，却又不方便探出头去太多，所以是躲在他身后往下瞧的。他这一回头，便近距离地对上隋轻驰的脸，不禁有点不自在。两个人已经有好多年没离得这么近了。

隋轻驰看了看他，说：“你这里有别的出口吗？”

“你觉得呢？”

“那有帽子、口罩吗？”

“帽子有，口罩没有。”

傅错找了顶棒球帽给隋轻驰，转身却见隋轻驰在脱衣服。傅错看着他解开衬衫后一点点露出来的胸膛和腹肌，有些目瞪口呆，不明所以。

隋轻驰笑了笑，说：“想什么呢？帽子是给你用的。”说完又把衬衣和墨镜拿给他，“穿上我的衣服，戴上墨镜。”

傅错大概知道他要干什么了，只好照办，脱下黑色的套头毛衣，还没放沙发扶手上，隋轻驰就接过去直接套上了。他看了一眼套得无比自然的隋轻驰，垂下双眸一言不发地换上隋轻驰的衬衣，再将衬衫扣子一粒粒扣好。

隋轻驰压低棒球帽，把保时捷的车钥匙扔给他。傅错只得自己先下楼引开狗仔。

傅错在发动车子以后才知道狗仔有多么疯狂，一串黑影跟过街老鼠似的从巷子后狂追出来。其中一个拿着“炮筒”往这边一顿猛拍，另一个就在喊：“这种开车模式不像‘中二天王’啊，他平常都是一个甩尾，再喷我们一脸尾气才会走的……”

傅错听得十分无语。

车上全是隋轻驰的味道，有一股淡淡的烟味弥漫。傅错降下车窗，就接到了隋轻驰的电话。

“我上出租车了，你开到前面路口等我。”

傅错“嗯”了一声，刚放下手机，就感觉有什么滴在了手背上。他忽然流鼻血了，手忙脚乱地找纸巾时，一个钱夹从格子里掉下来。他捡起钱夹，猝不及防看见钱夹里的照片，是多年前他们还在CTR音乐学院念书时，他和隋轻驰在合租的屋子里自拍的合影。

车子就停在路边，阳光透过挡风玻璃照在那张照片上。照片里的两个男生穿着同样款式的白色T恤，照片上的隋轻驰的头发很短，像体校的男生，但依然是肉眼可见的俊美。能驾驭这种发型还能好看成这样的人，在这个世界上也是不多的。他还记得那是因为隋轻驰之前和人打架，头皮上被刀子划了一道口子，去医院缝针时剃光了头发，等了一个月时间才长长。

自拍的那天是隋轻驰二十岁的生日。

没想到记得这么清楚啊……

他将钱夹上的血擦干净后放回原位，手指又摸到里面的一个烟盒，是一包万宝路，才抽了几支而已。他将车子在前面靠边停下，把烟直接丢进了路边的垃圾桶里。

隋轻驰比他先到，在路口等他，出租车也在。傅错处理好鼻血后下了车，隋轻驰看他一眼，说："没被拍到吧？"

"不知道，我尽力了。"傅错绕过车头，把钥匙抛给他。

隋轻驰一脸高冷地接过车钥匙，上了车，关上车门后想了想，又探出头来问："那首歌当真只会给西风？"

傅错怕又流鼻血，抹了抹鼻子后回头："嗯，你就别想了。"

"你也不肯给我写歌？"

想到这个家伙被与非拒绝了一次又一次，傅错也不禁对他起了一点恻隐之心，叹了口气，尽可能洒脱地道："不是不给你写，是我不再给谁写了。"

"所以不是针对我？"

"你想多了。"可以安心地回去睡觉了。

隋轻驰看着他，欲言又止了一会儿，总算是升起车窗后发动了车子。果然，一股尾气喷到了傅错的脸上。

傅错上了出租车，车子开到楼下停下以后才想起没带钱包和手机，便对司机说："师傅，你等我一会儿，我上楼拿钱给你。"

司机心情很好地摆摆手："不用，刚刚大明星已经付过了！"

傅错回到家，换下隋轻驰的衬衫，都不知道该拿这件衣服怎么办才好。沙发上的手机信号灯在闪，是AK发来微信，问他是不是钟岛来过了。傅错这才想起自己还欠钟岛一个解释，心累得直接瘫倒在沙发上。

晚上他去酒吧驻唱，还好钟岛没来，留给了他多一些时间去想要怎么讲这段往事。整个晚上他都心不在焉的，吉他弹错了不少地方，好在听众没一个听出来的，也不好在竟然连一个人都没听出来……

凌晨三点回到家，他想洗个热水澡，才刚站到花洒下，地上的水就变成了粉红色。他赶紧找纸巾堵了一下鼻子，站在镜子前有些自我解嘲地想：今天这是怎么了？

他想完又有些嫌弃地拍了拍鼻子："这么不中用啊……"

半夜睡得正香时，手机忽然响起来。他抓起手机，电话却挂断了。他摇摇头扔了手机又睡回去，眼睛闭了一会儿又睁开。

电吉他就挂在对面的墙上，并排挂着的还有谭思的贝斯。因为这个突然的来电，他想起来，他刚刚梦见西风了。

隋轻驰赤着脚坐在床边，垂头看着钱夹里的照片。车里的烟被丢了，肯定是傅错干的。他不知道傅错有没有看见这个钱夹，而自己又究竟是希望他看见，还是不要看见……

取出照片拿到台灯下看，这张照片其实在很多年前就被他亲手撕掉了，现在这张是后来用 PS 拼起来的。就为了这个，他还自学了 PS，这已经是修过的第六张了。没有人知道他作为一名歌手，还拥有不输给任何修图师的 PS 技术。可不管怎么看，好像始终能看见当初撕开时的那一条条裂缝。

隋轻驰皱了皱眉，起身坐到笔记本前，又一次打开了 PS。

所有的像素都在告诉他，裂缝真的不存在了。可他为什么就是无法释怀呢？

什么时候才能释怀……

3

傅错在酒窖里清点存酒，时不时地低头看一下表。钟岛顺利通过了海选，今天是电视比赛环节录影的第一天，海选出来的八十名选手将要接受现场四位导师的考核。

姚可走进来，见傅错看着手表在走神，敲了敲酒架："干吗一直看表啊？"

傅错放下手，拿起记录的单子："没什么，新买的表，好看。"

姚可一脸哭笑不得的表情跟在傅错身后，看着那个穿着白衬衫，高高帅帅的背影。长得这么帅，怎么至今还是单身？真不科学！她咳嗽一声："今天钟岛是不是参加录影？80 进 40？"

傅错回答："好像是。"

姚可在后面使劲憋住笑，心说：傅错哥哥你怎么这么傲娇？

她把钥匙放在架子上："我今天晚上有约，就不过来了，酒吧你帮我看着点儿。"

傅错背对着她点了点头："玩得开心点。"

姚可走后不久，手机就响了起来。傅错刚"喂"了一声，AK 就在那边大着嗓门喊："傅错，进了！他进了！"

傅错"嗯"了一声，他对钟岛的唱功是有信心的，并不担心这个，反而担心那个少年会不会因为糟糕的性格和与隋轻驰有几分相似的眉眼而招人不喜。毕竟隋轻驰在圈内也不是个人缘好的明星。

现在结果出来了，他多少放了点心，向后靠坐在酒窖的空架子上，想自己是不是想太多了，竟然会如此焦虑。

也可能是他对选秀比赛什么的，已经有心理阴影了吧。

《地表最强音》每周录一期，隔一周再播一期，所以过了一个星期傅错才在电视上看到钟岛。初赛 80 进 40 分了四期播送，但钟岛很幸运地被收录在了第一期。当那个少年出现在舞台上，灯光聚焦，音乐响起，傅错就又回忆起当年西风参加《乐队狂潮》时的情景来。那个时候坐在评委席上的人是隋轻驰，好在当时灯光都打在主唱樊凡身上。当然他知道隋轻驰看得到他，也许还会在心里纳闷他为什么会和西风来参加这个节目。那时的隋轻驰在想什么，他只能靠猜的，只是那些猜测里忍不住带了点期盼，还带了点幻想。直到 16 进 8 时，他才终于幡然醒悟隋轻驰在想什么。原来自己完全猜错了，一点都猜不透那个人。

电视里突然传来"隋轻驰"三个音节，傅错愣了一下，思绪被拉回来。钟岛的演唱结束，毫无意外地获得了全票通过。四个评委分别是两名音乐制作人、两位歌手，其中一位是有歌神之誉的唐杜，也是在华语男歌手这一块与隋轻驰平分半壁江山的巨星。而另一位是和隋轻驰同公司的女歌手安洁，提到隋轻驰的人正是她。

"我觉得他长得有点像隋轻驰哎。"安洁笑着说，末了还看向身边的唐杜，唐杜也点了点头。

主持人问钟岛："有人说过你像隋轻驰吗？"傅错见钟岛口吻生硬地说了句"有是有"，显然还想往下说，却被主持人打断，又或者是被剪辑掉了。总之接下来就是主持人询问各位导师的意见，安洁说很喜欢他，唐杜也给出了很高的评价。傅错看到这里就关了电视机。

钟岛获得全票通过和颇高的评价，AK 仿佛比钟岛本人还要高兴，打电话来找他唠嗑。傅错却压根儿感受不到他的喜悦，想说这才只是第一期，还早得很呢，你高兴什么？你怎么这么容易好了伤疤忘了疼？但电话那头的 AK 听起来是那么高兴，他便没有去泼这冷水。

其实挺好的，好了伤疤忘了疼的本领，他要是也能学会一点就好了。

《地表最强音》节目组在官网和宣传片中都打出了“少年版隋轻驰”的噱头，引来不少隋轻驰的粉丝和黑子们围观。

隋轻驰去海外参加一个音乐颁奖礼回来，刚下飞机就听见接机粉丝热情的呼喊声。隋轻驰穿着一件深蓝色带毛领的夹克，戴着墨镜，身边跟着三名保镖，汪小鸥提着大包小包在后面紧跟着。隋轻驰不管去什么地方，机场都有大批粉丝扎堆，也不知道她们是从哪里知道的他的各种行程。好在今天隋轻驰的心情还算不错，粉丝们围上来跟着他走的时候他还特意放慢了脚步，和靠得近的粉丝聊了两句。有个姑娘问：“你看《地表最强音》了吗？他们还弄了个‘少年版隋轻驰’！”

旁边的粉丝也附和起来，纷纷说那个节目蹭他的热度什么的。

汪小鸥在后面听得满头黑线，心想：《地表最强音》请了唐杜还用得着蹭隋轻驰的热度吗？

隋轻驰挑了挑眉：“那很好嘛，有人愿意学我。”

隋轻驰根本没看过《地表最强音》，并且想借他炒作上位的人多了去了，他也在意不过来。上了保姆车，汪小鸥回头，举着手机不无惊喜地对他说：“哥，这男生真的有点像你呢！”

隋轻驰脱了夹克，随便扫了一眼，就认出视频里正是在傅错家见过的少年。他脱夹克的动作瞬间定住，表情眼看就晴转暴雨了。

汪小鸥一脸诚惶诚恐，都不知道自己做错了什么。

往常上了保姆车，隋轻驰不是睡觉就是听歌，今天却一反常态，在保姆车上反复看那段视频。为了看清楚那个少年，他还花十五块钱充了个会员。不得不承认，这个叫钟岛的小子唱功是真不错。上次他只记着约歌，都忘了问傅错为什么收个学生还得收个和他长得有几分像的？

保姆车里一片死寂，汪小鸥只觉得如芒在背。半晌，她才听见背后的隋轻驰自言自语般念叨了一句："到底是什么意思？"

这话是带着点儿火气的。

半夜，傅错又被骚扰电话吵醒。对方挂了又拨，挂了又拨，不屈不挠。他实在是受不了了，接起电话就听见隋轻驰的声音，醉醺醺的。

傅错皱眉扫了一眼来电，心想：我不是设了黑名单吗？一看居然是座机号码，想挂断，又一想挂了隋轻驰还得打，就干脆把手机放在床头，让隋轻驰自己说自己的，他躺下接着睡。没想到这一觉竟然睡得格外安稳。

"傅错？"隋轻驰一个人说了半天才发觉那边没有回应，有些气急败坏，"行，有种你别挂机！"

狗窝里的杂种萨摩耶被主人在楼上乒乒乓乓的动静给吵醒，抖了抖耳朵从窝里爬起来上了楼。见隋轻驰一身火气地走进工作间，"砰"的一声打开吉他箱，取出电吉他挂上，再熟练地插上电源后接好音箱，把手机竖在工作台上，接着一个扫弦下去。大半夜的，电吉他声犹如河东狮吼一般，大狗"嗷呜"一声趴在地上，拿爪子死死地捂住耳朵。

傅错被电吉他愤怒的声音吵醒，从被子里坐起来，双手抱头无可奈何。

隋轻驰对着手机独奏了三分钟，终于还是看见通话被切断，琴弦在他的手指下松开，从拾音器处传来一声无力的呜咽。

工作间里陡然安静下来，他站了一会儿，垂下手，绕过地上的电源和音箱线，走过去关了手机。

发泄过后会感觉虚脱，尤其是在这个造价不菲的工作间里。

这个工作间甚至自带一个小型的录音棚，当初设计的时候，他是把它当成整栋别墅的心脏来设计的，要可以做编曲，可以做后期，还要可以录音。就算是世界末日来临，只要给这个地方通上电，它就依然是音乐的天堂。卧室、花园这些都可以将就，只有这个地方不能将就。

可这么豪华的音乐堡垒建好了，他却没怎么用过。因为他不会写歌。

会写歌的人不是他。

钟岛对那个"少年版隋轻驰"的名头别提多郁闷了，然而他人微言轻，只能沉默。这天 AK 请客做东，庆祝首战告捷，钟岛竟然在饭馆里被人给认了出来。他刚一进来，旁桌就有一个男生指着他说："哎哎哎，你是不是那个《地表最强音》的选手啊，像隋轻驰的那个？"

听他这样一说，那一桌的所有人都朝这边看过来。傅错见钟岛翻了个白眼，一边坐下一边口气不善地出声“认错了”。

AK去拿了啤酒过来，傅错说：“要不换个地方吃吧。”

“啊？”AK不解，“为什么啊？”

谁知钟岛却说：“不换，我就在这儿吃。”

傅错看他一眼，也不再说什么，只在心里腹诽了一句：这脾气都跟隋轻驰一个样，简直绝了。

那桌人临到要走了，还按捺不住往这边瞧了好几眼。傅错听见他们走出店门外高谈阔论的声音，没有一个人记得钟岛的名字，来来去去就是隋轻驰。

迟钝如AK都听见了，一脸恍然大悟的表情，揽住钟岛的肩膀：“像隋轻驰怎么了？说你像隋轻驰是在夸奖你啊！”

钟岛口气很冲地回他：“你确定？”

AK打了个酒嗝儿，盯着钟岛的脸，真情实感地说：“再说……你是长得有点像他啊。”

钟岛挥开他的手，凶狠地瞪他一眼。

AK没一会儿就喝高了，说是要出去吹吹风。傅错没管他，看他蹲在店门外一棵树下醒酒。

“你还没跟我讲和隋轻驰的事呢。”桌子对面的钟岛冷不丁道。

傅错夹菜的手顿了顿，又若无其事地夹起来：“三言两语说不清楚，等你比完赛再说吧，现在的重心又不是这个。”

“我是可以直接问他的。”钟岛说完，目光不无威胁地示意在门外逗狗的AK。

“那你怎么不问？”

“因为隋轻驰来找的人不是他，是你。”钟岛说。

傅错没说话，低头吃菜。

“那个唱得最好的主唱是不是就是隋轻驰？”

傅错终于放下筷子：“我说了比赛后告诉你就肯定会告诉你，现在你没必要知道这些。”我也不想提！

“当然有必要了。”钟岛说，“不然我怎么知道自己是不是被人当成替身，被你们利用了。”说罢，他起身拿起一旁的背包就走了出去。

傅错看着他扬长而去的背影，一句话都说不上来。

替身？利用？这都什么跟什么啊？傅错以为这大概就是“中二病”发作，毕竟才十八岁，应该过两天就好了。可万万没想到，在40进20的比赛中，钟岛竟然被淘汰了。他唱的不是之前他们一起选好且练好的那首歌，不知道为什么临时换了歌，还换了唱腔，现场表现一塌糊涂。

AK跑来酒吧跟他说了这个消息，并当着他的面给钟岛打电话。

钟岛没接，AK就发语音过去，把人骂得狗血淋头：“钟岛你个兔崽子，亏我和你傅错爷爷这么帮你，你能争点儿气不？一句‘像隋轻驰’就能把你逼死了，你今年才三岁吗？！”

傅错听不下去了，总觉得被骂的人不是钟岛，分明是他。AK骂到高潮处，他直接把手机拿了过来，对钟岛道：“你想知道什么？过来我告诉你。”

没想到那天凌晨两点，他都回后台准备收拾东西回家了，钟岛却来了。

他扭头看见门外的人，长舒一口气：“真会挑时候……”

乐队的人都回去了，傅错给钟岛倒了杯鸡尾酒，放在吧台上，问他：“你到底为什么这么在意这个？”

钟岛接过酒喝了一大口，放下酒杯：“我不想被人利用。”

“没人利用你。”傅错说，“利用的意思，是想在你身上图什么，我和AK都不图你什么。”

“那你们为什么帮我？”

“因为我们人好行不行？”傅错叹了口气，“你要是唱得不好，你要是有钱能上高等的音乐学院、有专业的老师教你，谁想帮你？我只会眼红你。你是刚好长得像我的第一个主唱，但这只是个意外。”

钟岛终于垂下头：“我没想到会被淘汰，我就是……想避免用你指导我的唱法，因为那样会很像隋轻驰。”

“那叫Speech level singing，不叫隋轻驰level singing。”

钟岛有气无力地点点头：“所以你们的第一个主唱真的是隋轻驰吗？”

“嗯。”傅错说，“后来我们因为理念不合分道扬镳了。这些都没骗你，对我来说他就是个背叛了乐队的人，所以我不想提他。”

钟岛抿了抿嘴：“他上次来找你干吗？”

“来找我约歌。”傅错说。

“你会给他写吗？”钟岛问，想起那首没有名字的歌，不由得有点羡慕。

“你说呢？”傅错说，“我看起来像那么容易原谅背叛的人吗？”

钟岛握着酒杯细细的脚脖子，默默地转了一会儿，终于开口道：“对不起，我就是……受不了人们忽视我，只把我当成某个人的影子。我知道，这就是自卑。”

傅错见他低头盯着酒杯上的倒影，自卑这种东西是很难克服的，但是能说出来，对钟岛这么要强的人来说，已经是将自尊狠狠地踩在脚下了。

他叹了口气：“你是彻底被淘汰了吗？还有机会吗？”

钟岛摇摇头：“是有一场复活赛，但机会约等于零。”

傅错什么也没说，拍了拍他的肩膀。

事后傅错想，这样似乎也没什么不好的。止步在这里，总比止步在最后强。他虽然也替钟岛感到惋惜，但也许这个孩子就是没有那种命。

他们谁都没有那种命。

哪知第二天早上，门板就被拍得震天响。他一打开门，AK就火急火燎地一把抓住他的手：“傅错，你得帮他！”

“帮什么啊？”他顶着大太阳，睡眼惺忪地皱着眉。

“复活赛啊！复活赛必须孤注一掷。傅错，你给他写首原创歌曲吧！”

傅错整个人都醒神了，看了看AK，抽回手：“你清醒点。”

AK跟着他进了屋，鞋子胡乱脱在外面，门都没关，急切地说：“你不想看着他成功吗？那小子真的很有天赋！”

傅错很头疼，在沙发上坐下，抬头问：“你为什么一定要帮他成功不可？你和我都没有那种能力好吗？”

AK在沙发上坐下，表情颓然又不甘。傅错见他跑得嘴唇都干了，就起身去给他倒水。热水注入纸杯时，他冷不丁听见背后的AK说：“我帮他是因为西风。”

傅错愣了一下，热水差点烫到手指。

“傅错，我知道西风已经成为过去式了，没了谭思，没了隋轻驰，就我们两个人，年龄也都不小了，已经不可能回去了。可每次喝醉酒，我还是很想念从前……”AK说这话时的语气不再激动，静静的、淡淡的，充满诚挚的怀念，“我总觉得西风没有成功真的太遗憾了，如果没有那些意外，没准我们是可以一直走下去的。这是我这辈子最大的遗憾，所以……”

他抬头看向傅错的背影：“我特别想看到我们以前的梦想在他身上实现，钟岛那个家伙，他和我们一样，出生在底层，什么都不能依靠，只能靠他自己。可他又太年轻，我不想看到他犯我们曾经犯过的错。你就当是我在自作多情地移情吧，我不求你理解，只求你再帮我一次，就当是……帮我圆梦了。”

“圆梦”两个字滚烫又刺耳。

“我已经不写歌了。”

“你只是不给别人写歌了，但我知道你一直都没有停止创作。”AK犹疑着说，“其实我一直都想……让他唱你写的歌。”

傅错转过身来：“我写什么那都是写给西风的，是祭品，不给活人唱。”

谈判陷入僵局，那一刻傅错也觉得自己是不是有点过于冷血和残忍。但这是一条底线，他不能打破。

AK沉默了很久，忽然低声说：“是写给西风的，还是写给隋轻驰的？”

傅错瞪向他，胸口一下就热了，不知是因为愤怒，还是别的什么。

“西风已经没了，永远也不可能回来了。”AK说，“你要是想那些歌一直留在硬盘里，又何必写出来呢？傅错，你摸着自己的心好好问问自己。”

傅错心里很乱，不想再对话下去，将那杯水放在吧台上，声音冷硬地道：“你回去吧。”

AK走后不久，傅错一个人在屋子里也待不下去，披了件外套就出了门。他漫无目的地走在这座追梦的城市，经过地下通道时看见一位弹吉他卖唱的流浪艺人，旁边还趴着一条狗。通道里人来人往，但没人驻足聆听。毕竟唱歌这件事，太简单、太廉价了，吉他也不过是众多乐器中最容易上手的一种，音乐已经不再能轻易地打动人。傅错看着那条中华田园犬一抖一抖的耳朵，心想：也许打动一条狗还可以。

在这样浮华的时代，还能靠歌唱让人感动到流泪，重赋音乐生命力的，是真正的艺术家。

他站在那儿听完了一整首歌，蹲下身把兜里的零钱全放在地上，又摸了摸狗脑袋。卖唱者抬头说了句“谢谢”。

不知何时走到了隧道前，隧道前方就是公交车站。他远远地看见车来了，最后却没有上车，而是选择了步行。

同一条隧道，曾经他也和隋轻驰一起背着吉他走过。那天是深夜，隋轻驰穿着T恤和牛仔裤，嘴里哼着歌，手里拿着拨片，有节奏地一路划过隧道的墙壁。有车经过时，风声一下就变得大而尖啸，换了一般的歌手，早就听不见歌声了。但隋轻驰不在此列。即使身在谷底、深渊、地狱，他的歌声也能稳稳地居于云端，把他写的那首跨度从A2到D5的歌完成神祇般的镀金，再还给他。

他被隋轻驰的天赋深深折服，决然又潇洒地说："以后我就给你一个人写歌了。"

"那万一我死了呢？"隋轻驰反问。

他挺无奈："隋轻驰，你怎么什么都说？"

"如果我死了，或者我的嗓子坏了，唱不了你的歌了，那你怎么办？"

他停下来，说："那我就不写了。"

那个时候，他从未想过隋轻驰有一天会离开西风。这样的誓言，许诺得毫不费力。

隋轻驰笑着走过来，一只手扣在他的后脖颈，两个人的额头就这样自然而然地抵在一起。

"你还是要写下去，给别人唱也可以。不管我活着还是死了，能唱还是不能唱了，我带给你的都只能是幸福和圆满，不能有一点痛苦和遗憾。"

现在想起这句话，傅错还是会心悸。虽然现在的隋轻驰已经是另一个人，是个十足的浑蛋。但那时的隋轻驰，他依然无法忘怀。

# 第三章
## 温柔的

1

隋轻驰为新专辑的主打歌拍MV，MV导演请的是圈内大手毛正，给唐杜、LOTUS和安洁都拍过十分带感的MV。隋轻驰本来听说对方是唐杜的御用MV导演，心里是有点拒绝的。但柳眉说服了他："人家和唐杜只是工作上的合作关系，有必要搞株连九族吗？再说这首歌是要给《天真不无邪》做主题曲的，电影方也希望能请他来拍。"

拍摄地租用了五星级酒店的顶层，69层的高度，两百七十度的全景落地窗。拍摄当天是阴天，整个世界看上去好似浮在云下，烟波浩渺，恍若隔世。毛正还打算把MV处理成黑白片，全片升格拍摄。汪小鸥光看场景搭建就觉得这个MV肯定厉害了，只是毛正还提出了一个额外的要求。

他要求隋轻驰全裸只遮一点出镜，就站在那面两百七十度的全景落地窗前。

适时汪小鸥正在给隋轻驰递水，听完导演的要求后冷汗都冒出来了。她抬头偷瞄隋轻驰，十一月中旬，天气已经开始转凉，隋轻驰刚配合拍摄换了服装，此刻穿着一件白衬衫，肩上披着来时穿的烟灰色风衣。兴许是经过化妆师的妙手，他那张神颜就像在清水里洗过一样素净而温润。以至于他面对面地听完导演的要求，表面看着竟然是平静的。但汪小鸥确定自己绝对听到了雷暴声。

正如汪小鸥所料，隋轻驰心里已经在暗骂。他不敢相信对方会提出这样的要求，还是当着这么多人的面，提得这么理所当然。就仿佛他是个什么沦落风尘的戏子，或是个出卖色相的模特，会对这种拍摄要求欣然应允似的。

"为什么？"他垂眸，冷淡地旋上保温杯的盖子。

毛正愣了一下，似乎这个问题问得十分多余。不过隋轻驰毕竟不是普通的偶像明星，他还是耐着性子说明了这个镜头到时会怎么拍，并不会拍得很色情、暴露，而是往唯美那个方向走的。最后，他还相当自负地道："这样拍出来会很搭歌曲的意境。"

隋轻驰和这位导演相处不到十分钟就已经不喜欢对方了，觉得这个人简直刚愎自用得可以。他以前和别的导演合作，也不是没有出格的要求或是危险的拍摄镜头，哪个导演不是客客气气地征求他的意见？唐杜的御用导演果然可以，一上来就跟他说"待会儿你需要"，一点儿商量的意思都没有。现在和他解释拍摄的用意竟还带着点儿纡尊降贵的不耐烦，言语里大有"你们这些凡夫俗子破事儿真多"的意思。

"这歌曲有什么意境？"隋轻驰问。

这次毛正看清了隋轻驰紧皱的眉头，隋轻驰一皱眉，就会令他颇有压迫感。他也看出隋轻驰不愿意，便问："你是觉得哪里不好吗？"

隋轻驰挑眉反问："你说呢？"

让我全裸，你是疯了吗？

汪小鸥站在隋轻驰旁边，那种感觉，就像站在一个打开柜门的冷藏柜旁边，被冷气滋得小腿肚子都在颤抖。

后来现场开始准备灯光轨道，但毛正没有轻易妥协，压根儿没说要换方案这件事。隋轻驰显然也没同意这么拍，汪小鸥很担心会这么僵持下去，就去化妆间找了正和老公通电话的柳眉。柳眉听完也十分头疼。好在因为中途突然下雨了，窗外能见度变低，拍摄就被延迟到雨停以后了。

雨看起来一时半会儿不会停，正好也到中午了，大家就忙活着把中饭先给解决了。隋轻驰下楼上了保姆车，一上车就抓了肩上的风衣扔到座位上："不管是歌是导演还是电影，哪样值得我全裸出镜？！"

风衣从座位上滑下去，汪小鸥忙捡起来心疼地拍了拍。

柳眉说："不过是想制造点儿噱头，你何必这么生气呢？"

隋轻驰放下二郎腿，指着车窗外，毛正边喝咖啡边和摄像师谈笑风生："他需要制造噱头，我可不需要！"

柳眉无言地点点头，在心里吐槽：瞧把你给熊的。

"MV这种东西拍来拍去有什么用？歌是用来听的，拍几个破镜头剪辑一下就能把音乐的内涵表达出来了？一个MV导演敢和我谈音乐的意境？"

汪小鸥坐在隋轻驰旁边，一个劲地点头。

下午一点雨停了，柳眉不得不从中协调。最终毛正同意放弃全裸遮一点的方案，但还是要求隋轻驰裸着上身出镜。柳眉把导演的话转达给隋轻驰，隋轻驰坐在沙发上听完，不耐烦地把脚本“啪”的一下撂沙发上，直接说道：“裸什么裸，我不想裸。”

他的音量一点没压，唱歌的嗓子，故意要让全场听见，哪怕不用喊的，谁都没法听不见。

现场尴尬至极。

好不容易拍完MV，柳眉原以为这件事算是告一段落了，却没想到余波大着呢。

几天后，隋轻驰就因为被毛正暗指人品不行、私生活方面不检点，还要“又当又立”而上了热搜。

毛正并没有在微博上指名道姓，只暗示是最近合作的明星，下面立刻猜测声一片。很快就有人猜到说的是隋轻驰，毛正当晚还回了一句“这是你们猜的，我可没说啊”，算是盖了章。

热评都炸了锅了——

“隋天王的人品不行不都是盖了章的吗？”

“只知道他私下生活作风貌似风评不好，‘又当又立’是个什么意思，毛导可否详细说明一下呢？”

“你怎么知道隋轻驰私生活不检点？你和他过过私生活吗？抱歉我可不信他品味这么低俗！”

“博主你是蹲人床底了吗？造谣是要负法律责任的望你知！”

“空穴不来风，无风不起浪，毛导敢这么说肯定是有切实的线索的。你几时见他这么说过别的合作过的艺人？”

“博主你‘死’了！”

热搜当天，柳眉陪着隋轻驰在机场，隋轻驰坐在沙发上低着头刷手机，显然也刷到了这条微博。

汪小鸥大老远看着隋轻驰的背影，手里拿着咖啡都不敢过去，却没想到隋轻驰看完竟然笑了。

柳眉一边松了口气，一边骂道：“什么玩意儿！”又安抚隋轻驰：“这件事你别回应，我来处理。”

隋轻驰最后扫了一眼手机，关了微博，平静地冲汪小鸥抬手：“我的咖啡。”

隋轻驰真真假假的新闻再一次在网上闹得沸沸扬扬，各路八卦号、营销号纷纷下场，捕风捉影极尽编排。饶是傅错不想看，也被AK在朋友圈转了一条隋轻驰的新闻。他看了就烦，没点开，直接回道：“以后别转他的消息。”

AK：“对不起啊，我就是太震惊了。他现在怎么堕落成这样了？”

“他堕落了还是飞升了都不关你的事，也不关我的事。”傅错说。

在那之后微信又弹了出来，他已经不想再看，干脆把AK屏蔽了。

他有微博，只是上得比较少，都是在地铁上没事的时候刷一刷打发时间。现在他甚至想把微博给卸了，到底为什么要装这么个闹心的软件？他都已经不在音乐圈，也不玩摇滚，歌迷早散了，在微博上挂个名还有什么用处？这破烂软件连拿来消遣都像一个定时炸弹，时不时就会炸出隋轻驰的消息。

寰艺出了律师函，要求毛正删除微博并公开道歉。同时舆论战也打了起来，粉丝大军在经纪公司的授意下，如洪水过境般淹没了微博各处——

“有证据上证据，没证据谁准你们瞎说，就因为他是隋轻驰就能随便黑了吗？”

“根本就没影儿的事，有些人黑隋轻驰黑到脑子都傻了，一见到隋轻驰的丑闻就一窝蜂地扑过去舔，巴不得隋轻驰能犯个反人类罪被全球唾弃。”

“他要真这么不检点，怎么可能连半裸出镜都不愿意？想想吧脑残黑们。”

“毛正特别喜欢拍歌手半裸，女歌手、男歌手都不放过，不知道有多少二三线艺人被他揩过油呢。这次被隋轻驰这么刚地拒绝，恼羞成怒了吧。”

迫于舆论的压力，毛正终于含糊地道歉，说自己只是捕风捉影，在这里向被他伤害到的艺人说一声对不起。

保姆车上，汪小鸥看到这条轻描淡写的道歉还是很生气：“捕风捉影是什么意思啊，这不是在暗示他是从某种渠道知道的吗？哥你都不生气？”

一回头，就见隋轻驰低头拧着眉在看手机，脸色铁青，着实比上次在机场看到自己的传闻还要暴躁得多。然而他看的却不是微博，因为他的手机是横着拿的。

柳眉就坐在隋轻驰旁边的座位上，一眼就瞧见他看的是《地表最强音》的比赛视频。视频里的歌手正是之前被炒作成少年版隋轻驰的年轻人。

起初说他是低配版隋轻驰她还觉得有些言过其实，现在看那个少年穿着红色格纹衬衫和牛仔裤，坐在一把高脚凳上，怀里只缺一把木吉他，就和隋轻驰出道时的某个舞台如出一辙了。她完全可以理解隋轻驰的不快，却不能理解他不爽这个低配版的自己竟然超过了那个杀伤力巨大的谣言。

隋轻驰真的“中二”，连她这个经纪人都无法否认。

然而她又一次想错了，以为隋轻驰已经忘了谣言的事。谁知当晚隋轻驰就发了微博，直接 @ 了毛正：这个道歉我不接受，谁爱接受谁接受。24 小时内我见不到两千字的道歉长微博我们就法院见。

后面还跟了一串 @，全是用这个谣言做过新闻蹭过热度的营销号。

微博再一次炸了锅——

“我的妈呀！不愧是隋轻驰，那些转过毛正微博的营销号他一个个找出来圈的啊！”

“这么多年了，论中二，我隋从未输过。”

“多少人今晚要熬夜给隋天王写道歉信！”

“妈呀！他真的是初中二年级啊！之前一声不吭的，突然就给你搞个核爆出来！”

第二天去公司，隋轻驰在电梯里遇见了师姐安洁。电梯门一合上，安洁就笑着挑眉问他：“怎么样？”

“什么怎么样？”

“阅卷啊，你昨天给他们布置了那么多作业，可把那帮家伙给忙坏了！”

隋轻驰耸肩淡淡一笑，感觉没什么好说的。

两个人走出电梯，去往公司会议室。隋轻驰见安洁低头在玩微博，好像是回关了几个《地表最强音》里她的学员。

“当导师累吗？”他问。

“还好吧，”安洁放下手机，问他，“你为什么当初没接受邀请？”

“怕得罪人。”心里却讽刺地说：我有阴影。

“你还怕得罪人啊？”安洁笑起来，末了又思忖道，“不过也是，其实能通过海选的选手都挺优秀的，要淘汰谁留下谁都不容易。还有要选学员的时候就更纠结了，我现在都没想好……”

“有心仪的学员吗？”隋轻驰忽然问。

“有啊，”安洁说，“复活赛的钟岛……哦，就是长得像你的那个男生，我真的挺喜欢的。如果他愿意来我这儿，我应该能努把力送他当冠军！”

隋轻驰垂眸看了她一眼。

安洁也有些赧然：“哎我就说说，冠军什么的谁都不能打包票。”

隋轻驰却说：“但我觉得他不够好。”

“啊？”安洁有些意外，“钟岛吗？他哪里不好？”

“不够稳定。”隋轻驰说，“不管是心理素质还是现场发挥，他都差别的选手太远。你是可以指导他唱歌，但我想你应该当不了他的心理保姆吧。而且他这次之所以能从复活赛突围，是因为那首歌写得好，评价他的唱功和表现力的时候拿掉歌曲的滤镜，也不过如此。”

安洁着实没想到隋轻驰会这么说，但他说的似乎不无道理。钟岛的发挥的确时高时低，而复活赛的胜利，毫不夸张地说，至少有一半是歌曲的功劳。现在这首歌在网络上火速蹿红，可见隋轻驰所说不假。

隋轻驰看了一眼放慢脚步在思考的安洁，说：“当然这只是我的个人建议，要怎样选择，还是要靠你自己拿主意的。”

2

傅错卸载了微博，这段日子好像世界都宁静平和了许多，就连《地表最强音》的进度，还是 AK 打电话来告诉他的。

“你都没看吗？”

被 AK 这样问，傅错才发觉没了微博，自己连电视机都懒得开了，这半个月过得好比一个归隐山林的僧人。

“有点忙。”他说，躺在床上，手指撩起一点上方的窗帘，太阳光刺得他眯起眼，看来又快到中午了。

据 AK 说，《地表最强音》已经进行到导师和选手互选的阶段。钟岛的第一志愿是安洁，傅错听了觉得毫不意外。因为安洁是四位导师中最欣赏钟岛的，每次钟岛演唱完都不吝惜溢美之词，学员选择跟哪位导师，最终还是要看人家器不器重你。

“跟着安洁挺好的。”傅错放下窗帘后说。

“好什么啊，人安洁没选他！”AK 在手机那头气闷地道。

傅错本来躺在床上闭着眼睛在听，阳光的光斑还映在视网膜上。他愣了一下才意识到 AK 在说什么，皱眉睁开眼：“什么？为什么？”

AK 表示不知道原因：“那小子也没跟我多说，就说安洁没选他，最后是唐杜收了他。你也知道他那种性格，八棍子也敲不出个屁来……”

傅错坐起来想了一会儿，却理不出什么头绪，才起床脑子还有点钝，思绪只能被AK的话牵着走。AK说好在唐杜选了他，要不然好不容易复活又得被淘汰。不过唐杜手下已经有两个唱功相当了得的学员，还都是第一志愿就选了唐杜，钟岛待在唐杜那儿未必是个好选择……

傅错叹了口气："现在这样就已经不错了。"

AK也叹了口气，只是语气比他重多了。

傅错安慰他："不是非要拿冠军才有前途，能进前四就行了。"

可能因为西风是在16进8时黯然退场，连前8的边都没摸到，他是真的觉得钟岛能有现在这样的成绩已经很好了。能从被淘汰的边缘绝地反击，也就说明他还有机会走得更远。

毕竟没有人要害他，有的只是真心欣赏他的导师，和真心想帮他的人。

隋轻驰从浴室出来，卧室里只开了两盏落地灯，墙上的电视里正在播CBC台《地表最强音》的第八期。混血萨摩耶趴在昏暗的落地灯光圈下，摇着尾巴目视穿着浴袍的男主人经过它，再走到床边，拿起遥控器调大了音量。

电视里，主持人正揭晓钟岛的第一和第二导师志愿。

隋轻驰用脖子上的毛巾擦了擦眉毛上的水，银屏的光照得他的五官如雕塑般棱角分明，微微眯起的眼中又带着一丝阴郁。他看到那个长得像自己的少年列出的第一志愿导师是安洁，第二志愿导师是唐杜。

镜头切到安洁，她抿紧了嘴唇。主持人接下来揭晓了四位导师的选择——只有一盏灯为钟岛亮起，不是安洁。

那一刻，钟岛的表情令隋轻驰的喉咙一阵发紧，就好像多年前的某一刻。

他拿起遥控器想关掉电视机，却听见安洁向钟岛道歉："对不起钟岛，我真的很喜欢你，但我已经没有名额了。如果我选你，那就要淘汰掉我的一名学员。看到你复活成功的那一刻，我本来有冲动想这么做，为了这个我还找了朋友商量。可我想来想去，最后觉得还是应该和现在的四名学员一起走下去。当然我不是说你不好，正是因为你与他们不相上下，我才更不能因为我个人的情感偏向就淘汰掉其实也很优秀的他们。"

隋轻驰猛皱起眉头，那一句"找了朋友商量"听得他心惊肉跳，顿时就后悔自己当时出于报复心理提的这个建议。他觉得自己被安洁出卖了，立刻就想打电话去质问对方为什么要出卖他，火大地拿起手机，在翻到安洁的号码时却冷静了下来。不存在什么背叛和出卖，是他自己心里有鬼才会这么想。安洁没有说出他的名字，他已经该庆幸了。

因为钟岛来酒吧驻唱过几回，姚可为了他一直在追《地表最强音》，这一期播出后一来酒吧就逮着傅错问：“你看比赛了吗？！”

傅错一见她愤愤不平的表情就猜到了：“看了。”

“看了你都不气吗？！”姚可坐上高脚凳，把拎包甩在吧台上，机关枪一样吐起槽来，“你说安洁是怎么回事啊？之前说有多么欣赏、多么喜欢他，结果临到头说变就变！你要是没那么欣赏你之前演那么用力干吗？！”

经姚可这么一说，傅错也觉得好像有几分道理。钟岛算是被误导了吧，要不然说不定他的第一志愿就会是唐杜。被当红女歌星如此大力赞美，一个十八岁的小子怎么可能不被收服？可这又能怪谁呢？怪女人的反复无常吗？

姚可喝了一口傅错递过来的酒：“而且她拒绝就拒绝吧，还巴拉巴拉说一大堆，连找朋友商量这种借口都说得出口，有没有一点主见和担当啊！”

傅错放酒瓶的手蓦地顿住，皱着眉问：“找朋友商量？”

“是啊！你不是说你看了吗？”

晚上傅错回家找了上一期的视频，从头到尾看完。他知道自己不该多想，但是听到安洁说出那句“找了朋友商量”，明明再没别的信息指向谁，却无法克制自己不去怀疑隋轻驰。这个怀疑盘旋在心里，像一座火山，欲喷而不能喷。他不想，不敢，也不可能去问隋轻驰。而在这之后每一次面对AK，他又无法说出自己的焦虑，就好像做了对不起对方的事一样。

这件事一连好几天压在心头，这天突然又被另一个坏消息雪上加霜——唐杜在酒店洗澡时滑倒了，手臂脱臼，可能要离开《地表最强音》。

唐杜受伤，《地表最强音》肯定要换导师，AK来酒吧喝酒，忧心忡忡地问他可能会换谁。

“不知道，”他说，“可能是LOTUS吧。”

他没有说出AK脑子里想的那个名字，AK也没有再问，默默地喝着酒，说：“但愿吧。”

LOTUS是摇滚乐队，自从塞林格好几年前被推荐当了《超级音场》的评委，他们已经很久没有参加这一类的选秀节目了。能补上歌神唐杜的空缺的，在现今众多男歌手中，论知名度和号召力，只有那个人。

当然，要看他愿不愿意。

好在，他多半是不愿意的。

隋轻驰为风尚杂志拍封面硬照这天，汪小鸥恰好刷到了唐杜因为受伤不得不退出《地表最强音》的消息，整张脸愁得皱成一团。隋轻驰喊了好几声“水”，她才恍过神来，连忙拿了水过去。大灯把隋轻驰的额头都烤出汗了，汪小鸥抬手给隋轻驰擦着。

“看什么走神了？”隋轻驰问，“谈恋爱了？”

“没有……”汪小鸥苦哈哈地说，“我这么胖，哪个男的能喜欢上我？”

隋轻驰皱起眉头：“你这么胖你还做了我的助理，我都没嫌弃，你有什么好妄自菲薄的？”

这话乍一听怎么居然……有点甜？汪小鸥抬头小心地瞄隋轻驰，水顺着他的喉咙滚下去，看着是很性感。还有刚刚替他擦汗，湿纸巾顺着高挺的鼻梁擦下来，那手感也挺让人心动的。来寰艺前，她做梦也没想过自己能和隋轻驰这种男神级别的男性相处。当然了，男神只是外表，内在其实是男神经……哎呀不敢说！

“哥，你当初为什么让我当你的助理啊？”

隋轻驰喝了两口水放下水杯，低头瞥她一眼，想了想：“你看起来脾气好。”

汪小鸥心想：是啊，脾气好的人才当得了隋轻驰的助理，要不天天挨骂谁受得了……

她忍不住叹气：“我也就脾气好这一个优点了。”

隋轻驰漫不经心地拧好水杯的盖子，放到汪小鸥手里，说了一句：“脾气好就是天大的优点了。”

摄影师给隋轻驰看成片的效果，汪小鸥站在一旁看着隋轻驰低头的侧脸。隋轻驰是真的帅，五官是那种西方古典式的俊美，长相明明是偏阴柔的，但阴柔中又带有一种雄性的压迫感。纵观娱乐圈，拥有这种气质的人凤毛麟角。那个钟岛算一个吧，但钟岛的长相还是太柔了，没有隋轻驰这种鲜明的棱角感，不过假以时日，应该也会成长和成熟起来吧。

隋轻驰同身边的摄影师说话，右手单手叉腰，只是一只手就非常吸引人的目光。汪小鸥不禁想起以前隋轻驰上一个访谈，被问到喜欢什么样的女生，隋轻驰三缄其口后说出三个字：“温柔的。”

脾气好不知道算不算温柔呢？汪小鸥盯着隋轻驰出神，看见他神情专注时舌尖偶尔会习惯性地舔一下嘴唇，不知不觉耳根就热了，吓得她一个激灵：妈呀我在瞎想什么？我男神可是唐杜啊！

拍完封面，有一个简单的杂志采访。柳眉看过要问的问题，把不合适的都画掉。就只有一个问题，她纠结了许久，知道隋轻驰不会喜欢，但还是保留了下来。杂志编辑看上面总共也没几个问题，又被画得七零八落的，偷偷翻了个白眼。

柳眉不是不知道给隋轻驰做过采访的人私下都会怎么吐槽，但隋轻驰不喜欢被问到私人问题，他要是觉得问题里夹带私货，那场面可是会好看得不得了。有一回他接受一个电台访问，电台主持人开玩笑似的问他："能聊聊和孟静女士的事吗？"

隋轻驰反问一句："和谁？"

没有眼力见的主持人又重复了一遍问题，隋轻驰立刻就摘下耳机起身离场了。这个电台访问是在自由天地广场的玻璃间进行的，外面当时乌泱泱地挤满了人，整个广场被堵得水泄不通。就连对面王府井的落地玻璃窗后都是密密麻麻的人墙，就为了亲眼看一眼"中二天王"。这下可好，几千人一起目睹了隋轻驰离场的全过程，场面可谓轰动。可能电台主持人以为隋轻驰不会当众给人难堪，也是天真，隋轻驰当众给人的难堪还少吗？有的艺人好歹也会说一句"对不起"再离场，可隋轻驰根本不管什么礼仪风度。在那之后，该电台节目在官微公开批评隋轻驰作为公众人物，连一点基本的礼节都不懂。

不到半小时，就求仁得仁地得到了隋天王的回复：你自己问了我什么你心里没数？我的礼节就是不当众抽你，我做到了。

电台主持人在自己的私人微博里接着吐槽：以后还有人敢请他做采访吗？

柳眉冷笑着想：你想多了，隋轻驰是话题巨星，还是流量巨星，他在群星中就像个辐射威力巨大的太阳，虽然有毒，但也有光啊。娱乐圈说穿了就是个飞蛾扑火的行当，多得是蛾子一边骂着隋轻驰一边往他身上扑。

杂志采访进行到最后一个问题，柳眉的心也悬了起来。这个问题不涉及隐私，但显然也是隋轻驰不想听到的那一类。

"昨天晚上唐杜宣布因伤退出《地表最强音》，现在大家都很好奇你会不会成为《地表最强音》的救场导师？"

隋轻驰愣了一下，明显没料到会有这个问题，更不知道唐杜受伤的事。他扭头看向柳眉，柳眉就含糊地点了点头，也不知道自己这个点头会被隋轻驰如何解读。只见隋轻驰冲她皱了一下眉，转过头去对杂志记者说："我还不知道这件事。"

"那如果有可能，你会考虑救场吗？"

"不知道，我现在回答不了你。"隋轻驰说完，留下一句"这是最后一个问题了吧”便起了身。他起身时在对方面前停了一下，杂志编辑忙站起来说“谢谢”。他也和对方握了手，再扣上大衣的纽扣，同时朝摄影师点了点头，然后才转身离开。

采访顺利结束，保姆车载着一行人回公司。车厢里有点安静，隋轻驰看着窗外，像在想什么，眉头无意识地皱起。

柳眉猜不出他心里怎么想的，其实唐杜受伤是在一周前，两天前《地表最强音》的节目组就来联系寰艺，希望隋轻驰能救场。虽然大家都懂“王不见王”的游戏规则，但从影响力来说，隋轻驰应该是他们名单上的第一人选，所以就算希望渺茫，也会来试一试。她知道隋轻驰不太可能接唐杜的盘，可公司又很希望他能救这个场，不只因为对方开出的价格比唐杜还高，隋轻驰这段时间又是重组西风又是弄出乱七八糟的幺蛾子，公司也希望他能通过这个音乐类节目挽回一下形象，虽然也挽回不了多少就是了……但能让人们重新记起他是一名歌手和音乐人，也聊胜于无。

安静的车厢里突然传来隋轻驰的声音：“《地表最强音》来找过我吗？”

柳眉总算等到了这句话，就照实说了：“我说要考虑一下。”说完顿了顿，“你要是不想去就算了。”其实连她自己都觉得可能性不是很大。

隋轻驰听完又陷入沉默，就在柳眉以为这件事多半没戏的时候，忽然听见隋轻驰说：“你让他们把合约拿过来我看看吧。”

柳眉和汪小鸥忍不住对视一眼，都从彼此的眼中看到了惊讶。

八卦号比官宣更快地爆出了隋轻驰要救场《地表最强音》的消息，起初网上很多人都不信，等正式的宣传出来以后，才纷纷傻了眼。继唐杜后，隋轻驰又要来《地表最强音》，天王与歌神给同一个节目站台，虽然没有同框，也着实让大众兴奋了一把。

傅错万万没想到会等来这个最坏也最不可能的消息，以为会等来AK的连环夺命电话，但左等右等电话都没有响，反而让他不知该如何是好了。

一直等到唐杜受伤前录的最后一期《地表最强音》在CBC播送，傅错感觉等不下去了，可能明天，也可能后天，钟岛随时都有可能面对隋轻驰。他不敢想以隋轻驰的个性，会对这个曾借他炒作的年轻人做些什么，但钟岛何其无辜。

似乎他越想置身事外，就越是事与愿违……

唐杜录制的最后一期节目播送的当晚，他在手机通话记录里翻了好久才找到那个号码，拨过去。电话那头的忙音响了很长时间，傅错才想起自己被拉黑了。

他无奈地正想挂断时，耳边传来“吧嗒”一声，机械的音节被突如其来的沉默所取代。

那边安静了几秒，传来一道很沉重的呼吸声：“什么事？”

傅错听着隋轻驰的声音，想起这些天发生的事，隐忍地问：“是你让安洁拒绝钟岛的吗？”

“你说什么我听不懂，我现在忙，等我空……”

“是你给安洁吹的耳旁风吧，我了解你。”

“你……”隋轻驰被这句话刺痛了，把那张纸揉成一团扔出去，大力起身时旋转椅“哗”的一下滑出去老远。他看着满地阵亡的乐谱和歌词，手叉腰，怒不可遏，“傅错你摸着良心说，你真的了解我吗？！”

“你摸着良心说，我不了解你吗？”

“……”

傅错不想和他这样吵下去，直接道：“我们出来见一面吧。”

“不方便！”

“你现在不方便可以明天，明天不方便可以后天……”话说到一半，背后的姚可忽然惊讶地喊“怎么流鼻血了”。傅错拿手背抹了一下鼻子，抹出一团红色，回了句“没事”，又抬手示意姚可把纸巾拿给他。姚可忙递了纸巾过去，他把纸巾捂在鼻子上，就听到隋轻驰在那头问：“你在说什么？”

“没什么，在和别人说话。”傅错说，“你想见面吗？时间、地点都可以由你定。”

隋轻驰沉默了一会儿：“见面干什么？”

“谈一谈。”

“不好意思，我现在不方便，明天不方便，后天也不方便。”

隋轻驰说完就挂断电话。傅错对这个结果并不意外，把手机放在吧台上，用纸巾擦了擦鼻子，确定已经没再流血了。

姚可见傅错还不死心地盯着手机，有些吃味地提醒他：“人家都已经挂断了。”

傅错依然注视着手机，两只手按在吧台上，像一个耐心的猎人。姚可看着他极度冷静而有耐心的侧脸，心中忍不住小鹿乱撞了几下。然后手机铃声突然响了起来，吓了她一跳。

傅错果断地拿起手机：“喂？”

“半小时后你来我这儿找我。”隋轻驰说。

“你住哪儿？”

“自己不会找？”

“行。”傅错点点头，收了手机，回头跟姚可告了假：“我出去一下，晚点回来。”

姚可感觉很稀奇，转动着眼珠子瞄他：“谁呀？女人吧，这么矫情。”挂断电话没两分钟又自己打回来，说真的，现在连女人都不这么矫情了。

傅错拿了外套披上，然后出了门：“别侮辱自己的同胞了。”

隋轻驰挂断电话后将手机扔在桌上，回头看着满地残骸，又蹲下把乐谱歌词一张一张捡起来，在桌子上摞了摞，整齐地放好。觉得还不妥，他又拉开抽屉，把那沓谱子塞进去时又停下了。

算了，有什么必要呢？傅错又不会上来这里。

于是他又随手把谱子扔到了工作台上。

下了楼，他看见沙发上还放着木吉他和自己写了一半的乐谱，也立刻全收起来，想放回楼上，随便扫了两眼，发现根本就没有保存的必要。在傅错面前，这些玩意儿堪比垃圾。他眉头一皱，双手用力地把纸压成一团，扔进了垃圾桶里。

# 第四章

## 我不再是那个追梦少年了

1

傅错确实不知道隋轻驰住在哪儿，但奇怪的是第一时间竟没觉得这是个问题。等走到路边，他才意识到自己根本不知道该去哪里找隋轻驰。从前要找到隋轻驰是很容易的，哪怕他关了手机，他能去的地方统共就那么几处。那个时候隋轻驰就算是玩失踪，也不会失踪到他真找不到的地方。可今非昔比，隋轻驰现在是万众瞩目的巨星，再想要找到他，根本无从下手。

十二月的夜晚寒风凛冽，傅错沿着马路边走边在手机上漫无目的地搜索着。车灯的光从他身边“唰唰”地飘过，冷风袭来，手指好几次冷得打错了字。也不知算不算走运，在一条八卦众明星住处的帖子里，竟真的被他找到了隋轻驰的住处。

揣好手机，转身正好看见一辆出租车，傅错拦下车，钻进后排坐下，裹了裹外套，招呼司机：“蓝田郡，谢谢。”

网上只贴出了一个大概的位置，据说除了隋轻驰，还有好几位明星住在蓝田郡，那是个圈内皆知的偶遇明星的好去处，傅错也没有怀疑。出租车在小区对面停下，傅错下车后给隋轻驰发了条短信：我到小区门口了，门卫不让进。

过了一会儿，他接到隋轻驰的电话，口吻似乎还有点疑惑：“这么快？”

“我挂断电话就出门了。”傅错说。

隋轻驰“嗯”了一声：“你把手机给门卫，我和他说。”

傅错把手机递给了年轻的保安，看保安站那儿和隋轻驰说了一会儿话，末了立刻转身双手把手机递还给他，并激动地说：“你是隋轻驰的朋友啊？！”

傅错不知道他在激动什么，隋轻驰在这儿住，身为保安应该是很容易见到真人的吧。他就说："我能进去了吗？"

年轻的保安又兴奋又哭笑不得："他不住这边啊！都是网上乱传的，他是在这里买过房，但那是给乐队的乐手住的，他自己没住这儿！"

傅错一脸错愕，有些尴尬地拿回手机，刚贴到耳边"喂"了一声，就听见隋轻驰气闷无比的声音："傅错你是不是傻？！"

傅错回头看了一眼好奇的小保安，快步走回路边，说："你不是让我自己找吗？我是按狗仔的爆料找的。"

"你可以啊，我都不知道你是不是故意在玩我。"

傅错皱眉盯着手机，这种情况到底叫我玩你还是你玩我？

隋轻驰挂断电话，过了一会儿给他发了个定位过来。傅错看着地名叹了口气，是富山山庄，离蓝田郡最少四十公里。而且……他抬头看向冷清的大道，这个地方连车都不好叫。

傅错赶到富山山庄时已经是晚上十一点多了。富山山庄，顾名思义，豪宅都是建在山上，掩映在林间的。这里比蓝田郡还要冷清，别墅与别墅之间相隔很远，直升机从上面飞过去都拍不到什么，对隋轻驰这样的明星来说是再适合不过了。

隋轻驰的住处从路边几乎看不到，很容易错过，没定位要找起来还真够呛。傅错此刻站在大门前，有一丝犹豫。也许是因为四周太安静了，好似夜里危机四伏的丛林，而他就像是大半夜来猎狮的傻子。

按响门铃片刻后，门就打开了。这栋别墅的地势比较独特，是背靠山脊建的，所以从路边看不出什么来，隐蔽而低调。他沿着被壁灯照亮的一条台阶往下走，渐渐看到别墅的全貌。从鸽子灰的屋顶，到面向山脚的超大露台，线条凝练简洁。

门没关，迎接他的是那只白得不太纯粹的混血萨摩耶。见到他时大狗象征性地叫了两声，就趴在玄关的位置不动了，仿佛知道来的是客人。

屋里有地暖，缓解了他一路奔波的寒气。隔着玄关他听见玻璃杯碰撞的声音，以及隋轻驰的声音："来了？"

傅错立刻发觉别墅的隔音效果相当好，应该是专门设计过的。

隋轻驰穿着一件宽松的黑色V领毛衣、运动系灰色长裤，手上提着红酒和酒杯。经过玄关时瞥了他一眼，又移开视线走去了沙发那边。

这么多年过去，傅错也不得不承认，时光并没有带走隋轻驰的魅力。他多半还长期健身，再配上俊美的脸，也难怪即使风评差成这样，也依然是无数女性的心头好。

隋轻驰背对着他，弯腰把酒杯放在茶几上，说：“坐吧。”

傅错并不想久待，看见桌上的酒杯，有些迟疑。

隋轻驰放下酒杯，直起背时扭头朝他看过来，微微蹙眉：“你站那儿不冷吗？”

这话难得没什么攻击性，傅错一言不发地脱了鞋，也没换拖鞋，反正地板很干净，也很暖和。

他走到隋轻驰对面坐下，隋轻驰给他倒了杯红酒，什么也没说，只把杯子推到他面前，然后又给自己倒了一杯，才在沙发上坐下。

傅错没心情喝酒：“不用了，我们开门见山吧。”

隋轻驰低头，漫不经心地塞上软木塞，问：“怎么个开门见山法？”

“能不能请你以后不要针对他。”傅错说。

隋轻驰按软木塞的手一顿，没什么表情地说：“谁？”

“钟岛。”

隋轻驰勾了勾嘴角：“你对这小子很上心啊，你们认识很久了吗？”

傅错不知道隋轻驰误会了什么，也懒得解释，反正只会越描越黑：“我现在是很认真地在和你说这件事。”

隋轻驰向前倾身，手肘压在腿上，交握着双手直视对面的人：“我呢，也是很认真地在问你。”

“他只是一个唱歌很有天赋的小子，对你来说更是无名小卒。”傅错说，“你是如日中天的前辈，他只是个连十八线艺人都算不上的新人，你真的不用和他过不去……”

“十八线艺人都算不上的新人？”隋轻驰一脸讽刺，坐直后深吸一口气，左手重重地按在大腿上，“哪个十八线艺人敢天天踩着我上新闻？哪个十八线艺人能要到我求都求不来的歌？”

原来如此。傅错心想：因为要不到东西，所以在发火是吧。

“你要歌，行，我可以给你写。钟岛是唐杜的学员，我不奢望你能履行导师的职责去指导他，只要你在比赛中把他当成一个普通的选手，客观公正地评断他。”

谁知隋轻驰听完他的话，瞪着他，一脸的匪夷所思。

傅错不解他的反应：“怎么了？”

隋轻驰什么也不想说，压抑着火气站起来。他起身时一下挡住头顶的灯光，傅错立刻感受到迎头而下的压迫感。但隋轻驰只是掉头走去了玄关，混血萨摩耶抬头冲他摇着尾巴。傅错很熟悉这样的隋轻驰，这要不是在他自己家，下一秒他就摔门走人了。隋轻驰这个人表面张扬，其实骨子里很敏感，逆鳞特别多，他都不知道自己说了什么激怒了隋轻驰。

没必要给隋轻驰说那声“滚”的机会，不等隋轻驰开口他已经起身，心想：果然还是白跑一趟，但起码自己尽力了。

他起身时，隋轻驰的背影顿了一下，回头朝他看过来，皱着眉问：“你去哪儿？”

“就这样吧，”傅错拢了拢夹克，说，“我回去了。”

与隋轻驰擦肩而过时，忽然又听见隋轻驰说：“傅错，你到底是不是故意来恶心我的？”

傅错有些莫名其妙，却还是耐着性子回了头：“我怎么恶心你了？”

“上次去找你，不是你亲口说不再给谁写歌了吗？为了个连十八线艺人都算不上的新人这就妥协了？他唱得很好吗？我怎么不觉得。在所有选手里能排个前三都算是抬举他了，你图什么？！”

“不给你写歌你记恨我，给你写歌你又不高兴，你到底想怎么样？”我给你写歌还得我跪下来求你，要不然你还嫌姿势不好看是不是？

隋轻驰看着他，良久，喉咙动了一下，说：“我不想怎么样，我只是觉得他不配，想让你清醒点儿。”

“我很清醒，不清醒的人是你。”傅错忍无可忍道，“隋轻驰，都过去这么多年了，你成熟一点吧，整天这样自暴自弃有什么用？抽烟酗酒耍大牌，一会儿要组乐队，一会儿又忘了，有精力去对付一个新人，能不能认真一点对待你的人生？”

隋轻驰的脸色越来越难看：“闭嘴！”

拳头砸在玄关的柜子上，发出“哐当”一声，混血萨摩耶吓得一弹而起，绕着主人的腿惶恐地打着转。柜子的铁艺把手狠狠地磕在隋轻驰的手上，整只手如抽搐一般疼。狗跳起来讨好地扑向他，他忍住手上的剧痛，弯腰捡起地上的飞盘，直接朝露台的方向飞了出去。飞盘落进泳池，混血萨摩耶傻乎乎地冲出去，“扑通”一声跳进水里。

傅错见狗奋力地游向泳池中央的红色飞盘，隋轻驰却走过去把落地玻璃门“吧嗒”一声上了锁。大狗叼着飞盘游回来，湿漉漉地蹲在门前，伸爪子可怜巴巴地挠着玻璃门。

傅错看不下去：“当你的狗真不容易。”

“你来了它才会倒霉，因为我不能拿你出气，懂吗？！”

“那你冲我来，别拿无关的狗乱发脾气。”傅错想也没想就走过去，想拉开门放狗进来，手却被隋轻驰按住。

“这是你说的。”隋轻驰看着他，冷冷地道。

两个人的手握在一起，这么多年后的第一次。傅错突然就后悔了，用力一抬手，隋轻驰也在那一刻松开了手。两个人你看着我，我看着你，就像那个握手的意外并未发生过，他们之间还是只有恨与厌，没有别的。傅错面对这样的隋轻驰，心情无比复杂。隋轻驰比他高不了两厘米，但从身体里散发的压迫感比起从前仿佛有过之而无不及，不知道这些年究竟经历了什么。寥寥几次见面，傅错从他身上感受到的戾气与日俱增，方才那一握时他手指传递的压力绝对没有客气。

隋轻驰拉开了门，混血萨摩耶甩着一身的水蹿进来，冰凉的水溅到两个人身上。隋轻驰从大狗嘴里拿过那个飞盘，抬手朝傅错十分恶意地举了举，然后一扬手又扔向了外面的泳池。

大狗还想冲过去，却被隋轻驰一把拽住项圈，两只前脚都被拽得提了起来。感觉到主人颇大的力道，狗狗只挣扎了一下就原地蹲下不敢动了。隋轻驰一边俯身拽着狗，一边抬头挑衅地看向傅错。

傅错什么也没说，脱掉了夹克。

黑色的夹克扔在地上，金属拉链在地板上发出清脆的声响。大狗抖了抖耳朵，好奇地看着走向泳池的人，感觉身后抓着自己项圈的手渐渐松懈了力道。

初冬季节，一下水就感觉刺骨的冰冷。飞盘并没有落得很远，但只这短短的距离，傅错就游得心都凉透了。

红色的飞盘就漂在泳池中央，大狗见男人一点一点朝着它游去，急得往前一蹿，从主人已经有气无力的桎梏中挣脱出去。

混血萨摩耶跳下水时溅起老大的水花，抢先游过去叼到了飞盘，傅错在震荡的水中扭头看向岸上的隋轻驰。

隋轻驰站在泳池边，低头俯视他，从喉咙里憋出一句：“为什么？”

混血萨摩耶满身是水地跃上岸，傅错随即也从水里上来：“想让你感受一下你的要求有多过分。”

太冷了，他说话时牙关都在颤抖，隋轻驰听了也没再吭声。

傅错走到一旁，背对着隋轻驰脱掉湿透的T恤，想把毛衣穿上。但身上都是水，他就拧了一把T恤，想擦干身上的水。这时，一条毛巾从身后递过来。见他没接，就搭在了他的肩头——隔着两步远的距离，并不怎么顺手地一放。

傅错没回头，抓过毛巾默默地擦拭身体。

隋轻驰在身后问：“那个钟岛有什么特别的？”

这一次是平静克制的语气，傅错套上毛衣，胸口稍微回暖，才得以平复因为寒冷而急促的呼吸：“因为他有梦想，对他来说实现梦想不容易。”他侧了侧头，低声说，“算我求你，不要再毁掉别人的梦想，就像你那时毁掉我的一样。”

隋轻驰盯着傅错有些颤抖的背影，几次欲言又止。和这个人冷战他其实一点便宜也讨不到，伤害他，最终伤害的还是自己。一句“毁掉我的梦想”就让他无力招架，想反驳无从反驳，想撇清只显得卑鄙，想解释又没什么能解释的：“不是我毁的，我从未想过要毁掉你的什么，我也可以把你的梦想还给你。”

这不是隋轻驰第一次说这样的话，他或许也是有些惭愧吧。傅错苦笑着摇头：“不可能了，已经过去了。”

“你是不是很恨我？”

傅错闭了闭眼，不知道，以前可能真情实感地恨过，现在……

“恨不动了。”他弯腰低头，拧着湿透的长裤。

“我不是不能答应你。”隋轻驰忽然说。

傅错回头看向他，泳池里的水还在荡漾。那道明亮的水光映在隋轻驰眼睛的位置，那双看着会令人走火入魔的眼睛好像又回来了。隋轻驰的火和魔是什么样的，他都懂：“你有条件？”

“你肯答应吗？”

“我答应了会给你写歌。”傅错说。

“除了这个呢？”

傅错看着隋轻驰：“这还不够吗？”

五个字不带负面情绪，但沉缓有力，字字分明，隋轻驰一个字都说不出来。

是够了还是不够，傅错也无心再问，裤子被冷风吹得已经干了一些，但还是黏在腿上。他低头打算用毛巾擦一擦，鼻子一热，一滴红色便晕开在白色的毛巾上。

隋轻驰似乎立刻就发现了：“怎么了？”

傅错抬手摸了摸鼻子，鼻血立刻染红了手背。他摇摇头说：“没事，老毛病了。”

隋轻驰瞪着对方手上触目惊心的红色：“我怎么不知道你有这种老毛病？”

“人是会变的。”

“是我让你跳进泳池造成的吗？”

“不是。”傅错只好说，“有纸巾吗？”

隋轻驰在身上摸了摸，自然空空如也。他看了看屋里，喉结滚了滚：“我身上没纸，你跟我进屋换身衣服吧。”

傅错并不想在隋轻驰这儿逗留，但眼下也不得不如此，便点了点头。

一进门，鼻血就滴在了地板上。傅错摇头道：“算了，我还是不进去了。”

“没事，”隋轻驰低头看了一眼地上，说，“进来吧。”

傅错只得走进屋里，隋轻驰让他在沙发上坐下，可他现在浑身是水，坐沙发并不舒服。隋轻驰回头见他仍站着，就说：“去吧台那边坐吧。”

傅错在高脚凳上坐下，隋轻驰拿了纸巾过来，却没有递给他，而是绕到吧台对面。傅错抬手去接纸巾，想说“我自己来”。可隋轻驰把那盒纸巾拿到吧台下方，自己手上攥着一张纸巾，很理所当然地要抬对方的下巴，说：“我看看还有没有在流。”

隋轻驰的手还没贴过来，傅错就向后仰了头，意思是：你这样也能看见，没必要做多余的动作。然后隋轻驰的手便真的没再靠近了。

两个人的视线自始至终都是避开的。尴尬而不失礼貌，傅错心想，大概就是指的这种状况吧。

隋轻驰把纸巾留在了吧台，傅错松了一口气，拿起那张纸巾擦了擦鼻子。这鼻血一向来得快去得也快，现在已经没流了。

他听见隋轻驰随即也放松下来的呼吸，下意识地抬头。隋轻驰已经转身绕出吧台：“我上去拿一套衣服给你换。”

他是两步并成一步上的楼，背影很快消失。

是担心我会跑掉吗？傅错心想。

趁着隋轻驰上楼，他起身去水池前清洗了一下。用毛巾擦干脸时，他低头看见下方字纸篓里的谱纸和歌词，有些愣神，就见隋轻驰从楼上下来了。

他假装什么也没有发现，转身接过那套衣服，说了声“谢谢”。

隋轻驰说：“你要在这儿换吗？还是……”

傅错说：“我去洗手间换吧。”

隋轻驰点了点头，指了指洗手间那边。

傅错进洗手间后关上门，不用面对隋轻驰，他只觉得整个人都从重压下解脱出来。隋轻驰的衣服他穿着向来都很合身，只是手上这件深蓝色毛领夹克他居然有一点点印象，好像见隋轻驰在机场穿过。他不知道自己是怎么认出来的，似乎越是有意避开隋轻驰的消息，就越是对每一次不经意间瞥到的记忆犹新。

出来时隋轻驰正蹲在地上给狗擦毛，傅错看到这样的画面竟然有些感慨。主人擦得并不温柔，温柔的其实是狗。以隋轻驰这样的脾气，这条狗虽然血统并不纯正，但想必脾气一定很好。这样也很好，和他算是绝配。

鼻血没再流，衣服也换好了，临走时，隋轻驰忽然叫住他："傅错。"

他有些心累地转过身。

隋轻驰放下擦狗的毛巾，手撑着膝头站起来，说："我答应你了。"

傅错愣了一下，不可思议地睁大眼，以为自己听错了。

"我答应你了，不会针对他。"隋轻驰走过来，"不需要任何条件，歌你爱写就写，写了我加倍付你报酬，不想给我写那就算了。"

傅错蹙眉看着眼前人："为什么？"

"为了……"隋轻驰话说到一半，又强迫自己咽回去，"即使我说出来你也不会在乎的。"

他说着，目光不再错开对方诧异的眼睛："要不你就回去想一想好了。"

你想一想好了，傅错。

2

虽然隋轻驰已经答应不为难钟岛，但傅错还是无法完全对这个人放心。隋轻驰的承诺一般看心情，而且这个承诺多半是因为那天让他游了一回冬泳，想聊表歉意。也许那天他离开后隋轻驰一个想不过味就又反悔了，可能并不会故意针对钟岛，但保管也不会给对方好脸色。傅错这样琢磨完也觉得悲哀，为什么隋轻驰在他这儿就像一颗炸弹，从来就不能让他安下心来信任他一回呢？

在这之后又过了一个星期，算算时间，隋轻驰参与的第一期《地表最强音》应该也录制完毕了。傅错没有收到来自钟岛和AK的任何消息，一直到这一期节目播出的当天。这天是星期五，刚好乐队也要驻唱，姚可倒是早早地离开酒吧回去守着节目了。临走前，傅错叫住她："姚可。"

"嗯？"姚可回头。

傅错犹豫了一会儿，最后说："开车注意安全。"

姚可睁大眼睛，要不是傅错说完就转身去招呼客人了，她都要多想了。

傅错回头见姚可在门口崴了一下脚，又赶紧假装没事发生潇洒地离开，且笑了笑。还是算了，让姚可看完给他发条微信报平安什么的也太奇怪了。

那天姚可走得太急了，之后多半会后悔，因为当天晚上钟岛就来了。

不速之客走进后台时傅错正在给吉他调弦，还以为进来的人是小满，说了句：“怎么才来？”

“你知道我要来吗？”

傅错闻声愣了一下，抬头便看见戴着白色棒球帽的酷似隋轻驰的少年，不是不意外。

钟岛走过来，把桌子后的椅子拉过来坐下，然后一直猫着背看他在沙发上调吉他，也不说话。傅错发现钟岛非常能忍，他实在看不出这小子这次来找他是好事还是坏事，忍不住问了一句：“比赛怎么样？”

钟岛这才回神，“哦”了一声后坐起来，把帽子摘下放到桌上，顺了顺头发说：“晚上会播，你自己看吧。”

傅错观察了一下钟岛的表情，稍微放下心来，又低下头继续调吉他，问：“来找我有事？”

“不是来找你的，”钟岛说，“我想过来唱唱歌。”

傅错挑眉看他：“不怕别人叫你低配版隋轻驰吗？”

钟岛摇摇头：“我想通了，爸妈把我生成这样，我始终都要克服这个心理障碍。”他站起来，扫了一眼桌上放着的隋轻驰的专辑，说，“毕竟他出生比我早，红得比我早。”

确实实力也比我强。

傅错回到家时，节目早就播完了，只能看网络回放。隋轻驰不愧是当今娱乐圈的流量天王，接盘唐杜录的第一期《地表最强音》不仅是各台同时段收视率第一，甚至还是《地表最强音》两季以来的收视率第一。网络评论和弹幕一夜之间变得热闹起来——

“天王一加入，现场画面都变高档了！”

“‘中二’的特写一出来我一下就害羞了是怎么回事？”

“哈哈哈，被他‘中二’的眼神打到了吗？”

“虽然‘中二’，但那张皮相确实是赏心悦目啊……”

隋轻驰本尊一到，钟岛就变得越发山寨了。

原来这一期没有正式比赛，因为正好接近跨年，隋轻驰又是刚刚接盘，所以节目组企划了一个小型跨年演唱会。选手们结束演唱后，导师依然会点评两句，主持人故意让隋轻驰最后点评钟岛。傅错看到这儿，突然就看不见画面了——整个屏幕都被弹幕占满了——

“来了来了！”

“名场面预定！”

“隋轻驰怎么评价都是错，说好的要被骂自恋，说不好的要被骂小心眼和不尊重人！”

“你的天王看着脚下的坑，盘算着要以什么姿势跳下去！”

他找了半天才找到在哪儿关弹幕，显然现场的观众和不在现场的观众都十分关注隋轻驰会怎么评价这个低配版的自己。隋轻驰要说话前现场突然有点吵，他开了口还没出声就皱眉停下了。主持人让现场观众安静，傅错坐在屏幕这头，感觉自己比站在舞台上等着被隋轻驰评价的钟岛更紧张。因为他完全不敢去猜，或是去想隋轻驰会说些什么。

镜头中的隋轻驰轻轻扳了一下嘴边的头戴式麦克风，在万众期待中说了两个字：“还行。”

主持人问：“没别的了？”

隋轻驰想了想，又说：“我挺羡慕他的。”

这会儿现场比之前要安静多了，都在专心地听他说话。坐在旁边的安洁笑着说：“羡慕他什么啊，该是他羡慕你吧。”

“羡慕他……”隋轻驰看着在自己的注视下努力掩饰紧张却根本掩饰不了的少年，“年轻吧。”

他用自己也不知是讽刺还是羡慕的语气说：“在他身上什么都没成定局。”

又或者本来是想讽刺的，到头来却真的变成了羡慕的语气。

主持人接下来又说了什么，隋轻驰的目光还在钟岛身上，但实际已经完全没在看什么，脑子彻底放空了。待音乐响起时，他才慢慢产生一丝后悔的情绪，后悔语言那样轻易地就出卖了自己，害怕这样一句话又要被那些参与过他的过往，自以为了解他，分分秒秒关注着他的人们无限发散，旧事重提。

当天陪隋轻驰录完节目回程的路上，柳眉回头看了一眼疲倦地靠在椅背上的隋轻驰，知道他没睡着。倒是汪小鸥，一看就已经睡得不省人事了。车子钻进隧道，柳眉压低声音问：“为什么会接唐杜的盘？”

隧道的灯光一圈圈掠过昏暗的车厢，隋轻驰勾了勾嘴角，眼睛也没睁开就问：“这么好奇吗？”

不止我和汪小鸥好奇，网上还有无数人都好奇得要死。柳眉心想：你再不给个解释，把你和唐杜凑成 CP 的人都快有了。

然而隋轻驰没有回答，只把身上盖着的驼色大衣往肩膀上拉了拉。柳眉看着那件大衣搭在隋轻驰的肩头，欲坠不坠，像吊着所有人的好奇心。

一周后，傅错在酒吧见到了好一段时日没有音信的 AK，却不是在吧台，而是在乐队的后台。他背着吉他一推开门，冷不丁就看见一个熟悉的背影。AK 手上拿着的是那天陪姚可送他的那张隋轻驰的签名 CD，他下意识地想解释：“这是……”

AK 低头翻着歌词本：“这张我在网上听过，还不错，看得出来有认真在做。当然了……”刺头青年回头冲着傅错咧嘴一笑，“比起他的第四张专辑还是差得远。”

傅错看着 AK 仿佛已经释怀的笑脸，也被感染得笑了。

“驻唱完有时间吗？”AK 说，“陪我走走吧。”

“那会儿都凌晨了。”

“那有什么关系，”AK 笑着说，“以前凌晨的时候我们四个人不也经常一起轧大桥吗？”

模糊遥远的画面又在心底蠢蠢欲动，傅错点了点头：“好。”

结束演出已是凌晨三点，两个人走在冷清的大桥上。傅错见 AK 缩着肩膀，好笑地问：“冷吗？”

AK 揉了揉鼻子：“果然老了……”又瞅他，“你不冷吗？”

“我还能装两年。”傅错心想：我可是大冬天跳过泳池的人啊。

“那个时候好像一点都不冷。”AK 看着前方说，“这座桥没有变过。”

傅错什么也没说，只点了点头。物是人非，太正常了。人是最善变的动物，偏偏最爱往自己身上贴长情的标签。事实是一张桌子、一把椅子、一支笔，都比一个人要更经得起时间的考验。

“那个时候我们为什么要大半夜走这座桥啊？”AK 问。

傅错回忆道：“因为地铁收班了，又叫不到车……谭思说不如走回去。”

“是吗？我以为是我说要减肥，你们才陪我的！”

“那是第二次。”

AK 有些失笑：“对，这座桥我们走过很多次了。”

傅错也望着前方，明明长得看不到尽头，走在上面却让人那样心安，甚至当它真的望得见头的时候，心里还会有一丝遗憾，想着要是能一直这么有说有笑地走下去就好了，不要真的走到桥头再分道扬镳。

“我想起一点隋轻驰的事，”AK 突然说，“我说起他你会生气吗？”

“你要想说你就说吧。”

“那时候我们轧桥，你记不记得他最爱吊在后面？我每次找他说句话都得回头！”

傅错笑道：“因为你走得太快了。”

“是吗？可我和谭思说话就不用回头啊。”

傅错缄默了几秒，点头说了一句：“是，你和他都走得快。”

AK 边回忆边说道：“你别说，我和谭思两个人走这座桥只要不到一个小时，带上你和隋轻驰就得走两个小时！”

“倒也没那么久。”

AK 停下来，打量着两个人之间的距离，说：“你看，你永远慢我至少一米。”

傅错就迈步老老实实赶上了那一米：“习惯了。”

“不过我现在的心态不同了。”AK 说，“刚刚上桥的时候，我都有点希望这座桥永远也走不完，就……特别不想和你说再见。”

傅错在冷风中竖起夹克的衣领，微微蹙眉：“那就不说好了。”

“傅错，我要走了。”

太突然的一句话，差点被车辆开过时刮起的风带跑，把傅错听得都愣住了。

“你也知道我姐在澳洲，老早就把我爸妈都接过去了，他们也希望我能过去。”AK 说，“我推了好多年，现在感觉推不下去了。我爸妈年纪大了，腿脚也都不方便了，我姐忙工作还要带孩子，这次我是真的得过去了。”

他看着傅错，站在冷风中，眼圈渐渐有些泛红：“我已经不是以前那个摇滚少年了。”

傅错一瞬间不知该说些什么，他们都不再是以前的摇滚少年了。前面就是桥头，所有的旅程终归都有终点。他和谭思的终点站到了，和隋轻驰的终点站到了，今天终于轮到 AK 了。

其实不想让你走，但你留下来我又能为你做什么呢？在靠近桥头的地方，在旅程的最后一处风景前，他走上前，用力拥抱了AK。

能感觉到AK的手也紧紧搂着他，声音也是哽咽的："现在只剩下你了，你要好好的，傅错！你要好好的……"

你也一样，我最好的兄弟，谢谢你这么多年的陪伴，原谅我到最后除了这个拥抱，没有什么能够给你的……

钟岛在PK赛前给AK发了一条微信，PK赛的十六名选手都很强，他有一种预感，这将会是他在《地表最强音》最后的演出了。在后台化妆间，听着外面忙碌的声音，他忽然有些伤感。也许这个时候在手机上写点什么，那些早就该对某个人说的话，会缓解一些比赛前的压力。

AK哥：

一直没有叫你一声哥，其实我都是在心里叫的。我这个人嘴毒，连我自己都不喜欢听我说话，可能发一条信息给你会没那么尴尬。我在录16进8的PK赛，这很可能是我的最后一场比赛了。其他选手都很强，而我又不是一个讨观众和媒体喜欢的选手，已经做好了打道回府的准备。但我还是要谢谢你，让我没有后悔来参加这个比赛，也让我知道了"一山还有一山高"。这个被打脸的过程我很享受，只是可能最后的结果会让你失望。对不起，但我不会停下来的。

钟岛发完信息就放下手机，背靠在椅背上，盯着化妆间里亮堂的天花板。所有选手都去现场等待了，这里只有他一个人。他一直没等到AK的回复，等他被工作人员催促的时候，才想起节目录了一个晚上。现在已是凌晨三点多，AK那个老头子应该已经睡了。

PK赛前准备和彩排的两天，隋轻驰都有别的工作安排，没有到场指导四位学员，实际指导他们的是节目组安排的线下音乐导师。其实比赛全程大部分时间都是由线下音乐导师指导选手的，但四位明星导师在比赛前也都会再验收指导一下选手。然而隋轻驰没有出现，大家也不曾为此大惊小怪，毕竟另外三位评委导师和他绝对不是一个级别的。先前唐杜愿意指导学员是因为歌神敬业，至于隋轻驰，大概没人会指望他敬业。

钟岛与线下音乐导师的沟通并不顺利，他也看得出这位导师不太喜欢自己。

可能因为他确实不太会说话，导师在指导他时虽然有尽到职责和义务，但用心程度不能强求。

他只能靠自己。

隋轻驰直到录制现场才拿到比赛曲目，发现钟岛选的是他的歌。

《陨落》是第四张专辑里的歌，也是他个人最享受唱现场的一首。如果没有傅错在背后建议，那说明这小子还是有点眼光的。

编曲改动很少，基本就是原版伴奏，可见没怎么费过心。好在钟岛将这首《陨落》唱得相当不错，隋轻驰猜可能与他现在的心境有关。他是在以一种即将落幕的心态来唱这首歌，因此比前几次唱现场多出了不少感染力。

两名选手演唱完毕，主持人让选手先给自己拉拉票。钟岛听对手情真意切地说完，轮到他自己时，事先准备好的词却全忘了，最后只硬邦邦地说了句“我觉得我唱得很好”，把主持人都给噎了一下。

隋轻驰表面上没什么表情，因为知道摄影机不会放过他的每一个细微的神情。他曾经因为不会管理表情吃过很大的亏，因为黑脸被大做文章的次数比其他艺人因为出轨被黑的规模还要大。于是他现在上节目已经习惯把脸从头绷到尾，这一次也成功地忍住没把“嗤之以鼻”四个字写在脸上。

投票前主持人让导师为选手拉票，提到隋轻驰：“隋天王？”

隋轻驰蹙了一下眉，觉得好像有哪里不对：“你还是叫我老师吧。”

“啊？”

“隋轻驰老师。”他用缓慢而清晰的语调说。

主持人哑然：“叫天王还不好吗？”

旁边的安洁也跟着打趣：“你是天王啊，比我们都高一截！”

隋轻驰知道安洁没有恶意，但他是真情实感地厌恶“天王”两个字，心想：唐杜坐这儿的时候难道你们是叫他“歌神”的吗？不都是叫老师吗？为什么到我这儿就变了？

“叫老师。”他又说了一遍，并点了点头。

这个点头点得看似客气，实则不然。主持人只好打哈哈：“好啦，隋老师，来，帮你的学员拉个票吧！”

隋轻驰看向钟岛，有那么十几秒没开腔，现场一下子静得充满悬念。钟岛注意到隋轻驰的眉头不是那么放松，那并不是一个友好的信号。但他反正也没指望隋轻驰能真心为他拉这个票。

“把票投给他吧。”隋轻驰说，“他有梦想，对某些人来说，梦想唾手可得。但对某些人来说，机会只有一次。”

现场传来一阵诡异的唏嘘声，像是不敢相信这话是从隋轻驰口中说出的。钟岛自己也有点受宠若惊，隋轻驰给他拉的这个票，委实比他自己拉的要走心多了。

安洁为他鼓了掌，钟岛怀着复杂的心情朝着隋轻驰鞠了一躬。

隋轻驰面无表情地看着对自己九十度鞠躬的少年，心想：你看得到吧。你可别佛着不看啊……

当天的录影直到五点才结束，钟岛一直待在演播厅后台没走。这场PK他并不是被看好的一方，但因为隋轻驰的那两句话，他差不多赚到了现场所有天王粉丝的票。对隋轻驰，他曾有过莫大的偏见，现在想来只觉羞愧难当。他一个初出茅庐、屁都不是的穷小子，有什么资格去评价像隋轻驰这样的巨星？

如果不能当面说声“谢谢”，他会被心里的疙瘩给憋死。在后台等了一会儿，他终于看到隋轻驰和胖胖的女助理从通道那边走出来。

汪小鸥听见了那声投其所好有点别扭的“老师”，回头见是钟岛，忙对隋轻驰道：“哥……”隋轻驰眉头一拧，依旧自己走自己的。汪小鸥深谙隋轻驰的各种小表情，这代表着他听见了但是不想理……

隋轻驰走进电梯，汪小鸥也跟了进去，还在犹豫要不要先不按电梯门偷偷等一下钟岛，隋轻驰已经“啪啪”两下猛戳了关门键。电梯门合拢后，他把外套脱下来扔到她手里，又把手机、墨镜一股脑地扔给拿不过东西来的她。

得罪他了，胖女孩抱着隋轻驰的大衣，苦哈哈地想。

AK离开了，傅错还是像往常一样去酒吧。太阳照常升起，生活一切如常，只是他感觉心里缺了很大一块，像一个刚刚摘去一颗肾脏的人，看着什么都好，只有打开才知道少了什么。晚上结束驻唱，影子和小满都走了，他一个人留在酒吧，给自己倒了酒，打开手机音乐，然后就坐在吧台静静地喝着。

歌单是云音乐自动推荐的，从唐杜的歌到隋轻驰的歌，什么歌都有。借酒浇愁的时候听伤感的歌最是心酸，然而最可悲的，是当隋轻驰的声音响起，心酸就会变成心痛。但那心痛中又有一股催泪的力量，让他宁愿忍受煎熬，也不愿切掉。

大数据总是自以为很了解每一位用户，是以这个音乐软件最爱给他推荐隋轻驰的歌。每次想让它推一些新歌手时，看到那条醒目的“你应该喜欢 隋轻驰”

的推荐，他就什么歌都听不下去了。

可是现在……越是现在这种时刻，他就越无法否认，只有隋轻驰的声音能准确击中肋骨后的那个器官。

不知喝了多久，他忽然听见了敲门声。他眯着眼回头，就看到门外站着一个人影，个子挺高，穿一件修身的直筒大衣，衬得身材极好。只是因为灯下黑，他看不清来人的长相。他记不起认识的人里有这个身高和外形的，于是起身走过去。然后他突然就想起来了，是有这么一个人。

门外果不其然是隋轻驰，见他走过来，就在那扇玻璃上象征性地又敲了一下，不冷不热地说："开一下门。"

隔着厚厚的玻璃门，隋轻驰的声音听着好像在水里，他就像一个幻象。

傅错收起惊讶，上前打开了门。他知道如果不给隋轻驰开门隋轻驰不仅不会走，而且还会发火。

"你来干什么？"隋轻驰的出现让他的脑子稍微清醒了一点，"这都什么时候了？"

门没有开得很大，隋轻驰侧着身子进来，说："我路过这儿，看见灯还亮着，想来喝杯酒。"

"没看到已经停止营业了吗？"

"那你给我开什么门？"

不给你开门难道你就会走吗？傅错只得拿了个杯子给他，问："喝什么？"

隋轻驰扫了一眼吧台上的酒杯："和你一样。"

傅错给他倒了酒，到底是带着点醉意，倒酒的时候不太准。隋轻驰看了他一眼，把酒杯推过去一点，然后才听到液体汩汩流进杯子里的声音。

隋轻驰拿起杯子晃了晃，笑着说："你没赶我走，是想找个酒友吗？"

傅错喝着酒，没说话，心里想：如果世界上只剩下他和隋轻驰，他到底愿不愿意和隋轻驰相处呢？

隋轻驰拿起吧台上的手机，看到上面自动播放的歌单，在其中发现自己的名字时很意外，整个人呆了一下，眨眼后才发现是云音乐的今日自动推荐。

他放下手机，对自顾自地喝着酒的傅错说："我刚刚录完节目。"

傅错没什么心情理他。

"你没什么要问我的吗？"

傅错摇了摇头，把酒杯放下，并没有看隋轻驰，语气冷淡地道："安静地喝酒行吗？”

隋轻驰的眼神比他的更冷：“你还放着音乐呢。”

“音乐不说废话。”傅错说。

隋轻驰点了点头，不再说什么，拿起酒杯仰头就喝了一大口。

歌曲就这样一首接一首地放，两个人就这样肩并着肩，一杯接一杯地喝。隋轻驰的手指有时会随着韵律在空酒杯上轻轻地敲打，傅错瞄到他这个动作只觉得心烦。他烦的是这样的隋轻驰太熟悉了，连这些小习惯都没改过。

LOTUS的《黑色沙漠》唱到一半突然就停了，傅错侧头问隋轻驰：“怎么了？”

隋轻驰把手机拿起来瞧了瞧，扔到他面前：“没电了。”

傅错拿起手机，发现手机确实没电了，叹了口气。

隋轻驰把自己的手机放在吧台上：“要用我的听吗？”

傅错摇头。

隋轻驰收起手机，回头看了一眼酒吧前面那个小小的舞台：“你不想和我说废话，那我用唱的好了。”

傅错皱眉，然而隋轻驰已经站起来，径直去了后台，没过一会儿就提了他的木吉他出来。

傅错看着隋轻驰坐在舞台中央，一个小时前自己坐过的那把高脚凳上，抱着吉他低头试音，发现是调过的，就问他：“唱什么？”

傅错没说话，也没看他。

隋轻驰抬头看他一眼，皱了皱眉，不再问他，低头自己弹了起来。

你唱就好了。傅错垂眸盯着酒杯，心想：别说废话，只管唱就好了。

# 第五章
## 曾经我见过一双眼睛

1

傅错第一次见到隋轻驰，是在公交车上。他挂着耳机正在琢磨一首曲子，耳机里其实没有放歌。只是公交车上太吵，前排一个女生和手机那头的男友吵得不可开交，戴上耳机似乎也没多大用处。他有点想放弃了，摇摇头打算放首歌来听，忽然察觉车厢里难得地安静了下来。车子停在站点正上客，傅错想也许那个女生看见上车的人多了就收敛了脾气，可上来的只有两名乘客——一位大妈和一个戴棒球帽的男生。大妈上车后就近找了个空座位坐下，戴棒球帽的男生则走到打电话的女生后面的空座位坐下。傅错听见那个女生随即对手机那头说了句“不说了”就结束了通话，那一刻简直想感谢那个坐到她后面的男生。

在这之后，女生变回了文静的小女生，公交车变回了安静的公交车。傅错捡起先前落下的灵感，低头在小本子上记着歌词。摇摇晃晃又不知过了多久，他听见车门关闭的声音，抬起头，见那个吵架的女生下了车，才猛地发觉自己也到站了，慌忙把东西一股脑塞进背包里站起来，想让司机大叔开一下门。可这时车子已经驶离了站台，汇入了滚滚车流之中。

他的手抓住棒球帽男生前排的座椅扶手，只得作罢，转身往回走。就在那一秒，隋轻驰抬头看了他一眼，两个人的目光短暂地交错。傅错至今仍清楚地记得，隋轻驰的棒球帽压得很低，但他还是被罩在棒球帽阴影中少年的脸惊艳了一下。车子转弯时他没能握牢扶手，往旁边踉跄了一步，然后才带着“这颜值是真的吗”的心灵重击重新回到座位上。

从那一刻起，他的视线就怎么也无法从右前方穿白 T 恤和牛仔裤的身影上挪开。原来美貌真的能激发灵感，不分性别，只是看着男生白皙的脖颈，后颈窝处干净利落的青色发茬，被阳光照得发亮的耳郭，和耳郭后那片淡淡的阴影，就禁不住要赞叹造物主。就像在疲惫苦闷充满汽油味的旅途中偶遇了一个天使。

回到家他连饭都没顾得上吃就一气呵成地完成了歌词。高中时写的那些不成熟的作品大多逃不了被淘汰的命运，唯独这首《Beautiful》幸存了下来。虽然有些稚嫩，但备受歌迷喜爱。只是歌迷们不知道这首歌写的并不是某个美丽女孩，主角其实是一个美少年。连隋轻驰本人都不知情，压根儿不知道他们还有过这样一场偶遇。因为他一直为隋轻驰保留着这个秘密，就像保留着电影最后的彩蛋，光是猜想有一天告诉隋轻驰时的反应，那种悬念和刺激就足够他在梦里也满足地笑出来。

只是没想到两个人连电影的结局都没看到。

隋轻驰记得的两个人的邂逅，大概是那次学校大扫除吧，傅错心想。那天下楼时他光顾着看乐谱，不小心踢翻了楼梯间的垃圾桶，把垃圾弄得到处都是。楼梯下方有个男生拿着拖把在拖地，他忙说了声“对不起”，蹲下来扶起垃圾桶，想问对方“扫把在哪儿我帮你扫回去”，然后他就愣住了。

男生看着那一地垃圾，抬头给了他一记冷眼。于是傅错就这么猝不及防地再次见到了公交车上的美少年，在学校的楼梯转角。

他不戴棒球帽时颜值过分地有杀伤力，又恰逢这种倒霉催的场合，傅错没敢和他对视，转头看见一旁的扫把，拿起就把地上的垃圾重新扫拢，倒进了垃圾桶里。

美少年学弟一级一级地拖着台阶，傅错上上下下扫了一圈，这个楼梯间真的只有他一个人在拖地，忍不住问了一句：“你怎么一个人打扫这么大的楼梯间啊？”

对方没理他，傅错有些尴尬，看见男生提着拖把和水桶离去，走到走廊尽头时传来一声：“鸡婆。”

声音不大，但他还是听见了。当时他其实转身都要走了，冷不丁听到这句吐槽，竟有些忍俊不禁，心想：学弟你的声音这么有穿透力，还是别在背后吐槽别人好。好笑的是男生的身影刚消失在走廊拐角，他就听见“哗啦”一下霸气侧漏的倒水声，一听就知道厕所外面这会儿一定“水漫金山”了。

果然，下一秒走廊那头便传来教导主任火冒三丈的声音：“隋轻驰你怎么倒水的？！”

所以他是叫隋轻驰吗？好像还是个风云学生？奇怪，自己怎么一点也没听说过？

一不留神就记住了隋轻驰这个名字，然后就仿佛命中注定一般，又和这个风云学弟有了第三次、第四次巧遇。那一年苹果手机推出了第六代，新机风风火火发售后的某一天，几个男生在走廊上堵住隋轻驰，硬要借他的 iPhone 6 Plus 去玩。他下楼刚巧撞见这一幕，还有点吃惊，以为是个谁都惹不起的风云人物，但看起来似乎反而是被孤立排斥的那一个。

隋轻驰两只手插在衣兜里，说“让开”，其中一个男生直接拽住他的手。隋轻驰右手牢牢地插在衣兜里，男生拉不动，几个男生都拿他没办法，开始有点火大。傅错看到这里就退回楼上，叫了声“阳主任”。男生们闻声转头，以为是教导主任来了，这才自动退散了。

傅错松了一口气，以为隋轻驰也走了，正要下楼，就见楼梯下方的隋轻驰很好笑地鬼鬼祟祟探了个头望上来。他并不想再被骂鸡婆，就侧身躲到了墙角。隋轻驰往上望了又望，没见到教导主任，也不知道想了些什么，总算是走了。

傅错手捂着胸口长出一口气，感觉像被一只猫反侦查了。

“笑什么呢？”谭思提着书包从楼上下来。

傅错笑着说没什么。

谭思走在前面，看向走廊的方向，感叹道：“唉，现在的初中生真是了不得，都学会校园霸凌那一套了。”

傅错眨眼：“你都看见了？”

谭思点着头下楼梯，笑道：“我还想你要是上前去修理那几个男生，我也就下来给你撑个场子，没想到你这么足智多谋。”他又回头问，“不过你怎么做了好事不留名？”

傅错把背包甩到背上，撇了撇嘴：“那小子也不是个善茬，又不会谢我。”

“那可不一定。”谭思说，“有的人嘴上不说，但心里会记得。”

那时傅错并不怎么相信，只笑着摇了摇头。

离学校一站路的地方有个废弃工厂，放假的时候傅错就会和谭思、AK 来这边排练。当然起初不能叫排练，也不能叫乐队，既没主唱又没听众，连个乐队名都没有，三个人只是因为都喜欢音乐，志同道合才走到了一起。他们只要在一块玩音乐、聊音乐就会特别开心，告别彼此各自回家时还会舍不得。连同桌都说他们作为高中男生简直奇葩得可以，别的男生这个年纪都在和女生打打闹闹，就他们三个人天天腻在一起。

高一下学期，AK心血来潮，说想去街头搞一次插电现场表演。因为没有主唱，AK是鼓手又不方便唱歌，他就和谭思石头剪刀布，输了的人当主唱，结果他输了。那天他们唱的是LOTUS的《巨浪》，托歌曲和原唱的福，前奏一出来，明明弹得蹩脚得要命，仍有不少路人给面子地停下来，为他们鼓掌喝彩。那天他和谭思都出了不少错，AK表现得也不咋样，然而这次经历却像一剂催化剂，三个人第一次有了想正正经经弄一个乐队的想法。

西风这个名字是谭思取的，取自雪莱的《西风颂》。后来AK还要求他在每次演出前都得先报乐队名，并且得解释一遍名字的含义。西风颂还能有什么含义呢？无非是那句“冬天来了，春天还会远吗”。他回回都得硬着头皮说上这么一段，到后来这就成了西风歌迷之间广为流传的一个梗。每当后来的主唱说出“大家好，我们是西风”时，歌迷们便会集体回答“不会远了”，让人啼笑皆非又无比怀念。不过那都是后话了。

差不多一年时间里，乐队成员都只有他们三个人，傅错很希望能有个主唱来解救他。唱歌并不是他的长项，他一方面不想拖乐队的后腿，一方面也希望能专心地弹吉他。

十七岁那年的夏末，他还不知道，他想要的那个主唱，那个乘着西风起飞，最终将成为巨星的人，已经在来的路上。

工厂外有个篮球架，有点旧，等谭思和AK来排练的时候，他偶尔会打打球打发一下时间。最初知道这个篮球场的只有他们三个人，后来AK带班上的同学来打过两回球，渐渐地，也有人放学后会来这边打一打球。

有一天傍晚，他路过工厂外，看见隋轻驰一个人在那里投篮。他停下来看了一眼，然后默默地走开了。从隋轻驰用的手机和穿的球鞋来看，他的家境应该是很好的。但和别的用苹果手机、穿耐克球鞋的少年不同，隋轻驰始终给人一种浑身是刺的感觉，连打个篮球也是找个偏僻的地方，一个人上篮投篮，再一个人给自己握拳喝彩，真让人担心他是不是在学校受到了霸凌。傅错只希望是自己想多了。

公交车缓缓进站，他跟在一个大叔后面上了车。刚打完卡，就见几个男生从马路对面走过来，手上转着球往工厂的方向走去。那几个人他是认得的，都是和自己同一个年级的高中生。虽然和隋轻驰不同级，但这些人在高中部就很不好惹。

车门处适时又上来两名乘客，对他说“同学你往里走一走”。

傅错说了声“对不起”，掉头从人群中挤下了车，往篮球场的方向跑去。

隋轻驰听见七零八落的脚步声靠近时就翻了个白眼，他现在已经具备了靠听脚步声就能判断对方是否不怀好意的本领。果然，男生们见他占着球场，开口就要他让出来。

隋轻驰没理他们，拍了两下球，举起来瞄准篮筐：“是我先来的。”

篮球“唰”地入筐，几个男生有点刮目相看。

“你有没有搞错，”一个男生走到他身后，“你一个人霸着球场，我们这么多人，难道要站在这儿看你打球？”

“我也约了人，”隋轻驰扭头看他一眼，“为什么要让？”

男生环顾四周，挑眉道：“你约的人呢？”

“他等会儿就来。”隋轻驰说完接着投球，这个谎撒得看似淡定，实则不然。三分球在心虚之下失了准头，在篮筐上磕了一下后掉落下来。男生们抢先一步上前顺走了球，在他面前颠来倒去地玩。隋轻驰停下来睨着面前的人，拿手背擦了一把下巴上的汗，眼睛里已经有了一股戾气。他往前迈了一步，然后就听见身后传来一声“隋轻驰”。

声音完全陌生，隋轻驰回头，就看见挎着背包走进来的英俊男生。他认了半天，觉得好像有点眼熟，却又想不起在哪里见过，皱眉想问“你谁啊”。对方已经走过来，放下背包，笑得熟稔地说：“等很久了吧。”

抢球的男生愣了愣：“傅错？你就是他约的人？”

“是啊，不可以吗？”傅错说，抬手问他们要球，“把球还我们吧。”

男生们悻悻地把球扔回去，隋轻驰单手“啪”地接住球，表情依然很不客气。

傅错一直目送男生们离开，其间隋轻驰则一直打量着对方，终于恍然大悟地眨了一下眼。这不就是那天一脚踢翻他垃圾桶的鸡婆男吗？

傅错本没想让隋轻驰欠他这个人情，挠了挠头说：“你……”

“没让你帮忙，别多管闲事。”隋轻驰打断他，拿起放在一旁的书包和手机，夹着篮球自己走了。

傅错错愕地愣在原地。

有的人嘴上不说，但心里会记得。

这走得头也不回的，会记得才怪吧。

隋轻驰放学后常常来工厂这边打球，傅错回家也要经过这里。等车的时候如果球场没人，他也会来投投篮，一来二去两个人想不眼熟也眼熟了。

有一天傍晚，傅错在这边练球，捡球时注意到铁丝网外一道隐去的身影，猫一样来去无声，一看就知道是谁。他心里好笑，抹了一把汗，喊了一句："你来吧，我回去了！"

隋轻驰没出来，傅错就笑着背上背包离开了。

后来两个人之间仿佛达成了某种默契，一个打上半场，一个就打下半场，一方占着篮球架时另一方就去书店翻几本漫画打发时间，另一方到点也不会再继续占着，就这样相安无事地分享了这个球场。有一回傅错看到点了，拿上球正准备走，就见隋轻驰已经从马路那边的书店过来了。他还是老样子，把棒球帽压得很低，迎面走过去你都看不见他的眼睛，也不知道这样瞧不瞧得见路。他心想：不过倒是一看就不好惹就是了。

他觉得老这么不说一句话也不是一回事，还是决定由自己抛出这根橄榄枝："要不要玩一对一？"

隋轻驰冷不丁听见对方的声音，还有点不确定是不是在和自己说话。他扭头看过来，抬了抬帽檐，努力撑开一点视野。

应该是在和他说，因为周围没别人。

两个人一对一玩得很过瘾，别看隋轻驰那时还不满十六岁，打起球来已经攻击性十足，拉人、撞人什么的他一点都不手软。傅错被撞得差点摔倒，忍不住喊了一声"喂"，隋轻驰已经持球上篮了。他这样不到一米八的身高居然可以完成单手扣篮的动作，弹跳力惊人，傅错看篮球架被他扣得"哐当"震动了一下，都愣住了。

球落地后，隋轻驰把球捡回来，走过来问："喂什么？"

傅错想自己毕竟大人家两岁，还有身高优势，看在那个精彩的扣篮上，就揉了揉被撞疼的肩窝说："算了。"

隋轻驰并非不知道傅错那声"算了"是什么意思，把球扔过去时说了一句："打球还这么温柔的吗？"

这话夹枪带棍的，傅错接过篮球拍了拍，叹了口气。

不知不觉夏天已过，天也黑得越来越早。工厂这一块连路灯都照不到，很快就看不见篮筐了，两个人只得离开。

在车站等车时，隋轻驰问了句"几点了"，傅错就说："你没带手机吗？"

隋轻驰不耐烦地说：“忘带了。”

傅错想起之前看到的事，心想：不会真被人抢走了吧？

他“哦”了一声后摸出手机：“啊，没电了。”

隋轻驰眨了眨眼，很凶地皱起眉，傅错把手机举给他看：“真没电了。”

隋轻驰看了一眼黑屏的手机，居然还不相信地上手摁了摁开机键。

傅错哭笑不得：“我为什么要骗你？”

“因为太巧了。”隋轻驰说。

这时来了一位女士，傅错便上前去问对方时间。他走回来对隋轻驰说：“八点半了。”

隋轻驰的表情有点焦虑，傅错就往后看了看站牌上的发车时间表，问他：“你是坐111路吗？”

隋轻驰蓦地瞪大眼睛看向他，眼里警惕地写着“你怎么知道”。

傅错不明白他这夸张的防卫本能是怎么回事，指了指站牌：“只有这一路八点半收班。”又问，“你到哪站下？我看看有没有办法换乘。”

隋轻驰心情复杂地报了站名，却不是自家的站点，而是前面一站。

傅错点点头，在站牌上找起来，片刻后说：“要不你和我坐141路到桥头，再换乘151路？”

说完没听见隋轻驰回答，他回头，见隋轻驰正看着自己，然后才若无其事地把视线移向他身后的站牌，问：“这是最近的吗？”

“好像只能这样转，不然你也可以坐一站去前面换乘地铁。”傅错说。

车子进站，傅错转头看了隋轻驰一眼，隋轻驰便跟了上来。上车时傅错替隋轻驰刷了卡，隋轻驰看见了也没说什么，双手抄在裤兜里进了车厢。车上挺空的，傅错走到倒数第二排坐下，隋轻驰就在他前一排的空位上坐下了。一路上两个人都没有说话，因为刚上车不久，隋轻驰就趴在前排扶手上睡着了。快到站时，傅错拍了拍他的肩膀：“下车了。”

隋轻驰像兔子一样支起脑袋，看了看窗外，提起包就下了车，连声“谢谢”和“再见”都没说。

下了车便是换乘的站台，车门在身后“哗啦”一声关上，冷风将他吹醒。他想起什么，一回头，公交车已经发动离开。移动的车窗上倒映着站牌明亮的光和自己形单影只的身影，但他还是努力透过镜子样的玻璃，看见了坐在倒数第二排的男生——他抱着书包靠在椅背上，疲倦地闭上了眼。十七岁的少年，已经拥有那样一张好看又温柔的侧脸。

2

傅错回到家，才发现手机压根儿不是没电了，而是坏了，充好电开机没多久就会自动关机。第二天是周末，他拿着手机去附近一家手机维修店，一进门就看见几个眼熟的身影在柜台那儿晃来晃去，居然是那天在走廊上要管隋轻驰“借”手机去玩玩的几个男生。

男生们手里拿着一部 iPhone 6 Plus，貌似要卖了换钱。他实在无法不多心：“这是你们的手机吗？”

其中一个高个男生转头看见他，挑眉道：“当然了！”

傅错把手机拿过来开了机，递给他们，问：“锁屏怎么开？”

三个男生输入了几次密码，自然打不开。要输第六次时连老板都看不过去了，说了句“再输错就给锁定了”，三个人顿时停了手。

老板没收这部手机，几个男生只得走人。临走前，高个男生似乎咽不下这口气，回头指着傅错警告道：“少多管闲事啊！”

傅错没搭理他们，不过心里也奇怪，隋轻驰叫他不要多管闲事，他就觉得那叫有个性，同样的话换了这几个刺头说，听着就像嗡嗡叫的苍蝇。

他的猜测多半没错，手机是隋轻驰的。不过以隋轻驰的个性，手机被人抢了估计也不会跟老师和家长说。

一想到自尊心那么强的少年身上发生了这种事，傅错心里就很不是滋味。

“隋轻驰！”

隋轻驰周一回学校，刚进教室就被女班长给叫住。

“阳主任叫你去一趟他的办公室。”

他心里有点没谱，无意识地皱起眉：“为什么？”

“不知道，”女班长多看了他一眼，说，“应该没事吧。”毕竟隋轻驰成绩那么好……

隋轻驰没有立刻去办公室，而是回到座位上，放下书包坐在那儿想了想，心里稍微有了点底，确实应该没什么大事。

被叫来办公室的不止他一个人，还有那三个曾在走廊抢他手机的男生。阳主任的办公桌上正放着一部 iPhone，见他进来，就对他说：“你来看看这是不是你的手机。”

三个男生神情紧张地扭头看向隋轻驰，隋轻驰扫了三个人一眼，一言不发地走上前，拿起那部手机，输入密码后解了锁，而后平静地点点头说：“是我的，放在课桌里不见了。”

三个男生立刻跳脚咒骂起来：“隋轻驰！这明明是你丢了不要的！”

隋轻驰被暴怒的男生推搡了一把，往后踉跄了两步才站稳，也没还手，只是反问：“好好的手机我为什么丢了不要？”

男生们哑口无言。

阳主任黑着脸盯着三个人，摆了摆手让隋轻驰把手机拿走。隋轻驰说了声“谢谢主任”，然后就离开了办公室，却并没有走远。

办公室里很快传来阳主任光火的训斥声，几个男生还在争辩，然而已于事无补，阳主任半个字都不相信他们。隋轻驰冷着脸听完墙角，掉头离开。

中午学校广播站就出了全校通告，三个男生都被记了过，这下全校同学就都知道他们是小偷了。不知从哪儿传出被偷的是一部 iPhone 6 Plus，消息不胫而走，在校园里被讨论得风生水起。

傅错吃完午饭回学校，上楼时也听见了记过通告。

旁边的 AK 扭头看向洗手间走廊上在兴致勃勃八卦的几个女生：“iPhone 6 Plus？我们学校也有富二代啊？”

傅错上着楼没吭声，走在前面的谭思回头瞅他一眼，笑道：“被偷了还能找回来，是有福尔摩斯吧。”

在隔了一层楼的楼上，隋轻驰在教室里听完广播，就把手机扔进课桌的最里面，然后起身去了洗手间。

凉水“哗哗”地冲刷着手指，直到上课铃响了他才拧关水龙头，只觉得手指像是从冰窟里拔出来似的。回教室后是物理随堂小考，试卷从前面传来，前排的女班长回头见他用冻得通红的手接过那沓试卷，半晌都拎不起来一张，吓了一大跳。

考试时连笔都握不住，还得不停地用嘴哈气，但隋轻驰心里却是痛快的，一如窗外的骄阳。

十一月下旬，隋轻驰又度过了一个没人祝福的生日。从今天起他十六岁了，离盼望的成年又近了一步。这天是周末，他拿着球来工厂这边的篮球场，大老远就听见拍打篮球的声音，是有人捷足先登了。

他转身要走，迟疑片刻，又倒了回去。不知为什么，他脑子里突然冒出一个想法——至少要看看是谁。

绕过那堵围墙，他如愿看见了篮球架下投篮的身影。

视线随着三分球划出的弧线一飞冲天，篮球磕在篮筐上，发出“砰”的一声后弹起。夺目的冬日阳光在篮板的一角绽开，亮得他眯了眯眼。

十七岁的少年捡回球，转身看见他，愣了一下后才朝他扬手：“好巧啊！”

隋轻驰压了压棒球帽，拍着球走过去。手中的篮球每在地上撞击一下，心里的焦虑就像焦糖在阳光下化开。没想到十六岁生日还得和这个人一起过，那时心里还有些不情愿，哪能想到多年以后会是另一种截然不同的心情。

“只要碰见了，就一起打球吧。”虽然没人明说出来，但这好像已经成了不成文的约定。傅错也早已习惯隋轻驰打球时那些合理的和不合理的冲撞，假动作过人时，隋轻驰和往常一样一把拽住了他的衣服。可能是深秋时节大家衣服都穿得有点多，阻力大，加上地又有点湿，这一拽两个人的身体就都失去平衡摔在了地上。

隋轻驰感觉傅错的身体重重地压在自己的胃上，脑子忽然就断了片，眼前“啪”地一抹黑。

“你还好吧？”傅错起身去拉隋轻驰，却见隋轻驰手捂着胃部蜷在地上，似乎很难受，“你怎么了？是被我撞到哪儿了吗？”

隋轻驰倒吸了很久的凉气，眼睛才慢慢能看见东西。傅错蹲下来扶他，刚拉起他的手，那手腕就跟骨折了似的，轻飘飘地落在他的掌心，分量轻得像一只蝴蝶。他不由得紧张起来：“你要不要紧？要去医院吗？”

“我有点低血糖，”隋轻驰慢慢支撑着起来，说，“坐一会儿就好。”他在心里忍不住嘀咕了一句：你别怕啊……

身边的男生好像真的努力镇定下来，蹲在他旁边。

傅错没有遇到过低血糖晕倒的人，此刻能做的也只有等待，看夕阳的余晖照在隋轻驰身上，沿着他单薄的背脊一点一点往下爬。单薄归单薄，他想：但撞我的时候是真狠啊……

隋轻驰还有气无力地垂着头，眼睛却忍不住斜瞄身边的人，最后说：“吓到了？”

看他又恢复了桀骜不驯的口吻，傅错放下心来，在旁边坐下，问：“你经常低血糖吗？”

“饿了就会。”隋轻驰说。

“我去给你买个面包吧。”傅错拍了拍他的肩后站起来。

“学长。”隋轻驰叫住他。

傅错回头，隋轻驰指了指他的背。他的手没什么力气，只指了一下就软绵绵地搭回膝盖上：“裤子拍一下。”

傅错扭头看见裤子背后的泥印子，笑了笑，拍掉了泥巴。

隋轻驰看着他走远，搞不懂为什么只是提醒他拍拍裤子，这个人也会笑。却又不得不承认，那个笑绽放在初冬的晚霞下，英俊逼人，也温暖得逼人。

五分钟后，傅错买回了面包和酸奶，将插好吸管的酸奶拿给隋轻驰，隋轻驰接过来时还愣了一下。

像插着蜡烛的生日蛋糕。他心想，又觉得这个想法真够无可救药的。

手机在兜里响了一声，隋轻驰默默地喝着酸奶，摸出手机看了一眼。

傅错见他换了手机，不是之前那部，而是一部国产机，有些意外：“你换手机了？”

隋轻驰没回答，揣好手机：“以后别再管别人的闲事了。”

傅错没懂：“就让你饿着吗？”

“我不是说这个。”隋轻驰低头隐蔽地舔了一下嘴角，担心沾着酸奶，才又“刺啦”一声撕开了面包包装袋。

傅错忽然没头没脑地笑了一下。

隋轻驰皱眉：“笑什么？”

“你刚刚是不是叫我学长了？我还以为你不会叫谁学长呢。”

隋轻驰心想：就这个啊，这有什么好笑的？要不要笑得这么廉价啊？酸奶喝得见了底，他捏了捏空盒子，一扬手投进两米外的垃圾桶里，说：“那我以后叫你傅错。”

傅错“啊”了一声，啃着面包的隋轻驰纹丝不动，显然是我行我素惯了。他只得怀着无奈的心情又“哦”了一声，坐在一旁仰头望天，看红色的天空一点一点变成紫色，就像他们满是瘀青的青春。

手机盗窃事件过去还不到半个月，学校又发生了一起轰动事件，主角竟然又是隋轻驰。

事情的经过傅错也是听人说的，说隋轻驰和人在篮球馆里打了起来，对方就是之前被记过的男生之一。据目击者说，隋轻驰打架很讲究策略，他一个人对三个人，知道根本不可能打得过，所以从头到尾只锁定一个人，打得那是相当有效率。

体育老师赶来把人拉开的那一刻，现场好多男生目睹了那鼻血横流的惨状，心里不约而同都在说：隋轻驰赢了。

许老师让围观的人都散开，问是怎么回事。

三个人七嘴八舌地指认隋轻驰。

许老师问他："是你先动……"

"是。"

许老师话都没问完隋轻驰就认了，敢作敢为得不得了。

许老师更头疼了，问他："为什么打人？"

隋轻驰耸了耸肩膀，把外套拉好，说："因为长得丑还一直在我眼前晃。"

"……"

到最后也没人知道隋轻驰为什么打人，但肯定不是因为手机的事。那件事都过去多久了，秋后算账也犯不上。

傅错始终有点在意，听知情的学生说，体育课结束后隋轻驰去一楼储物柜放换下来的运动服，当时脸色看着就不太好。后来他去医务室找老师要了绷带，一圈一圈地缠在手上。那时也没人知道他是要去打人，都以为他是不是打球时哪里受了伤。

储物柜就在一楼门厅，隋轻驰的柜子在靠近外侧的一排，非常好找。傅错换好球鞋出来，经过那扇柜门时矛盾了很久，最终还是走了过去。

他有些忐忑地拉了一下柜门，发现真的没关。然而还没等他下定决心拉开，柜门就"哐当"一声被人给拍了回去。

傅错吓了一跳，看见了不知何时站在身旁的隋轻驰。他靠近的时候一点声音都没发出，这一拍却将一整排柜子都拍出了动静，暴躁的响声回荡在冷清的一楼门厅。

隋轻驰把手按在柜门上，眼神阴森地睨着他："不是让你不要多管闲事了吗？"

傅错却瞥到他的衣袖下方，手腕上有一道不浅的口子，惊得睁大了眼。

隋轻驰没有看他，自己拿钥匙上了锁，转身走了。

被隋轻驰殴打的男生之后便被送去了医务室，一整个下午都没回教室。理智上傅错知道这件事多半和自己没什么关系，却又无法摆脱或许是自己引发了什么蝴蝶效应的直觉。坐立不安了一节课后，他还是决定去医务室看看。一方面是担心隋轻驰闯下大祸，因为觉得他决计不是个会手下留情的人；一方面也想知道事情的原委。

到医务室时保健老师没在，受伤的男生侧躺在病床上。大概是听见了他的脚步声，男生顿时如惊弓之鸟般扭过头来。

傅错见他手里还拿着手机，就知道他只是受了皮肉之苦，并没有大碍，暗自放了心。

“你来干什么？”男生坐起来，拧着眉头戒备地瞅他，显然还记得他。

“你们在他柜子里放了什么？”傅错问。

“呵，他都没脸告诉你吧？”男生被揍得鼻青脸肿，说起这个依然扬扬得意，“因为他妈是他爹的小情人，那天在新天地广场他妈被人拉着扇耳光，很多人都看见了。她妈是远近闻名的小三，他就是个野孩子！”

傅错愣住了，像被扇了一个耳光的人是自己。那种火辣辣的羞愤和耻辱感，好久没有过了……

他立刻明白了隋轻驰在干什么，也太懂了，这辈子只有这一件事他怎么都不想告诉别人。

他从小时候起就总被人问起“你为什么叫傅错”，老是听见认识的或不认识的大人在他背后嘀咕“怎么有当爹妈的这么给孩子取名字的”。这个名字就像一个丑陋的疤，曾经他做梦都想改掉它，想拥有一个像别的小孩一样寄托了父母厚爱的名字，但等他真的有这个机会了，才发现这个名字早已和他分不开。就算改了名字，也改不了别人记忆中的傅错，改不了他以傅错这个名字存在过的那些岁月，更改变不了他是如何来到这个世界的……

“也要怪你咯，”男生的轻嗤声打断了他的出神，“本来我没想这么刺激他的，谁让你去告发我们。”

“既然你知道告发的人是我，为什么不来找我算账？”

男生一拳砸在枕头上，大骂：“因为隋轻驰说谎啊！反正这里也没人，我就跟你说了吧。那天我们几个找他就说借手机来玩玩，是他自己把手机扔到便池里，说他不要了，让我们想要自己去捡！你说他是不是畜生养的？！”

傅错委实吃了一惊……

一直到放学他都心事重重的，和谭思、AK 相约一起去工厂排练，经过学校外的垃圾桶时，脚步不自觉地停下来。他记得隋轻驰走的时候好像把什么给扔在了里面。

“傅错？”谭思在前面叫他。

“我好像把手机忘在教室里了，”他摸了摸身上，“要不你们先过去吧。”

谭思点了点头，AK 说：“那你快点儿啊。”

两个人便有说有笑地走了。

傅错目视两个人穿过马路走远了，才走到那个垃圾桶前，往里扫了一眼。果然，他看见了被撕成碎片的东西，拾了几张出来，就发现是 AV 片里截图后打印出来的。截图不堪入目，上面还拿马克笔写着不堪入目的四个字。

激愤令他一把攥紧了手指，想立刻扔回去，却又停住，最后将那些碎纸屑又撕了好几遍，直到无法辨认，才扔进十几米外的另一个垃圾桶里。

他仰起头，垃圾桶里有那么污秽的东西，然而天空却依旧那么蓝。他情不自禁想起与隋轻驰第一次在公交车上的偶遇，明白了什么叫“人生若只如初见”。

来到排练场地时，谭思像是看出他有心事，问他怎么了。

“没什么，”傅错强打精神笑了笑，放下吉他包，假装有些好奇地问，“今天上午打架的那个男生，叫隋轻驰的，你们认识吗？”

“在体育馆和人干架的那个？”谭思调贝斯弦的手顿了顿，一脸钦佩地道，“以前不认识，现在算是认识了。”

“我知道啊！”AK 放下鼓槌，八卦地说起来，“我表弟和他在一个班，上次被偷苹果手机的也是这个主儿，还真是个富二代，家里好像很有钱，不过他和他妈关系不好。隋轻驰的成绩听说还挺好的，我表弟说经常是他们年级前十。结果那次他妈来给他开了一次家长会，不知道班主任说了什么，后来在校门口，他妈上车前就直接说让他去死什么的，骂得特别大声。唉，那可是亲妈啊！”

傅错默不作声地听完，起身给吉他插上了电，说：“来排练吧。”

3

结果那天排练不到八点就结束了，AK 接到家里打来的电话，说是让他回家吃饭，他姐回来了。傅错听 AK 拿着手机和他妈吵了半天，说：“我不回去你们又不是不能吃饭。”

AK 妈妈说：“你这孩子怎么这么不懂事呢，你姐好不容易才回来一趟。”

AK 不厌其烦地说：“不是说好的明天吗？你们怎么出尔反尔啊！我没自己的安排啊。”然后他一言不合就挂断了他妈的电话。

一直在旁边保持安静的谭思低头取下贝斯，叹了一口气：“你还是回去吧。”

AK 还在硬扛，说没事。

“听谭思的，”傅错说，“别老惹你妈生气。”

AK瞄了傅错一眼，这才拎着鼓槌从架子鼓后起身，心不甘情不愿地嘟囔：“看你面子才去的啊……”

谭思笑道：“这就对了嘛，我看咱们今天也休息一天好了。刚看天气预报说一会儿可能要下雨，我们都没带伞，早点回去明天再加倍练回来吧！”

傅错顺水推舟地点了头。他有时候是很佩服谭思的，他不但能劝得动 AK，还能让 AK 走得高高兴兴的。

送走了 AK，他也和谭思一块打道回府。谭思比他先到家，和往常一样，他停在楼下目送谭思走进楼道，只是这次不知不觉比平常站得更久一些。

想让好友留下来陪自己，却还是没有说出口，最后只得一个人在街上漫无目的地走着。

天气预报没有报错，街上很快就飘起了毛毛雨。傅错看着漫天飞舞着的比棉花糖还轻的雨点，想起谭思找的借口，心想：这叫什么雨啊，那家伙肯定一早就心里有数了。

离家一个街区的地方有一家 CD 店，不太正规，正版、盗版混着卖，却是他的小天堂。像现在这种心情郁闷的时候，他就会来这里逛一逛，听听歌。有时候就算什么也不听，什么都不买，光看着架子上五颜六色、琳琅满目的 CD，也会获得一种力量。每一张 CD 背后，都是一双可以向他敞开怀抱的臂膀，来自那些桀骜不驯，势要和世界死磕的主唱、贝斯手、吉他手、鼓手。从小到大，他得到的拥抱都来自素昧平生的他们。

试听的地方没有人，他戴上耳机，听到了熟悉的歌声。

LOTUS 的第三张新专辑，最后一首歌的歌名叫《天台》。

不知该不该说是和偶像心有灵犀，只看歌名，他便明白了这首歌要写什么。尽管歌词从头到尾都没提到那个字，甚至也没有提到那些空泛缥缈的诸如“希望”或“坚持”。这是他听过的写给抑郁症患者最温柔的歌了。

听完一首，老板已经在往这边瞪了。傅错取下耳机挂回去，一转身，冷不丁愣住了。

店外站着一个人，戴着棒球帽，穿着深蓝色的加绒帽衫，连帽还拉起来罩在棒球帽上。他刚想着隋轻驰就爱这种穿法，店外的灯就亮了起来，照亮少年的脸。

后来他发觉，少年时代的隋轻驰和日后成为巨星的隋轻驰，某些气质一直是相通的。并非中二或是叛逆这样备受人诟病的所谓的缺陷，而是无人能否认的特立独行却又魅力十足的气质。

隋轻驰站在窗外，离音像店其实还有一些距离，人行道上有一株小叶榕，旁边停着一排自行车。他就站在这平凡无奇的背景前，本该是无意中路过的，却像是专门为了这一个定格停留。

帽衫少年的神色有些赧然，显然没想到偷看会被发现。不过既然都确认过眼神了，便干脆硬着头皮走了进来。

等隋轻驰走进来，傅错才看清楚他肩膀上密密麻麻的雨点，得站在那儿有一首歌的时间吧……

隋轻驰绕过来看了看 CD 机里的唱片，问他：“怎么不买？”

“哦，”傅错有些遗憾地撇了撇嘴，小声说，“身上没带够钱。”

隋轻驰露出一副“了解”的样子，点了点头。他的手一直插在衣兜里，想必是有些冷的。天气预报说今天开始降温，隋轻驰显然不知道。傅错想：和自己一样，要不是头天通电话的时候谭思说了一嘴，自己应该也不知道要添衣吧。

傅错又想起上午瞥到的隋轻驰手腕上的伤，心里正有些焦虑，少年便将手从衣兜里拿出来，拉下连帽，取了那副耳机自己戴上，直接倒退了一首歌。

傅错在一旁看着隋轻驰，专心地听着那首歌。他一垂下眼睑，就能看清长而密的睫毛。傅错看见少年细长的睫毛在空气中几不可察地抖动，忽然有种错觉，音乐灌进隋轻驰的耳朵里，然后像一阵风吹动了他的睫毛。

不知为何，明明是对偶像最为自信的自己，却在这一刻可耻地忐忑了。隋轻驰是一个很叛逆的人，他不太有自信隋轻驰会喜欢这首歌，更加不自信隋轻驰会喜欢这样一支主流摇滚乐队，心想：也许我应该推荐他听听 LOTUS 别的歌……

四五分钟很快过去，旋转的 CD 停下来。隋轻驰摘了耳机挂回去，低声说了句：“还挺好听的。”

是吗？傅错有些惊讶，这算是恭维的话吗？他转念又想不太可能，隋轻驰不会恭维谁，也犯不着看在他的面子上恭维谁。

隋轻驰转身在店里逛起来，傅错目视他走到CD架的最前面，拿起那张CD，直接到柜台付了钱。

收银台的小姐姐抬头看了看戴棒球帽的冷面男生，又低头轻声问了一句：“要口袋吗？”

“不要。”隋轻驰径自接过CD就拆了包装，走到店门口推开一半门，回头看向还傻愣在原地的傅错：“不走吗？”

“啊？”傅错回神，赶紧走了过去，“走吧。”

走出店外，隋轻驰已经打开CD，抽出歌词本低头看起来。大致翻完后他又塞了回去，合上CD盒，然后……

傅错诧异地看着将那张CD递给自己的隋轻驰，眨了眨眼：“给我的？”

“你不是没钱吗？刚好我有。”隋轻驰说。

傅错心想：不是啊，你难道不应该还在生我的气吗？为上午的事？但他还是接了过来：“谢谢，星期一到学校我还你钱。”

“不用，”隋轻驰把手又插回兜里，转身往前走，“算我送你的。”

傅错不解：“为什么送我？”

“你请我吃饭吧，”隋轻驰说，“我家没人，我还饿着。”

傅错想到他家的情况，笑着点头：“好，你想吃什么？”

“不知道，随便，你想吃什么就吃什么。”

从“不知道”到“随便”，再到“你想吃什么就吃什么”，一句话的工夫就做了两次妥协，也太难得了吧。傅错好笑地想：也许谭思对隋轻驰的第一印象是对的——嘴上不说，但心里会记得。

请他吃什么好呢？傅错低头看着手里的礼物，兀自琢磨着。隋轻驰是个富二代，吃饭总不能太随便吧。他偷偷掏出钱包看了看，隋轻驰刚好回头瞧见，就说：“钱不够我们就吃面。”

傅错颇有些意外，隋轻驰那么桀骜不驯的一个人，脾气又不好，却没想到也会有善于观察和体贴人的一面。

隋轻驰见他发愣，蹙起眉，有点无语：“吃面都不够啊？”

“够，”傅错大步走上前去，“走吧，够你吃一大碗的，能加肉、加菜，还能加煎蛋！”

他带隋轻驰去了一家自己常去的面馆，店面不大，但远近闻名。都八点多了，客人还不少，只剩下靠门处的一张空桌。隋轻驰坐到靠里侧的位子上，风还是一直往里灌，他不自觉地缩了缩脖子。傅错端来两碗面，然后找了把凳子，坐在了外侧靠门的位子上。

不知是不是巧合，风就这样被傅错给挡住了。隋轻驰抬头瞄他一眼，把手从衣兜里拿出来，抽出一双筷子分开，却递给了傅错。他没有去看对方是不是笑着接过去的，兀自盯着碗。碗里果然如之前所承诺的，有煮得滚烂的豌豆和牛肉，上面还盖着金黄的煎蛋。

他夹起那个煎蛋，才咬了一口就被辣得呛咳起来。

傅错抬头看他："很辣吗？"

隋轻驰想说什么，可一张嘴就只剩咳嗽了。这让他觉得很丢脸，他竟然忘了说自己不能吃辣……

"你吃不了辣的吗？那别吃了。"傅错起身把那碗面拿开，"我去换一碗鸡汤面吧。"

隋轻驰把面又拿回来，哑着嗓子说："没事，吃辣的暖和。"开什么玩笑，一看这家伙就没剩几个钱了，换了鸡汤面还能有这么多牛肉、豌豆和煎蛋吗？

傅错见隋轻驰都辣到流眼泪了，于是放下筷子起身去厨房要了碗热汤来。

隋轻驰赶紧喝了一口，还是咳，只是咳得稍微温柔了点儿。

因为隋轻驰边吃边咳，整个店都被他咳得惊天动地。傅错心里十分歉疚，却又不知该说些什么，吃两口面就担忧地看看他。隋轻驰低头一口气喝了半碗汤，缓足了气才说："你别这么看着我，我没那么不中用。"

傅错只得低头默默吃面，心里忍不住道：可你咳得那么厉害，让别人怎么能对你视而不见呢……

四周的食客也不时地看向隋轻驰，但并非被他咳得无法视而不见，无法被视而不见的分明是少年俊美的外表。这么一家又小又拥挤的面馆，好像也因为名为隋轻驰的少年的到来，而蓬荜生辉。

此时的傅错并不知道，未来很多年后，隋轻驰依然会是让所到之处蓬荜生辉的人。只是他们再也不会有机会坐在这样的街边小店，在氤氲的热气里吃一碗加满了牛肉、豌豆和煎蛋的面了。

吃完面，两个人一前一后沿着河堤走。傅错还是很过意不去："对不住啊，我该先问你能不能吃辣的。"

隋轻驰叹了口气，想说：你能别这么鸡婆吗？话到嘴边又努力吞回去，看见河面上有什么飞过去，就问："那是什么？"

傅错看过去："哦，是有人在打水漂吧。"

"打什么？"

"打水漂。"傅错说，见隋轻驰一脸不解，忙解释，"就是拿石头……"

"哦。"

隋轻驰干巴巴飞快地应了声，像是因为自己没见识而有些没面子。

傅错就地取材，弯腰挑了几颗小石子在手里掂了掂："我玩这个超厉害的，我教你啊。"

隋轻驰条件反射想说"我就随便问问不感兴趣"，到了嘴边又变成："有多厉害啊？"

傅错抛了一块出去，石头在水面连跳了五下就偃旗息鼓了。隋轻驰耷拉着眼皮看他，傅错有点不好意思，活动了一下手腕说："我找找感觉！"

也不知是不是越求胜就越放不开，他抛了好一会儿还是只有六七下，手里的石头都扔光了。他转身想再捡一些，就看见身后的隋轻驰都烦得蹲下去了。

傅错顿时有点脸红，心想：还好天色暗，隋轻驰看不见。低头找石头时，隋轻驰也帮他找了一些，递给他，却是一脸对他不抱任何希望的样子，脸上明明白白写着"你开心就好"。

被比自己小的男生小瞧了，傅错也被激起了胜负心。他还记得很小的时候自己就一个人跑来河边打水漂，等再大一点认识谭思时，光是打水漂的技术就足以让这个新认识的小伙伴折服了。

掷出的水花就像烟花，一开始只有几朵，接着越来越多，在河面一瞬间绽开又一瞬间消失。等隋轻驰意识到的时候，平静的河面上是经久不息的涟漪，宁静的河畔被"哗啦啦"轻柔的水声包围。

河堤边越来越暗，等傅错终于能扔出很远，却已经看不见了。他有些沮丧地耸了耸肩："太远，看不到了。"

"扔了十一下。"身后的隋轻驰说。

"啊？"傅错回头，见隋轻驰已经站起来，就站在他身后，"你看得见那么远吗？"

"我听的。"隋轻驰把棒球帽摘下来反着戴好，说，"我的耳力超厉害，可惜教不会你。"

傅错哭笑不得。

“还想扔吗？”隋轻驰说，“我帮你听。”

傅错点点头，也来了干劲，接下来赫然扔出了十二下！隋轻驰报出成绩时，他满意地拍了拍手：“我的个人最高纪录也就十二下了。”

隋轻驰见傅错转过身来，仿佛是要回去了，忍不住说：“来都来了，就破一下纪录啊。”

傅错手里正好还剩几块石头，于是点了点头：“好，我把这些都扔完，看能不能破纪录！”

他抬手正要抛的时候，隋轻驰拉住他。他一脸错愕，隋轻驰朝桥上看去，说：“等车过去了再扔。”

傅错正要问哪有什么车，就见一辆卡车远远地驶来，缓缓驶过桥面。

待车子开远，隋轻驰才说：“抛吧。”

路灯照不到这边，傅错看不见隋轻驰脸上的表情，但听得出他有多认真，这是他精挑细选的时刻。看似散漫的少年，大多数时间对整个世界都毫不在意，能让他认真起来的事，哪怕只是打水漂，也一定很重要。

河堤边又安静下来，傅错站在河边，像站在甲子园的抛球手，发力将梦想的球掷向了无垠的水面。

梦想不会那么容易抵达，这次依然只有十二下，但他早有准备。

“再来！”

又扔了一次，这次是十一下。

扔了一次又一次，剧情就像坏掉的指针，一直在十一和十二之间徘徊，似乎再也无法跨越。

不知不觉手里只剩最后一块石头了，傅错往手心哈了一口气，冲着河面喊了一声：“最后一次！冲啊！”

石头旋转着飞向水面，他给了它飞行的力量，余下的只能听天由命了。

隋轻驰闭上眼，听那块石头在水面一口气砸了五下、六下、七下、八下……就这么继续蜻蜓点水地飞了下去……

烟花一朵朵在夜空绽放，到处都是灿烂的涟漪。他屏息凝神，满怀希望。

然而最终也只遗憾地停留在十二朵。

他竖起耳朵，除了浅浅的涟漪声，再没有别的声音了。

傅错期待地看向他，隋轻驰睁开眼，脸上带着努力伪装出来的看似无动于衷的笑，说：“恭喜你啊，破纪录了。”

即便是在如此黑暗中，他也看清了眼前人的眼睛是怎样像星星一样，突然就亮起来的。

傅错激动地伸出手，想和隋轻驰握拳。隋轻驰慢条斯理地拿出插在衣兜里的手，但其实他伸得比往常都要快一些。而那一点点快，只有他自己知道。

揣在兜里的手是冰凉的，而握过冰冷石头的手，因为运动过反而是热的。傅错握住隋轻驰冰凉的手，觉得这个小他两岁的朋友，他终于……终于交到了。

# 第六章
## 让我加入乐队吧

1

寒假时，傅错收获了两份十八岁生日礼物，一份是 AK 怼过来的生日蛋糕，一份是谭思送给他的 Live House 演出合同。

打开信封后，傅错将那份演出合同翻来覆去、正面背面地看了好几遍，并没有看到哪里藏着“逗你玩的”这样的字眼。连 AK 都觉得没可能，边抹着蛋糕吃边说：“别看了，他骗你的，真礼物就是这个蛋糕，昨晚我和他一块儿买的。”

傅错抬头看向没吭声的谭思，下巴上沾着的奶油刚好“吧嗒”一声掉在那纸合同上。一直表现得高深莫测的谭思急忙把合同拿过去，飞快地抖掉了那坨奶油。

这下废弃仓库里顿时变得鸦雀无声，脸上沾着蛋糕的傅错和手上沾着蛋糕的 AK 异口同声道：“是真的？”

谭思拿了纸巾擦合同，边擦边道：“这家 Live House 刚开张，地方不太大，正在邀请乐队去做开……”

他话还没说完就被 AK 扑过去抱了个满怀：“喂！谭思真有你的啊！这什么 Live House 来让 AK 爷爷好好瞧瞧……”

说着，他不由分地说从谭思手里扯过合同，低头扫着密密麻麻的字，兴奋地叨叨着“字真多呀”。谭思又给扯回来并折好：“听我说比较快，总之这家正在邀请乐队去做开场演出，我就试着把我们在公园和广场的演出视频发给了他们，没想到人家真的回复我了……不过先说好，是拼盘表演，演出费也没多少，只是给个保底费。”

AK 一个劲地点头，又去扯合同。这次谭思给了他，AK 终于从密密麻麻的字中找到了那个戳心窝子的名字，“唰”地举起来给傅错看：“西风！西风！”

傅错看见合同上“西风乐队”四个字，第一次觉得心跳震得胸口都发麻了。

演出时间在下个月月初，还有三个星期。因为是拼盘演出，他们又是名不见经传的菜鸟乐队，还是因为Live House的老板很喜欢他们的演出视频，才给了他们唱两首歌的时间。AK第一时间就在微博发了这个消息，那时他们只在公园和商业区的广场现场表演过几次，偶尔演出结束后也会有摇滚乐迷来同他们唠两句嗑，问问他们一般都在哪儿演出，所以每次演出都会有一些熟面孔。但三个人谁都不敢大着脸叫人家粉丝，就这样一点数量有限的熟面孔，大抵都反映在AK的微博粉丝数量上了，因为三个人中只有AK玩微博。

平常AK发微博，傅错和谭思都不怎么关心。今天这条微博发出去以后，三个人都守着AK的手机。微博发出五分钟后，他们收到了第一条评论——

“哇，真的吗？恭喜，一定去支持！”

又过了三分钟，收到了第二条和第三条评论——

“能点歌吗？想听《Beautiful》！”

“一定要唱《Beautiful》，会让更多人喜欢上西风的！”

三个人窝在一块儿，脑门顶着脑门，争论着要怎么回复。前前后后回复了十来条评论，傅错脖子都发酸了，一抬头，才发现窗外天色已暗了。

“哎，别刷了。”他起身抓过AK的手机扔到一旁，“这都几点了，赶紧排练吧。”

“对对对！”AK也站起来，掉头忙着去组架子鼓，“赶紧的，赶紧的！”

谭思看两个人忙活着接音箱和装架子鼓，说：“得先选两首歌吧。”

蹲在架子鼓前背对着他们的AK扭头就道：“《Beautiful》！《Beautiful》！再来一首LOTUS的吧，《巨浪》怎么样？这首现场绝对嗨爆！”

“不行，”谭思说，“这是商业演出，只能唱我们自己的歌。”

“啊？”AK一脸蒙地看向傅错，眨巴眨巴眼，“那错哥……咱唱点儿啥啊？”

傅错也被这个问题难住了。之前无论在公园还是街头，为了吸引路人，现场表演时他们唱的都是已经出道的乐队的歌。后来有一天，谭思说《Beautiful》的完成度很高，不如现场唱一回，在那之后他们现场表演时才会带上这首原创歌曲。虽然除了这一首他也写过别的歌，但都是实验品，几个人私下里弹一弹、唱一唱，过过瘾就够了，没想过要拿出手。不过也是真拿不出手。

“没事，”谭思拍了拍他的肩膀，“就你那些歌里再选一首出来，我们好好填个词，重新编个曲，不会差的。”

撇开选歌，其实他还有更担心的。他只是个临时主唱，唱歌这方面真的不在行，偏偏自己又作死，明明音域不够宽，还把《Beautiful》的副歌部分音写得那么高，每次演出多少都会破点儿音。只是因为是在开放的环境里，所以听着不明显。可是 Live House 的音响和音效都是顶级的，他一开口，大家就知道有没有了。

他们赶在天黑前排了两遍《Beautiful》，高音部分依然不是破音就是走音。他盯着手上的麦克风，觉得这东西简直是自己的克星。就这个样子去 Live House 接受几百名摇滚歌迷的检验，让这么多不认识西风的人第一次就留下一个“这乐队是个什么鬼”的印象，他绝对不允许。

唱得不好这一点连 AK 都发现了，咳嗽一声说：“要不……降调吧？或者你把副歌的高音改改？”

可他既不愿意降调，也不愿意为了掩饰自己的短板去切割一首完整的歌。就像每个男孩都有一个梦中情人一样，每个吉他手也有一个梦中主唱。《Beautiful》就是写给他的梦中主唱的，他要有无比宽广的音域、游刃有余的技巧，还要有丰富的表现力和深刻的感染力。而自己需要做的，只是为这位主唱写好歌，再奉献给他就可以了。

一周后就开学了，AK 赶鸭子上架地在学校张贴了招主唱的告示。这样一张格格不入的告示夹在如雪片一般的各种通知单和广告单中间，根本没人当回事，很快就被淹没了。

这天下午，傅错和谭思在排练地没等到 AK 的人，却等来了他的电话：“喂，傅错？那啥，今天你们先排着吧，别等我了。我同桌过生日，请了班上同学去唱歌。”说着他压低嗓门，笑呵呵地道，“到时候我给西风物色物色主唱啊！”

傅错与谭思面面相觑，谭思只得打趣道：“没准能找到呢。”

AK 不在，他和谭思就商量着选了两首歌，歌词都是他写曲子时随便填的，要上台唱有点太寒碜了。于是两个人又是抠编曲又是改歌词，折腾到晚上九点。缺席的鼓手终于唱完 K，有气无力地发来微信语音：“傅错啊，你和谭思选好歌了吗？”

“选了两首，等你来了再听听你的意见。”傅错说，“你那边呢？物色到主唱了吗？”回完这条信息，他冲谭思苦笑了一下，其实两个人压根儿就不抱什么期望。

AK 那边发来视频通话，看背景他正从 KTV 里出来，走在大街上。刺猬头少年在屏幕那头一脸沮丧：“嗨，别提了，一屋子人鬼哭狼嚎的，唱的是个什么鬼？有一个音域还算宽的哥们儿吧，唱啥都不在拍子上；有一个女生前面唱得是真好，结果一到高音就劈叉……”

傅错早料到了：“行了，实在找不到就降调吧……”

“哎，等等！”AK 突然停下来，看视频像是转了个身。

傅错刚想问“怎么了”，就听见视频那边的环境音变大，有人在唱歌，AK 明显是朝那个声源过去了。

那歌声隐隐约约，却有股魔力，傅错不自觉地竖起耳朵凝神倾听，就听见了一串极有辨识度的钢琴琶音。那歌声就在这串琶音间游刃有余地穿梭，他的心跳倏地漏了一拍——是LOTUS的《天台》，有人在唱LOTUS的《天台》，还唱得这样好……

那个地段傅错也熟，一到晚上就有那种摆摊的街边 KTV，一对音响、一台电视加一部点唱机就够弄个移动KTV了，来点唱的人还不少。他猜是谁正在街头唱K，这种水平，想必已经引来了不少围观者。《天台》的高音好多都到High C 上了，有时季诗自己唱现场都会破音，但这个演唱者完全没有力有不逮的迹象，高音处仍挥洒自如。不只如此，他还唱出了这首歌应有的氛围，像在天台上望着天空，讲一个有关飞翔的故事。如此不事雕琢的唱腔，仿佛是天生的。隔着手机，音质实在是说不上好，然而感染力却神奇地没有打折扣。

他太清楚劣质耳机和实际效果的差距了，忙取下吉他装好，回头对谭思道：“你先回去吧，我去一趟 AK 那儿！”

“啊？”谭思戴着耳机在听歌，摘下耳机不解地问，“怎么了？”

“没事，我一会儿就回！”

他跑了出去，在心里雀跃地回：没准还能给你拐回一个主唱！

AK 去的那家 KTV 离这里不远，跑得快的话十分钟就能赶到。他怕 AK 这个急性子、暴脾气，一激动就把人给吓跑了，他非得亲自去一趟才安心！

背着吉他跑上天桥，风从那个方向吹来。傅错奔跑着、回忆着，虽然视频的音质不好，但只用唱腔就能让人一窥歌词的意境，这样的歌手才是最难得。音色是听不太真切，但他还是听出那是一个年轻的声音，心中忍不住想：如果这个声音能来唱他的《Beautiful》的话，那真是太好了……

## 2

傅错赶到商业街的时候，大老远就听见了街头 KTV 嘈杂的音响声。这会儿在唱歌的是一个女生，唱的是最近很火的唐杜的《惭愧》。点唱机周围并没有很多人围观，显然他期待的盛况已经结束了。

他在附近找了一圈，刚要给 AK 打电话，就看见佝偻着背一个人坐在树下的刺猬头少年。

傅错四下看了看，确定那树下的四面长椅上真的就只有 AK 一个人，心想：还是来晚了一步？

他叹了口气走上前，问：“人呢？”

AK 猛地抬头看见他，先是有点吃惊，紧接着就一脸气愤地道：“走了！”

傅错被凶了个莫名其妙，愣了一下，下意识就看向街头 KTV 的方向。

AK 见他抻长脖子，一副望穿秋水的样子，不耐烦地拽了一下他的衣袖：“看啥呢？都跟你说人走了！”

傅错有些悻悻地收回视线，额头上全是跑出来的汗。之前跑的时候不觉得，现在停下来他才感觉热得难受。他坐下来，不动声色地观察了一下气鼓鼓的鼓手。没拉到人其实并不奇怪，只是他没弄懂 AK 这股子邪火是从哪里来的。稍微斟酌了一下措辞后，他开口问道：“怎么回事啊？”

“这次可不怪我。”AK 愤愤不平地吐出一口气，“虽然那家伙跩得一副二五八万的样子，但看在他歌唱得好的分上，他给我摆架子我都忍了。我好声好气地问他对乐队有没有兴趣，他说没兴趣也就算了，还要怼我一句……”

说到这儿，他还声情并茂地学起对方的语气：“‘大哥你几岁了啊，好好读书别搞这些家家酒行不’？”

傅错都能想象出说话的人隐蔽地翻白眼的样子，听完忍了一下笑：“这都能把你气成这样啊？”

“你是不在现场！”AK 激动得如同向老师告状的小学生，“你是没看见他那目中无人的样子！他唱完后走出来，我上去和他说话，他就自己走自己的，都不晓得停下来听人说话，有没有教养啊？结果我就一路跟在他后面，他买水我就陪他买水，一直跟到王府井那儿。好话不知道说了多少，我给女孩写情书都没说过这么多夸人的话！小爷我什么时候受过这种‘热脸贴人冷屁股’的罪啊……”

傅错听完，心里门儿清：“人家第一时间就拒绝你了？”看来是拒人于千里之外遇上了不到黄河心不死，火星撞地球了。

AK 吃了瘪，又不服气起来：“我这不是想给咱乐队找个好主唱吗？！”

傅错见AK越说越委屈，拍拍他的背：“别气了，有才华的人傲一点也是正常的。还有，下次遇到这种情况，人家不想你跟着，你就塞一个联系方式给他好了，犯不着说这么多。”

“那这还成我的不是了？！”

“不是，你做得特别好。”傅错努力露出肯定的眼神冲他点点头，“换了是我，我都没那个脸皮跟人走到王府井那儿。”

AK心里这才稍微舒坦了那么一点，咂吧了一下嘴后又觉得不对：“哎，你这不等于说我……”

“好了！”傅错站起来，“回去吧，时间也不早了，明天下午老地方不见不散啊！”

AK看着傅错笑笑后转身离去的背影，一时间忘了刚刚要说啥。

“哦，对了，”傅错走了一段又停下来，回头有些好奇地问，“这人多少岁啊？”

“就十五六岁啊，”AK一副理所当然的表情，然后才恍然大悟地拍了一下大腿，接着说出令傅错意想不到的话，“嗨！都忘了跟你说了，不是别人，就是上次在体育馆里打架那个小子！叫隋什么来着？”

傅错瞪大眼睛看着他，半晌才不可思议地吐出那个名字：“隋轻驰？”

傅错躺在床上整晚辗转难眠，如果是隋轻驰的话，的确是不会好好站着听人说话，也的确会怼得AK气急败坏。但如果是隋轻驰，他会不会看在他们是朋友的面子上，同意来试一试当他们的主唱呢？

那样的他会是一个完美无缺的主唱吧……

不光是歌唱得好，就只是往麦克风后一站，都能满场发光的那种。

纠结了许久，他在床上翻了个身，正对着的墙上贴着一张LOTUS的海报，是AK送给他的。他本来没有在墙上贴海报的习惯，但这间屋子有些老旧了，墙一受潮就脱漆，AK就送了他这张海报让他补救一下。

如果隋轻驰成为一个乐队的主唱，应该会是和季诗完全不同的风格。傅错漫无边际地想着，又想到桀骜不驯如隋轻驰，如果能仅仅因为两个人那一点点的交情就去做一件他根本就不感兴趣的事，那他大概就不是隋轻驰了吧。

唉，算了，多半是没希望的，问了说不定更会招他烦。而且他正上初三，马上就要参加中考了，还是别耽误人家的学业了。

周一的早上，隋轻驰是被雨声吵醒的。幸好他醒了，醒来才发现手机没电了，设定的闹钟压根儿就没响。他洗漱完打开冰箱，里面放有保姆阿姨备好的早餐，居然是牛奶。

他站在冰箱前看了看，取出那盒牛奶直接扔进了垃圾桶。

他都说过多少次不喝牛奶了，但是仿佛没有人记得。

换好衣服临出门，他才发现找不着雨伞。看着窗外的雨不知道该生谁的气的时候他才忽然记起来，好像是之前在回家的路上顺手借给楼下的婆婆了。

算了，他拉上帽衫的帽子打开门，风夹着雨直接从阳台式的走廊外斜飘进来，裤子立刻就被打湿了。

隋轻驰低头看着半湿的阳台地板，烦躁地皱起眉头。

下楼敲了邻居的门，等了好半天才有人来开。

开门的是一名中年女子，看面相年纪不过四五十岁，但额头上已经有好多白头发。她穿着一件洗得发白的红色格纹围裙，有些狐疑地看着门外俊美的少年："你有事吗？"

隋轻驰看到她身后杂乱拥挤的客厅，明明客厅的格局不小，看着却无比逼仄，还有一辆轮椅放在窗边，卧室里传来婴儿的哭声。这场景让他有些混乱，愣了一下才说："我上次借了一把伞给赵婆婆。"

"哦，"女子恍然道，"你等一下，我找找啊。"

隋轻驰目视女子在一堆杂物里翻找雨伞，然后又开门去了阳台。风一下子就穿堂吹过来，他站在门外都冷得打了个哆嗦。

中年女子没在阳台的杂物里找到雨伞，自己却被雨淋湿了。关了门进来，她想去问问还在睡觉的母亲，却听见客厅传来关门声，门被人从外面轻轻地带关了。她有些纳闷，走过去打开门，喊了声"同学"，走廊里却空荡荡的，已经没人了。

赶到学校时，隋轻驰浑身都湿透了，迟到了足足有十分钟。大部分学生都已经在教室里自习，楼外贴得满满当当的告示板在风雨飘摇里发出刺耳的响声，楼道里安安静静没什么人。他顶着倾盆大雨小跑着钻进教学楼，进门时脚下"啪"地一响。

隋轻驰低头整理湿透的外套，看见被自己踩在脚下的是一张告示。纸张已经被水浸湿了，但他还是认出上面斗大的"招乐队主唱"几个字。

喜欢唱歌吗？喜欢 LOTUS 吗？是不是有一副好歌喉无处施展？来加入西风吧！贝斯手、鼓手、吉他手已经为你整装待发！专业的音响器材，定制的排练场地，热情的粉丝在朝你挥手，原创好歌等你来唱，还能组团去听天团演唱会！三缺一哦，朋友，真的不来试一发吗？

乐队现有成员。

Bass：谭思

Drum：AK

Gu……

似乎有一种灵感，驱使他在看见 LOTUS 的那一刻移开了右脚。球鞋在纸张上踩出一个脚印，被他踩中的那个地方印着——

Guitar：傅错

Vocal：就是你啦！

隋轻驰本来还在吐槽“西风”这个名字是个什么鬼，会有人去当主唱才怪。却在看见那个人的名字，和“就是你啦”四个字时，心一紧。

楼外大雨瓢泼，楼上的教室里传来朗朗的读书声：“佣者笑而应曰：‘若为佣耕，何富贵也？’陈涉太息曰：‘嗟乎！燕雀安知鸿鹄之志哉！’”

下午的时候，雨终于停了，操场上积满了雨水。彩虹浮现时，好多人挤到窗前拍照。隋轻驰坐在窗边，望着那道彩虹，脑子里翻来覆去不知已经打了多少遍腹稿。

也不知道乐队是不是已经招到主唱了，应该怎么和傅错开这个口才显得自然呢？

要不就等车的时候假装和他闲聊，说看到了那张告示，然后问他找到主唱没。如果他说没找到，那就说“要不然我来试试吧”。

不对，应该说“需不需要我帮忙啊”。接一个上扬的尾音，嗯。

放学铃声响起，隋轻驰挎上背包顺着人流下了楼。高中部比他们放学晚，他琢磨着现在可以去篮球场那边打一会儿球。

他满腹心事地走出教学楼，夕阳正灿烂，那道彩虹还横跨在操场上。他停下来看了一眼，本是无心欣赏的风景，但这一刻他忽然想起那首叫《天台》的歌，心中竟有了几分奇怪的触动。回头望向身后的教学楼，一扇扇窗户上整齐地倒映着绚烂的晚霞，他在心里不自觉地对它们说了声：等你啊。

计划是边打篮球边等傅错的，结果等拿着篮球到了篮球场才发现地上全是水，根本没法打球。隋轻驰有些挫败地拿出手机看了看时间，等傅错来车站估计还得一个钟头，现下只能去对面的书店打发一下时间了。

以往来书店他都是翻翻漫画和体育杂志，今天却破天荒想找一找乐器和乐理方面的书。书店老板跟他说了音乐类的书在哪儿，他沿着书架走过去，发现那本乐理入门旁还放着一本吉他入门。挺厚的一本，封面是一把木吉他。

明明还什么乐理都不通，却情不自禁地跳过乐理书，放下篮球，拿起那本吉他入门翻看起来。

他知道了吉他是六根弦，吉他谱长什么样，里面还附录了一些摇滚史上的吉他手代表人物。他记住了其中几个名字，就这样在一个小时的光阴里快速浏览了那个熟悉又陌生的摇滚世界。

合上书时他说不出是一种怎样的感觉，仿佛很怪异，却又有点心潮澎湃。

带上两本书去柜台付钱时，他就看见了马路对面姗姗来迟的人影。隋轻驰将那两本书塞进背包里放好，再捞起那个快被遗忘的篮球穿过马路，朝正低头看着手机，丝毫没发现他的那个人走去。

低头看手机的十八岁少年站在路边一泊未干的雨水后方，有种奇妙的视觉错觉。脚下的雨水倒映着漫天晚霞，好像他正站在另一个逆世界的入口，随时可以纵身一跳，离开这个冰冷无趣的世界，去到另一个充满光明的世界。

在最后一刻，他抬起头来，看见横穿马路走过来的隋轻驰，愣了一下，才慢半拍地打了个招呼："你今天还来打球啊？"

隋轻驰低头看了看手中的篮球："来了才发现地上是湿的，就去看了一会儿书。"

傅错不太明白他为什么要去看那一会儿书，以前好像都是有人占着球场时才会去书店等的。他甚至怀疑隋轻驰是不是故意在等自己，有话要对自己说。

不过有什么话好说呢？隋轻驰并不认识 AK，也不知道他组乐队的事。再说这个人拒绝了的事，大概也不可能有反悔的余地吧。

两个人就这样隔着一个人的距离并肩站在小小的站台上，旁边和身后还有其他等车的人，却安静得好像只有他们俩。傅错低头悄悄在手机上查了一下自己要搭乘的公交车和隋轻驰要搭乘的公交车的到站时间，软件显示 841 路再有五分钟就到站了。他犹豫着要不要鼓起勇气试一试，大不了就是被隋轻驰恼一下罢了。

"那个……"

"那个……"

两个人不约而同地开了口，傅错笑了，说："你先说吧。"

隋轻驰卡壳了一下："哦，我今天……"

手机响铃突然打断了他的话，傅错说了句“你等会儿啊”，接听了电话。

手机那头的人显然是个大嗓门，隋轻驰站在这儿毫不费力都能听到对方在说什么，而且那声音听起来似乎还有几分耳熟：“傅错！主唱招到了！唱得还不错，我和谭思带着人过去排练地了，你先别回去啊！”

隋轻驰看着傅错难掩喜悦的表情，感觉就像早上打开门时冷不丁被雨水漂了一身，是前所未有的心寒和失落。

“十二中的吗？男的女的？”傅错还在好奇地问，“好好，我就在这儿等你们啊！”

隋轻驰见他说完便挂断电话，显得心情很好，然后才抬起头问：“你刚刚要说什么？”

隋轻驰没有回话，而是反问：“你刚刚要说什么？”

傅错轻松地耸了耸肩：“没事。”既然主唱都找到了，那就不用多此一提了，便改口道，“就想问你今天怎么会在书店看书？”

他不提还好，提起这一茬，隋轻驰才想起背包里多出来的两本书。白白花了他六十多块钱，用来干点儿什么不好呢……

不远处，841 路公交车正缓缓进站。隋轻驰抬了一下背包肩带，说：“没什么，我就想好好学习，不想当个不学无术的人。”

隋轻驰说完转过身去，头也不回地说了声“再见”就上了车。傅错感觉自己好像是被他微妙地怼了，却又不清楚是不是自己太敏感想多了。目视公交车驶离，他突然醒悟过来，隋轻驰是不是听见手机那头的 AK 说什么了？AK 的嗓门那么大，不是不可能，更可能是他直接就认出了手机那头就是昨天晚上跟了他一路的神经病，所以觉得他和 AK 是一丘之貉？

虽然同属一个乐队的确算是一丘之貉吧，但我并不是会跟人一路的家伙啊……

3

新招的主唱来自隔壁学校，素闻校风不好。傅错不是个有偏见的人，但在看见对方一头招摇的挑染头发和耳钉后还是有点意外。不过搞摇滚的本来异类就多，这不能说明什么，只要唱得好，人品没问题就行了。

新主唱叫宋凯，比他们大一个年级，谭思听完他的自我介绍就问了一句：“马上就要高考了，没问题吗？”

“有啥问题啊，”宋凯双手插腰又说，“我们那所学校你们又不是不知道，几个人的心思在高考上啊……”

宋凯无疑也是叛逆的，傅错心想。但是和隋轻驰是完全不同的类型，他说不出来他们哪里不同，只是……假如此刻坐在他面前的是隋轻驰，似乎那张名为“西风”的蓝图会更契合想象一些。

“是真心想搞乐队吗？”他问。

宋凯抬头，仿佛这个问题是句废话：“当然了。”

AK 挑眉：“别是为了找女朋友吧？”

宋凯翻了个白眼：“那是附加福利，不可以啊？”

傅错把谱子拿给他：“会识谱吗？”

“会一点。”宋凯接过来，吹了声口哨，“原创啊！”

于是在废弃厂房的排练地里，傅错听完了宋凯的演唱。宋凯会识谱，却并不熟练。在他和谭思的指导下，宋凯大致能把握住整首歌了，四个人便一起合了一遍。傅错弹完看向谭思，谭思笑着冲他点点头，他便也首肯了。到了这个节骨眼上，离表演日不到十天，也没法不点头了。

虽然宋凯唱得着实不赖，但是……谭思之所以会这么满意，是因为没有听过那个人的演唱吧。傅错忍不住想。

宋凯转头看向身后的吉他手，挑起眉毛，等待评价。

傅错回过神，朝他伸出手：“欢迎加入西风。”

演出在即，最后一周多的时间里，四个人每天下午都加班加点地排练，干劲十足。因为宋凯长期逃课，几乎回回都是最早到的一个。傅错对这个队友的感觉也从最初的不确定到完全接纳，只是《Beautiful》的副歌部分有两处高音，宋凯唱得还不是很顺。

“这音也太高了，你咋想的啊？是想找个女主唱吗？”宋凯翻来覆去都唱不好副歌，不免有点抱怨。

AK 直来直去说：“是你发声不好，这得练头部共鸣、胸腔共鸣什么的。”

“说得好像练了发声，谁都能唱上 High C 似的。”宋凯撇嘴，“这歌的调除非是学过声乐的，否则男生就没可能唱上去。”

AK 手上旋转着鼓槌，有意和宋凯顶针：“这话你就说错了，还真有没学过声乐的男生能唱。”

“有吗？”宋凯的脸色不怎么好看，“那你们怎么不找他呢？”

AK耸肩：“那个人唱的不是这首，是《天台》，高音只比这首低一点。”

“哼，”宋凯嗤了一声，“那还不是要低一点。”

“那你有种也唱首《天台》来听听啊！”AK努着嘴，“你要是能不降调唱完《天台》，就让傅错给你降调怎么样？你要是破了音，我就把你破音的现场给你发微博上！”

傅错听到这里，真有点怕宋凯和AK较真。私心里他还是不太愿意降调，降了调这首歌的感觉就完全不一样了。

宋凯抬手指着AK，AK瞪着他，两个人针尖对麦芒好一阵。最后宋凯放下手，说：“我不跟你个敲锣的一般见识。”

那天排练结束，回去的路上，傅错顺道去便利店买牙膏，又一次遇见了隋轻驰。

隋轻驰站在收银台前，并没有看见他。他买的东西这会儿全放在柜台上，傅错不费力就看见有一盒便当和一包……妙鲜包？收银员报了价格，隋轻驰低头对着钱夹皱了皱眉，然后出乎傅错的预料，他退掉便当，买了那袋妙鲜包。

隋轻驰在一条巷子前停下，唤了两声，又抖了抖妙鲜包的口袋。巷子里没什么动静，他又沿着街边往前走，在另一条巷子前又抖了抖那袋妙鲜包。阳光照不到的小巷尽头，一道小小的影子无声地闪出来。

“躲这儿了呀。”他撇撇嘴正要走进去，就听见身后有人叫他。

“隋轻驰！”

就这么两秒的工夫，猫就跑得没影了。隋轻驰把拎起来当铃铛用的妙鲜包放下，沉了口气回过头来。

傅错莫名其妙对上隋轻驰不爽的脸：“怎么了？”

“没怎么。”隋轻驰闷闷地把妙鲜包揣进外衣的兜里，转身走出巷子。

傅错往巷子里望了望，好奇地问：“你是在喂猫吗？”

隋轻驰一下顿住脚步，好像被踩了尾巴的猫。他转身盯着傅错背的吉他包，反问：“你在玩乐队吗？”

他的本意是想说“关你什么事啊”，哪晓得傅错老实地点了点头，笑着说：“嗯，是啊。”

“……”

两个人沿着临街的店面来来回回找了一圈，终于发现了其实可能也在暗中观察他们的黑猫。兴许是观察了一段时间发现这两只两脚生物（主要是临时多出来的那只）没什么危险，黑猫便不再躲着他们。

傅错最先看见了停在巷子深处的一个垃圾箱上，好奇地歪着头打量他们的黑猫，轻轻拍了拍隋轻驰的肩。隋轻驰顺着傅错的视线看去，一副终于找回失物的样子，松了一口气。

傅错跟在隋轻驰后面，怕自己又把猫吓跑。好在这次猫咪没有跑掉，隋轻驰拿着那袋妙鲜包上前，看了一眼脏兮兮的垃圾箱盖，有点犹豫地问身后的人："你带纸了吗？"

身后窸窸窣窣好一阵，递来一样东西。隋轻驰接过来，是一张吉他谱纸，六线谱上还画着两行吉他音符，是他那天在书店里看得半懂不懂的东西。心里闪过一些难以名状的东西，他把谱纸对折，放在垃圾箱上，黑猫开始围着纸打转。隋轻驰想把妙鲜包挤在纸上，猫却一直拿爪子挠他。隋轻驰几次被挠得缩回手，说："你挠我我还怎么喂你，你傻啊？"

傅错听得差点笑出声来。

隋轻驰折腾了半天，开始训猫："你就说吧，到底吃还是不吃？"

傅错目睹隋轻驰骂骂咧咧好不容易喂饱了那只猫，黑猫埋头大快朵颐时，隋轻驰板着脸想上手摸一摸，猫立刻警惕地弓起背。

大概是由于表情太臭，连猫都不买他的账，不跟他玩，也不许他摸，整个就把隋轻驰当一台ATM机，只要输入密码就能吐猫粮的那种。傅错心里又好笑又无奈，对隋轻驰说了句"等我一下"。隋轻驰不解，回头见傅错朝巷外走去，忙问："等你干什么？"

傅错没回答，知道隋轻驰反正是会等他的。

没几分钟傅错就回来了，手里拿着一根长长的狗尾巴草，递给隋轻驰："拿这个逗它吧。"

隋轻驰没接："我干吗要逗它？"

傅错一脸无语：你刚刚不是想逗它玩吗？

隋轻驰让开身子："要逗你自己逗。"

傅错心想：行吧，我来做那个第一个吃螃蟹的人。

黑猫对着那根晃来晃去的狗尾巴草，很快就放下了戒心。傅错看准机会，小心地伸手过去，头一次就成功地撸到了猫，开心地扭头看向隋轻驰。

隋轻驰看着笑得一脸惊喜的少年，抿着嘴没说话。

一人一猫很快打成一片，傅错甚至将猫骗进了怀里，转身想让隋轻驰也摸摸。哪晓得却换回对方硬邦邦的一句：“它身上有跳蚤。”

傅错这才想起这一茬，但抱都已经抱了，这么软一团，好不容易才抱到手，即使浑身是刺，又怎么舍得丢掉呢？

有那么一瞬间，傅错想要不干脆收养了它，可随即又冷静下来。感情用事最要不得，像他们这样的人，照顾自己都很勉强，能照顾好一条需要去呵护的小生命吗？

最后，他还是将黑猫小心地放回垃圾箱上，轻声道：“我还会再来看你的。”

虽然你也许根本不期待，但还是要快一点长大，你和我都是，长大了才有力量去保护重要的东西和重要的人……

身后的隋轻驰一直没吭声，他都快以为人是不是已经走了，回头却见隋轻驰还站在那儿，看着他时很轻缓地呼吸了一口气，说：“走吧。”

那一口呼吸的样子，合着巷子里狭长的光带，竟然显得很温柔。

回去的路上，傅错忍不住问隋轻驰：“你是做好事，干吗要偷偷摸摸的？”还一副坏事败露的样子……

“做什么好事？”隋轻驰不屑一顾，“我只是享受施舍它们的快感。”

傅错很无语。

两个人走到十字路口，该分道扬镳了。傅错想起来：“对了，这个周末我们乐队在 Live House 有演出，你要不要来看？我这儿有票……”

“不了，没兴趣。”

都没等他把票拿出来人就走远了。傅错目视隋轻驰径自离去的背影，苦笑着想：你好歹也犹豫一下再回答啊。

“怎么说也是朋友一场，”他自言自语完又有点不确定，“到底算不算朋友啊……”

一晃到了演出日，本来约好在排练地集合后再一起坐车去 Live House，但约定的时间到了宋凯却迟迟没到。AK 打去电话，说了一阵便挂断，走进来对傅错道：“不等他了，说是有点事要晚点儿出门，待会儿他自己会过去，让我们先走。”

傅错、谭思和 AK 决定先去 Live House，车子是网上约的一辆面包车。三个人把乐器搬上车，AK 边系安全带边感慨：“等咱们以后有钱了就自己买车，自己考驾照，开着车四处跑场子，美！”

谭思笑道："想太远了吧，你还是想想明年的高考比较合适。"

"高考什么呀，我知道自己不是那块料。"AK在前排坐下，系好安全带后又转头看过来，"我对乐队可是很认真的，别跟我说你们只是闹着玩的啊！"

傅错怎么也说不出自己只是闹着玩的，却也不敢说究竟认真到了什么地步。他不清楚他们有没有天赋，乐队能走到哪一步。他们现在甚至都还没真的走到路口，只是雾里看花、水中望月地眺望到那个分岔路口，感受到一点点心动和诱惑。也许等走得近了，每个人又会有不一样的想法。

乐队这样的梦想，不是一个人能达成的。

"这才哪儿跟哪儿啊？"谭思的声音打断他的思绪，"就我们这种水平，离专业乐队还差得远呢。"

傅错看了看身边和AK说笑的谭思，不管未来如何，名为"摇滚乐队"的那块路标，至少在眼下，对他们三个人都是有着同等吸引力的。

Live House他们不是没去过，只不过以前都是作为台下的歌迷，这次是第一次以乐队的身份来到Live House的后台，也见到了其他乐队。他们显然是这里面最年轻和最青涩的，三个人背着乐器看后台的人忙成一团，都不知道脚该往哪里放。

"哎哎，那是开场乐队Joyboy！"AK撞了撞傅错的肩，示意前面正登台的乐队。

Joyboy是一个台风很成熟的乐队，他们一登台，台下就传来热烈的掌声和欢呼声。歌迷对他们早已不陌生，三个人在后台听着那掌声，都有些羡慕，同时也越发紧张。因为完全预料不到轮到他们登台时观众的反应，他们为数不多都称不上歌迷的听众会在下面吗？会为他们鼓掌喝彩吗？

乐器和音箱连接就绪后，Joyboy的开场表演很快就把场子的气氛给炒热了。

即使在后台也能感受到舞台的震感，AK搓了搓手："我满手都是汗！"

傅错假装淡定地笑了笑，其实他也是。

拼盘演唱会一共来了六个乐队，每个乐队唱两到三首歌，他们排在第四个上场。本来说好唱两首的，却被临时告知时间不够，只能演唱一首。AK有点失望，嘴里嘟囔着"那另一首之前就白练了"。但这也是没有办法的事，三个人没怎么争论就决定了剩下一首就唱《Beautiful》。

"宋凯那家伙在干吗呢？怎么还没到啊？"第二个乐队登台开唱时AK有点坐不住了。

傅错起身："我出去打个电话给他吧。"

他走到外面，发现天都黑了。细雨扑在脸上，远处的马路上车灯连成一片，在毛毛细雨中好似都凝固了。他心里有种不好的预感，给宋凯打去电话，响了很久才有人接："喂，宋凯，你到哪儿了？"

"哎呀，对不住！我堵在路上了，现在唱到哪儿了啊？"

傅错服了，又没办法怪宋凯，平时不怎么迟到的人，偏偏头一回迟到就赶上重要场合："你十分钟内能赶到吗？"

"能到能到！只剩两个站了！别担心啊！"说完对方就挂断了。

傅错只得返回后台，AK 听说宋凯还堵在路上都快急死了，直接问候了宋凯的祖宗十八代。傅错和谭思也忧心忡忡，权当没听见。

很快，第二个乐队也下台了。第三个乐队登台，AK 跑去舞台口那儿蹲着，看人家搬乐器、安装调音，只希望他们的动作能更慢一点。虽然第三个乐队比起第二个多了一个键盘，还多了一把节奏吉他，但没一会儿工夫就都调试完毕了。

"女主唱呢？"舞台方向传来歌声时谭思说了一嘴。

傅错盯着手机，看时间一分一秒地过去，根本无心听歌，良久后才感觉谭思拍了拍他的肩。

第三个乐队只会唱两首歌，他闭上眼睛，一边祈祷奇迹发生，一边却又觉得宋凯那个杀千刀的家伙怕是等不来了。

手机铃声忽然响起，傅错看也没看就急忙接听了："喂？！"

手机那头的人仿佛还有些诧异，几秒后才出声："是我，你们在哪个 Live House 啊？"

傅错认出是隋轻驰的声音，有点不可思议："你来了？"

"嗯，"手机那头的声音有点闷，"刚好路过这边，这儿 Live House 挺多的，你们在哪儿？"

"911，"傅错说，"你知道迷墙吗？就在它隔壁，地下一层。"

"哦，好。"隋轻驰说，"现在还能买到票吗？"

傅错还没说话，AK 已经从舞台那边跑回来，急如星火地喊："完了完了！快唱第二首了，宋凯这个浑蛋，老子非砍了他不可！"

隋轻驰在手机那头也听见了 AK 的大嗓门，问道："怎么了？"

傅错叹了口气："我们的主唱现在还没到……"

隋轻驰沉默了一会儿："你们什么时候上台？"

在这之后又过去三分钟，演出方来通知他们准备登台，傅错也已经做好了自己唱的准备，起身时忽然听见有人叫他的名字。

“傅错！”

他闻声转头，看见从通道那头匆匆赶来的人不是宋凯，而是隋轻驰。

十六岁的少年穿着一件牛仔外套，头发上还有雨水。傅错的心一阵麻，在看见他的那一刻，确实猛烈地震撼到，有一种乐队主唱终于冲破各种艰难险阻来与他会合的激动感。

隋轻驰赶到时还有些气喘吁吁，二话不说直接道：“给我乐谱和五分钟时间，我能代唱！”

谭思看向傅错，见傅错愣着，又看向AK。

AK瞪大眼：“真的？！”转念一想，隋轻驰虽然歌唱得好，但这首是原创，他听都没听过，“不是……你看得懂乐谱吗？”

隋轻驰只看着愣怔的傅错，“嗯”了一声。

他的眼神不容置疑，像是在说“相信我”。傅错鬼使神差地把乐谱拿给他，内心满怀期待，也更紧张。

隋轻驰接过乐谱，AK凑过来，怀疑地问：“那你说说这是什么调的？”

隋轻驰本来煞有介事地在看乐谱，这一下就被问住了，他压根儿就看不懂乐谱。

AK一见他哑火就急了：“喂！这可不是闹着玩的，我的大少爷！”

谭思无奈地摇头，傅错的心也沉下去。毕竟是原创歌曲，指望隋轻驰还是不太现实……

曾经我见过一双眼睛
凝视它就忘却了野性
……

隋轻驰低头对着乐谱，直接唱出了主歌。傅错不敢相信地看向隋轻驰，连谭思都觉得不可思议。

荒野的惊奇
沼泽的泥泞
都不再有意义

不想再做奔跑的奴隶
为画下它我拿起了笔
苍白的纸上
泼洒着艳丽
逃出黑暗森林
……

隋轻驰快速过了一遍主歌和副歌，抬头看向三个人：“可以了吗？”

AK张口结舌：“你都读不懂调号，是怎么……”

“重要吗？”隋轻驰放下乐谱，看向舞台的方向，“轮到我们了吗？”

明明不是乐队的主唱，那一声脱口而出的“我们”却戳中了傅错。他转头看去，工作人员已经上去移架子鼓了。

“除了唱歌，我还需要做什么？”隋轻驰在背后问。

傅错回头，抬手握了一把隋轻驰的肩膀，无比自信地道：“没了，你唱就行了。”

是你的话，我们就没有什么好担心的。

上台前，AK还有些不放心，忍不住问隋轻驰：“少爷，你紧张吗？”

隋轻驰手里抓着麦克风说：“有什么好紧张的？我又不是没在别人面前唱过。”

“那不一样啊，”AK说，“那次你是在街上，这里是Live House。我跟你说，我还见过有的乐队第一次上台，主唱说话时声音都是抖的！”

隋轻驰瞄他一眼，皱着眉头，一副“你在这个时候恐吓我图什么”的表情。

傅错也不知道自己为什么就那么信任隋轻驰，仔细想想，他只是隔着手机听过他唱那首《天台》而已。但这仿佛是一种直觉，他觉得隋轻驰不可能怯场，更不可能把演出搞砸。他相信隋轻驰，就像乐手信任自己的主唱。

事实证明，隋轻驰真的一点都没怯场，他好像天生就是属于舞台的，非但不惧怕观众，一站上舞台，似乎就是为了吸引他们而来。《Beautiful》是一首抒情摇滚，虽然也不乏激情喷薄的段落，但总体是柔的。而隋轻驰第一次唱这首歌，就用震撼的台风征服了台下所有歌迷，也包括台上的三个人。

用日后粉丝的话来说，隋轻驰是带电的动物，他会给所有的歌通电，让它们变得焕然一新，与众不同。一首死气沉沉的歌，经他演唱，也会像是在生命之泉里浸泡过。《Beautiful》副歌的高音他上得毫不费力，那样自如的弧线和自然的颤音，除了优美，还是优美。傅错心想：自己和宋凯都不行，唯有隋轻驰的演绎，才让这首歌的歌名令人信服。在光线暗淡的Live House里，他的声音就像一道光，穿透了黑暗的森林。

西风的Live House首秀虽然只有短短一首歌的时间，却在隋轻驰的助力下完美收官。唱完后，隋轻驰举了举麦克风，台下观众纷纷鼓掌尖叫，是真的被这个少年，被这首歌给收服了。

隋轻驰将麦克风插回麦架上，回头看了傅错一眼。

傅错抬起手朝他鼓掌，和台下所有人一样难掩激动。虽然这么说不太厚道，但宋凯是谁，那一秒他完全忘了。这一刻隋轻驰才是西风的主唱，是他的声音击中了Live House的每一个角落，连人们心脏的角落也不放过。

AK在全场热烈的鼓掌声中大声地喊道："谢谢大家！我们是西风！"

傅错见隋轻驰又凑近话筒说："请记得我们。"

通过麦克风传来的那声"我们"，有着少年人的单纯和真挚，也有着不属于少年的低沉和魅惑，听得傅错的心都在狂跳，好像已经透过隋轻驰的背影，看见了整个西风的未来。

一直到他们演出结束，宋凯都没有赶到。

下台以后，几个人都沉浸在刚才的表演里回不了神。AK兴奋地埋头发微博，傅错实在不知该怎么感谢隋轻驰。隋轻驰好像只是帮唱了一首歌，但远不止如此，雪中送炭、锦上添花都不足以形容他带来的神奇，应该是……点石成金。

待到傅错想开口时，隋轻驰却先开了口，说出了让傅错始料未及的话："让我加入乐队吧，"他说，"我来做西风的主唱。"

他说这句话时和他在台上唱歌时一样，都是势不可挡的。傅错完全没想到隋轻驰会这么直接，一时间不知该如何答复。埋头发微博的AK和收拾乐器的谭思也都抬起了头，隋轻驰的实力有目共睹，他会是每个乐队都竞相争取的主唱。可这样才更让他们为难，毕竟隋轻驰只是临时来救场的，宋凯才是他们的主唱，约定好的主唱，总不能说不要就不要了。

"我可以等，"隋轻驰说，"你给我一个机会，好好考虑一下我就行。"

"好。"傅错说。

# 第七章
## 征服全世界

1

隋轻驰的救场视频被传上网络，让更多人认识了“西风”，其中被提得最多的自然是“西风的主唱”。乐队的其他成员对此早有觉悟，毕竟摇滚乐队里最受欢迎的永远是主唱，主唱有多受欢迎，基本决定了乐队能有多红。并且隋轻驰无论外形还是唱功，实在是担得起这个讨论“流量”。只是有一个很大的问题——傅错不觉得宋凯看到这样的讨论会开心。

演出过后宋凯一直没有联系他们，当天晚上傅错给他打过一个电话，但没有人接，他也就没有再打第二个。就这么一连好几天过去，当 AK 和谭思还沉浸在演出成功的兴奋中时，只有他一个人陷入了纠结之中。因为他答应过隋轻驰会好好考虑，可越是好好考虑，他就越是左右为难。他既舍不得放弃隋轻驰，又不知该如何面对宋凯。到底是乐队重要，还是信义更重要，竟然要这么早就面对这样的难题……

有时他也会忍不住想，如果隋轻驰能早一点答应AK该多好，那样乐队保全了，信义也保全了，可这个世上的很多事就是没有如果。

周五放学后，三个人又相约一起去排练。这几天大家在学校都默契地没提这件事，今天走在路上时，AK 还是忍不住问了一句：“哎，主唱的事你们考虑得怎么样了？”

傅错和谭思都哑了。

AK 见这两个人面面相觑，只得耸耸肩：“得，当我没问。”

到达排练场地的时候，发现一直没有音信的宋凯今天竟然来了。傅错在见到宋凯的那一刻感觉局促和尴尬，他一直抱着也许今天宋凯也不会来的想法，甚至怀着一种或许宋凯看到演出视频后会自己提出退出乐队这样的幻想……

现在看到宋凯，他只觉得面红耳赤。

三个人的反应大抵都差不多，宋凯挑眉扫了顿在大门口的三个人一眼，说：“怎么？不欢迎我？”

那语气里已经有了一点火药味，傅错并非不能理解，这种事放谁身上都会有情绪吧。

“来来，”AK 开口打圆场，“排练走起！”经过宋凯时他又皱了皱眉：“你抽烟啦？好大一股烟味！”

宋凯的表情有些不自然，什么也没说，起身去接麦克风的线。

上周的演出过后，AK 的微博涨了不少粉，不少新粉丝问他们平时都在哪里演出。AK 已经迫不及待地计划下次的演出，乐队一旦步入正轨，肯定不适合再唱别人的歌，需要有更多的原创歌曲，所以排练的时候他们也是边练边讨论编曲。

新歌的调不算特别高，却不知为何宋凯今天的发挥特别差，抢拍又破音，状况频出。AK 受不了了：“怎么搞的，你喝多了吗？这才哪儿跟哪儿啊就破音，以后现场表演怎么搞？”

麦克风那儿立刻传来“砰”的一声，三个人都吓了一跳。宋凯用力拽下麦，破罐子破摔地道：“行，嫌弃我是吧，我是不如隋轻驰，你们不就是想把我给踢了找他吗？！”

先前还吐槽得起劲的 AK 一下子就蒙了，看向傅错。

傅错与谭思对视一眼，这种场合，他是队长，不得不站出来说话：“我们没这么想过，他当天来救场是因为你没赶到。”

“我没赶到是我的错，他来救场我也没什么好说的，”宋凯的情绪突然就开始变得激动，“但我可是听说当天表演结束后，他在后台就说要加入乐队吧，你们仨当时都在干吗？！”

“隋轻驰只是单方面表达了意愿，”谭思说，“我们都还没决定……”

“那你们是什么意思？”宋凯怒气冲天，“我不是乐队的一员吗？什么叫你们都还没决定？还是你们三个人就能直接决定我和他的去留？！我那么认真地想搞好乐队，天天第一个跑来排练，说我音域不够我就去学那什么劳什子的发音，结果你们就是这么对我的？我就是个随时可以抛弃的备胎吗？！”

宋凯说完这些，摔下歌词本就走人了。AK 举着鼓槌在后面“哎”了半天也没把人喊回来。

仓库里的气氛很凝重，AK揉了揉鼻子："这家伙今天吃炮仗啦，有话不能好好说啊……"转头又问傅错和谭思："怎么办啊？"

傅错在折椅上坐下，垂着头思绪如一团乱麻。宋凯的话虽然很冲，但其实也不算在乱发脾气，也许他们三个人在心底就是没拿人家当乐队的一员。是他这个队长做得不好，如果那天他当场拒绝了隋轻驰，也就不会有现在的烦恼了。可是……在见识过隋轻驰精彩的救场后，身为乐队队长和创作人，怎么可能完全不为所动，怎么可能不为隋轻驰的那句话动摇……

那天的排练就这样不欢而散，和谭思走在回家的路上时，傅错有些茫然地问："你觉得呢？"

谭思叹了口气："你是想问我想要什么样的乐队主唱，还是我们应该怎么做？"

傅错看着他："你想要什么样的乐队主唱？"

谭思没有丝毫犹豫："当然是隋轻驰那样的了。"

"那我们应该怎么做？"

谭思停下脚步："傅错，我觉得我们既然是一个乐队，就该彼此尊重和信任，不能因为隋轻驰唱得好就抛弃队友。我都不敢说自己的贝斯是弹得最好的，你也不敢说自己的吉他是弹得最好的，但是我知道，就算把世界上最好的吉他手放到我跟前，我也要和你组乐队。我知道你也一样。"

这样一句话好像点醒了他，傅错点了点头，有些疲惫地笑了笑："你说得对。"

谭思伸手搭在他的肩膀上："你呢，也不要有太大的压力，这几天我和你一样纠结，我也在想，到底是宋凯和我们一起排练的这十几天重要，还是隋轻驰和我们那一次现场表演重要？老实说后面这个诱惑力真的太大了，换了谁都会为难，我也想捶胸顿足地问老天怎么就没让隋轻驰早点加入乐队呢？可当时AK找过他呀，可能这代表了我们真的没缘分。"

两个人在被落日染红的道路上慢慢地走着，傅错听着谭思一点一点帮他理清头绪："我也不确定我们这样做是不是就是对的，但隋轻驰的成绩那么好，马上又要中考了，说不定他未来会考进重点高中，上重点大学，或许让他加入乐队对他个人而言也不是最好的选择。"

这个理由像最后一记鼓点，给傅错所有的犹豫不决彻底一锤定音。

没错，隋轻驰这样优秀的人是会有更好的选择的，在连他们自己都对乐队的未来看不清楚的时候，也许真的不该拉一个前途无量的优等生下水。

虽然……他真的会是一个超级耀眼的主唱……对此他毫不怀疑。

他和谭思约好，由谭思去十二中找宋凯道歉，让宋凯归队。而隋轻驰那边，则由自己去说。

傅错去同一家便利店买了一包妙鲜包，带去了那条巷子，没想到隋轻驰已经在那儿了。

他原本是打算来这里慢慢等人的，在看见隋轻驰背影的那一刻，才发现自己并没有准备好。

隋轻驰回头看见他，站起来："这么快就有决定了吗？"

巷子里的光线暗淡，傅错觉得隋轻驰的眼睛就像那只猫的，也许因为流浪了太久，警戒心太高，所有情绪都藏得很深。他都看不出这一刻隋轻驰是怎样的心情，自己该用怎样的语言去和他说。

"对不起，"他说，"那不是我一个人的乐队。"

不管怎样心怀愧疚，在说出这句话后，一切终于尘埃落定。他一定让隋轻驰非常失望，因为他的优柔寡断和不够成熟给乐队的每个人都造成了这么多的烦恼与不快。然而最对不起的那个人，始终还是隋轻驰。

像隋轻驰那样的人，要说出那句"让我加入乐队吧"，一定是和自尊心搏斗了无数回合吧。

自那以后，乐队就这样摸着石头过河地走上了正轨。虽然不少歌迷得知隋轻驰并不是西风的主唱时很失落，但大家和宋凯也慢慢磨合了起来。对傅错来说，需要注意的只是不要写宋凯的音域达不到的歌，那样乐队的表现也会相当不错。很快，他也觉得不让隋轻驰加入乐队是对的。临近中考的最后两个月，他们的演出也频繁起来，宋凯比隋轻驰更没有后顾之忧。

放学后，他还是会去那条巷子看猫，偶尔也会遇见隋轻驰。一开始他因为乐队的事总觉得无法面对隋轻驰，但隋轻驰好像并没有放在心上，有一次甚至主动问他："你有西风演出的票吗？有时间我去捧个场。"

他给了隋轻驰周末他们在校园乐队专场演出的门票，而那天隋轻驰也来了，但演出还没结束就走了，只给他发了条信息：我还有事，先走了，吉他弹得很棒。

令他吃惊的是隋轻驰还发来了一张照片，是在现场拍的，像是为了证明自己真的来过一样，特别幼稚。傅错笑着点开照片，这才发现镜头里只有他一个人。

手机的拍摄效果非常好，也可能是隋轻驰拍得好，舞台上年轻帅气的吉他手看着都不像平日里平凡的自己，动态、光影，完美得仿若电影里的定格。盯着这张照片时间长了，他甚至会有点不好意思，心想：这真的是我吗？也太帅了吧……

周一，他们又在小巷里碰了头。这次是他先到，等猫咪吃完一包妙鲜包，隋轻驰才姗姗来迟。傅错扭头看见他，站起来抬手打了个招呼："照片拍得真好。"

隋轻驰走进来，把右肩一撇，背包就从肩膀上滑下来。他提着背包，边拉开拉链边说："随便拍的。"

"我刚喂过了……"傅错见他在背包里拿东西，以为是猫粮，却见隋轻驰拿出来一个红色项圈。

两个人费了一点力才把项圈套到猫脖子上。猫咪显然不怎么习惯，不停地拿爪子挠。傅错看着这只渐渐对他们不再设防的黑猫，它越来越像他们的猫了。而他不知道这样好不好，走得越近，感情越深，但它毕竟是一只流浪猫，这样究竟好不好……

"怎么了？"隋轻驰见他走神，问道。

傅错回神："要不给它取个名字吧。"

"已经有了。"

"已经有了吗？"傅错有点惊讶，一副"我怎么都不知道"的表情，"叫什么？"

隋轻驰好一阵没吭声，傅错都快以为他是不是压根儿就没在听自己问什么的时候，少年开了口："深渊大王。"

"……"

巷子里鸦雀无声。傅错心想：这么中二的吗？

那天要分开的时候，傅错想起什么来："对了，那张照片我打算打印出来放在相框里。"

"只要你不嫌自恋的话。"隋轻驰说。

傅错笑了笑："考试加油啊！"

隋轻驰"嗯"了一声，转身走了。

傅错站在人行道上等红灯，还剩十秒时，隋轻驰的声音突然从身后某个方向传来，他诧异地回头。

少年站在天桥上，朝着下方的他道："那张照片打印像素不够的话，我这儿有更清晰的！"

傅错看着夕阳的余晖磨去了隋轻驰尖锐的棱角，他整个人沐浴在暖橙色的光中，像他喊出来的声音，充满少有的热情。

"好！"傅错笑着应道，朝天桥上唯一的那个人挥了挥手。

五一假期里，西风有幸第二次在Live House里演出，然而这次演出却成了灾难。

宋凯全程发挥失常，抢拍、走调算好的，好几次他甚至想不起歌词，一直在麦克风前胡乱哼哼。而他自己仿佛毫无察觉，台下有男歌迷叫他滚下去，他才像被叫回了魂。如果不是傅错及时把人拉住，差点儿就要和歌迷对骂起来。最后他们勉强完成了最后一首歌，下台时头一次得到的不是掌声，而是嘘声。

这次滑铁卢一般的演出让宋凯以外的三个人都十分不快，进了后台休息室，傅错放下吉他，垂头坐在椅子上。演出本来就累，搞成今天这样，作为队长的他简直累得无以复加。他满头大汗，气喘吁吁，连骂宋凯的力气都没有了。

AK却火冒三丈，一进休息室就摔上门，大骂宋凯："你唱的是什么？！我情愿麦克风后面站的是一头猪！"

宋凯似乎也觉得理亏，难得没有和AK吵架，只是收拾好背包背上就要走。AK最受不了被人无视，暴怒地一步上前，一把拽住宋凯的背包。

当晚的混乱就是从这一拽开始的，然后便是争吵、谩骂。直到AK发现宋凯发挥失常背后真正的原因，这个原因让他们每个人都怒不可遏，毅然动起手来。最后傅错只记得宋凯抓起一把椅子朝他砸过来，尖锐的椅子脚眨眼间就击中了他的额头，像有刀子切开了颅骨上的皮，血立马就流了下来，温热地弥漫在眼角。他被椅子的重量拍得整个人都眩晕了，向后堪堪扶住门框才没有立刻倒下。眩晕中他听见AK在大喊什么，宋凯在大骂什么，他的身影在光源上方激烈地晃动着："傅错我呸，你不就是想找个理由开了我去找隋轻驰吗？！别在这儿道貌岸然了！"

那声音合着舞台方向的打击乐声，变成一种变调的怪响，他的眼前慢慢黑了。

2

待睁开眼的时候，已经是在医院了。傅错躺在病床上，还迷迷糊糊的，但能分辨出不远处谭思和AK的声音，两个人似乎正在想办法给他筹钱。他努力撑起身子，想说自己没事，然后病房的门就被推开，"哐当"一声，穿着黑色帽衫的少年闯进来，隐约还能听见医务人员在让他们小点儿声。

少年站在急诊病房的中央，有些焦急地环视一圈，然后扭头朝他看过来，转眼人就站在了他面前。

隋轻驰？

傅错瞪大眼睛认出隋轻驰那张好看得有点不像话的脸，隋轻驰往后拉下卫衣的帽子。这会儿应该很晚了，他可能都已经洗洗睡了，卫衣的连帽一拉下来，又软又细的头发就扬了扬。他卫衣上有一层密密麻麻的雨水，外面原来在下雨，傅错心想。他这才听见雨声。

“你没事吧？”隋轻驰在他的床边坐下，看着他的额头问。

“没……没事。”

AK一步跨过来：“乱说什么，你都晕过去两个钟头了，医生都说你有脑震荡！你快好好躺着！”

隋轻驰取下背包拉开拉链，从里面拿了一沓钱交给AK，说：“去给他交费。”

AK捧着那沓钞票时手都有点抖：“多……多了点儿，”他随手数了数，“你这是多少啊？”

“你电话里又没说清楚什么情况，我以为他要死了。”

“呸呸呸，隋轻驰你会不会说话？！”

傅错听得哭笑不得，AK带着钱去补交检查费，隋轻驰便问他：“谁干的？”

“已经没事了，”傅错说，“死不了。”

他掀开被子想下床，谭思见状赶紧上前扶住他：“哎，你还是别勉强了，再躺躺吧。”

隋轻驰看着这两个人。他来之前只是接到AK一通莫名其妙、语焉不详的电话，性格急躁的鼓手在电话那头什么情况都没说清楚，直到现在似乎也没人想告诉他究竟发生了什么。但乐队里只有一个人没在这儿，他已经能猜出一半：“是宋凯吗？”

傅错和谭思不约而同地愣住，隋轻驰一看他们的脸色就明白了，直接站起来，把背包甩到肩膀上，说：“这里你们看着，有事给我打电话。”说完他就要出去。

傅错想到隋轻驰在篮球馆以一敌三的事，喊道：“隋轻驰你要是想我好的话就待在这儿陪我，哪儿也别去！”这话喊完，他额头上的伤口扯了一下，火辣辣的疼。

AK交完钱回来，在门口撞见凶神恶煞的隋轻驰时也吓了一跳，忙卡位拦住人：“他说得对啊，你别去找那个人了，让他自甘堕落吧，用不着少爷你出手！”

隋轻驰带着一身火气杵在那儿，AK就一点一点把他推回来，像哄小孩似的，边推边朝傅错和谭思使眼色，提高嗓门道：“哎呀，那么垃圾的主唱肯定不能要了，咱们下次现场表演可怎么办啊？”

隋轻驰果然想也不想就说："我来。"

AK 号了一嗓子，高兴地揽住隋轻驰的肩膀："哥几个就等你这句话呢！"

傅错有些无奈，本来一切都与隋轻驰无关的，这下真的变成为了他而开掉原主唱了："马上就要中考了，你没问题吗？"

隋轻驰说："没问题啊，能有什么问题？"他还很认真地想了想，"演出时间别和考试时间撞上就行。"

AK 撞了一下隋轻驰的肩膀："厉害啊学霸！"

"我的意思是会不会让你分心，没时间复习，影响发挥。"傅错说。

"现在也挺多事让我分心的，还不是该怎样就怎样。"隋轻驰说，"再说那都是我的事，我不玩乐队，生活也没多岁月静好。你自己都顾不过来，就少操心别人的人生了。我就是中考考零分，日子也会过得比你们好。"

傅错被怼得毫无还嘴之力，整个病房那一刻都沉浸在一片"向隋轻驰势力投降"的安静之中。

隋轻驰眨了眨眼，很理直气壮地说："我说错了吗？"

谭思忍不住笑了："没错，那从现在开始，你就是我们的主唱了。"

隋轻驰坐在那儿"哦"了一声。

傅错看着仿佛还在赌气的隋轻驰，本该是挺热血沸腾的场面，没想到最后整成了这个样子，感觉还挺对不住这个新主唱的……

"天大的好消息啊，少爷现在消气了没？"AK 在一旁贱兮兮地问。

隋轻驰一抬头就看到傅错额头上厚厚的纱布，眼神凌厉地说："没有。"

"那你要怎样才消气啊？"AK 站在隋轻驰身后问，还往隋轻驰的头顶指了指，对傅错做了个"小屁孩"的嘴型。

"不知道，"隋轻驰站起来，"你们让我一个人静一静。"

AK 一把拉住他："哎！不行，咱们现在是一个乐队的，以后做什么都得同声同气！"

隋轻驰一脸无语："我就不能静一静吗？"

"咱们乐队没有'一个人静一静'这个选项，"AK 把人拉回来，笑嘻嘻地说，"'四个人闹一闹'倒是有的！"

那天为了节省路费，他们等到地铁开班才离开医院，四个人一起顶着雨钻进地铁站入口。那些跑跑闹闹的画面傅错很久以后都记得，记得 AK 和谭思站在自动扶梯上，聊地下乐队的事兴奋到飞起，AK 还一直回头问隋轻驰。隋轻驰站在他旁边，靠在自动扶梯的扶手上，一边忍着瞌睡，一边对 AK 报以很多白眼。而那天唯一一件带帽的黑色卫衣，隋轻驰的那件，非常自然地穿在他的身上。

在组乐队这段说长不长说短不短的日子里，他终于头一次觉得，这个画面对了，这种感觉对了。

早班地铁上没几个人，谭思和 AK 挨着彼此睡了，他因为才晕过两小时，这会儿还真不困。转头看旁边的隋轻驰，他把头靠在靠门的扶手上，双手环在胸前，也睡了。

他把身上那件黑色卫衣脱下来，盖在了隋轻驰身上。隋轻驰把卫衣借给了他，自己就只穿着一件单薄的长袖白 T 恤。他把自己的夹克拿给隋轻驰时隋轻驰没接，说是不冷，但他想隋轻驰应该还是有一点洁癖的吧。

接下来他只好给每个人看着站点，隋轻驰是最早下车的，还剩一站就到的时候他叫醒了隋轻驰，生怕自己搞错了他的站。

隋轻驰睁开眼坐起来，一边条件反射地抓住差点滑到地上的卫衣，一边睡眼惺忪地抻长脖子看对面的站牌，问他："到了吗？"

傅错报了站名，隋轻驰身子一软又靠回去，说："还没到站。"

傅错十分意外："你上次不是在这儿下的吗？"

隋轻驰这才记起来，那天自己出于防备心理对这个人撒了谎，就敷衍地答了一句："搬家了。"

虽然这个借口找得特别不走心，但长他两岁的少年好像一点都没有怀疑，只点了点头，说："那你再睡会儿吧，我帮你看着。"

隋轻驰却睡不着了，把身上那件卫衣拎起来放到傅错腿上，说："万一还在下雨呢，你先穿着吧。"

那一放意外地温柔，傅错领了这份情，说了声"谢谢"，又道："那些钱是你的生活费吧？我以后慢慢还你。"

"不用了，"隋轻驰说，"我不缺钱。"

"那也还是要还的。"

隋轻驰向后靠在椅子上，抬头盯着对面的电子屏，有些疲倦地说："穷人真的没必要这么逞强，躺平了接受别人的帮助也没什么。"说着他又闭上了眼。

这话说得真够气人的，但傅错对隋轻驰的毒舌早有心理准备，回味了一下发现也还吃得消。

反正他也是真的穷。

列车到了下一站，傅错看到上车的人手里拿着湿漉漉的雨伞。等隋轻驰到站下车的时候，傅错还是把自己的夹克递给了他："还是披着吧，别着凉了。"反过来披也行啊……

隋轻驰回头看了看他手里的衣服，接过来，隔着背包披在背上，就这么潇洒地下了车。

列车的门关上，准备启动的时候，傅错看到隋轻驰背对着他们站在车站的长椅前，把背包取下来，将那件夹克好好地穿在身上，拉上了拉链，才又背上背包上了扶梯。

列车呼啸着钻进了隧道，但这一幕映在脑海里，让傅错不自觉地笑了。

3

不久以后宋凯就因为犯事被学校开除了，好在宋凯的家境不差，搬去外地的话，这种黑历史基本也就没什么人知道了。

得知宋凯转学去了外地以后，大家都松了一口气，除了隋轻驰。

那天在去演出的车上，AK从朋友圈得知了这个消息，骂了句："这瘟神滚蛋了也好！"

后座传来隋轻驰阴森的一句："便宜他了。"

AK转头，隋轻驰这一路坐在后座没点儿动静，他还以为人睡着了呢，没想到耳朵这么灵："少爷，以后咱们可不能随便打架啊！"

隋轻驰掀起眼皮，语气很不耐烦："打架都要管？"

他刚想说"我妈都不敢管"，AK就把傅错往他跟前一推："打架要请示队长！"

傅错无奈地别开肩膀，隋轻驰看他一眼，收了脾气靠回后座椅背上。

AK的微博有七千多粉丝，隋轻驰正式作为西风主唱的第一场演出结束后，粉丝数立刻飙升过万。

AK觉得不可思议："那Live House的观众总共都没有一千，这是怎么过万的啊？谁给咱们买的'僵尸粉'啊？！"

每结束一场演出，演出的视频就会像病毒一样在网络上传播开来，帮他们光速收获大量粉丝。隋轻驰的台风和宋凯很不一样，宋凯在台上很疯也很野，上台时他会鼓动台下的歌迷和他互动，大家对着他鼓掌、吹口哨，气氛往往十分热烈。

隋轻驰则完全不同，好几场演出他就穿着他爱穿的连帽卫衣到场，上台前拉上帽子一个人坐在角落里，低着头听歌。虽然AK总说要四个人一起闹一闹才像乐队，但大家渐渐也懂了，在演出前需要给隋轻驰一个空间，让他一个人静一静。西风的新主唱从不怯场，但他有自己孤僻的小领地，不容侵犯。

开场前傅错会去叫他，拍他的肩膀，隋轻驰就取下耳机站起来，像一个年轻英俊的拳手，双手揣在兜里，默默地站在他身后，等着登台。他不站到那支麦克风后面不会拉下帽子，所以没人知道他是主唱。歌迷们拍到他们准备上台前的照片，隋轻驰低着头站在傅错身后，就像是傅错带了个没睡醒的自闭弟弟来现场玩，哪里看得出是乐队主唱。可当他拉下连帽，一头软软的头发在舞台灯光下像尘埃一样散开，下面的歌迷就集体安静下来，双手放在脸侧，痴痴地望着他，眼神仿佛在说：天哪，这个主唱有点帅……

宋凯当主唱时，他们面对的歌迷就像是一群躁动的汉子。而隋轻驰把台下所有歌迷，无论男女，都变回了纯情少女。

歌迷们听说他只有十六岁时都不敢相信。他站在舞台上，就像一个台风眼，时常能以静制动。

AK成天抱着手机看粉丝数增长，沾沾自喜地唾弃自己："我怎么这么虚荣啊……"

AK在数粉丝数的时候，傅错就教隋轻驰识谱。隋轻驰学得很快，傅错一边惊喜他学得这么快，一边又担心他学得太快，是不是把重心都用在了乐队这边，而荒废了学业。

中考前的第二次模拟考放榜，傅错跑去初中部看了排名。他挤在一帮学弟学妹中，在榜单密密麻麻的名字里很快就找到了"隋轻驰"三个字，就在第一队列中，是全年级第14名，比上一次还进步了几名。他看得不自觉地勾起嘴角，好像在看自家弟弟的成绩，带着一点隐秘的自豪感。隋轻驰毕竟和他们不一样，乐队的前途谁也不敢保证，像隋轻驰这样的优等生应该做两手准备，要不然他这个当队长的会觉得亏欠了他。

从榜单前扎堆的人群中挤出来时，AK从背后拍他："傅错？你在这儿干吗？傻呀，高中部的排名在那边呢！"

他往对面看了一眼，却没过去，问AK："你多少名？"

AK心虚地"嘿嘿"笑了。

傅错在心里叹了口气，乐队真的得好好搞才行。

即便是地下乐队，也会有专门的乐队经理人负责联系和组织演出。但他们初出茅庐，又是学生乐队，没法像成熟的乐队那样去经营，也没太多工夫去钻研。好在西风在圈子里渐渐有了点名气，有一些小的Live House也肯让他们先演出后付费。再后来有一个粉丝借给他们一个便宜的场子，那个粉丝自己开了家小酒吧，他们定期去唱，只收取很低的场地租金。

傅错一直在创作，但很长一段时间里他们用来表演的原创歌曲来来回回就那么三四首，别的还是用一些已过版权期的老歌来凑数，大部分时间都唱披头士。他担心隋轻驰要是花太多时间跟他们合新歌，会耽误他准备考试，所以新写的歌全压着。

AK在微博上看到歌迷粉丝的反馈，催促他："哎哟！你也写点新东西啊，这几首歌歌迷都听腻了。"

谭思说："创作的事急不来的。"

"我知道急不来，"AK转着鼓槌瞅了一旁的傅错一眼，说，"我就是担心你是不是江郎才尽了……"

傅错抱着吉他放在腿上，笑道："首先我得是江郎。"

"你怎么不是了？你就是！"AK拿鼓槌指着吉他手，"傅错你是咱们的主创，你得自信啊我跟你说！"

谭思好笑地摇头："脑残粉挺关心偶像的啊。"

"你不是脑残粉，妈妈粉、女友粉自己选一个吧！"AK怼完谭思又问傅错，"那下周咱们还唱这四首？"

"嗯，暂时还这样吧……"傅错说。

AK一脸不甘的表情，又回头看独自坐在后面看乐理书的隋轻驰，并拿鼓槌敲了一下隋轻驰的书。隋轻驰直接把书拿开，头也没抬地说："我听他的。"

AK看他戴着耳机，嘴里嘟囔："你知道我们在说什么吗你就听他的？"末了还恶作剧地加了一句，"隋轻驰你就是傅错的舔狗！"

隋轻驰立刻抬头瞪向他。

AK吓死了："你不是在听歌吗？！"

谭思笑他："戴耳机也可以不听歌啊。"

傅错看着三个人笑闹，心里也有点无奈，演出总是炒冷饭确实不是办法。他盯着手里的吉他，看到吉他的表面已经没那么光亮了。这把吉他跟了他两年，但不是他的第一把吉他。他的第一把吉他是从网上买的一把入门级木吉他……

木吉他……

他突然有了主意，抬头对三个人道："歌不换，咱们改一下伴奏吧？"

如果主唱是宋凯，他肯定想不到这个主意，把《Beautiful》改成纯乐队演奏版本。乐器伴奏一弱，宋凯的所有短板，音域、音准和节奏感的缺陷都会暴露无遗，但隋轻驰……他就像一架手工钢琴，拥有宽广的音域和丰富的表现力，创作者可以在他身上随意施展。

仓库里没有木吉他，但手机里有木吉他的乐器软件，他就临时用软件试了一下改编，把节奏又放慢几分，脑子里已经有了雏形。隋轻驰一边低头听，手一边在盘起的小腿上打着拍子。伴奏还没成型，但到主歌的时候，他想也没想就跟着哼唱起来。

傅错立刻就发现隋轻驰对音乐的理解何其到位，他使用的唱腔与他唱原版时比起来，多了一份无辜的青涩，使得整首歌的意境完全改变，变成一首没有一丁点野性，一首被彻底驯服的歌。

谭思和 AK 只是在旁听，不知不觉就忘了手上的事，就这么被吸引了。

在斜阳映照的仓库里，在废墟和尘埃中诞生的天籁……

太好听了，即使没有傅错的伴奏，他一个人清唱也可以好听成这样，梦中主唱也不过如此了。谭思摸着手臂上的鸡皮疙瘩，心里默默想。

弹奏完后，傅错放下手机，看向隋轻驰。

仓库里没人说话，仿佛还沉浸在余音绕梁中。隋轻驰放下盘起的右腿，问他们："行吗？"

AK 咽了口唾沫，看向谭思，一脸"这要怎么夸"的表情。

"少爷，你唱歌这么好听你妈妈知道吗？"

AK 说完就意识到自己说错话了，隋轻驰的下巴有些紧绷，却也只是低下头，没说什么。

他挺喜欢唱歌的，但以前好像从未意识到这一点，也不知道自己唱歌真的强过很多人。不过就算强过很多人，好像也没什么意义。无处发泄的中二年龄段，他把所有精力都放在了打篮球上。那才是他希望能强过很多人的领域，用一记灌篮把那些瞧不起他的人狠狠地砸在篮球下。唱歌……他还真没想过要用这么文艺又柔软的方式去征服别人。

但他很在意一个人的看法。这么想着，他又忍不住抬起头，眼角的余光落在正低头整理伴奏谱的傅错身上。

排练结束回去的路上，谭思忍不住说：“他能当西风的主唱真是太好了。”

傅错低头看着地上的影子，边构思着编曲，边笑了笑，然后点点头。

“他不当主唱也会是一个完美的歌手。”谭思感慨道。

那时他听着谭思的话，两个人也只是觉得庆幸。直到多年以后，他才明白谭思无意间道出的真理——原来隋轻驰真的可以没有他们。

# 第八章

## 不是为了别人，是为了乐队

1

纯乐队演奏版的《Beautiful》大获成功，那天演出结束后，AK 提议庆功宴去吃火锅。

谭思说：“你减点肥吧，都大半夜了还吃什么火锅。”

AK 就搂住隋轻驰的脖子：“讲道理，少爷加入西风后，咱们还没正正经经一起吃过一顿呢！人家球星转会都得有个仪式吧，吃了这一顿，从此就是西风的人了！”

听他这么一说，谭思也没辙，就看着傅错。隋轻驰被 AK 强搂着脖子，也抬起头瞄傅错。傅错看出来隋轻驰居然是想搞这种庆功宴的……

“吃了这一顿，从此就是西风的人”什么的，大概是戳中了“中二少年”的胃吧……

然后一行人就往火锅店进发了。说是火锅店，其实就是路边搭的一个棚子。隋轻驰跟在傅错后面钻进塑料棚，既好奇又吃惊。大半夜的这么多人不回家睡觉，坐在一张张脏兮兮的塑料凳上，光着膀子吃吃喝喝，像是早上都不用起床上班似的……

傅错抽了张凳子给他，把吉他包靠在桌边后自己也坐下。隋轻驰就拉了凳子在他旁边坐下，手托着脑袋四处看。

像隋轻驰这样的富二代，大概很少在这种地方吃饭吧。傅错心想：这种地方对他来说怕是比上次的面馆还带劲。

火锅傅错点的是鸳鸯锅底，AK 问干吗点清汤，傅错刚想说隋轻驰不能吃辣，话到嘴边又改了口：“他得保护嗓子。”

AK“啧啧”着端详他：“不是吧，以前和人渣一起吃火锅也没见你要人渣保护嗓子啊？”

谭思嗑着瓜子耸了耸肩：“他那种嗓子没必要保护。”

AK竖起大拇指：“谭哥，论精辟我还是服你。”

锅底送上来，AK要的啤酒也送上来了。AK站起来麻利地给傅错和谭思倒酒，隋轻驰也把自己的杯子递过去，然而AK唯独就是没给他倒酒。

他“喂”了一声，AK把酒瓶放到一旁，说：“对不住啊少爷，咱哥几个都满十八了，你还差两岁，不能喝酒。”

隋轻驰把杯子“哐当”一声搁在桌上：“谁规定的？”

AK瞥了一眼傅错，说：“队长，你有问题你怼他。”

傅错看看两个人，心说：好吧……其实真正满十八岁的只有他和谭思，他比谭思大三个月，因为一些原因读书晚了一点。而AK比谭思小三个月，要到暑假才满十八，但早就把自己当十八岁处理了。不过他确实觉得隋轻驰才十六岁还是不要喝酒的好，就说：“要不你喝可乐吧。”

AK和谭思低着头在那儿憋笑。

傅错回头找老板要了一罐可口可乐，打开后放到隋轻驰的手边，并冲他笑了笑。

隋轻驰被这个人笑得没了脾气，耷拉着眼皮看着那个红色易拉罐，慢吞吞地拿到面前，心想：我服了。

吃火锅时，AK有点好奇，问：“少爷，你怎么读书比别人晚一年呢？”

傅错看向隋轻驰，这个问题他也很好奇。隋轻驰去年十一月就满十六了，说明晚读了一年。照理他这种家境的小孩都只会早读，不会晚读的。

隋轻驰夹菜的手顿了一下，说：“晚读一年有什么大不了的吗？我笨还不行吗？”

AK打了个酒嗝儿：“哇，你还笨？那咱们都是猪了！”

然后这个话题就这么被揭过去，傅错漫不经心地捞着菜，心想：还是揭过去好，明显感觉隋轻驰不想继续聊这个。

筷子和隋轻驰的漏勺冷不丁碰到一块儿，傅错愣了一下抬头，见隋轻驰看着自己，才后知后觉隋轻驰那一勺是帮他捞的，可能是见他一直在锅里瞎捞啥也没捞到……

少年看着自己的眼里带着罕见的真挚，甚至还有一点点的……热情？傅错说了声“谢谢”，就夹走了漏勺里的几块牛肉。低头吃的时候他看了隋轻驰一眼，隋轻驰把漏勺里剩余的东西全倒在自己碗里，有一搭没一搭地吃着。被比自己小的男生照顾了，这种感觉真是有点奇怪。

一顿庆功宴下来，傅错和谭思没喝多少酒，AK却喝得路都走不直了。半夜三更又叫不到车，傅错只好和谭思一左一右架着吵吵闹闹的AK步行，隋轻驰就跟在他们身后。经过街心公园时，AK看见一条长椅跟看见床似的激动起来，嚷嚷着走不动了要歇歇。傅错也扶累了，就跟谭思一起把人扶过去，干脆也坐下来歇一歇。一条铁艺长椅、三个男生和两把乐器，一下就塞满了。隋轻驰走过来，无语地扫了一眼三个人，只好在旁边的扶手上将就着坐一下，等着他们歇够了。

“好渴啊，”AK头向后仰靠在椅背上，看向唯一没喝酒的隋轻驰，“弟弟？帮哥哥们去买点水吧。”

隋轻驰压根儿没理他，自己低着头玩手机。

AK可怜兮兮地看向谭思和傅错，问：“你们都不口渴吗？”

谭思闭上眼睛靠着自己的贝斯，没回他。傅错也觉得嗓子有点干，就说了声“有一点”。然后他就听见隋轻驰叹了口气，揣好手机后站起来，丢下一句“我去买水”，一副认命的样子走了。

AK瞠目结舌地冲着隋轻驰的背影口齿不清地喊：“怎么他口渴你就买，我口渴你就装聋？！”

傅错想说声“谢谢”，但隋轻驰已经走远了。他的肩膀随即一沉，AK的大脑袋已经靠了上来，不一会儿就睡了过去。傅错听见了猪的鼾声，无奈地仰起头。天上的月亮带着一圈毛边，发出诡异又梦幻的光，让他想起深渊大王的眼睛。

隋轻驰真的就像深渊大王一样，一样的敏感，一样的认生，哪怕和AK混得这么熟了，还是会在心里排个号。

傅错笑着想：自己的名字现在是排在AK前面的，像被隋轻驰发了一块冠军奖牌，值得感激。

隋轻驰买水回来，三个十八岁的哥哥已经在椅子上睡成一团。他拿着两瓶水，站在那儿碰了碰椅背，说：“喂，还喝水吗？”

回答他的只有AK发出的甜美的鼾声。

他把水直接搁在AK身上，动作没太客气。矿泉水瓶击中AK的胃部，大脑袋的鼓手“啊”了一声，却也没醒。

另一瓶水他则轻轻地放在了傅错的腿上。

起身时手肘碰倒了椅子上的吉他包，隋轻驰眼明手快地扶住，把吉他包拎起来放在地上靠稳。弯腰起身时，他的视线鬼使神差地落在傅错熟睡的侧脸上，然后就定住了。

啤酒和火锅的味道好像倏然消失，熟睡的吉他手少年让他想起那天自己在沸腾的人群中举起手机，镜头只框着这一个人。隋轻驰以为那是因为只有他请自己吃过饭，只有他帮自己挡过风，只有他无论何时都对他温柔地微笑，但其实远不止这些……

带着极大的困惑与好奇，少年像野猫趁着人类睡着后跃跃欲试地举起爪子想要偷袭，却听到身后传来“咔嚓”声。

手机发出的清脆的拍照声让隋轻驰一下子回魂，起身扭头看去，几名偷拍者从阴影里走出来，炫耀地朝他扬了扬手机。隋轻驰还没看清三个人的脸，就已经猜到他们是谁，也清楚他们的目的了。因为他的原因被记了大过的家伙们，想来也没那么容易忘记这个梁子，是他大意了。

没等偷拍者开口，他就阴沉着脸走过去，直接问：“想怎样？说吧。”

举着手机的男生看着他笑：“隋轻驰你可真是什么都敢干啊！”他们半夜从网吧出来，好巧不巧地看到马路对面的隋轻驰，稍微跟踪了一小段路，没想到就拍下了这张暧昧不清的照片。

隋轻驰一个字都懒得解释，这群人的目的不就是想拿捏他吗？

“照片我们可以删除，”男生收起手机，“但有条件。”

2

傅错是被冷醒的，醒来发现自己竟然在公园的长椅上睡着了，也是有点丢脸。他的肩膀被AK的大脑袋压得有点发麻，稍微坐起来一点，身上就有什么往下一滚，下意识地低头抓住一看，是一瓶农夫山泉。

身边除了AK还有其他人的体温，他抬起头，就看见了坐在长椅扶手上的隋轻驰。隋轻驰一条腿斜跨在扶手上，傅错看见自己黑色的吉他包就靠在他的两腿之间。隋轻驰一只手拿着手机，一只手搭在吉他包上。

少年黑色T恤的后背中央的位置被压了一道褶皱，应该是自己睡着后头靠在他身上给压的。

傅错有些不好意思，坐起来问：“几点了？怎么不叫我们？”

隋轻驰没有回答他，低头对着手机，不知道在想什么，背影十分沉默。

傅错摸出手机看了看，发现竟然睡了足足一个钟头：“都三点了？”他又抬头看着隋轻驰，“你就在这儿守着我们坐了一个钟头？”

隋轻驰这才站起来，提起吉他包背在自己肩上，说：“醒了就走吧。”

傅错觉得有哪里不对劲，因为隋轻驰说话时没有回头看他。可他又说不上来究竟有哪里不对，因为名为隋轻驰的少年原本就是很神秘的。

中考前还有一场直升考试，达标的学生可以直接升入本校的高中部。傅错当年就是和谭思一起升上来的，埋头苦读了几个月，最后刚刚好过线。升入高中后他又认识了 AK，于是才有了西风的缘分。今年隋轻驰也参加了直升考试，AK 听了还有些奇怪：“少爷这种成绩完全可以考去更好的学校啊，虽然咱们学校也不差就是了……”

傅错没觉得有哪里不对，隋轻驰的成绩虽然不错，但事关升学和前途这种事，也是要力求保险的，毕竟中考时考砸的优等生也不少。隋轻驰的成绩据他观察下来，波动还挺大的，好的时候能进年级前十，不好的时候能跑二十开外。他们学校年级前十名差不多都能进全市排名数一数二的高中，二十开外就有点悬了，还不如就留在本校。

也不知道隋轻驰打算考哪所高中，会不会离他们很远。西风好不容易才能拥有这样的主唱，太惊艳也太耀眼。AK 总在展望未来，他却不敢奢望长久。

因为隋轻驰要准备直升考试，那一周他们就停了排练和演出。放学后，傅错拎着一口袋猫粮来到深渊大王住的巷子，还没走近就听见乒乒乓乓的声响。旁边的店铺在装修，电钻发出震耳欲聋的声音，巷子里堆满垃圾和气味很大的建材，到处一片狼藉，深渊大王不知所终。

他沿着那条街一路找，每次喊出“深渊大王”四个字都会引来路人纷纷侧目。那条街都走到头了，他还是没找到失踪的黑猫。

他停在街区尽头的十字路口，面对豁然开阔起来的区域，突然就有些茫然无措，手指紧紧抠着装猫粮的口袋，心里有些后悔，后悔当时没有把深渊大王带回家。

他可能再也找不到它了。

一直到天黑，傅错还在那片街区寻找，又问了附近的店铺和居民有没有见到一只戴着红色项圈的黑猫，可是都没有人知道深渊大王的下落。

晚上八点，他垂头丧气地从便利店出来，忽然听见隋轻驰的声音：“傅错？”

他扭头，看见便利店靠窗的地方，隋轻驰正站在那儿，手挑着一筷子泡面，见到他后把叉子放回纸杯里，问他："你在这儿干吗？"

傅错看着隋轻驰，就像自己搞丢了对方最宝贝的东西，很久才艰难地出声："深渊大王不见了。"

隋轻驰看着他。

傅错有些慌乱地想：我得找点什么话来安慰他才行……

隋轻驰忽然眨了眨眼，说："没有不见啊。"他把那碗杯面放下，抓起背包挂在肩上，走出来说，"我带你去找它。"

穿过那个十字路口，对面是一个住宅小区。小区大门旁的铁艺围栏连接着下方的花台，花台底部亮着一排灯，照亮了约一米高的修建整齐的树丛。隋轻驰带着他走过去，蹲在那儿喊了一声"深渊大王"。没过一会儿，傅错就看见黑猫从树丛中钻出来，脖子上戴着那个红色项圈，依然很骄傲的样子。

原来只隔了一条街啊。

傅错心想：害我担心死了，那一刻感觉自己好像面临一场生离死别，鼻子都酸了。

隋轻驰蹲在那儿挠着猫下巴，回头看着他说："那边在装修，又吵又脏的。"

傅错问："是你带它过来的吗？"

隋轻驰摇头："是它自己来的，我只是跟在它后面而已。"

"不愧是深渊大王呢……"傅错笑着打量黑猫。

隋轻驰抬头，看到傅错的眼睛里好像蓄着一汪水。因为被路灯照着，那双眼睛也变得特别明亮干净，好像那些感动又庆幸的情绪都变成了眼睛里闪动的光。他不自觉地有些在意，想说"你是不是以为它死了"，又觉得这话太残忍，没准说出来后十八岁的大哥哥真能掉下泪来，蠢蠢欲动又纠结挣扎着闭了嘴。

傅错走到隋轻驰旁边蹲下，抓了一把猫粮放在手心里喂给深渊大王，然后抬头打量这个新住处，再对猫咪说："你的眼光挺好的，这儿就像一座城堡。"

隋轻驰也回头看去，有高耸的尖顶、草坪和树丛，还有潋滟的灯光，真像一座迷你版的天鹅堡。

傅错低头问深渊大王："你是要住在城堡里还是跟我回家呢？"

猫咪只顾吃食没搭理他，反而是隋轻驰看着他问："你那房子是租的吧，能养猫吗？"他猜是不能的，要是能养，估计早就抱回去了。

隋轻驰猜得没错，房东三令五申不能在屋子里养宠物，连荷兰猪都不行，更何况是一只猫。但傅错很害怕下次会再找不到深渊大王，那就是真的找不到了。他真的很想养它。

隋轻驰低头看着傅错的手，这是弹吉他的手，又帅气又性感，对猫却如此温柔……

“要不我养吧。”他说。

傅错愣了一下：“可以吗？”

“我试试，”隋轻驰说，“和他们说一声，看行不行。”

他们是指谁呢？傅错想，不说家人，不说父母，只是“他们”……虽然隋轻驰说得这么轻描淡写，但他听得出这背后恐怕一点也不轻松：“不行不要勉强，我来想办法。”

“就试试呗。”隋轻驰说。

傅错看着他，但隋轻驰没有看他，他说话的声音第一次听起来很没有底气。

隋轻驰回到家，推开门后是黑沉沉的客厅，手里提着的背包垂在小腿边。他松了一口气，按开门边的灯，低头慢吞吞地换了鞋，走到客厅把背包扔在沙发上。

据说是回国了，但这都过去一周了，人也没回来。他每天回家都提心吊胆的，生怕开了门后看见屋里亮着灯。

因为那个杯面只吃了两口，保姆阿姨又请假了，他在回来的路上买了吐司，从冰箱里取出一瓶“老干妈”，拿刀涂在吐司上，就这么吃了。

他坐在厨房的料理台边，咬着那片吐司发着呆。小时候他养过一只荷兰猪，结局是被人从窗口丢了下去。那时他除了难受，无计可施。可现在他十六岁了，要是连自己的宠物还保护不了，那就真的很没意思了……

更何况这房子几乎是他一个人在住，他妈一年到头天南地北地玩，这次回国大概待不了多久又会飞走，应该不会再管他养什么了吧？只要保姆阿姨不告状的话。

明天就要面临直升考试，他却为了这种事情分心。临走前傅错还问他明天的考试准备得怎么样，他心不在焉地回了句“不用你操心”，其实是因为压根儿就没准备。

他的人生从来都是一团乱，准备得再多也无用。只有当乱麻缠身时，再认命地一个一个结解开。

3

考试结束的铃声响起，隋轻驰摘下眼镜，起身交了卷。试卷交到讲台上时，监考的女老师关心地问他：“你的身体还好吧？”

他垂着眼睑，“嗯”了一声，背上背包转身就离开了。

教室外不少人在对答案，隋轻驰绕过他们，下楼时收到AK发来的语音微信：“少爷，考完了吗？我们在门口等你啊！”

他关了微信没回复，打开通信录给另一个手机号发了一条短信：照片可以删了吧？

过了一会儿对方才回：不行，得等考试成绩出来。我们怎么知道你有没有乱给答案？

隋轻驰早料到了，写道：我在教学楼后面等你们，来了你就知道我没乱给答案了。

发完短信，他越过众人快步下了楼，在教学楼背后的林子里等了十来分钟，那三个人才鬼鬼祟祟地出现。

隋轻驰见状只觉得好笑：“都做完弊了还怕什么？”

“你怎么证明你没乱给答案呢？”带头的男生将信将疑地问。

隋轻驰打开手机，里面是一段视频，是通过眼镜的微摄像头拍摄的，视频拍的正好是他涂答题卡的过程。

三个人凑到一块儿确认，隋轻驰的答题卡涂得确实和给他们的一样。

“这样总可以了吧？”隋轻驰收回手机说。

男生挑眉打量他：“行啊，没想到你胆子这么大。”

“我等不了这么久。”隋轻驰说。

他的眼神是认真的，男生撇撇嘴摸出手机，打开相册，“啧啧啧”一脸惋惜的样子，当着他的面删除了照片，然后收了手机说：“行了，这下咱们两不相欠了。”

隋轻驰把手揣进衣兜里，冷冷地道：“你最好别把照片保存在其他地方，如果被我发现了，我就把作弊的事告诉主任。”

男生嗤笑一声：“我没那么无聊。”

手机又在兜里响了一声，隋轻驰看了三个人一眼，转身走了。

等在校门口的三个人正纳闷隋轻驰怎么还没出来，就看见自校门后姗姗来迟的少年。

“少爷，考得怎么样？”AK热情地蹿上前，揽着隋轻驰的肩膀问。

“就那样。”隋轻驰说，视线微妙地错开了傅错的，“去排练吗？”

“今天不排练，”毫无察觉的吉他手少年笑着说，“今天团建。”

隋轻驰以为团建又是吃吃喝喝，却没想到这次的目的地是星河体育馆。

他们到的时候是晚上六点半，从拥挤的地铁站走出来，外面赫然是另一个世界。车辆拥堵，人声鼎沸，体育场外就像狂欢节现场。到处是等待入场的歌迷，穿着黑色的官方应援T恤，或是戴着同色的应援手环，手握手幅的女生们正和场外的看板以及其他歌迷合影。

傅错把演唱会门票发给三个人，隋轻驰接过票，低头有些不敢相信地看着上面那个莲花图腾。

是LOTUS的演唱会啊……

虽然是看台票，但这还是他头一次来看明星的演唱会，并且是风头正劲的摇滚乐队的演唱会，在能容纳五万人的体育馆。他回头看向偌大的场馆，努力想象着五万人坐满的场子是什么样子，然后就听见谭思在背后说：“听说待会儿这个穹顶会合拢，我以前还以为这场子就是露天的。后来有一回他们开演唱会，我坐的大巴堵在了这边，忽然就听见好像有雷声在响，然后我们一车人都朝窗外看去，就看到这个顶居然从四面八方合拢了，真是震撼……”

AK也抬头仰望着，“啧啧”感慨：“不愧是天团啊……”

隋轻驰心里挺不以为意的，心想：他们出道也才不到两年吧，凭什么就是天团了？

“你们也没来过吗？”他扭头问。

傅错点头：“嗯，这是第一次。”

吉他手少年那一下点头带着点罕见的羞涩，可能是为自己的荷包感到羞涩吧。隋轻驰低头看了看票价，只是看台票都将近四百。倒是挺能理解的，这些摇滚乐队对穷人真不体贴。他又抬头瞄了一眼走到前方排队的傅错，他正和谭思说着话，拿票的右手一直不停地扇着风，像个兴奋的小孩。不对，像只兴奋的鸽子……刚好他穿的T恤上也有只鸽子，隋轻驰低下头，忍不住笑了。

对傅错来说，这一天来得竟然比想象中要早。他原本以为要再等个三五年，等他们经济独立了，才会有机会到场支持自己喜欢的乐队。想来想去，功劳必须是隋轻驰的。是他带红了西风，让他们的演出场场爆满。他看着胳膊搭在看台栏杆上朝场下打望的隋轻驰，虽然他们的场场爆满和天团的场场爆满根本没得比，隋轻驰和现在的季诗也无法比，就好像是海边用沙搭出的城堡和白金汉宫的区别。可在他的心里，西风不输给任何一支乐队，他们的主唱不输给任何人。这五万人是属于LOTUS的星星，而在酒吧和Live House里聚集的五百人，是属于西风的星星。

穹顶开始合拢，那声音其实不太像雷声，傅错心想。坐在场中，听起来更像穿过大峡谷的风，所有人都在抬头观看，等着闪亮的银河在峡谷的尽头升起。隋轻驰也仰着头，AK很激动地举着手机在拍，并兴奋地对隋轻驰说着什么。一向对聒噪的同伴嫌弃不已的隋轻驰也张着嘴一连点了好几下头，傅错和谭思看得相视而笑，原来“中二少年”也有被震住的一天。

开场曲是《自由》，熟悉的前奏一起，全场就爆发出尖叫声。五万人的尖叫声在贝斯的震动声中好像天雷勾动地火，当季诗用嘶吼的唱腔唱出第一句歌词，傅错发现隋轻驰立刻竖起了耳朵。

然后他又觉得自己的想法很可笑，隋轻驰又不是兔子，怎么可能竖起耳朵？但是那一下全神贯注的样子，是真的让他想起了兔子。

隋轻驰虽然也听过LOTUS的歌，但并不熟悉他们的现场。而现在舞台上横空出世的主唱，宛如光芒般抓住了另一个即将成长起来的主唱的视线。

原来这才是摇滚乐队的主唱，自信爆棚，一呼万应。他不用刻意讨好歌迷，因为他生来就属于舞台，只要手握麦克风，身体仿佛就自动打开了引力场。他一出声，所有人就开始兴奋；他一挑手指，全场就大合唱；他一竖起食指，全场就静音。当他走到舞台边缘张开双臂，五万人仿佛都投入了他的怀抱，表情温驯又满足。

中场到了主持和乐队独奏的环节，屏幕上出现吉他手石头的画面。隋轻驰又再一次全神贯注，他想了解傅错，每一点，包括他喜欢的吉他手。

“这吉他弹得是挺炸的。”

傅错冷不丁听见隋轻驰的声音，侧头“啊”了一声。

隋轻驰说：“石头啊，你是因为他才喜欢上摇滚的吗？”

傅错笑了笑，摇头：“我挺喜欢石头哥的，但LOTUS里我最喜欢贝斯手。”

隋轻驰反而一愣，又把视线投向舞台右侧正转身喝水的贝斯手：“塞林格，为什么？你喜欢他你怎么不学贝斯？”

“我喜欢他并不是因为他贝斯弹得好，”傅错说，“他以前也是玩吉他的，是很牛的吉他手。后来为了乐队的发展，他放弃了吉他改弹了贝斯，我觉得这样的人很酷。”

隋轻驰看向舞台，队长李想准备键盘独奏前也朝塞林格看过去，他才意识到原来从吉他到键盘，所谓的独奏并不是真的独奏，而是在贝斯的垫音上进行的。贝斯音一直都在，难怪他会觉得吉他独奏得那么立体。

舞台上的塞林格穿着一件白色 logo 的 T 恤，贝斯则是一把黑色贝斯，是泾渭如此分明的颜色。但无论他做什么，喝水、回应队友，或者干脆站在一旁不说话，那把贝斯都像穿戴在他身上的盔甲一样，帅气又轻盈。他身上有光明和暗黑同时存在的那种魅力，是难得他也认同的长得很帅的男生。这样的男生如果弹吉他，应该会更帅吧。

“为什么要为了别人而放弃自己的梦想呢？”他实在不能苟同。

“不是为了别人，他是为了乐队。”傅错说。

隋轻驰侧头看着身边人，十八岁的少年却看着大屏幕上的塞林格，脸上明明白白地写着崇拜。

那天晚上回到家洗澡时，隋轻驰仍沉浸在演唱会的氛围里，耳边一直是乐器的咆哮声。五万人的应援，虽然季诗后半场又不负众望地“车祸”了，但他依然觉得那是个有魅力的主唱。还有什么比唱到劈叉也能勇猛无比地自诩“老子天下第一”更硬核的呢？一开始跑调的时候他还忍不住翻白眼，到后来也是真的被征服了……

在镜子前漱完口，他抬起头，镜面上的雾气还没有完全散去。他盯着镜子里朦朦胧胧的自己，情不自禁地拿起漱口杯里的电动牙刷，举到嘴边，想象那是一支麦克风。他闭上眼，耳边是五万人的声浪，心“怦怦”地跳快。

那种感觉太棒了。

# 第九章
## 城堡

1

直升考试的成绩一周后就出来了，傅错却没有在总榜上看到隋轻驰的名字。他找了一遍又一遍，是真的没有。以为是不是出榜时漏掉了，他还去了一趟隋轻驰的教室，却被告知隋轻驰因为直升考试作弊的事被学校调查了。

他觉得这简直是天方夜谭：“他成绩这么好，怎么可能作弊呢？”

“不是他作弊，”女班长解释，“是他帮别人作弊，阅卷的老师发现的，隋轻驰好像是……拿了零分。”

“什么？”

傅错赶去阳主任的办公室，正好见到隋轻驰从办公室里出来。两个人在楼道里撞见，隋轻驰在看到他的一刹那，脸上竟然有一丝慌张。

傅错抬头看着他：“发生什么事了？”

隋轻驰的脸颊微绷，低下头说了句“没事”，然后就慢慢往下走。

傅错看向办公室的方向，问：“你真的帮人作弊了？为什么？”

隋轻驰没有说话。

傅错干脆越过他朝办公室走去。隋轻驰立刻一把拽住他，厉声道：“这件事和你没关系！”

唱歌的嗓子，喊出这一句来充满力量，傅错的手臂都被拽痛了，扭头不解地盯着他。

隋轻驰挡在他前面，万分隐忍地道：“算我求你了，别管行吗？”

傅错盯着隋轻驰的眼睛，隋轻驰挡在他身前的动作异常强势，但眼神中仿佛又透出一丝央求。他一头雾水，却也猜到恐怕是触及了隋轻驰不能碰的领域，最后只是问："会影响你升学吗？"

"不会。"隋轻驰肯定地说。

傅错缓缓点了点头。

第二天中午，傅错和AK、谭思在操场打球。AK忽然朝他们吹了一声口哨，用眼神示意教学楼的方向。傅错和谭思扭头看去，一个留长鬈发的漂亮女人下了楼走出来。AK走到他们俩身后，说了一句："隋轻驰他妈。"

傅错扭过头瞠目结舌，如果没人提的话，压根儿看不出那是个生过孩子的女人。腰那么纤细，皮肤还那么好，说她不到三十岁他都信。

不过听AK这么说了以后，他才发现其实也是能看出来的。隋轻驰的长相很像他妈妈，尤其是眉眼和鼻子。

虽然是为隋轻驰作弊的事来的学校，但这位年轻美貌的母亲来去如风，好似从头到尾她的出现都跟隋轻驰没有关系。下楼后她潇洒地戴上墨镜，一边打电话一边按开了车锁。通电话的时候她才稍微暴露了一点情绪，隔着这么远的距离傅错都能听到她发怒的声音，他真不希望那通电话是打给隋轻驰的。

女人挂断电话，把手机摔进车里后上了车，白色的宝马绝尘而去。

由于隋轻驰的成绩一向很好，这次又是被人威胁才帮人作弊的，他也出示了证据，再加上隋轻驰的母亲直接来学校扔了一笔钱。最后倒霉的只有那几个男生，连续两次记过，上一次记过还没清除，这一次又被记了大过。校长念在毕业在即，没有强制他们退学，却以休学反省为由，让他们接下来的时间都不用来上学了。

隋轻驰得知这个消息，意料之中，他那个当妈的在这方面还是十分有一套的。

晚上回家吃饭的时候，他看到母亲在阳台上打电话，似乎是明天就要回加拿大，听说是找了个二十几岁的小男友。隋轻驰吃着保姆阿姨做的牛排，听着自己老妈和小情人打情骂俏，恶心得饭都吃不下，最后撂下叉子回了房间。

关上卧室门前，他听到保姆阿姨在叫他，而他那个潇洒的妈只撇下一句"不吃算了，自己闯了祸还在那儿矫情，饿不死他"。

隋轻驰躺在床上，那一点点牛排很快就被饥饿的胃给消化了，胃里空荡荡的。他只好闭上眼睛睡觉，通常只要睡着了，就不会感觉到饿了，这是多年以来的心得。

然而晚上十一点的时候，他还是被饿醒了，感觉胃瘪得能吃下一个人。

他莫名其妙就有了这个念头，然后莫名其妙就想到了傅错。他靠在枕头上，望着天花板，想着像傅错这样好脾气的人，如果在恶龙与屠龙骑士的故事剧情里，假设自己这头恶龙哀求骑士：“我快饿死了，好心的骑士大人求求你让我吃掉你吧！”没准傅错真的会点头，躺平了让他吃吧。

床头的手机灯在闪，他拿起来，看到是西风群的消息，也只可能是来自西风群的消息。自从加入乐队，他的微信就活跃了起来，有时候他都觉得有点活跃过头了。

十一点半这三个人还没睡，AK发了一个搞笑视频，谭思回了句“不好笑”，AK怼他：“你八成是笑了两分钟才来回不好笑的。”说完他又问傅错：“傅错你在干吗呢？”

隋轻驰举着手机等了两分钟，等来傅错言简意赅的回复：搞创作。

他立刻手速飞快地打字上去：新歌吗？什么类型？

AK发来语音：“少爷？稀罕啊！你平时不都不理我们的吗？”

谭思回道：“也没理你啊，理的是傅错。”

AK的语音消息一直不停地跳出来——

“秒回啊，少爷！你是用触手在打字吗？”

“少爷你看看这个视频，笑不死你，哈哈哈！”

傅错还没回复，隋轻驰就怀着姑且一试的态度点开了视频，然后差点没笑到从床上滚下去。

“好笑吗？好笑吗？”AK催他。

他蹲在床边，一边笑得发抖一边打字：不好笑。

“哼，你们有病吧，明明很好笑！是不是傅错？！”

“抒情的，”傅错回复了信息，“曲子都弄好了，现在在写歌词。”

AK见缝插针地号叫：“傅错、傅错、小错错，你快看视频！”

隋轻驰问傅错：“曲子有小样了吗？我能听听吗？”

傅错拿起手机看到隋轻驰发的信息，其实曲子就是随便做了几轨他自己听听效果，没啥完成度。但他突然也有点好奇隋轻驰对这首半成品的看法。

音频文件发过去，三个人都点开听了。

“好听！和《Beautiful》可以并列西风抒情双主打！”AK第一个回复，“傅错你记得看视频啊！”

“听完了，其实比起《Beautiful》，我好像更喜欢这首。”谭思回道。

傅错一点也不惊讶，他们太熟悉彼此的口味了。等了半天就剩隋轻驰没回复，也不知道在卖什么关子，搞得他都有点忐忑起来，又不太好意思去催，心想：那家伙这么中二，会不会觉得这首歌太甜了没啥个性……

结果是谭思帮他问的：“主唱呢？”

隋轻驰的头像终于冒出来：歌词写好了吗？

傅错没想到他一上来是问这个，回道：就写了个开头。

其实是写了好几版都不太满意，曲子老早就写好了，只是歌词一直在死磕。

在AK锲而不舍的“我又看了一遍那个视频，还是好好笑啊，傅错你看了吗”之后，隋轻驰问道：歌词我能试试吗？

傅错有点意外。

谭思立刻回：“可以啊！”

AK：“少爷你行吗？你错哥以前作文可是拿过A的！”

隋轻驰：我作文都是拿A的。

然后群里就安静如鸡了。

傅错在电脑前尴尬得要命，捂着额头想：AK我真是谢谢你了，这打脸比视频还好笑吧……

过了一会儿，隋轻驰发了个一秒的语音：“哈喽？”

傅错回道：“好啊，你想写就试试吧。”然后觉得自己一个作文只拿过一次A的人哪儿来的脸跟作文从来都拿A的人说话，又补了一条，“其实我写歌词也就那样，还挺期待你来写的！”

隋轻驰发了个“OK”的表情。

谭思发了个打哈欠的表情：我要睡了，晚安了，各位哥哥弟弟。

AK：“谭哥晚安。傅错你看视频了没啊？”

傅错洗漱完出来，都上床躺平了才想起来没看AK发的视频。他确实是提不起兴趣，毕竟谭思和隋轻驰都觉得不好笑。可一闭上眼他就想起AK那张期待的大脸，于是揉揉头发认命地坐起来点开看，结果笑到肚子疼。他刚想回“这么好笑，你们怎么会觉得不好笑”，打开微信就看到最末是AK可怜巴巴的一句：那我也睡了……

天刚蒙蒙亮，隋轻驰躺在床上，竖起耳朵，就听到了门外母亲和人通电话的声音。她穿着高跟鞋忙碌地走来走去，接着是一阵拉杆箱滑轮的滚动声，然后大门“砰”的一声关上了。

他从床上麻利地翻身坐起，打开淘宝开始在上面搜索猫粮和猫窝。闹出作弊的事后，他已不再心存幻想，所以就打算等母亲离开后，再先斩后奏。保姆阿姨人还行，应该不会去告状。如果他妈以后回来了，再临时送去傅错那里养几天，就几天的话应该是没问题的。

猫粮很快就选好了，猫窝挑挑拣拣选了半天，最后选了一个缝有“ROCK'N ROLL”字样的咖啡色的，又挑了个粉红色的猫爬架。

拉开卧室门，他举着手机，琢磨着要把猫爬架和猫窝放在哪儿。他在屋子里逛了一圈，最后决定就搁在靠近阳台的客厅一角，这样深渊大王还可以在那儿晒太阳。

想着太阳，太阳就出来了。他举着手机蹲在阳光照射在地上的那一方金色里，想象着黑色的深渊大王趴在它酷毙了的摇滚小窝里，阳光照在它如黑夜一般的长毛上反射出亮晶晶的光，脑子里竟然替它冒出“太幸福了”四个字。

从此以后它就是有铲屎官的猫了，从此以后他就是有主子的两脚兽了。

不对，是他和傅错，他们就是有主子的两脚兽了。

少年起身拿上钥匙，笑着出了门。

傍晚，傅错带着水和猫粮去深渊大王的小区。半路经过那家手机维修店时，又迎面遇上三张熟悉的面孔。

他没打算理，想装没看见走过去，对方却带着不怀好意的笑容叫住了他。

他看着挡在面前的三个人，无奈地叹了口气，把背包换了一边肩膀背，问：“又来倒卖手机？”

带头的男生上下打量着他，一脸惊喜的笑：“本来我们还打算去找你的，没想到踏破铁鞋无觅处，得来全不费工夫啊！”

傅错听不懂他们在说什么，但猜测肯定和隋轻驰有关。既然隋轻驰的母亲已经把事情解决了，隋轻驰又不希望他知道这其中的原委，他也不想再从这些人嘴里听到些什么龌龊的东西，于是从三个人中间挤过去就走了。

“帅哥！跟你说一件事！”

他头都懒得回。

“这么冷酷啊，”男生在后面吹了声口哨，在来来往往的路人面前大声道，“你们乐队主唱是个变态你知道吗？”

傅错猛地站定脚步。

2

傅错不知道自己是怎么一路走到那个十字路口的。明明告诉自己那几个人和隋轻驰有仇，什么诋毁的话都说得出来，但还是无法控制地心乱如麻。可能那些家伙对他说这些只是想离间他和隋轻驰的关系，可是他听了以后并没有被激起任何负面的情绪，有的只是心疼。

这样的把柄被那些不怀好意的家伙抓在手里，所以隋轻驰才会帮他们作弊。这么骄傲的人，却被拿住了软肋……

他心事重重地走到小区门口，站在那儿麻木地喊了好几声“深渊大王”。但以往喊几声就一定会露面的黑猫却迟迟没有现身。

他稍微从莫名其妙的情绪中恢复过来，沿着小区外找了一圈，深渊大王似乎又一次不知所终了。

是跑去小区里面了吗？他进不去小区，只好询问小区外带着一只小狗坐在大树下歇凉的老妇人，有没有见到一只脖子上套着红色项圈的黑猫。

老妇人看到他手里提着的猫粮和水，抬起头来，语气有些惋惜地问：“你也在喂那只猫吗？”

傅错被老人家惋惜的眼神看得有点错愕。

老人扭头往路边环卫工人的手推垃圾车看去：“上午我出来遛狗的时候经过那辆垃圾车，就看见那只猫血淋淋地躺在里面，已经死了……”

傅错如遭雷劈，没等老人说完就奔到了那辆垃圾车旁，然而里面并没有猫的尸体。

老妇人牵着狗走过来，摆了摆手说：“不在里面了，后来来了个男孩子，把它从垃圾车里抱走了。”

傅错给隋轻驰发信息，问他在哪里，隋轻驰没有回。入夜又开始下雨，他淋着雨奔走在人街小巷。他手上还提着猫粮和水，舍不得放下，总觉得可能只是个误会，总觉得还会看到深渊大王从哪里钻出来……

他没有找到深渊大王，却找到了隋轻驰。在排练仓库外的那个车站，前方一辆大巴车的灯亮起。白光穿过雨幕，他看到了独自坐在站台上的隋轻驰。

他还穿着那件黑色连帽卫衣，怀里抱着什么。傅错知道不再有侥幸，努力控制住自己的表情，提着已经再也没有用处的水和猫粮，朝安静地垂着头的隋轻驰走去。

走到他面前时，隋轻驰也没有抬头。傅错看到了隋轻驰放在腿上，用双手环住的黑猫。它身上全是被小刀划开的伤口，难以想象它生前遭受过怎样的折磨。

在暴雨中，他浑身发抖，心情平复了一遍又一遍，才慢慢蹲下来，抬头看着隋轻驰，说："我们找个地方把它埋了吧。"

隋轻驰并没有哭，眼神却在看到他的那一刻有些动摇。傅错张开嘴深吸一口气，他想要关起来的悲伤都在看到隋轻驰脸上的表情的那一刻又打开了。他不想在这种时候哭出来，他们两个人之间总要有一个人在这种时候成为另一个人的支柱，于是低着头掩饰住表情站起来。他只悄然上前一步，按住了隋轻驰的肩膀。

被按住的肩膀顿时颤抖起来，也可能是因为他的手也在颤抖，两个颤抖的身体靠近后，那种悲伤就增大了。

隋轻驰猛地抓住他的衣袖，把头低下，发出了傅错这辈子都不想再听一遍的哭号。

是真的哭号。

一直压抑的痛苦在那一瞬间彻底发泄了出来，那一刻他毫不吝惜自己的嗓子，只想放声让所有人都听到，那种没有用韵律和歌词修饰过的赤裸裸的悲伤。

虽然一直是两个人一起喂养深渊大王，但傅错知道隋轻驰对深渊大王的感情一定比自己更深。那只黑猫是隋轻驰第一个找到的，是被他标记的，他们彼此认领了彼此。每次来喂猫，自己总是要喊几声深渊大王才会姗姗而来，可隋轻驰到的时候，在树丛那儿探头一找，就总能看到黑猫蹲在树丛里仰着头，一双反光的眼睛看着他，像有种等着被他找到的调皮和默契。

他还记得有一次来小区外喂深渊大王，隋轻驰比他早到一点。他站在马路这头等红灯的时候，看见隋轻驰喂完了猫，又蹲在那儿挠了很久猫下巴才起身离去。之后他又在路边的一块广告牌后停下，躲在那儿偷看他的黑猫。等深渊大王优雅地摇晃着尾巴钻进了它的城堡，隋轻驰才真正离开。但在那之后，其实还有一个小秘密。晚上七点半小区大门的彩灯亮起，傅错看到从树丛中又探出头来的深渊大王，它就那样把自己卡在树丛里，一直看着隋轻驰走远。

尽管他那么喜欢深渊大王，却也不得不承认，隋轻驰和它才是天生一对。

“我不会放过他们的……”隋轻驰一边哽咽一边颤抖，“我不会放过他们的！”

隋轻驰身体的颤抖渐渐变了频率，不再是悲伤和痛苦，在咬牙切齿间变成了愤怒，甚至是狂怒，傅错感觉衣服都被隋轻驰给拽紧了。隋轻驰的痛苦他感同身受，可依然不想看到他这样。他欣赏舞台上那个桀骜又自信的隋轻驰，欣赏偷偷跟踪深渊大王、送给它红色项圈当表白的隋轻驰。他知道隋轻驰体内有极其矛盾冲突的两面，其中一面有多美好，另一面就有多疯狂。

深渊大王的离去就像一个噩梦，那个大雨瓢泼的夜晚、潮湿的寒气，以及在那之后发生的种种，让他们都无法面对彼此，都想逃离噩梦。傅错不知道自己为什么会丢下隋轻驰一个人逃上姗姗来迟的公交车，祈祷这辆车能带他逃离噩梦，带他回到没有暴雨的世界，回到深渊大王还活着的世界，回到那个不让自己混乱，也不让隋轻驰落泪的世界。从雨水蔓延的车窗玻璃上，他看着独自一人抱着深渊大王的尸体坐在车站的隋轻驰，看着这幅画面一路远离，却仿佛更深地镌刻在心里，就像隧道尽头遥远的光。

隋轻驰在小区附近的公园埋葬了深渊大王。

把土一层层掩盖回去后，他站起来，丢了用来挖土的树枝。因为树枝又扎手又硬，必须用衣袖裹着，这会儿衣袖已经被磨破，就连手心也被小木刺磨了道口子。他低头看了看发红的掌心，有些隐隐作痛，不过心好像就没那么痛了。

雨已经停了，他拉下衣服的帽子，抬头打量着这棵樱花树：“你睡在下面，不久就会变成这棵树的养分，这样我以后还能来看你。”

末了他退后两步，举起手机拍下这棵树的照片，给傅错发了过去，并写道：我已经把它埋了。

然后他揣好手机，转身离去。

傅错站在车窗边，不记得已经盯着湿透的车窗玻璃坐过了多少站点，看着玻璃上的雨水从一条条瀑布变成一颗颗水珠。手机突然在兜里响了一声，他有些麻木地拿出来，就看到隋轻驰发来的照片。

大巴车正靠站下客，他终于找回出走的神智，在最后一刻跑下了车。

说好要两个人一起埋葬深渊大王的，说好要做那个可以支撑的人，结果他这个当队长和哥哥的，却把这件事丢给了那么悲伤的隋轻驰。

来到那个公园的时候已经是晚上十点了，他没怎么比对照片就走到了那棵樱花树下，停下来才打开手机看，竟然真是这一棵。

一定是因为你在这里，所以我才会觉得它亲切吧。傅错心想。他还有好多话想对深渊大王说。

抱歉没能早点带你回家；抱歉没能早点变成能保护你的大人；抱歉直到最后我都没能为你做点什么……对不起……真的对不起……

草地上落着一根满是泥的树枝，他走过去，蹲下来捡起，树根下还能看见刚刚动过土的痕迹。他都不知道隋轻驰一个人是怎样完成这么艰难的事的："他们都觉得我很好，觉得他孤僻又中二，可我总是只能从别人身上找到勇气，他的勇气却都是来源于他自己。你和我一样，我们是这个世界上为数不多的知道他的好的人……发生这样的事，他一定无法原谅自己。如果你在天上看着他，请你一定要守着他。"

第二天，雨过天晴，好几个快递都到了。隋轻驰取回快递，坐在沙发上一个个拆开，粉红色的猫爬架露出来。他盯着看了很久，放下手里的小刀，埋头慢慢坐在地上。

如果能从头再来，我们从来没有遇见彼此就好了，那样我也不会成为你的灾星……

3

隋轻驰请了三天假没去学校，傅错担心这件事对他的打击太大，一方面怕他中考发挥失常，一方面又怕他做出什么无法挽回的事来，连续给他发了两天微信，可隋轻驰都没有回复。

对着手机第 N 次叹气时，AK 在一旁扔着鼓槌说："你这么担心就打个电话去问问呗。"

傅错抬头看了一眼 AK，不知该说些什么。AK 并不知道发生了什么，大概以为他只是在担心隋轻驰没来上学这件事。事情过去两天了，直到现在他也没有勇气给隋轻驰打电话，最后只好说："微信都没回，打电话又能怎样？"

话音刚落，手机就响了起来。他低头看到隋轻驰的号码，一时间愣住了。

AK 凑过来一看："怎么了？他都主动给你打过来了，你接啊！"

傅错死死地盯着手机，AK 看不下去，直接帮他接了。

手机那头传来隋轻驰的声音：“喂？傅错？”

他这才拿起手机故作镇静地应了一声。

“你找我啊？”隋轻驰问。

隋轻驰的语气听起来稀松平常，傅错便不再东想西想，开口问道：“你还好吧？马上就要中考了。”

“放心，没事。”

傅错皱了皱眉，这语气太轻松了，反而令他不安。他竖起耳朵，听到那边有一下一下短促的敲击金属发出的响声，警惕地问：“你在哪儿？”

金属声停止，隋轻驰说：“哦，我下楼买药，在回去的路上。”

“你病了？”

“嗯，”隋轻驰的声音听起来好像是有点鼻音，“那天淋了雨，发烧了，就在家休息了两天，今天好多了。”

提到那天的事，傅错也不知道要接什么了：“好，那你好好休息。”

“嗯，”隋轻驰说，“挂了啊。”

那一挂异常干脆和利落，傅错看着手机屏幕，也不知道自己到底是放心了，还是更不放心了。

隋轻驰挂断电话，看着手里的折叠刀，手腕轻轻一甩，刀刃就刺了出来。苍白的路灯灯光打在上面，连反光都很锋利。他揣好手机，穿过狭窄的桥面。桥头有一段台阶，一直通向桥下。桥下有一个堆着不少破烂的空坝子，但这会儿并不空，七八个身影散开来，中间有三个男生倒在地上。今晚他做的事，傅错永远也不会知道。

中考前几天，西风暂停了演出。谭思在酒吧贴出了请假条，上面用加粗字号写着：因主唱参加中考，本周演出暂停。

进进出出的客人无一不看得笑喷。

中考的最后一天，考点外守着好多家长。最后一科考完，学生们从教学楼鱼贯而出。傅错在熙熙攘攘的人群里找着隋轻驰，那天隋轻驰穿了一件印有一只泰迪熊的白色长袖 T 恤，卷起袖子，背着背包走出来。他都没往扎堆的家长群里看一眼，有考生的家长上前接孩子时挡在他前面，他就轻车熟路地侧身绕过。傅错看着这样闷头走路的隋轻驰，心里很不是滋味。

“少爷！少爷！”

AK十分不合时宜地号了一嗓子，这称谓太牛了，一时间校门口无数人都往这边看过来。傅错看见隋轻驰愣了一下，也朝着声音的来源看过来。他赶紧朝隋轻驰挥了挥手。

校门前来来去去的人影中，穿着白色T恤的少年停顿了一下，好像被放慢的摄影机定格在了时间的洪流之中。

恭喜毕业啊！傅错心想，你正一天天走向成熟和独立，你的未来一定会比现在更美好。

隋轻驰归队后的第一场演出，他们带上了新歌《Castle》。歌词是隋轻驰写的，在某天晚上通过手机发给了全员。傅错在看到歌词的那一刻，禁不住眼眶发热。

I saw you in a rainy night
在一个雨天我遇见了你
Like a shining diamond
被你钻石样闪亮的眼睛
I was caught by your eyes
捉住了注意
In summer I followed your every single step
整个夏天我跟随着你的足迹
Escaping from the crowd
从人群中逃出
See where you'd bring me about
好奇你会带我去哪里

Not a deep valley or a mountain high
不是幽谷也不是高山
It's a castle hidden inside
那是一座隐秘的城堡
With flowers and dazzling light
鲜花和彩灯装点着它的美丽

When shadows swallowed me up and made me blind

当黑暗吞噬我，让我失明

When I couldn't find the way

当我迷路陷入困境

For me you lit up the light

你为我点亮城堡的光，彻夜不熄

Not a single word you spoke to me

从未对我说过只言片语

On my shoulder you marked me

你只是在我肩膀上按下了标记

Now I'm yours for always

从那一刻起我将永远属于你

I gave my hand and you gave your paw

我伸出我的手，你伸出你的

From Easter Day to Valentine

从复活节到情人节

We'll never be apart

我们再不会分离

This castle of you and me

这座属于我们的城堡

I hope will be evergreen

我盼望它常夏常青

I'll find you someday somewhere

总有一天，我还会在什么地方找到你

Cause I follow your everywhere

因为我总是跟随你的足迹

This castle of you and me

这座属于我们的城堡

I hope will be evergreen

我盼望它常夏常青

When I'm old and tired

当我老了也倦了

For me you'll light up the light

就等你再次为我点亮城堡的光，彻夜不熄

当隋轻驰在舞台上唱起这首歌，傅错站在他的左侧，看见台下第一排的花臂大哥抬手捂住了流泪的眼睛。这是一首毫无忧愁，宛如夏日午后一场美梦的曲子，隋轻驰却用它来写这样的歌。歌迷们明明不知道他在唱什么，只在听到他唱“castle”这个单词时，鼻子就不自觉地发酸。

“You'll light up the light.”，最后那个音他唱得很长，又轻，像一缕光滴进黑暗里那么转瞬即逝又回味长久。他脖子上还挂着汗，尾音震动声带时那微微的颤动在灯光下都令人动容。隋轻驰真的做到了，将他的悲伤像病毒一样传染给每一个人，自己却不会掉一滴眼泪。

站在舞台上的他是一个太可怕的病毒源，也是太天才的歌手。

新学期伊始，三个人才知道隋轻驰没有报考别的学校，而是选择了直升本校高中部。

白天得知消息时，傅错和 AK 一样惊喜，但夜深人静的时候还是会为隋轻驰的选择捏一把汗。即使隋轻驰考去一中，也并没有离得很远，至多一小时的车程。他担心隋轻驰和西风的缘分是不是把他既定的前途无量的人生给带离了方向。

然而事已至此。

就这样，隋轻驰升入了高一，傅错、谭思和 AK 升入高三，四个人还在同一所高中，西风的主唱、吉他手、贝斯手和鼓手还赖在一起。

升学前的暑假，谭思算了一笔账，每次去演出都是花钱租车，一年算下来还不如买辆二手车开个一年就抛要划算。在得到作为队长的傅错的认可后，从小就有秋名山之梦的谭思效率极高地考取了驾照，四个人把演出费凑了一下，在网上买了一辆二手车。选车的时候大家意见也不合，吵了半天口都说干了谁也没说服谁，然后坐在他们身后一直没出声的隋轻驰举起手机冷不丁道：“我已经付款了。”

三个人扭头震惊地看向隋轻驰。AK扑过去抢到手机，号叫起来："啊啊啊——我就知道他会选这辆大众，这家伙就是傅错的舔狗！这辆车这么土！"

隋轻驰用力把手机给抢回来："大众的标志是W，和我们有缘分。"

"歪理邪说！"AK白他一眼，"你自己信吗？！"

隋轻驰看着车头那个大众车标，老实说他自己都觉得这个理由够扯淡的，低着头又有点气又有点臊……

等车子到了手，一看确实有点年代感，AK蹲在地上抱着头喊："老子要被丑哭了……"说完他又埋怨傅错："都是你，图什么便宜！"

傅错绕着这辆车走了一圈，也想找出它一点点顺眼的地方，但确实没有，除了便宜……

"我觉得还行，"谭思拍了拍车顶，"颜色咱们可以自己涂。"

于是几个人决定自己动手给车子涂装，在网上找了些素材，本着省钱又简单的原则，最后敲定整车涂成黑黄相间的老虎涂装。

整了一天总算是大功告成，谭思走到车头打量这辆被涂得乱七八糟的车，鼓舞士气："好看的呀，来来来，别丧了。"

他拉起蹲在一旁不高兴的AK："起来，咱们来合个影吧！"

四个人在车前合了影，其间努力调整站位好挡住涂装上的瑕疵。为此AK还整了个张开双臂、一条腿岔飞出去单腿直立的造型，冲举着自拍杆的谭思抱怨："你快点儿啊！磨蹭什么？！"

谭思一肚子坏水地故意拖他："稳住，稳住啊，现在这样就挺好。来，隋轻驰笑一个。哎，你这不叫笑……"

AK受不了了："隋轻驰你给我笑！装什么呢！"

然后就听"咔嚓"一声。

这张合影照得很丑，每个人都没摆好姿势，谭思手一抖就给拍了。他自己说是手抖，傅错在心里嘀咕也不知道是不是故意的，所以后来又重新照了一张。

重照的那张照片每个人的手机里都有，但到最后，保存在傅错手机里近十年的却是这张丑到爆的合影。他不用打开看都记得当时的画面：左边是绑着一条红色围裙，戴着袖套，把自己打扮得像厨房老妈子的AK，正像个在风中怒吼的稻草人金鸡独立着。中间是左耳上还挂着一个弄脏的口罩的谭思，和大汗淋漓地正把弄花的衣服绑到腰上的自己。最右边是穿着一身深蓝色工装，一只手插口袋里，一只手比了个“ROCK 'N ROLL”，肉眼可见越来越帅的隋轻驰。在他们身后，是他们的第一辆车，只能远观而近看不得的老虎涂装大众Polo。

自从谭思过世以后，他就再没有勇气去看这张照片。他只要一看就会想起那时的他们，一想起就会心酸。

# 第十章
## 一年后见

1

随后的一年里，去酒吧和 Live House 表演时谭思就开着这辆老虎 Polo，载着所有人一路高歌猛进。过山路和大桥的时候，AK 一定要把车窗全摇下来，让大风灌进车里，假装这是一辆敞篷车。这车就 1.5L 的排量，车龄又有点长，在山路上盘旋时特像老爷车。但因为谭思车技了得，所以并不妨碍傅错想象他们真的在秋名山上，这座山会带着他们扶摇直上九万里，带着他们上天。

后排的 AK 突然冲窗外大喊：“灰——机——”

旁边睡觉的隋轻驰被惊醒，一脸“发生了什么”的表情支起身子就往外看。等他发现不过是飞过了一架飞机，就把掉下来的棒球帽重新戴好，然后很嫌弃地白了大惊小怪的鼓手一眼。

谭思在开车，没看见这一幕。傅错太想和他交流了，他觉得后排像装着一只猫和一只狗。

可惜这样痛快的日子注定无法长久，寒假一过，三个人也进入了毕业季。有一次在车上聊起志向，谭思说想考 CTR 音乐学院，傅错就和他击了个掌，考 CTR 是他们早就约定好的志向。AK 在后排沮丧地说：“唉，CTR 我肯定考不上，只能考到你们隔壁了！”

每次一聊到这个话题，隋轻驰就不知道该说什么，有一种微妙的被孤立的感觉，只能靠着窗外的风排解。

春寒料峭，车窗一降下来，风就吹得大伙儿一个哆嗦，敞篷车爱好者 AK 也受不住地嚷道：“这么冷你开什么窗？！”

隋轻驰没理他，面朝着窗外，在寒风中闭上眼。

他害怕道别。

原初三的学生大部分考去了别的学校，高一年级注入了全新的血液。对刚进校的女生来说，高一（1）班的隋轻驰是个很大的诱惑。开学还没两个月，女生群中就偷偷评出了高中部的校草，女生们纷纷为他投票。然而这个校草自带冰山气场不说，眼神还有点凶，没几个女生有勇气上前搭话，只能望草兴叹。

男生们还是不喜欢他，并且现在有了更充足的理由。只是隋轻驰长高了，也不再形单影只，全校都知道他和高三的三个学长组乐队的事。即使未来那三个学长都毕业了，那时的隋轻驰恐怕也已经成长到不会在任何交锋中落了下风，更别提他还有那么多粉丝了。

对隋轻驰的班主任来说，班上有个长得太好看，又会玩摇滚，偏偏成绩还不错的男生是件棘手的事，已经不止一次有粉丝，男的女的都有，跑到他们学校外蹲点隋轻驰了。她为这事找过隋轻驰两次，说这样影响不好，让他注意一下。隋轻驰说知道了，让他们别来就是。在那之后倒是消停了一段时间，但没过多久粉丝团又雷打不动地跑来蹲点了。

她又找来隋轻驰，问他："不是让你叫他们别来了吗？"

隋轻驰说："我说了，他们不听我的有什么办法，这能怪我吗？"

确实也不能怪他，可是……差点要说出"粉丝行为偶像埋单"这话的班主任在最后关头还是打住了，很头疼地问："你是一定要搞乐队吗？"

隋轻驰看她一眼，那眼神非常冷酷且顽固。不用回答老师都看明白他的态度了，只得摆摆手让他走："行吧，总之你再管管你的粉丝，提醒他们这儿是学校。"

那天演出的时候，隋轻驰站到麦克风后，迟迟没回头和乐队对眼色给信号。傅错正有点纳闷，就听见隋轻驰对台下的粉丝说："有件事跟你们说……"

话没说完，台下歌迷就捧着脸七嘴八舌地问："什么事——"

隋轻驰说："不要再来学校找我了……"

下面粉丝又七嘴八舌地嚷嚷："什么呀——"

"你再说一遍——"

隋轻驰一句话得掰成三句才说得完，最后他一口气道："否则我就转学了！"

台下终于静下来，但傅错总觉得，因为歌迷的年龄大部分都比隋轻驰大，那份安静与其说是给隋轻驰面子，不如说是在忍笑。歌迷们仿佛是怀着一种宠他的心态，接受了隋轻驰提出的这个中二的威胁。

隋轻驰的高人气和桃花运并没有止步于歌迷，高一下学期开学不久，就发生了一件让整个年级的女生们津津乐道许久的事。

某天，隋轻驰班上一个挺活泼可爱的女生鼓起勇气走到教室最后一排校草的位子旁边，很卑微地小声问："能请教你一道数学题吗？"

隋轻驰瞥了对方一眼，说了句"没空"，绕过人就走了。

并不是意识不到女孩们对他投来的青睐之眼，只是觉得这种只看皮囊的喜欢又无趣又肤浅。有一天他也会老，会满脸皱纹弯腰驼背，那个时候还会有人请教他什么数学题吗？如果那时候你也来找我问数学题，我就给你讲，讲到地老天荒。内心很中二的少年挎着书包往外走时，自以为是地这样想着。

隔天中午被叫去办公室，隋轻驰有点意外又遇见了那个女生。她好像是脑子真的不好，抱着试卷来办公室问科任老师，连科任老师都有点不耐烦，靠着椅背叹气说："我都给你讲过多少遍了，你怎么还是不懂呢？"

女孩显得很沮丧，科任老师认命地拎起试卷，抬起头时忽然像是看到了救星，朝门外喊了一声："傅错！"

隋轻驰愣了一下，老班还在问他们话，他扭头就看向门外。走廊上，穿着蓝白运动服，胳膊下夹着篮球的少年停下来指了指自己。

"傅错你过来一下，过来一下！"科任老师朝他殷勤地招了招手。

隋轻驰听见傅错和谭思说了声"你先去吧"，把篮球给了谭思后走进来，立刻就被老师拉到身边，让他给学妹讲一下题。接着，这位老师便拿上保温杯溜之大吉了。

傅错看着比自己矮一个头的娇小女生，和对方面面相觑了一阵，只得问："你哪里不懂？"

女孩很不好意思地把那张物理试卷摊开给他看。

隋轻驰见傅错的表情都有点惊讶，问她："这些都不会吗？"

女孩红着脸点头说："不好意思啊学长，耽误你时间了。"

傅错低头正扫着试卷，听到女孩这样说，就飞快地抬了一下头："没事。"然后从身后拉了一把椅子过来，说，"坐下我慢慢和你说吧。"

他的成绩算不上很好，但物理还行，刚上高中时还被定为物理课代表，高一的物理题做起来还是很得心应手的。

隋轻驰默默注视着两个人，一开始他们都是坐着的，后来旁边桌的老师回来了，傅错就起身把椅子还给老师。女孩说了声"学长你坐吧"赶紧要站起来，傅错按着肩膀让人坐了下去，然后就这么站在女生旁边，一只手撑着桌面，低头给她讲解。他的袖子是卷上去的，露出一截抻直的小臂，那两笔线条像漫画少年的手臂一样生动有力。隋轻驰好几次听到了最基础的光学定理，他都听得有点不耐烦了，想骂那个女生你学的什么鬼？但就是面对这么笨的女生，傅错却没有一丁点不耐烦。

他的温柔是放之四海而皆准的，每次意识到这一点，隋轻驰就会觉得浑身无力。

隋轻驰离开办公室后也没有走远，就站在走廊上远远地看着两个人。最后女生很感激地说了声“谢谢学长”后站起来，那一刻隋轻驰敢打赌，她一定是有一点心动了。谁能想到玩乐队弹吉他的少年长得这么帅，竟然会解复杂的物理光学题，脾气还这么温柔呢？

这样的傅错，比空有躯壳的自己有魅力太多了。

那天下午放学，隋轻驰没急着离开，抬头一直注视着右前方第三排的位子。那个女孩正低头收拾东西，女孩做事可能就是这么磨蹭，她一边和同桌说着话，一边把桌上的书本一本一本往里收，有一本笔记本里还夹着笔，“吧嗒”一声掉在了地上，女孩又说说笑笑着慢吞吞地弯腰去捡。隋轻驰等不下去了，站起来，提着书包走到她的桌边停下。那一刻，教室里还没走的同学都看了过来。

女生看到停在铅笔前的黑色帆布鞋，抬起头，看到穿着一件深蓝格纹衬衫，逆着光站在她桌前的隋轻驰，表情惊愕万分。这个男孩是这么好看，突然主动来到她面前，她的内心几乎在尖叫。

隋轻驰说：“以后有什么想问的直接问我吧。”

女生听得瞠目结舌，她的同桌也一副惊掉下巴的样子。隋轻驰说完便肩挎着背包离开了教室，也没管身后的教室里如何沸反盈天。

两天后，女生果然来找他问问题了，是一道立体几何题。隋轻驰扫了一眼那个需要画辅助线的位置，明明是一眼就能看出来的，不知道她拿着笔在上面乱七八糟地画了些什么。

他问：“有橡皮擦吗？”

女孩赶紧跑回自己的座位，拿了橡皮擦递给他。

隋轻驰接过橡皮，直接把上面所有一塌糊涂的辅助线擦了个干净，然后拎起书本抖了抖橡皮屑，拿起笔飞快地开始解题。

女生盯着他的手，隋轻驰有习惯性转笔的动作，看在少女的眼里就是格外帅气，一边低头思考，一边一直转笔都不会掉。女孩心里偷偷这么想着，又觉得自己太恋爱脑了。隋轻驰没想一分钟就动笔开写，她赶紧把椅子挪近一点儿，告诉自己专注解题。

可是真的看不懂……而隋轻驰似乎也并未打算停下来为她讲解一下，她又没有勇气提问。那天是个阴雨天，雨水不停地打在窗棂上又溅到隋轻驰的手背上，他也没有当回事。他拿笔“唰唰”地写着，只是当雨滴到书页上时才把本子挪进来一点儿，有种落花有意流水无情的冷漠……女孩立刻发现和隋轻驰一起搞学习根本行不通，她只会一直走神，刚想问他：“那……”

隋轻驰抬头打断她，把笔放下，起身提上书包：“都写好了，自己看吧。”

教室里早已空空荡荡，隋轻驰起身时移动的椅子声音听起来都是那么响亮又冷漠。

放学后不久，雨突然变大了，教学楼的楼梯上全是湿脚印和从雨伞上滴下来的水。傅错拿着雨伞心事重重地下楼，没想直接踩滑了一步。

那一跤摔得不轻，他蹲在最后一级台阶旁按着抽筋的脚踝吸冷气，忽然就听见楼上匆匆而下的脚步声。隋轻驰绕过楼梯拐角，一阵风地蹲到他面前，问他：“怎么了？”

他当时正扭到筋，痛到说不出话来，隋轻驰见状拉起他的手臂就往自己肩膀上挂，说：“我背你去医务室！”

傅错摆摆手，缓了口气说：“没关系，就是崴了一下，坐一会儿就好了……”

隋轻驰见他的表情稍微轻松了一些，这才松开手。

其实脚踝还是疼得厉害，傅错隐约觉得可能肿了，却也没吭声。他见隋轻驰蹲下来时单肩挎的蓝色背包垮落在湿漉漉的地板上，忍着痛说：“你包都脏了。”

隋轻驰把背包往肩上提了提，站起来说：“没事。”

然后楼梯间就安静下来，只听见楼外淅淅沥沥的雨声，其间还有两个学生下楼，纳闷地打量着气氛奇奇怪怪的两个人。傅错边揉着脚踝边想，这场景似曾相识。他们刚认识那会儿，隋轻驰曾经因为低血糖晕倒在篮球场。那时是自己陪着他，如今好像反过来了。

隋轻驰十七岁了，长高了，变帅了，是可以毫不犹豫地主动说要背他的男生了。

他们现在势均力敌，不再有谁必须照顾谁的界限了。

隋轻驰在旁边站了没一会儿，忽然又走过来蹲下，不由分说地撩起傅错的裤脚，看到瘀青的脚踝上还被刮出了一道血口子，露出“我就知道”的表情，没好气地骂了一句：“多大的人了，豆腐做的吗？”

傅错低头放下裤脚说：“你就不能温柔一点吗？”

他的语气沉沉的，有种自己都无法形容的复杂心情。放学前他想起来隋轻驰多半没有带伞，想下楼叫上他一块儿走。走到教室门口，却见隋轻驰竟然在给同班女生讲解数学题。那实在不像是隋轻驰会做的事，所以他做得一点都不温柔。傅错站在门外，都能感同身受那个女孩的小心翼翼和刻意讨好。

隋轻驰被问得哑口无言，有一瞬间傅错想他没准真的有在反省，因为头低得有点反常。但转念一想怎么可能呢？隋轻驰是中二少年，错的只会是这个世界，不会是他。

这么想着的时候，隋轻驰忽然拿了那把伞站起来。傅错有点疑惑，就见人已经转身下楼，“哗”地撑开伞走进雨中。

他被丢在了楼梯间，一头雾水。

几分钟后，AK 发来一条微信，问他：“你不是去接隋轻驰了吗？怎么还没出来？”

他满心无奈，刚想回“我被他丢下了”，就听见一个涉水而来的脚步声。低头往楼下一看，隋轻驰又举着伞回来了，手腕上挂着一个小袋子。收伞时他抬头朝楼梯上看了一眼，傅错不知为何感到一阵别扭，为隋轻驰看他的那一个眼神。

隋轻驰拿着消毒药水和创可贴三步并成两步上了楼，随手把雨伞往楼梯扶手上一挂，蹲下来，沉声说：“裤脚卷一下。”

傅错没拒绝，提起了裤管，虽然他也可以自己动手。

低头帮他处理伤口的隋轻驰动作有点毛躁，创可贴撕了两下才撕开，像是自己也觉得有点笨，还皱眉“啧”了一声。傅错知道他那是在骂自己，因为自己当初学吉他老弹不对时也常这样。

一年半前隋轻驰还是比他矮半个头的少年，一年半后他就像嫩芽中抽出的青色长梗，连脖颈的线条都更坚韧了。头发还和以前一样软，但是从前他的发色有一点点浅，阳光下带着点亚麻的色泽，现在不管怎么看都是纯正的黑。

他的身上绿意盎然，生机勃勃。

伤口上贴了创可贴，隋轻驰扔了创可贴包装，蹲在那儿扫了一眼傅错脚踝上自己的杰作，说了声：“够温柔了吧。”

傅错哭笑不得，点头不是，说“谢谢”也不是。

绿意盎然，生机勃勃的鳄鱼还差不多……

2

CTR 音乐学院是 LOTUS 的吉他手石头的母校，于是顺理成章成为傅错和谭思努力的目标，毕竟塞林格的母校是无法指望的。在最后冲刺的日子里，傅错每天都过得无比充实，上课，复习，排练，演出，晚上回到家，总是一倒到床上就能睡着。

中午吃完饭，乐队的四个人还能约着一块儿打打球，二对二，经常是他和谭思一组，隋轻驰和 AK 一组。AK 球打得烂，还老爱咋咋呼呼，回回都拖隋轻驰的后腿。隋轻驰后来拿了球都不给他，靠自己强行突破。十七岁奔着十八岁去的年纪，身体完全长开了，撞过来的力道比以前更甚。傅错心想好在有谭思和他联手防御，要不然难说他现在还能不能扛住隋轻驰那么猛烈的撞击。

隋轻驰最后也没能突破成功，AK 在后面看好戏地喊：“行了吧少爷，你一个人不行的。他们两个人是穿连裆裤长大的，你能过我叫你爸爸！”

隋轻驰有时候强突不了也会把球过给 AK，AK 刚蒙蒙地接到球，隋轻驰就又秒跑了个站位，让他把球给自己。AK 把球拿到身后不给，隋轻驰就冲他喊：“你懂不懂战术啊？”

AK 把球在身后转来转去就是不给隋轻驰，说：“什么战术啊？战术就是我当发球机，你一个人打啊？你那么横你自己一对二去啊？”

隋轻驰站在那儿看着有意和自己做对的 AK，胸口上下起伏。当然不是气的，傅错心想，是运动时正常的呼吸频率，不过多少会有点气。然后就见隋轻驰提起 T 恤的衣领擦了擦下巴上的汗，对 AK 说：“你球不给我我怎么一对二？”

这个理由无懈可击，AK 哑口无言，说：“好，我就看你怎么一对二！”

球突然抛给了隋轻驰，傅错也做好了和谭思联防他的准备，但隋轻驰拿到球后并没有急着突破。他原地拍了两下，很冷静地举起来，瞄准篮筐，然后一个完美的后跃跳投，球进了。

隋轻驰落地后往后退了两步，眼睛一直盯着球的方向。球刚好从框里落下来，AK 瞪大眼看着隋轻驰握拳为自己喝彩的背影，急忙喊：“你这个不叫突破啊！这个不算！”

谭思走过来拍了一把 AK 的背：“人家没想当你爸爸，大侄子。”

傅错摇摇头，认命地上前捡球，转身时见隋轻驰正弯腰站在三分线后，两只手按在膝盖上，一边沉沉地呼吸，一边看着自己。他那双眼睛像草丛中的幼狮的，灼灼发亮。

那个时候的隋轻驰就是一头年轻的狮子，正褪去绒毛，长出短短一圈鬃毛，随便一个姿态都意气风发。

再往后傅错和谭思就要专心备考了，中午也只能活动十来分钟，然后就得老老实实滚回教室复习或者休息。AK 自认考不进 CTR，早就破罐子破摔，于是中午就只剩下 AK 和隋轻驰一起打球。傅错偶尔从教室的窗户往下看，都能见到 AK 被隋轻驰吊打得很惨的样子。篮球场边还是三三两两站着围观隋轻驰打球的女生，隋轻驰也不再像以前那样浑身散发一股“不许看我”的自闭气场了。舞台上演出的经验让他成长了一大截，那一个球接着一个球进得当真潇洒又漂亮，傅错笑着想。

临毕业前的这段时间，也发生过一些惊心动魄的事。譬如某天中午在回教室的路上，傅错猝不及防被高二的学妹告白了。

女生还没开口说话，谭思已经察言观色，拍拍好友的肩，留下一个意味深长的笑后自己走了。傅错看见女孩有些闪躲的眼神，到这个时候才隐约明白过来，心一下就提到了嗓子眼。

是扎着马尾，挺可爱的一个女孩，傅错对对方的脸有一些印象，好像偶尔会在办公室见到，只是叫不出名字。长这么大，女生也好，恋爱也罢，从来不在他的人生规划簿上，客观条件也让他没有时间去做这么奢侈而浪漫的事。他仅有的浪漫已经都给了西风。

因为刚打完球，身上还有汗，他礼貌地和对方保持了一点距离。其实都没听清女生具体说了啥，等对方一口气说完，他才把肚子里倒腾了无数遍的腹稿讲出来，说自己想专心高考。

“那……要是我也和你考一所学校呢？”学妹问。

傅错从没见过这么热情的女生，被进攻到不自觉地咽了口唾沫，几乎开始埋怨丢下自己一个人跑掉的谭思了。要怎么拒绝女孩，他一点经验都没有，只希望说话的方式不要太伤对方的心。他想着自己反正是要考音乐学院的，这个学妹应该没有机会，就说：“我考的是我心仪的学校，我希望你也能考自己心仪的学校。”

女孩看着他，点了点头，说了声“好”。

扎马尾的学妹终于离开了，傅错整个人像从油锅里被捞出来一样，手扶着阳台，重重地呼出一口气。

晚上的演出，傅错察觉出隋轻驰的状态不是很好，一首《Beautiful》他唱错了好几句歌词。他自己好像也有点烦，在唱错第三句后干脆不唱了，低着头一直等到进副歌，才重新抱着麦克风唱了下去。

这首唱完，他的状态简直肉眼可见更差，在麦克风后好像怎么站都不对，一会儿手叉腰低头，一会儿背过身好像在狂背歌词，像只焦躁地转圈的狮子。

前排有女歌迷冲他喊："小隋，你笑一下嘛！"

隋轻驰装没听见，把话筒插回架子上，好几下才插好，不知道在干吗。

AK在后面说："哎呀，大家不要怪他了，他今天在学校楼梯上摔了个狗啃屎，心情臭着呢！"

台下的人都笑起来，调侃着"唱歌唱得好，路却不会走"什么的。傅错看向隋轻驰，不知道AK是在开玩笑，还是隋轻驰真的在楼梯上摔了跤。

AK举起鼓棒敲起来："来来来，大家加把油把他逗笑，逗笑了就可以开唱新歌了！"

看在新歌的面子上，歌迷们给力地喊起来——

"隋轻驰我爱你！"

"小隋你超帅！"

"路不会走怎么的长得帅就行！"

当然也有不那么给面子的——

"怎么你们主唱不高兴光我们哄啊，你们队友不哄的吗？！"

"塑料队友情！"

AK和谭思都看向傅错，被歌迷抱怨了这种事身为队长自然责无旁贷，不过想来这种队友还得和歌迷一起哄着主唱才能开唱的摇滚乐队，他们恐怕是开天辟地头一支了吧。

台下的歌迷突然起哄，隋轻驰回过头，看见傅错低头取下电吉他，朝着他走过来。他走到距离很近的位置，抬手把麦克风转开，低声问他："你还好吧？"

灯光打在傅错的侧脸上，橙色的发梢、深蓝的眼睛，迷人又温柔。

傅错抱住隋轻驰，好兄弟一样拍了拍他的背。隋轻驰肯定不会真的因为摔了个狗啃屎就发挥失常，但导致他发挥失常的原因，他能细数出太多。那个从来没有正式承认过他的父亲，那个利用他过上荣华富贵生活的妈，还有那些来自外人的嘲笑和白眼……隋轻驰身边唯一拥有的，只有西风，但很快他们三个人也要离开他了。

在全场狂欢般的氛围中，傅错莫名心酸。

新歌的曲风十分硬核，隋轻驰全程发挥良好，副歌时还用了点儿金属嗓，如尖刀一样撕裂现场，燃到炸裂。傅错都担心他万一发音方式不科学会伤到嗓子。

Bridge 部分有一段电吉他的独奏，气氛燃至高潮时，忽然有个女生冲上台来。傅错以为那个女生是冲着隋轻驰去的，微微睁大了眼，却没想到最后被一口亲在脸上的人会是自己。

隋轻驰扭头看到这一幕，一下就唱不出词来，连 AK 和谭思都丢拍了。

女孩偷袭完，在全场的尖叫声和口哨声中功成身退，又回到了黑压压的人群中。

隋轻驰瞪着女孩下去的方向，脑子里一秒忘光了歌词！

傅错自己也蒙了，不知道今天是个什么日子，好像十九年失之交臂的桃花运全积攒到这一天了。他与隋轻驰面面相觑，两个人都不知道该如何反应，没了歌声，没了电吉他，舞台上只剩下单调的节奏。

傅错很快回过神，用一个扫弦结束了这荒腔走板的节奏。他朝隋轻驰点了点头，隋轻驰转过身去，只听麦克风“砰”的一响，他把话筒从架子上拔下来，走到台边单膝蹲下，然后朝着某个方向，以异常暴烈的唱腔唱完了最后一段副歌。

好在这是最后一首歌。

而天王隋轻驰怼粉丝这个由来已久的传统，就是从这天开始的。

演出结束，乐队本可以和歌迷说说笑笑地散场，那天却闹得不欢而散。因为隋轻驰在收场时说了一句：“下次别再给我突然跑上来了。”

不少歌迷对此意见颇大，认为他小题大做，而且语气未免太不客气。隋轻驰一点都不退让，就是在那天说出了“这是我的地盘，那下面是你们的地盘，我老实在上面待着，你们也老实在下面待着”的金句。这句话在后来的许多年都被西风的老粉丝们惦记着，成了隋轻驰的第一笔黑料。

被歌迷反问是不是台上的乐手只能他隋轻驰抱，轮不到歌迷抱时，隋轻驰指着那个歌迷说：“是！”

铿锵有力，全场死寂。傅错侧头盯着隋轻驰，他的嗓子太有穿透力，也太强悍，一个字镇住五百人，绰绰有余。

3

那天如果不是有谭思打圆场，还真不知会怎么收场。演出结束后AK还惦记着夜宵，傅错看出来隋轻驰一点儿都不感兴趣。但如果大家就这么回家洗洗睡下，没准隋轻驰会把这种糟糕的情绪一直带到第二天睁开眼。

他从副驾驶座转了个身，问后排的隋轻驰："夜宵吃什么？"

AK瞪大眼，先看了看傅错，确定傅错确实没看自己，而是在问隋轻驰，又看了看隋轻驰："你问他干什么？他哪次不是说随便啊？"

隋轻驰能从车窗玻璃的倒影看见傅错的表情，他却还是无法开心起来，便假装不知道是在问他，连句"随便"都没说。

AK冲傅错撇嘴，意思是"你看"，然后又瞄隋轻驰："怎么了少爷？今天不当舔狗了？"

隋轻驰肩膀一抬，AK吓得直挪屁股，结果隋轻驰只是把耳机拿起来戴上。

傅错转过身去，这样的隋轻驰他并不陌生，在他们的关系熟络以前，隋轻驰一直是这样。他不想理你，就绝对不会和你说一个字，虽然他都不知道自己究竟是哪里招惹了他。

那天吃的是小龙虾，桌上就见AK一个人不停地剥虾吃虾，不亦乐乎，其余三个人都吃得意兴阑珊。他和谭思有一口没一口地喝着啤酒，隋轻驰一整晚都疲倦而沉默。

AK忽然想起了什么，笑着问隋轻驰："哎，你说上次傅错摔跤吧，那是因为下雨地上滑，而且他是下楼。今天这大晴天的，地上干得都能冒烟了，你上楼也能摔跤，这件事你是怎么办到的啊？哈哈哈哈——我能把这件事写微博上吗？"

隋轻驰头痛欲裂地点点头，然后困倦地趴在了桌边。

AK喊了两声隋轻驰，隋轻驰没有反应，他干脆斜着椅子靠过去问："少爷，少爷？你的银行卡密码是多少？"

傅错看不下去了，把他的椅子按回来："够了。"

隋轻驰迷迷糊糊说了声："生日啊……"

AK听完"噗"地大笑出声，扶着桌子一溜儿笑到蹲到了桌子下面。

谭思拍了拍隋轻驰的背说："密码不能设成自己的生日，太容易被猜到了。"

"我又不傻，"隋轻驰掀起眼皮看了一眼桌子对面的傅错，又闭上眼说，"是他的生日。"

说完他就趴在桌子上，没再起来。

谭思眼睛都睁大了一圈，惊愕地看向傅错。傅错扶住被隋轻驰撞翻的酒瓶，看着隋轻驰的后脑勺，彻底不知道该怎么办了。

隋轻驰在酒桌上的那番话，傅错和谭思记得，隋轻驰本人和AK反倒都不记得了。面对隋轻驰，傅错越来越有一种负罪感。他已经把隋轻驰从既定的人生轨道带跑了一次，怕自己又再一次带跑隋轻驰。如果在这条路上再次带跑隋轻驰，那他简直不可饶恕。

在此之前，隋轻驰的人生一直是孤孤单单一个人，所以才会拿傅错当亲人一样依恋。当他见过更大的世界，遇见了更多更好的人，他就会懂，这种对哥哥的依恋根本不算什么。

一晃到了六月，高考结束那天，傅错随着无数考生一起走出考场，看到了校门外熙熙攘攘的人群，家长们翘首以待，马路边停靠着车辆的长龙。从今天开始，他的人生就要进入另一个阶段了，虽然没有人相送，也没有人叮咛。

那天谭思的妈妈和AK的父母都来了，看到两个好友被家人嘘寒问暖，傅错悄悄从人群中绕了过去。

他在人流中穿行，忽然听见有人喊他的名字："傅错！"

校门外那么多人和车，声音那么嘈杂，但隋轻驰穿透力极强的声音依然像一阵清风，毫无阻碍地抵达他的耳朵里。

心蓦地漏跳了一拍，他循声望去，在拥挤的人海那头，看见了那个少年冲他扬起的手臂。下一秒，隋轻驰已跨上了一旁的花台。那个动作像他登台时一样又中二又帅气，在那一瞬间，傅错感觉胸膛里有什么被点燃了。

他带着难以抑制的激动加快了脚步，穿越茫茫人海，朝着花台上的少年走去。看到隋轻驰也跳下花台，斜着身子挤开人群朝他走来。两个人会合的一刹那，彼此都不知道该说些什么。听旁边的家长在问自己的孩子考得如何，隋轻驰就脱口问出："考得怎么样？"

"还行，"傅错说，"正常发挥。"

这样平凡的一句话，他从未想过会有说出来的一天，更没想到会对着隋轻驰说出来。

隋轻驰点点头，他穿着一件有点透的白色薄帽衫，里面透出灰色的工字背心，双手插在兜里，又不知道该说些什么了。

"有水吗？"傅错问。

"哦，"隋轻驰转身从背包里拿出浅绿色的水杯说，"是我喝过的……"

傅错没等他说完就接过来，拧开就喝了。

甘甜的水驱赶了暑热，一颗心也像被眼前一袭白衣的少年滋润了。他不知道自己对隋轻驰到底是怎样一种感情，同病相怜，心疼，欣赏，骄傲……太复杂了，不像他对谭思的感情，简单又深厚；不像他对AK的感情，真挚又坚定。它们彼此交织，已经不是一两句话能说得清楚的了。

高考结束后有过短暂的狂欢，他写了很多首曲子，全都交给隋轻驰填词。隋轻驰为他的其中一首曲子填了词，名字叫《普通》。他在看到歌词的时候便感同身受，发现不管自己对隋轻驰的感情如何，他都希望隋轻驰的人生能够变得“普通”。就像他歌词里写的那样，拥有普通的一天，普通的爱情，普通的家庭。唯愿他一生别再中二，别再孤僻，别再承受非议与打击。

七月，傅错和谭思如愿收到了CTR的录取通知。AK跑来和他们庆祝，亮出了同城一所口碑挺不错的艺校的通知书。那时抱着傅错的木吉他胡乱拨弦的隋轻驰也放下了吉他，看着三个人道了声“恭喜”。

傅错回头，隋轻驰说完那声“恭喜”就又低下头，抱起那把吉他，拨着单调的弦音。

八月，三个人就要去往另一个城市，傅错将那把木吉他留给了隋轻驰，并没说是送给他的。若说是送的，显得过于郑重，隋轻驰未必会肯收，所以就只是留在他那里，算是和他共用的东西。

那天在火车站，AK不停地抱怨：“隋轻驰这个没良心的！都不晓得来送送我们！”

直到他们上车，隋轻驰也没有出现，并且一个电话都没有。AK生了很久的气，连谭思都有些在意。但不知为何，他的心里却很平静。不久后火车驶出了站台，奔跑在郁郁葱葱的麦田中。手机在这时忽然响了一声。

他拿出来，看到是隋轻驰发来的歌词——

你总说，我不可爱
连说声再见，都好困难
我只是，不想解释
以为不必说，你也明白

也努力学着改变
也拼命练温柔的眼
只是真的没天分
不怪谁

可不可能时间倒退几万年
没语言也没谎言可供装点
我就只拥有这单调身体
拥抱你，与你贴近

可不可能时间倒退几万年
想要一个爱都不知怎么写
那时我也会用无字的歌
唱着爱，永不褪色

哪怕沧海也变桑田我的爱
不会变

他一句一句读完了歌词，微信那么巧跳了出来。

隋轻驰：一年后见。

# 第十一章
## 世界的中心

1

CTR 音乐学院对傅错来说是圆梦的地方，也是圆梦的起点。不过等真到了学院，他才发现还是有很多地方和想象中不一样。学校本身占地面积不大，只有一栋学生宿舍，规格挺高，但住宿费不便宜。傅错和谭思到学校报到后才知道大多数人都是在外面合租房子的。

报到那天给他们带路的学长听说他们考 CTR 是因为石头，就笑了：“又一对上当受骗的，石头哥的母校不是 CTR，他只在这里上过进修班而已，不是正儿八经 CTR 毕业的。”说着便幸灾乐祸地回头看向大受打击的两个人，“骗了好多无知青年呢！”

无知青年傅错和谭思面面相觑，得知真相的那一刻，心里还有些倔强，不太肯相信。毕竟偶像和陌生学长之间，还是偶像的话要更值得信赖一点。

奈何这个偶像是某天团的吉他手，众所周知不着调的一个人。后来有一天，AK 拿了石头的采访视频给他们看，桀骜不驯的吉他手在节目里被问到“好像有很多人是冲着你去报考 CTR 音乐学院呢”时，拍着腿哈哈大笑：“真的吗？我不是 CTR 毕业的啊！我就一高中文凭啊！”

女主持都不敢相信：“CTR 不是你的母校吗？不是你自己说的吗？”

石头这才像是找回了丧失已久的记忆：“我好像是这么说过，不过我那是随口说的啊。我的意思是，CTR 对我有养育之恩，是养母，不是生母！”

女主持被噎住，半晌才说：“那塞林格的母校是伯克利吧？”

“那是肯定的！”石头说到一半仿佛又不太确定，“不过说起来我也没看过他伯克利的学位证，没准他也是个骗子，把我们都给骗了，哈哈哈！”

石头哥在手机里头哈哈大笑，AK 在手机外头哈哈大笑，眼泪都笑出来了，指着屏幕里的石头对傅错和谭思说：“你们这偶像也太随便了吧，就是这么玩弄无知少年心灵的吗？！”

这件事对傅错和谭思的心灵造成了一定冲击，本来两个人还抱着有朝一日能亲口告诉偶像“我们就是因为你才报考 CTR 音乐学院”的美好愿景，没想到最后励志故事变成了一个笑话……

不过不管 CTR 是不是石头哥的母校，它的流行音乐专业首屈一指却是真的。学校墙上的知名校友几乎占据了国内音乐人的小半壁江山，入学才一个月，傅错就感觉整个人被打开了视野。学校还经常举办校园音乐活动，连街头巷尾都常能看见惊艳的演出。要不是被石头哥骗了，也许他和谭思就不会站在这里，站在全国最好的音乐院校的校园里。

只是开销真的大，学费也不便宜，还得自己解决住宿和伙食。

谭思和 AK 合租了一间房子，租金平摊下来比学生宿舍便宜。

傅错自己租了一间廉价公寓，老宅子没电梯，只有不到三十平方米，地段比谭思和 AK 的房子远一点，但租金要便宜不少。他每日背着吉他往返于学校、公寓和兼职的餐吧，三个人偶尔也会在学校找个场地或者去谭思打工的相熟的酒吧插个电演奏一场。但他总觉得少了隋轻驰，就没法称为西风，他只是在代隋轻驰的班而已。

国庆放假，三个人原本计划好要回去和隋轻驰会合的，车票都买好了，偏偏 AK 急性胃炎发作，傅错和谭思只得轮流在医院陪 AK。

第二天早上，AK 的情况稳定了许多，傅错下楼去买早餐，给隋轻驰发去微信说明了情况。

他提着东西进电梯时收到隋轻驰的回信，只有一声“嗯”，还有一个一千元的转账。

他看着这个金额有些错愕，电梯到了都忘了下，只好随后来的人再一起下去，退到角落里单手打字：钱我们暂时不缺，你留着自己用。

隋轻驰有一阵子没回复，隔了一会儿直接发过来一张账户余额好几万的截图。傅错在电梯里猝不及防笑出声，这么粗暴的风格，很隋轻驰了。

还真是什么都缺，唯独不缺钱的中二少年呢……他盯着那张截图，心情不由自主有些复杂。想了想，他又打了一排字上去：钱我收了，你没什么想说的吗？

隋轻驰：说什么？

傅错回：什么都可以啊，比如问问我 CTR 学院怎么样。

心想只是想和你说说话，别老这么惜字如金啊……

电梯门“叮”地打开，傅错随着人流走出去，微信也弹了出来。

那你过得好不好？

他停下来，低头看着这句话，直到后面有轮椅经过，才连忙让开。

他没有立刻回病房，而是提着早餐走到楼道尽头人少的地方，已经准备好要和隋轻驰讲讲学院的事了。为此他还提前打听过声乐系的情况，结果被问到的却是自己，心头一时有千言万语，最后还是只发了一条简单的语音：挺好的，你呢？

其实他更担心隋轻驰，自己虽然离乡背井，但好歹和谭思、AK 在一起。只要一想到隋轻驰又变回了一个人，就怕他又活了回去。尤其是当隋轻驰的话越来越少，或者明显不想多说话的时候。

清晨的住院大楼慢慢热闹起来，傅错看着搀扶着进出病房的年轻情侣发愣，微信冷不丁一响。他低头打开，屏幕亮起，看见隋轻驰发来一张照片。照片上是一碗面，上面铺着煮烂的豌豆，还加了一个煎蛋，就在他曾经带隋轻驰去过的那家面馆。

隋轻驰：我刚跑完步，在吃面，吃完再和你说吧。

傅错看着照片笑了，不过是一碗面，还特意摆拍了一下，看来并没有心情不好。

这样他就放心了。

AK 只在医院挂了两天水就又活蹦乱跳了，隋轻驰转来的一千块用来付了一部分住院费，还剩下不少，傅错就都存了起来，作为乐队的活动经费。那天从餐吧回来，经过银行门口时看见新增了一台自助发卡机，想着还是把个人账户和西风的账户分开来好，就又办了一张银行卡。要设密码的时候，他想起隋轻驰那天喝醉时说过的话，脑子一热，想也没想就输入了隋轻驰的生日。

等他揣着这张新卡回了公寓，才想起来这张卡是给西风用的，密码肯定得告诉谭思和 AK，还得告诉隋轻驰。躺在闷热的屋子里，他觉得自己怎么这么傻，最后只能把自己的银行卡充公，这张以隋轻驰的生日为密码的卡就留着自用了。

第二天傅错不用去餐吧兼职，国庆期间 CTR 音乐学院也有不少活动，礼堂天天都有免费演出，无论是流行乐、摇滚乐还是古典乐，有条件的话傅错都想去听听。本来约好和谭思一起的，结果早上谭思说要去修贝斯，AK 那个家伙以大病初愈为由赖在家里睡大头觉，他就一个人去了。

这一整天，他几乎都泡在礼堂里。上午听完室内乐团演奏勃拉姆斯，下午又听爵士乐，只中午吃过饭去图书馆看了一会儿书，等演出结束走出礼堂才发现天已经黑了，外面下起好大的雨。

傅错从图书馆借了把雨伞，下车后在车站的餐馆吃了份炒饭，到公寓时都快九点了。

在楼下收伞时正巧遇到隔壁屋的学长下楼，两个人打了声招呼。

傅错提着伞正要上楼，对方突然叫住他："哦，对了，有个小帅哥来找你，坐在你门外等你一下午了。"

傅错愣了一下："找我？"

"对啊，"邻居学长耸耸肩，"除非你不叫傅错。"

傅错一头雾水，打开手机没看到微信里有人联系他。谁会在他门外干坐一下午……

"挺好看一男生，"学长撑伞时说，"就是有点孤僻，这么大的雨我让他到我那儿去等你他也不理……"

傅错猛地抬起头，心说不会吧，顾不上多问扭头就跑上楼。

站在二楼的楼道口，整个走廊只亮着中央一盏不太亮的灯。长长的阳台尽头，果然有人蜷着身子埋头靠门坐着，无声无息像一只黑猫。雨水把整个走廊的地板都打湿了，还在不停地往里飘，天气预报说从今天开始降温，果不其然，阳台上凉风阵阵。

傅错不敢相信地朝着那个身影走过去。

男生穿着一件宽大的银灰白三色T恤，弯起膝盖坐在他门外，头埋在双臂间，一点动静都没有，像是睡着了。

都看不见脸，傅错不知道为什么，只看衣领后露出来的一截脖子，和搭在膝盖上的手臂，都认得出这个人是隋轻驰。

隋轻驰身上的T恤是那种嘻哈风，袖口半长但是阔，傅错想到风直往里钻都替他冷，把雨伞放到一旁，蹲下身摇醒他："隋轻驰，醒醒！"

隋轻驰一摇就醒了，皱眉抬起头，看见他，又松开眉头，叹息一般出声："回来了？"

那一声带着倦意的"回来了"，让傅错的心情矛盾得难以形容。不知是该感动于他不远万里出现在这里，还是该气他一意孤行的疯狂举动。

“你怎么来了？”他问，“怎么不给我打个电话？”

隋轻驰往旁边撑了一下，站起来，口吻淡淡的：“想给你一个惊喜。”

傅错也站起来，无奈地说：“你是想给我一个惊吓吧……”

“是吗，本来真的是惊喜的……”隋轻驰的眼睫低垂，声音听起来有些疲惫，看见傅错靠在门边的雨伞，顺手就拿起，罩在宽大的T恤下的肩膀几不可察地瑟缩了一下，“带我进去吧，我有点冷。”

傅错开了门，摁开门边的灯，电压不太稳的吸顶灯闪了两下才亮起来。隋轻驰跟在他后面进了屋，把雨伞靠边放在门口，打量了一下这个不大的一居室。隋轻驰已经和傅错一样高了，但更显得手长腿长。这间房子虽然有二十八平方米，一个人住算宽敞了，只是空间不够高，傅错总觉得隋轻驰往里一站就显得这里更矮了。

他拉开衣柜取了自己的衣服拿给隋轻驰：“你先去洗个澡吧。”

隋轻驰低头看了一眼傅错递来的衣服，抬手接过来，头也没抬地低声问：“我用你的毛巾吗？”

傅错点点头，隋轻驰转身便进了浴室。傅错看着他的背影，总觉得隋轻驰的情绪好像很低落。

隋轻驰进了浴室好一阵傅错都没听见水声，正纳闷，就听见隋轻驰在门后说：“好像没水……”

他这才想起，早上出门的时候看见楼下贴了停水通知，说是要到凌晨一点才来水。

“我忘了要停水到凌晨了。”傅错说，“你先换上我的衣服吧。”

浴室里窸窸窣窣响了一会儿，隋轻驰拉开门走出来，身上穿着他的长袖T恤和牛仔裤。两个人的身高相仿，倒是很合身。

隋轻驰提着自己换下来的被雨水打湿的衣服，回头打量了一下：“这儿好像没有洗衣机？”

傅错上前把他手里的衣服接过来，放回了浴室里：“明天带去洗衣房洗。”他又想起来，“你兜里有东西吗？”

他把手伸进隋轻驰牛仔裤的裤兜里，什么也没有，只有一张有些皱的车票。傅错惊诧地看到上面的时间是早上六点四十五分，那他岂不是很早就到了？

“这儿经常停水吗？”隋轻驰在外面问。

傅错扔了那张车票后走出来：“偶尔会。”

隋轻驰走到他的电脑前，拉开椅子坐下，向后靠在椅背上，手轻轻抚摸过椅子扶手。大概因为淋过雨，一头黑发纠缠在额前，显得神色有些黯淡。

傅错见他的头发都湿了，就去洗手间拿了条干毛巾给他。

隋轻驰看了一眼，问他：“干吗？”

傅错说：“擦擦头发。”

隋轻驰无精打采地接过来，往头上随便抹了两下就还给了他。傅错没辙地看着他，隋轻驰也举着毛巾抬头看着他，一脸不解。

傅错接过毛巾，张开来就把他的脑袋给裹进去，边擦边说：“我这儿没电吹风，你将就一下。”

“你们是不是……接过吻了？”隋轻驰在毛巾下忽然问。

傅错以为自己听错了，有些莫名其妙，面红耳赤地问：“你说谁？”

“说你，”隋轻驰抬起头来，“和今天跟你一起走的女生。”

傅错被隋轻驰盯着，脑袋放空了半晌才想起来。

中午去图书馆的时候，有个女生找他问路，刚好顺路他就带人过去了。所以那个时候隋轻驰就到学校了吗？

“你是什么时候到我学校的？”

隋轻驰神情顽固，一言不发。

傅错叹了口气：“隋轻驰，我没有和谁在交往，那个女生只是找我问路的路人，我连她叫什么都不知道。”

屋里一下就安静了，是尴尬的那种安静。隋轻驰松开眉头，脖子不自觉地支起来一点，毛巾从头上滑下去。

傅错弯腰捡起掉到地上的毛巾，拍了拍：“你是不是傻，才一个月，哪个花花公子谈恋爱效率会这么高？”

隋轻驰原本头昏脑涨，此刻只觉绝处逢生，又为自己方才幼稚的言行感觉有点臊：“是吗？我觉得只要你想，就可以……”

“那是你，”傅错说，“我没你那么大的吸引力。”

隋轻驰抬头看着他。

那天的隋轻驰的每一句话、每一个动作仿佛都不得要领，唯有眼神真挚而赤诚，像一只小兽，咆哮了半天也无法传达内心所想。那就干脆不说了，一个眼神就够了，像一个摇滚人应该有的模样。他有那么多困惑和问题，他搞不懂它们，就遵循本能而动。他是孤独的，所以不想分享一点点属于自己的东西；他也是勇敢的，他如此诚实地面对自己的内心。

傅错脑子里闪过在公交车上初遇的场景，耳边是《Beautiful》的旋律，隋轻驰背后就是敞开的窗户。

他们在二楼，远方是夜色中的广厦楼宇，灯海璀璨热烈。

他只觉得这里才是世界的中心，才有一整颗星球的心跳。

2

那天晚上，隋轻驰发烧了。傅错半夜起来打开灯，用被子把他裹严实了，下床烧水找药。

隋轻驰睡得迷迷糊糊，听见傅错起来，眯着眼扭头瞧了瞧，说："你别忙了，我没事儿，睡一觉就好了。"

傅错灌好电热水壶，回头看着床上裹着被子的隋轻驰，浑身烫成这样都叫没事吗？难道以前发烧他都是自己睡一觉就好？

隋轻驰睡了不知多久，浑浑噩噩中听到了钥匙开门声。身后有人靠过来叫醒他："隋轻驰，隋轻驰？起来吃了药再睡。"

他有些费力地睁开眼，见傅错坐在床边，手里拿着水杯和药，不知怎么的眼睛就有些酸涩。虽然是在这样简陋的出租屋里，却觉得简直像偶像剧里的场景，太过美好而不真实了。好在自己在发烧，眼圈有点红也不会被看出来。该怎么说呢，明明还发烧难受着，但这一刻心里只有疯狂的感动，从未想过有朝一日自己会为男生拿着水杯和药的样子鼻酸。

他本来烧得一点也不想动，但还是努力撑起身子，接过水，吞了药。

睡下去后他才发现傅错穿着外出的衣服："怎么换衣服了？"

"哦，"傅错低头看了看外套，把水杯放到桌上，说，"家里没感冒药了，我去谭思和AK那儿拿了药。"

隋轻驰听得愣住："这么晚？"

"不是很远。"傅错边脱外套边说，"你睡吧。"

早上隋轻驰终于睡踏实了，傅错见外面天都亮了，就轻手轻脚地起了床，简单地刷了牙洗了脸，下楼去买早餐。

要走到街口才有一家卖早餐的摊点，经过昨天一夜，气温一下降了不少，傅错不自觉地裹了裹衣服。平时为了节约，早上他就只吃一个茶叶蛋。等排在前面的人买完离开后，他看着摊点上的油条豆浆和馒头稀饭，一时不知道该买点啥。摊点的伙计语速飞快地问："要什么啊？"

他在凉风中耸着肩膀，看着热腾腾冒烟的大锅，想着病人还是得吃点热的、清淡的，就要了一碗粥，外带半笼酱肉包，还有两个茶叶蛋。

伙计说包子还没蒸好，得等一会儿，傅错点了点头。

等包子的时候他就坐在一旁低头打开微信，谭思很早就发来了信息，问他：隋轻驰还好吧？

他回道：没事，早上已经退烧了。

昨天半夜去拿药的时候，给他开门的是谭思。AK 还在睡大头觉，并不知道隋轻驰来了。

谭思发来一条语音："待会儿等 AK 起来了咱们中午聚一聚吧。"

傅错回了句"好"，看包子快蒸好了就站起来，先扫码付了钱。伙计把茶叶蛋、粥和包子递给他，傅错一只手揣好手机，一只手拎过茶叶蛋和包子。他还没接过那碗粥，就被旁边的人提了过去。他回头，看见穿着他的外套的隋轻驰，惊诧极了："你怎么出来了？"

隋轻驰接过那碗粥问："就一份吗？"

傅错说："我吃过了。"

隋轻驰看了看他，见桌子那边有人离开，就提着那碗粥过去，对伙计说："再来一碗粥、一笼包子，多少钱？"

傅错见隋轻驰站在那儿付了钱，走过来坐下，什么也没说，放下手机就开始低头吃饭。

傅错很早就发现隋轻驰吃东西挺散漫和没规矩的，碗都不会扶一下，就右手拿着筷子或勺子，另一只手揣在兜里或是按在膝盖上闷头吃，但吃起来效率还挺高的。

傅错在对面坐下，见隋轻驰穿着他的外套，嘴里咬着包子，禁不住笑了。

隋轻驰抬头瞄他，手下意识地抹了抹嘴角，发现没沾东西，纳闷地问："笑什么？"

"没什么。"傅错也没忙着吃东西，手搭在桌上，打量着隋轻驰说，"我就是觉得你挑衣服挺有眼光的。"

隋轻驰低头拉起翻领看，说："是吗？你的衣服都太单调了，就这件还行。"

傅错点了点头，心里飘过一句特别傻气的"你说什么都对"。

这件机车夹克他演出时才穿，平时很少穿，穿成这样去上课太惹眼了。但隋轻驰好像从来没有这方面的困扰，苹果手机也好，CK 的 T 恤也罢，名牌背包和运动鞋，他想穿就穿。也正因为这个原因，他在学校老被人看不顺眼，觉得他张扬又高调。

但隋轻驰要是真那么虚荣高调，也不会这么泰然自若地和他坐在路边摊吃早点了。

伙计把粥和包子端上来，隋轻驰把那笼包子推过去，说："都吃了。"

傅错看着他这正儿八经的样子，有点好笑又有点感动，听话地拿起一个包子，说："好。"

隋轻驰瞄了对方一眼，又低下头喝粥。这个人只要一笑，他就没辙。

国庆放假，早起的人不多，吃完早饭回去的路上，因为太冷清了，就只有他们两个人。

傅错第一次觉得有点局促，想说点什么，却又不知道该说什么。

反而是隋轻驰先出声，打量着周围问："谭思和 AK 他们住哪儿？"

"不在这边，"傅错说，"还要再远点儿。"

隋轻驰停下来看着他："那你为什么说不远？"

傅错这才反应过来他是在问昨晚取药的事："虽然是比卖早餐的地方远，但确实不是很远啊，步行不超过十五分钟。"

隋轻驰低了低头，边走边沉吟着出声："你出去前能不能和我说一声？"

"啊？"

"我早上起来看不见你人。"

傅错以为他话只说了一半，等了一会儿才发现原来真的只有一半，后半句得自己去体会，于是哭笑不得地说："我肯定会回来的啊。"

"我知道。"隋轻驰兀自点头，双手插在兜里走了一会儿，说，"但我还是想你和我说一声。"

傅错看着这样的隋轻驰，不知该怎么形容心中的感觉。前方有人骑着摩托车过来，他在引擎的嗡嗡声中对着身边人"嗯"了一声。

路上有些积水，这条小路坑坑洼洼，也没有人行道，他习惯性地走在隋轻驰的外侧。

摩托车涉水经过时，隋轻驰把手从机车夹克兜里拿出来，拉了他一把，溅起来的水刚好避过了他的裤脚。

## 第十二章
## 我们是西风

1

中午，四个人聚在谭思和 AK 的住处。房东留了一个旧电磁炉在这儿，AK 就提议吃火锅。

四个人风风火火去附近的超市买食材，谭思在后面推着推车，AK 在前面见什么都拿，拿了就往车里一丢，也不担心被砸坏。

谭思老妈子一样把下面的菜挪开，说：“你吃得了这么多吗？你胃病才刚好。”

AK 说：“我们四个人吃，又不靠我一个人的胃！”然后顺手拍了一把跟在后面的隋轻驰：“少爷正是长身体的时候，一个胃顶俩！”

隋轻驰揉着被拍打的腹部，翻了个白眼：“我长过了。”

“你还会再长的，信我。”AK 说，“你以后肯定比傅错高！”

隋轻驰转头看了一眼傅错，这个马屁迷之受用，撇了撇嘴说：“你要买就买吧。”

AK 又拿了一盒五花肉，回想起什么，转头眉飞色舞地对隋轻驰说：“少爷，年纪轻轻腹肌不错哦！”

AK 一边往购物车里放东西，谭思就一边在后面不厌其烦地放回去。走了一路，兴致高昂的鼓手也没发现。傅错回头见隋轻驰没跟上，有些纳闷地倒回去。隋轻驰正扭头看向方便面货架的方向，那儿有个小孩，可能十二三岁的样子，正在偷捏方便面的包装。

那男孩好像是一个人，没见着父母长辈，他看起来也不像是来超市买东西，因为手上连个篮子都没拿，就只是闷头在货架间走着。走着走着看见方便面的包装，他就沉迷进小小的破坏欲中。

傅错问隋轻驰："你以前也捏过吗？"

隋轻驰有些讶异地看向他："你怎么知道？"

傅错笑着说："就跟我知道你那天要坐111路一样。"

他看着那个男孩走到货架的尽头，祸害了一整排的方便面，当真是个小恶魔。可想到十二三岁的隋轻驰可能也是这个样子，孑然一身，感觉不到与这个世界的联系，就用这种方式发泄着对世界的破坏欲，他又到底恨不起来。

隋轻驰却看着他，看他把双手插在衣兜里，肩膀微微耸起，抿着嘴唇无奈地笑。傅错是很英俊的男生，这个动作却让他看起来过分可爱。

隋轻驰的目光往旁边闪了闪，低头就走。

经过放啤酒的地方，AK一副垂涎欲滴的样子，可惜才闹了胃病，就回头问隋轻驰："少爷，你下个月就十八岁了，要来点儿啤酒吗？"

隋轻驰走过去拉开冷藏柜的门，取了一罐冰镇啤酒出来，看向傅错。

"还是算了吧，你还在感冒呢。"傅错说。

隋轻驰又把啤酒给放了回去。

AK"啧啧"道："拿进拿出的，也不嫌麻烦……"

火锅是清汤的，勉强算汤锅了，可乐则代替酒，四个人席地而坐。AK吃完便瘫在地上，打了个嗝儿，满足地问："谁洗碗啊？"

傅错说："老规矩吧。"

四个人石头剪刀布，第一轮和局，第二轮AK和隋轻驰输了。AK盯着傅错和谭思，百思不得其解："你们怎么总出一样的？"心想也没见他们俩对过眼神啊，又对隋轻驰说："下次咱们别和他们猜了，他们俩一直出一样的，像上辈子就串通好似的，我就没赢过！"

隋轻驰抬头瞄了一眼傅错和对面的谭思，低头喝了口可乐，说："是你自己笨吧。"

傅错看得出AK是真不想洗碗，他一直在套路隋轻驰："少爷，我和你明说了吧，我会出布，我真的会出布！"

隋轻驰懒洋洋地说"知道了"，本来背靠着沙发的，这会儿坐了起来，把可乐搁在茶几上，捏起拳头准备好猜这最后一把。

AK小心翼翼地观察隋轻驰，像打篮球时一样不敢掉以轻心。最后三二一同时出拳，他出了布，隋轻驰出了剪刀。

谭思趴在一旁笑得不行，AK 抬头睨着隋轻驰：“你怎么这么听话呢？这不像你啊！”

隋轻驰手撑着膝盖从地上站起来，说：“本来想给你一次机会的，”指了指桌上乱七八糟的盘子，眉毛一挑，“洗碗愉快。”

洗碗的时候，AK 在厨房里问隋轻驰：“少爷你什么时候回去啊？”

隋轻驰曲着一条腿坐在地上，背靠着沙发，举着遥控器在换电视频道，说：“没想好。”后来又问，“你问这个干吗？”

AK 满手泡泡从厨房出来，在那条滑稽的海绵宝宝围裙上擦了擦：“那你晚点儿回去呗，咱们六号在谭哥打工的酒吧有演出！”

隋轻驰看向沙发上的傅错：“有吗？”

傅错点点头。

隋轻驰放下曲起的腿，盘腿坐直了，两只手按在膝盖上，说：“好，我买七号的票回去。”

傅错看他一眼，心里笑着想：真是十八岁了也像十四岁。

谭思打工的酒吧老板也是个玩乐队的，平时会带自己的乐队在酒吧演出，也挺愿意给初出茅庐的学生乐队一些表演机会。傅错、谭思和 AK 每周可以在酒吧演出一次，来这边不到两个月，只演出了三场，虽然也得到过一些不错的评价，但少了隋轻驰，算是个巨大的遗憾。

下午，四个人先去了排练的地方。

排练场地是 AK 找的，在艺校背后的一处防空洞，不太大，环境是简陋了一点，但胜在隔音效果好，而且冬暖夏凉。虽然演出机会寥寥，目前基本一点名气都没有，但三个人还是坚持每周来排练两次。

不过这次却出了一点意外。

傅错要先回去拿吉他，所以是和隋轻驰后到的。走到排练场地外，就听见里面有陌生人的说话声，嗓门和火气还都挺大。

傅错在防空洞入口处顿了顿脚步，正纳闷，就听见暴脾气的 AK 在里面喊了一声：“打就打呗，谁怕谁啊！”

他以为是要打架，急忙奔进去。结果没看到打架的场面，除了 AK 和谭思，现场还有另外四个不认识的……傅错扫了一眼对方带着的乐器，心说好吧，遇到同行了。

隋轻驰没有跟着他跑进来，这会儿才慢慢走进来。这个防空洞不太大，隧道入口处有点矮。

隋轻驰低了一下头走进来，站到傅错旁边，看到现场一副要干架的架势，问傅错：“怎么了？”心想这是要干架吗？有点意思啊……

傅错大概也猜到是怎么一回事了，对学生乐队来说，要找个免费的排练场地从来就不是件容易的事，任何不花钱的场子都值得一争。虽然他们已经在这个防空洞排练了大半个月，但防空洞又没上锁，对方显然不买这个账。于是对方吉他手刚刚提了个方案，大家在大学街打擂台，两支乐队同时开唱，各凭本事，到时候谁吸引的观众多，这个场地以后就归谁用。没等他这个队长赶到，AK 一口就答应了下来。

谭思对着傅错无奈地摇头，示意自己已经尽力了。

傅错沉了口气，跟对方说：“不能轮流使用吗？”

对方鼓手也是个性子火爆的，双手叉腰，眼睛鼓得跟铜铃似的：“为什么要轮流使用啊？”

吵架期间傅错见对方主唱一直站在后面没怎么说话，感觉似乎是个可以讲理的人，就跳过鼓手对那位主唱说：“我们一周只用两天，周一和周三，其余时间你们可以用。”

主唱皱了皱眉，似乎有点为难，和旁边的贝斯手低声商量了两句。贝斯手的表情不乐观，最后朝他们淡淡地耸肩：“不好意思，我们每周排练三次，周一、周三和周五。”

这就难搞了……排练时间当初都是按大家这个学期的课表排的，不太能改动。

傅错手叉腰低下头，想着到底要怎么解决。

这时，身边的隋轻驰忽然出声道：“那就打擂台吧。”

傅错愣了一下，看向隋轻驰。

“好啊，”鼓手笑着说，“你们乐队总算还有个有种的！”

AK 拿鼓槌指着对方，怒道：“说谁没种呢？！”

谭思赶紧拉住人。

对方吉他手看了一眼傅错旁边的隋轻驰，问：“他是主唱？”

隋轻驰站在那儿没说话，眼神冷冷的。

傅错说了声“是”。

吉他手耸耸肩，说：“OK，但打擂台的时候他得戴上面具。”

AK 瞪大眼："凭什么啊？！"

"凭什么？"那边的鼓手也在瞪眼，"你们是想靠他的脸打擂台吗？"

AK 被这个理由堵得严严实实的，憋红了脸，哑口无言。

隋轻驰上前一步，站到傅错前面说："没问题，我可以转过身唱。"

这回换傅错睁大了眼，谭思也不可思议地看向隋轻驰。

对方吉他手鼓了鼓掌，鼓手也难得地比出一个大拇指："有种，我喜欢。"

那天商量好时间和地点后，对方主唱让他们先在这儿排练，他们晚上再来，临走前还带了些歉意地叫住傅错："不好意思啊。"

主唱回头看了一眼上车等他的队友，说："那两个家伙就是嘴太欠了，别介意。"说着朝傅错伸出手，"交个朋友吧，我叫贺斌。"

傅错对这个人印象挺不错的，和对方握了手："傅错。"

"听口音你们好像不是本地人？"贺斌说。

"嗯，今年才考来这边的。"

贺斌的表情很意外："四个人都是吗？"

傅错想说三个人，就见贺斌的目光往他身后投去。回头看到隋轻驰走出来找他，见他和贺斌在说话，就警惕地站在一旁盯着。他看了一眼隋轻驰，转头对贺斌说："对。"

贺斌点点头，有些感慨："那真是不容易。擂台加油吧。"

等结束排练回去以后，他们才知道之前做的这个打擂台的决定有多鲁莽。

谭思找酒吧老板打听了一下，贺斌的乐队叫香蕉鱼，组了两年多了，在校园一带小有名气。听说好像是之前租的排练房的房东要把房子卖了，这才临时要找排练场地。

傅错回了句"我知道了"，就放下手机，双手按在窗台边，望着窗外发起了呆。

隋轻驰吃着泡面，抬头问他："怎么了？"

傅错回头，习惯性地笑了笑，走到隋轻驰的对面坐下，看着桌上那碗快干了的泡面，有些食不下咽。

隋轻驰放下叉子，看着他说："和我说说。"

傅错其实不想隋轻驰有任何负担，但抬头就看见隋轻驰的眼神，认真中透着耐心。他第一眼觉得这没用，虽然内心是感动的，但怎么可能从比自己小，且还是中二少年那里真正得到安慰。可是再看第二眼他就动摇了，隋轻驰的眼神像是在说“我很认真的，你可以试一试”。被来自中二少年奇异生涩的温柔鼓励着，他忍不住就全说了出来。

“所以我们的胜算并不大，但也只能听天由命了。”傅错说完，感觉确实轻松了许多。他摇摇头，拿起叉子准备吃面，手却被隋轻驰伸过来的手握住。

“别担心。”隋轻驰说。

就三个字，连多一句理由都没有，傅错却觉得心一下就安定下来，稳稳地回落，有一种只要这个人在身边，就真的什么都不必担心，毫无来由的信任。

隋轻驰拍了拍他的手背，然后收回手，低头吃面。

大学街是连通附近几所高校的一条长街，一端靠近地铁站和购物中心，有一个广场。街区另一头有个休闲区，比广场小，但也能当台子用。因为附近就是几所音乐学院和艺校，不远处还有酒吧Live House一条街，来这里逛的基本都是学生族和年轻人，所以这一带常有乐队来做街头演出，气氛相当自由和开放。

打擂台那天双方抽了签，香蕉鱼在广场现场表演，他们则在相隔一个街区的休闲区平台。

AK暗叫不妙：“广场那边的人流量明显更大啊！又是地铁站又是购物中心！真是鸡贼！”

傅错说：“不是人家鸡贼，只能怪我们自己运气不好。”

昨天他也想通了，输了大不了再找地方，此时此刻只要好好享受就行了。

排练时用的曲子是Coldplay的《Yellow》，因为时间关系，排得并不是很熟练，而且隋轻驰的嗓子因为感冒还没完全恢复，排练时没能完全打开。但他并不担心隋轻驰的状态，反而担心他要背过身去唱歌会不会受影响。

乐器和音箱都接好了，调了一会儿音，离说好的同时开始的三点还有差不多十分钟。

傅错蹲在地上插好调音器，抬头打量了一下四周，这个时候街上的人并不算多。

“他们开始了。”隋轻驰站在前面，望着街区那头说。

傅错什么也没听到，只听到嘈杂的人声。

隋轻驰转身走过来，说：“我们也开始吧。”

他左手揣在兜里，弯腰用另一只手拿起麦克风，显得无比淡定。

《Yellow》的前奏说长不长，说短也不短，这几个小节里，每个人的心都是悬着的。日后回想起这天，只会觉得是一场无聊的擂台。但那时被激起的胜负心，傅错相信每个人都会记得，包括多年后的隋轻驰。

十八岁未达的未来天王此刻就站在他们面前，身上穿着简单的深灰色运动套装。清汤寡水的美少年，背朝川流不息的人群，低着头脚下踩着鼓点，然后将麦克风拿到嘴边，唱出了第一句："Look at the stars……"

开口唱第一句，傅错就觉得心脏被一击击穿。

那是和原唱完全不同的演绎，那声音像忽然起飞的云雀，毫不费力就穿越了街区的层层噪音。

唱"Look how they shine for you"时，隋轻驰抬起了头。他一只手还插在兜里，面朝他的乐队。傅错完全沉浸在乐器和隋轻驰的声音交织的氛围中。主歌他唱得轻盈自如，副歌渐渐狂放恣意，从云雀变成了隼，又变成了鹰，和他的电吉他一起，携手完成了从云间到人间的俯冲。

他看到隋轻驰背后逐渐停下脚步的人，比他想象中还多。只是一个背影，加一道声音，不到一分钟时间，隋轻驰就开始吸引每个人的视线。不只是歌声，即使背过身去，他身上的魅力依然。

《Yellow》的副歌非常深情，隋轻驰终于双手抱住麦克风。即使只是背影，这个陶醉地偏着头，带着一点点天真的姿态，想必也吸引了无数目光。当唱到"Your skin oh your skin and bones, turn into something beautiful"时，傅错情不自禁地低下了头。

那句歌词隋轻驰唱了两遍，第一次是微微瑟缩的"for you I'd bleed myself dry"，第二次是彻底绽放的"for you I'd bleed myself dry"。

怎么能够这么美啊？美到你必须揪着一颗心来听。

再次抬起头时，短短五分钟已经结束，站在隋轻驰身后的，是层层叠叠举着手机的人。这条街从这头到对岸，已经被翘首的人们挤满了。经过的路人得从人群中费点力才能穿过，所有人的目光都聚焦在这个背对着他们唱歌的少年身上。

隋轻驰转过身，他露面的那一刻，观众们禁不住开始热情地鼓掌，举着手机的女孩们疯狂地将手机举得更高了。

隋轻驰拿起麦克风，话筒移到嘴边像是也不知道该说什么，于是低头笑了笑。那一笑带着迷人的羞赧，在场所有人都跟着他悄悄笑了一下。最后，他朝大家挥起一条手臂，说："谢谢大家，我们是西风。"

如此骄傲耀眼，意气风发。

2

和香蕉鱼的擂台不可思议地逆转了，和贺斌他们也因此不打不相识。不过防空洞的使用权虽然归了他们，但看得出贺斌的两个队友还是很不甘心。

一起吃饭的时候，吉他手倒了一杯酒，站起来说：“愿赌服输。”然后将酒杯举到正埋头吃菜的隋轻驰面前，“背着唱都能有这种效果，服气，这杯酒我敬你！”

隋轻驰还是一贯左手揣兜，右手夹菜，听到这话时保持着低头吃金针菇的动作，将头抬起来瞄了对方一眼。他的眼睛不太明显地眯了眯，并非听不出对方言语里的不服和挑衅。

傅错深知隋轻驰“中二”的脾气，哪怕对方只有一分的不服和挑衅，在隋轻驰这儿也能自动脑补出十倍，于是把自己的酒杯拿起来说：“我代他喝。”

“那不行，”吉他手挑眉，“这酒是敬你们主唱的，他可是你们乐队的大功臣。”

他又看向隋轻驰：“隋弟弟，这杯不喝也太不给面子了吧。”

连隋弟弟都喊出来了，谭思也担心地看向隋轻驰，心想这是非要隋轻驰接招不可啊。不过他、傅错和AK心里都清楚，隋轻驰是个一杯倒体质，和队友喝喝就算了，在这种场合喝醉了只怕会闹笑话……对方估计也看出来了，隋轻驰全场就只顾吃，没沾一点酒。

隋轻驰冷冷地放下筷子，那只揣在兜里的手也慢慢抽出来，简直像下一秒就要拍一把枪放桌上镇场子一样。然而傅错先他一步站了起来，直接举起酒杯一仰而尽。

所有人猝不及防地看着他，傅错喝完放下空酒杯，说：“他前天发烧刚好，这杯我喝都喝了，就放过他吧。”

隋轻驰抬头看着他，表情赫然像换了一个人，一点方才的冷酷都没有了，嘴边还沾着刚吃完金针菇的油星子。

吉他手还想说什么，贺斌对他皱了皱眉，他才摇摇头，冲傅错竖了个服气的大拇指，总算是坐下了。

鼓手跟着也站了起来：“来来来，都是鼓手，咱们俩喝一杯！”说着倒了酒直接摆到AK面前。

谭思把那杯酒挪到自己面前：“他的胃炎才刚好，还是我来吧。”

哪知他的手却被鼓手按住："怎么回事啊？你们队里一个个都有病啊？"说着把酒杯从谭思手里硬拿出去，"隋轻驰用过这招了，不能再用第二次了啊！"

他那声"有病"有意说了重音，听起来十分刺耳。AK"啪"地一搁筷子："没事，谭哥，我喝！"

"AK。"傅错隔着圆桌叫住他，AK难得按捺住脾气停下来，就听傅错对对方道："他们确实病了，没骗人，也没必要骗人。我是队长，我代他们喝酒也是天经地义。你要是觉得代喝没诚意，那我代喝三杯总够了吧。"

"也行也行，来给队长满上！"鼓手说着，吉他手就起身往傅错的酒杯里倒满酒，是真的倒得快溢出来了。

连贺斌都看不下去了，说："差不多行了。"

傅错拿起酒杯，手却被隋轻驰拉住。他手上的劲不小，杯子里的酒一下就荡出来流了他满手。

隋轻驰看着桌子对面的人，拿纸巾擦了一下嘴，扔到桌上，说："意思我明白了，我和他之间只能有一个不喝的对吧？他急性胃炎，比我严重，这杯我干了。"

说完，不等傅错阻止，他就拿过那杯酒抬头干掉了。

空酒杯"砰"的一声放到桌上，搁得靠边了一点儿，连大圆桌都有些颤抖。

气氛有些僵，傅错盯着喝了满满一大杯酒的隋轻驰，隋轻驰反而是最淡定的一个，若无其事地拿了筷子，夹起碗里的肉圆子又低头吃起来，就像什么都没发生过一样。

鼓手和吉他手一阵面面相觑，不约而同在心里盖了章：是个狠角色。

结果那天晚上隋轻驰是被傅错扶回去的，虽然只喝了一杯，但可能是很少喝酒的缘故，他的酒量是真的小得出奇。才一杯他就被放倒了，在那之后就一直坐在餐桌旁双手撑着额头，一副很难受的样子。但他努力忍住没有趴下去，偶尔被谁招呼到，皱着眉头眼神还很凌厉。一直坚持到傅错以太晚了地铁要收班为由离开，他才在路边吐了出来。

AK看着隋轻驰佝偻的背影直摇头："死要面子活受罪，你就是找个理由去厕所吐出来又能怎样啊？"

回到家，隋轻驰第一时间钻进了洗手间。

过了一会儿，傅错突然听到里面传来"哐当"一声，连忙推开浴室门："隋轻驰？！”

隋轻驰的衣服都还没脱完，就已经把水打开了。他大概是滑了一跤，一只手撑在地上，正想把自己给撑起来。

傅错上前扶他，一下子也被笼罩在热水下，满背都是水。

他用力想把隋轻驰给拉起来，可隋轻驰却猫着腰不肯动，就这么一条腿跪在地上，手撑着地就是不肯起来。

“怎么了？”傅错纳闷地问。

隋轻驰低着头没回答，只呼吸声有些低沉，热水就这样喷洒在他的脖子上。水开得有点热，他白皙的皮肤很快就被热水浇得微微发红。

“隋轻驰，你还好吧？”傅错担心地问。

隋轻驰朝着地面一言不发地点点头，水把他的头发都打湿了，从他的头顶一直往低垂的前额流淌，打湿的刘海一缕一缕地从额头上垂下来。

傅错站起来，把水先关掉了。

关停的淋浴喷头器落下几滴水，落在隋轻驰的睫毛上。

傅错蹲下，把干毛巾披在他的肩上，说：“你是不是不舒服？先换了衣服出来透口气，歇一会儿再洗吧。”

隋轻驰垂着眼睑，低声说：“我没有不舒服。”

那天他把隋轻驰扶了出来，这样的事故总是让人好笑又无奈。

骄傲惯了的隋轻驰却过不去这个坎，低声对他说：“傅错，你不要讨厌我……”

那语气中带着自我厌弃和懊恼。

“不会的。”傅错轻声道。

那天熄灯后，隋轻驰头枕着手臂，看着天花板上划过的月光，不知道在想什么。

“在想什么？”傅错问。

隋轻驰说：“我会提前一年高考。”

他语出惊人，语气却很冷静。傅错愣住，看着他，半晌才说：“这样会很辛苦吧？其实没有必要，我们都会等你的。”

“我知道，”隋轻驰说，“但我不想再等一年了。其实这样也挺好，这样我每天会有很多事做，也不用胡思乱想了。”

那天晚上他们的对话，多少年后傅错仍然记得。其实他自己说了什么反而记不清了，可隋轻驰说的每一句都镌刻在他的记忆深处。每一次午夜梦回，看见天花板上划过相似的光，就会将他带回二十岁的那个夜晚。隋轻驰的神情历历在目，眼神中是那种认定了什么就绝不回头的顽固。

那天晚上，睡着后的隋轻驰的一只手还压在脑后。这样的隋轻驰，竟然也像从来不识愁滋味的少年了。

# 第十三章
## 生日快乐

1

又一年九月，相比刚到CTR的那一年，这一年整体感觉更热了。

九月初的气温仍维持在三十七摄氏度，中午时面馆里开着空调都无法完全屏蔽酷暑。

傅错挥开空调帘走进来，把吉他靠在桌边放好，要了一碗豌豆炸酱面。

他刚从学校回来，上午的课程结束，下午他还得去餐吧打工。

等面的时候，他坐在位子上发起了呆。这家面馆的常客多是CTR和附近艺校的学生，因为周边就是几处学生公寓，这会儿也能看见带着乐器箱的校友埋头吃着面聊着天。

一年一晃就过去了，这一年总体过得平淡却充实。他们三个人都顺利升上了大二，除了上课，学校会有各式各样的演出活动，他也早已不是当初那个因为经验不足没见过大场面还会在演奏时出错的吉他手了。他依然在那家餐吧打工，谭思也在同一间酒吧兼职，他们每周还是会去酒吧表演。而AK现在都能教别人打鼓了，他们聚在一起时没少听见他抱怨自己的学生有多笨。

面端上来，他抽了筷子低头吃起来，总觉得时间不够用，所以不能慢慢吃，一碗面十分钟内吃不完就是在浪费时间。他正吃得满头大汗，身后传来“哟”的一声，有人拍了拍他的肩膀。抬头见是隔壁屋的师兄，他笑着打了一声招呼。

师兄要了二两牛肉面，抽了双筷子，在他对面坐下，盯着他一时有点难以启齿的样子。

傅错被盯得浑身不自在，问：“有事吗？”

师兄这才咳嗽了一声：“傅错啊，是有件事有人托我问问你。”

傅错低头吃了一口面，边点头边说："嗯？什么事？"

师兄把椅子朝他拉近一点，挤了挤眼睛问道："你还是单身吧？"

傅错挑面的筷子停顿了一下："问我这个干吗？"

"你说干吗？"师兄咧咧嘴，怪他没眼力见，"我还不是帮我一个朋友问的……"

"哦……"傅错点了点头，听明白了，又笑着低头挑了一筷子面，"谢谢你的朋友抬爱，不过我早就不是……"

"啊？！"师兄一脸"想不到"的表情，"你有女朋友了？我都住你隔壁一年了我怎么不知道？"

傅错低着头，嘴里含着面，含糊地说了一句："异地。"

师兄这才一副了然的模样，唉声叹气地摇头："可惜了，我那个学妹挺喜欢你的。"

傅错听得笑了，说："谢谢她的喜欢。"

两个人相对吃了一会儿面，师兄似想起了什么："对了，上次那个小帅哥又来找你了。"说到一半他还笑了，"不过这次是大帅哥了。"

对面的傅错一下抬起头："什么？！你在哪儿看到他的？"

师兄不太明白他为何这么激动，就说："就我刚出来吃饭的时候啊，还是老样子，站在你门外一直等着，这么大的太阳……"

傅错立刻放下筷子，抽纸巾擦了两下嘴，把钱留在桌上，提起吉他包转身就跑了出去："师兄你慢慢吃啊！"

"喂……这儿还有半碗呢，就不吃了吗？！"

傅错顶着毒辣的太阳一路赶回公寓，上了楼，在楼梯口的位置站定。去年是阴雨绵绵的夜晚，这次是放晴的中午，长阳台的尽头，高挑俊美的青年挎着吉他包，脚边放着一个不大的银色行李箱，手臂搭在阳台的扶栏上。因为他个子高，这样一搭后背是微微弓起的。他戴着一副白色耳机，正眺望楼外的风景。太阳炽热的光照得他眯起眼，楼下有车经过，挡风玻璃的反光闪了一下到他脸上，他才转头避开。

隋轻驰一转头，就看见了站在楼道口，胸口微微起伏着，身上穿着黑色T恤，背着黑色吉他包的青年。

傅错见隋轻驰面朝自己缓缓站直了，并扯下耳机。他发现隋轻驰好像又长高了，似乎比一米八三的自己还高了那么一点点。

金色的阳光洒满长长的走廊，蝉鸣声和着热浪一阵阵袭来。

隋轻驰看着他，似乎在等着他开口。

他便问："你怎么每次来都不打招呼？"

隋轻驰挎了一下肩上的吉他包，只低头笑了一下。

傅错看着还差两个月就十九岁的隋轻驰，虽然也还是那么不爱笑，但已经比十六岁、十七岁和十八岁的隋轻驰加起来还要爱笑了。他笑起来没有声音，好像对笑这件事还有些放不开，只是眼睛会微微眯着，像猫一样迷人。

隋轻驰用下巴指了指那扇门，低声催促："快开门啊。"

傅错上前开门时，隋轻驰就从背后靠近，停在他身后。

傅错发现隋轻驰的影子的高度已经一点都不输给他了。

门一开，隋轻驰从他身后一挤就进来了。那一挤让傅错觉得身后的人似一头成年公鹿一样有力。

进屋后，隋轻驰将拉杆箱靠门放好。

傅错关了门，又上前关上窗户，把钥匙扔在茶几上，打开老式的窗机空调，回头说："热吗？空调有点老了，可能要过一会儿才凉得下来。"

隋轻驰把吉他包放下，拽在手里，回头看见傅错的吉他包，就走过去放在沙发上，和傅错的吉他包并排靠着。

这时，空调终于吹出一丝凉风，拂过他的背心。他转身见傅错在门口的厨台拿了个杯子，正在给他倒水。

他走过去，傅错正好转身把水递给他。

那天来与他会合的隋轻驰，像一阵滚烫的风，吹进他狭小的世界，为他干枯的世界带来湿意，灵感也如雨水一般丰沛地到来。他想为这样的隋轻驰写一首歌，歌里有盛夏蝉鸣，有溅落在脚后跟冰凉的水滴，有滚落在地的玻璃杯，有差了两岁和两厘米的两个人，有嗡嗡作响的老空调，有廉价音箱里传出的Coldplay的歌，有汪洋上飘摇的一条小船……

入夜后，他躺在床上，听着一首接一首歌曲在昏暗狭小的房间里循环，淹没了窗外车水马龙的噪音。霓虹灯广告牌一盏一盏熄灭，从天花板上划过的车灯越来越少。隋轻驰因为疲倦已经睡了过去，不知何时他也闭上了眼。

再睁开眼时太阳已经升起来了。

房间里的温度比昨晚高了不少，但还不算热。这台窗机坏过一次，修好后这还是第一次运作一整夜没垮掉。算他们走运，傅错庆幸地想。音乐也还在循环，钢琴和弦踩着鼓点，那是他很喜欢的一首歌。虽然知道隋轻驰还没睡醒，可他还是忍不住叫醒了他。

“嗯？”隋轻驰很不清醒地哼了一声。

“我想听你唱这首歌。”

“现在吗？”隋轻驰没有抬头，声音隔着他的肩膀传出来，听上去闷闷的。

“嗯。”

隋轻驰没有回答，只是把头转了过去。傅错想他大概又睡过去了，看着隋轻驰无辜的后脑勺和脖子，在心里无奈地摇了摇头。

躺在拥挤的床上，他望着头顶的阳光，安静地听着这首歌。歌曲进到副歌部分时，耳边多出了一道声音。他惊喜地微微睁大眼，隋轻驰的声音就这么毫无预料地加入了。合着Chris Martin沧桑的金属音的，是慵懒的，带着一点点鼻音却很动听的浅唱。

隋轻驰唱了这一段副歌，音不算低，在初醒还没开嗓的状态下也没有任何力有不逮的味道，只是轻了些，含糊了些。傅错不知道隋轻驰是有意在等待这段副歌，还是无意中的巧合，这段歌词从隋轻驰口中唱出来，第一次让他有想要变回孩子大哭一场的冲动。

隋轻驰一直唱完了整首歌，有些地方的歌词不记得，他就哼过去，傅错只觉他连走音都那么好听。

歌曲走到尾声，他听到隋轻驰长长地一个深呼吸，又更长地呼出来。仿佛是稍微清醒了一些，隋轻驰把头转回来，呢喃着问他：“OK吗？”

“不要太OK。”傅错笑着说。

在那之后完成的那首歌，名字叫《声音》，是隋轻驰填的词。

2

隋轻驰虽然提前了一年高考，但依然是以当期新生中的最高分被CTR音乐学院声乐系录取的，而这个消息傅错还是从声乐系那边听说的。隋轻驰入校后不久，一年级就到处在传今年的最高分高得离谱，不过新生仪式上代表新生发言的却不是隋轻驰，而是流行音乐系的第一名。

排练的时候AK挺不解：“少爷你怎么不上去发言啊？你才是第一名啊！他

们是不是歧视长得帅的啊？”

隋轻驰抱着吉他，低头调着弦：“我说我有发言恐惧症。”

AK“啊”了一声：“为什么啊？哥几个一辈子都没这种殊荣呢！”

隋轻驰拧好弦，放下二郎腿，把木吉他靠椅子边放好，起身对AK说：“这么傻的殊荣我还不想要呢。”

AK被他呛得哑口无言，目视隋轻驰起身往外走，问了一句：“去哪儿啊？”

“厕所。”

“上个厕所还要双手插兜，这防空洞外头是有狗仔拍你还是怎么啊！”AK在后面努嘴，末了对傅错说：“他考第一连你都瞒着，真不够兄弟。”

傅错对着乐谱笑了笑：“大概是他觉得没必要说吧。”

谭思也笑AK：“你觉得他拿了录取最高分还会跑来和我们三个报告吗？我们三个人里就只有你会吆喝得全小区都知道吧。再说了，自己说出来和被人传出圈，能比吗？”

AK拿鼓槌指着他：“你们就是俩心机boy！”

傅错望了望防空洞入口，这防空洞哪儿都好，就是离厕所远了点。他们得去AK艺校的教学楼里上厕所，一来一回得十分钟。他把隋轻驰调过的那把木吉他提过来，拨了拨，好吧，虽然在那儿装模作样地空耳调了那么久，但音根本就没调准。他摇摇头坐下来调好了，又把吉他放回了原位。

隋轻驰没去礼堂发言也好，虽然他现在看起来是成熟了不少，但骨子里还是“中二”的，让他上去发言还不知道要出什么乱子。没准儿他一只手拿着发言稿，一只手还插兜里呢……

其实刚得知隋轻驰是录取的最高分时，比起AK的大惊小怪，他反而没那么惊诧，就觉得“当然是他了”。一起吃饭的时候，他问隋轻驰：“听说你是今年录取的最高分？”

隋轻驰就喝着汤，挺平淡地点了点头，说：“好像是。”说完又抬头看他，“怎么了吗？”

“真的很厉害。”

隋轻驰笑了笑，低垂着眼睑，端起那碗汤，一言不发心满意足地喝光了。

现在偶尔听到学校里有人说“声乐系的隋轻驰，长那样录取分数还高得吓人”“这种成绩考D大都可以了，可能未来十年都没人能打破”，他还会抑制不住地骄傲，为他的学弟，为西风的主唱隋轻驰。

隋轻驰不在的那一年，周末他们也会去谭思打工的酒吧驻唱。酒吧外的小黑板上一开始写着“今日驻唱乐队：西风”，去年国庆隋轻驰来驻唱过一次以后，他们就把乐队的名字改成了“西风 -1”。

傅错还记得隋轻驰回归那个周末演出时的情景，傍晚时分，他蹲在小黑板前，将那个“-1”擦掉，就听见身后两位女性客人在问：“哇，终于要合体了吗？”

他笑着点头，在乐队名单的主唱后写上了隋轻驰的名字。

身后传来手机拍照发出的“咔嚓”声，短发女客人举着手机问他：“可以吗？我发朋友圈？”

傅错看了一眼手机屏幕，他的背影也被拍了进去，正蹲在那儿写着那个“驰”字。但这样没什么不好的，他于是笑了笑：“没问题。”

阔别一年，还有不少酒吧客人记得隋轻驰，甚至是专门为他而来。隋轻驰在台上时，连傅错都注意到酒吧里的说话声比往常低多了，当然也可能是因为隋轻驰的声音太有穿透力，在稍稍嘈杂的环境里也是具有压倒性优势的。

可是注视他的那些目光做不了假，为他而起的掌声做不了假，他是真正属于舞台的人，是聚光灯下和麦克风后的王者。

那天唱完最后一首歌退场时，台下第一桌的女生问他：“所以你以后都不走了吗？”

隋轻驰收拾好东西，在下台前说：“是。”

麦克风已经关了，但傅错还是听见了他的声音，非常简洁且坚定。对未来，那时他们一点都没有怀疑过。

隋轻驰学的是声乐，学费不菲，好在他有全额奖学金，抵了大部分学费，剩余部分和生活费就靠乐队的收益来支撑了。好消息是西风的歌迷越来越多，酒吧到了周末往往都是爆满，原本周六一场加成了周六和周日两场。老板也很喜欢他们，附近只要有演出机会时都会推荐他们过去。只是 Live House 的费用还是有些负担不起，目前一直是赚多少用多少，没有什么结余。

来这边三个月了，傅错注意到隋轻驰连一件衣服都没买过，手机依然是高中时用的那一部，租的房子的房租是傅错支付的，隋轻驰承担了水、电、气等开销。虽然隋轻驰什么都没跟他说，但两个人一起生活，傅错什么都看在眼里。隋轻驰一直在节省开支，对从不缺钱的少爷来说，突然要由奢入俭绝对不是一件容易的事，哪怕隋轻驰对此意志再如何坚定。

背后的缘由傅错差不多也猜到了。不承认他的爹、四处逍遥的小三的妈，隋轻驰主动切断了与他们的联系，几乎有些迫不及待，羽翼还未丰满，就想要起飞了。

好在他不是一个人，傅错心想，就这样先从酒吧驻唱做起，总有一天西风能帮他真正起飞的。

在酒吧驻唱虽然比在街头要轻松，却也不是没遇到过麻烦。他们是原创乐队，一直都是自己准备演出歌单，但有时也会有客人要求点歌。有一次一个女生非要点唐杜的《惭愧》，隋轻驰站在那儿皱着眉头，傅错就说："对不起，我们暂时不接受点歌。"

女生很不满："为什么啊？我又不是不给钱！"

这种被当成卖唱的待遇让隋轻驰很恼火，不过毕竟这两年还是成熟了许多，表情上没表露出来，只是抓起麦克风淡淡地说了一句："可以，我唱一首十万。"

台下一片唏嘘，女生气得脸都青了。

"不点了是吧。"隋轻驰没再管她，转头朝他们点头，示意下一首。

那女生气归气，但并未扭头就走，隋轻驰唱下一首时就在下面和两个同伴一起喝倒彩。

"翻来覆去就那么几首，唐杜的歌估计他们也唱不了。"

"毕竟难度大嘛。"

隋轻驰一开始没理会，眼神都没给一个。可是当他听到"破烂乐队""歌难听唱得也难听"时，终于忍不住了。

这一首唱完后的间隙，他突然用高八度的音清唱了《惭愧》副歌的一小段，那飘过云端直抵平流层的高音让台下众人一片惊讶，并随之安静下来。关键还又稳又美，隋轻驰的嗓音没有唐杜那种低沉沧桑的感觉，而是一种流动的颗粒感。仅就那一段而言，可以说完胜原唱。

完了他放下麦克风，懒懒地看着三个女生，很给面子地小声说："欠我十万了啊。"

女孩们带着满手臂的鸡皮疙瘩，一个个呆若木鸡。

那一晚下来，本来傅错还因为乐队和客人闹了这么点不愉快对老板有些歉意，老板却摆摆手完全没当回事："没事，乐队嘛，谁还没点儿个性呢。我们现在年纪大了，反而羡慕你们这样血气方刚的年轻人。"说完又问他们，"其实你们现在也挺成熟了，没想过去 Live House 开唱吗？"

几个人面露赧色，不是没想过，只是现在还没那个条件。

只有先前一直光听不说话的隋轻驰说了一声："想过。"

在羞于启齿的他们三个人面前，那一声干脆到有些突兀。傅错看着胳膊搭着吧台站着的隋轻驰，他现在已经是四个人里个子最高的一个，有时只是看着他的背影，都会让人觉得可靠。

老板笑起来，估计也看出了他们的窘境，说："你们要是有这方面的需要，我说不定能帮上忙。我有个朋友是经营 Live House 的，有我给你们担保，你们可以先演出后分成给他。"

"真的？"AK 兴奋得两眼发光，"哇，老板你可真是咱们的大恩人啊！"

话虽有点夸张，但一点不假。来这边驻唱一年，老板确实帮衬了他们不少。傅错很认真地说了句"谢谢您"，老板拍了拍他的肩膀。

那天他们和老板聊到很晚，老板姓姚，认识的人都习惯叫他老幺。他摇头自嘲："都四十一了，乐队那几个老家伙还叫我老幺，真受不了他们……"

老板属于国内较早玩乐队的那批人，也和他们聊起了自己组乐队时的事："以前网络没那么发达，是真真正正的地下摇滚。当时我认识的搞乐队的人，没有一个走到最后的。一到要结婚生子的年龄，大家就都散了，毕竟要吃饭嘛。"顿了顿，他又道，"我这么说你们是不是觉得挺悲观啊……"

傅错不知道其他人怎么想的，但他心里确实有一点。与其说是悲观，不如说是惶恐，一直以来内心都有许多迷茫和不确定，只是正好被说中了。虽然谭思和 AK 都劝他不要有太大压力，可是身为队长，他总担心自己带偏了他们。

老板吸了一口烟，给他们每个人都倒了酒，继续说道："倒也没必要悲观，你看我们乐队，真正从一开始就和我组乐队的只有贝斯手老姜一个人。但其他三个老家伙也在一起挺久，虽然都结婚生子了，只能在空闲时玩玩，可大家的情谊永远都在，经常坐下来聊起年轻时发生的事，也觉得挺有意思。"他说到这儿眼睛都笑得弯了起来，"从来没后悔过。搞乐队啊，到时候你们就知道了，不管最后多穷困潦倒，都不会后悔的。"

这其实是过来人才会懂的心得，他们却一个个露出心有戚戚，所言极是的表情，就连一向表情不外露的隋轻驰，也在老板说完后朝他看过来。现在回想起来，这样的反应都挺傻气的，却也因为那时的他们的的确确是单纯真挚地爱着乐队和爱着彼此的吧，傅错心想。

当晚离开酒吧时，地铁已经收班了，谭思说反正就一座桥的距离，干脆走回去好了。

真的走起来以后才发现，桥原来那么长，走了好久都还望不到头。

和桥一样看不到头的，还有AK肚子里仿佛永远也说不完的话："哎，你说咱们以后会不会乐队没搞成，像老板一样，以后几个老头儿一起弄个酒吧，在那儿追忆逝水年华啊？"

谭思说："四十一岁不能叫老头儿。"

"我这不是相对……相对少爷的年龄来说的吗？"

"以后别叫我少爷了。"一直没参与对话的隋轻驰忽然说。

"啊？"AK眨眼，"不叫少爷叫你老爷吗？"

隋轻驰不耐烦地瞥他一眼。

谭思说："你要愿意也可以叫他爷。"

AK的眼睛瞪得比隋轻驰还大，末了又自个儿说起来："不过说实在的，西风真要是没成，老了能像老板一样，我觉得也还行了。"

傅错着实有点惊讶，一直以来他以为AK对乐队是最执着的，没想到听了老板一席话，突然变豁达了。

连隋轻驰也挑眉说了一句："看不出来啊你。"

"当然，那是万不得已的情况了。"AK说，"反正只要咱哥几个还在一块儿就行了！"

傅错笑了笑："你这要求也太低了。"

那天他们走了将近四十分钟才走完那座桥，下桥时AK还算了算时间。

谭思说："怎么，你还想来走这座桥啊？"

AK说："你懂什么？心理学上这叫那个……什么桥效应，这桥这么长，我们走一回感情就深一回！"

谭思叹气，露出看自家傻儿子的表情："那叫吊桥效应，这桥是吊着的吗？"

两个人拌嘴时，隋轻驰打量着四周，傅错问他在看什么。

"这附近有修琴的吗？"隋轻驰问他。

"吉他坏了？"傅错问。

"嗯，琴码的地方脱胶翘起来了。"

谭思说："那把木吉他挺老了吧，我记得是合板琴，当时就是图便宜一起买的，还是换成单板的耐用些。"

傅错点点头，那把吉他是他和谭思上高中时一起买的，能用这么多年已经是个奇迹了。隋轻驰有时候弹完没松弦，久而久之也会导致琴板被拉起来。

隋轻驰显得有些犹豫，AK在一旁耸肩道：“买把新的呗，老成那样修也修不好了。乐器这玩意儿一分钱一分货，再说你又不缺钱。”

隋轻驰没有说话，傅错知道他在犹豫什么，他已经不是当年那个可以随手给乐队转个几千块应急的不缺钱的少爷了。

“回头我陪你过来看看吧。”他说。

隋轻驰点了点头。

下了桥再走一个街区，四个人在一处十字路口说了再见。谭思和AK往左走，他和隋轻驰往右。午夜的街道十分安静，走得有点远了，他依然能听见身后AK和谭思说话的声音。回头望去，那两个人的背影在路灯下渐行渐远，说笑的声音却像清浅的潮声，一直在他耳畔回荡。他好像是和他们共用了一条神经，明明不知道他们在笑什么，却也不由自主地勾起嘴角。再转身时，隋轻驰停在前面等他。

那天老板说过的话，像是对迷茫未来的一种保证，再差你们也有彼此，再坏回忆也不会背叛。这一幕曾支撑傅错很长一段时间，在很多年以后也依然被他记得，只是不再是一种支撑了。

3

第二天是周一，傅错依然是起得更早的那一个，都洗漱完毕了隋轻驰还趴在床上睡着。他拉开窗帘，隋轻驰才痛苦地把头埋进枕头里。

傅错边穿外套边问：“你上午有课吗？”

隋轻驰把脑袋埋在枕头里点了点。

傅错有些无语，听到楼上声乐系的学妹都在吊嗓子了，再看隋轻驰，心想这叫恃才傲物吗？想催他起来，想了想忽然又改口：“对了，那把坏了的吉他被我扔了。”

两秒后，隋轻驰果然一下从被子里翻身起来：“你扔了？！”

傅错边扣衬衫扣子，边严肃地点头。

隋轻驰看着他，眼神疑惑了两秒，肩膀松懈下来，盘腿坐在床上，垂着脑袋抓了抓头发：“大清早别这么吓人……”

傅错挽好袖口，目视隋轻驰下床趿着拖鞋梦游一般进了洗手间，说：“那把吉他我看了一下，谭思没说错，那个样子已经修不了了，买把新的吧，单板的。”

隋轻驰没答话，傅错走到洗手间门口，见他一直低头刷牙，表情若有所思，漱完口拿毛巾擦了擦嘴角，才说：“不了，还是买合板的吧。”

“合板的怕你用不了多久。”傅错说。

“你不也用了三四年吗？”隋轻驰打开水龙头，捧起冷水洗脸。

傅错心想：那是因为我够爱护啊，你的话……

“这次我会爱惜着用的。”隋轻驰拧上水龙头，抬头，从镜子里看着他说。

傅错从他的眼神就知道他已经都考虑清楚了，便点了头：“好吧。那下午下课后我陪你去买。”

学校附近就有一家口碑不错的乐器店，这家的合板吉他价廉物美，声名在外。傅错带隋轻驰过来这边，今天凑巧老板本人在，傅错万万没想到快五十岁的老板大叔和隋轻驰见面后发现居然认得对方。

一开始认出来的是老板，见到隋轻驰后一双眼睛瞪得有如铜铃大：“好小子，是你啊！”

老板的声音里分明有几分肝火，傅错扭头看隋轻驰。隋轻驰本来在看墙上的吉他，冷不丁被指认了，一脸的莫名其妙，走过来打量了一下老板，蹙眉道：“我不认识你啊，你谁啊大叔？”

“你不认识我我可记得你！上次我在桥头弹吉他，是不是你来拆我的台？”

说到这里，隋轻驰才缓缓眨了眨眼，找回了记忆：“哦……原来是你啊。”

那声“哦”是用鼻音哼出来的，颇有几分不屑的味道。傅错心里呻吟了一声“拜托”，他都觉得不可思议。隋轻驰才来多久啊，三个月不到吧，这就跟人结梁子了，还真不愧是隋轻驰啊……

接下来的五分钟，他站在那儿听老板义愤填膺地讲述了事情的原委。

原来几个星期前，老板在街头表演，弹了一首 LOTUS 的《1729》，有不少学生党捧场。

那天隋轻驰路过，停下来听了一耳朵，评价了一句：“弹错这么多也好意思出来卖艺？”

老板拉着傅错让他评理：“你说说，有这么拆人家台的吗？再说我也不是卖艺，我那纯粹就是爱好，你看见我收钱了吗？”

隋轻驰说：“我又没说错。”

老板被他理直气壮的态度噎了一下，涨红了脸道：“错不错是一回事，你有没有家教啊……”

傅错心知隋轻驰最听不得别人提这个，一转头，果然隋轻驰那眼神当即就有点狠了，直接迈了一步站到傅错前面。他正面杠上了老板，还什么都没说也没做，老板就跟见到猫的耗子一样，自动噤了声。

傅错本来相中了一把性价比不错的木吉他，谁承想闹成这样，老板甚至直接问他：“是你买还是他买？”

隋轻驰皱着眉头反问：“有区别吗？”

老板哼了一声：“区别可大了。”他又对傅错说：“你买我给你打折，但我看着这是他要买，那就没折扣了。”

傅错实在没辙，只好拉下面子：“您看我的面子便宜一点吧，我们都是穷学生……”

老板瞪大眼把隋轻驰从头扫描到脚：“我没见过穿限量版耐克的穷学生！”

隋轻驰被气笑，手叉腰低头看了一眼自己的鞋：“那我光脚来你是不是就免费送我啊？”

老板在 CTR 附近开店多年，没见过这么能怼他的大学生，也就被念初中的侄儿这么气过。眼前这主儿别看长得一副朝气蓬勃的大学生样子，魂儿还是个初中生，有求于人都不晓得放低姿态。他今儿也算是开了眼界，问傅错：“他是你什么人啊？”

傅错回头看了一眼隋轻驰，把老板拉到一旁，低声说：“是我表弟，我们俩从小一块儿长大的。他是有点不懂事，可人不坏，就是一遇到音乐方面的事容易较真，但一直很听我的话……他拆台的事我向您赔个不是。”傅错说，“回去我会和他好好说，明天是他的生日，我就想送他一把吉他，没跟他说。您能不能……就当是卖给我的？”

老板也看出傅错对这个没家教的臭小子那确实是没得说，而且这买吉他的钱估计也是傅错掏。他不喜欢那小子，奈何对傅错挺有好感，长得好，脾气还好，以前还帮过他两次忙，只好叹了口气：“好吧，看在你的面子上。”

隋轻驰在那边歪着脖子朝这边打望，见两个人都看向他，又一副无所谓的样子挑了挑眉。

傅错付了钱，又多买了一副弦，老板瞧了一眼抱着吉他在拨弦的隋轻驰，说：“小子，你现在这个样子，用四个字可以形容。”

隋轻驰放下吉他，装进吉他包里“刺啦”一声拉好拉链，冲他得意地笑了笑。

老板挑了挑眉，呵，臭小子心里门儿清哪，不过看着这鲜衣怒马少年意气的小青年，禁不住多了一句嘴："小子，过来人给你提个醒，以后别当面拆人家的台，你这脾气今后出了社会得惹不少麻烦。"

隋轻驰将吉他包挎在肩上，眉毛挑起："谢谢忠告。"

老板摇摇头，得，这是压根儿就没听进去。

离开乐器店后，隋轻驰有些在意地问傅错："你和他说什么了？"

傅错笑着说没什么。

隋轻驰看他一眼，他是很好奇想刨根问底的。但傅错一笑吧，他就有点没办法。他拿出手机，说："多少钱？我转给你。"

傅错扫了一眼隋轻驰背上的吉他，问："这把吉他你喜欢吗？"

隋轻驰就把吉他包取下来，拉开拉链拿出来又看了看。虽然依旧只是合板琴，但琴颈握在手里就让人爱不释手，低头打量着说："喜欢啊。"

傅错看见他浅浅勾起的嘴角。

"隋轻驰。"

隋轻驰把包重新挎上，扬着眉等着听他说话。

"生日快乐。"傅错说，"虽然提前了一天。"

隋轻驰愣了一下，这才记起来明天他就满十九岁了。

"所以钱你不用转我了，"傅错笑着说，"这是送你的生日礼物。"

隋轻驰一时不知该说什么，早知道这是傅错准备的生日礼物，早知道这礼物就在那家店里，当初经过桥头时，他就忍一忍不去拆老板的台了……

傅错低头看了一眼手机："时间不早了，我得去餐吧了，你先回去吧。"

隋轻驰条件反射地说："我送你。"

傅错笑了："你怎么送我啊，陪着我跑吗？"

是啊，隋轻驰心想，他送不了。突然感到很遗憾，除了简单的陪伴，自己并没有什么能给予对方的。

乐器是会让人着迷的东西，回到公寓，隋轻驰抱着吉他一弹就是一个钟头。不知不觉天都暗了，直到看不太清吉他谱时他才起身开了灯。

晚饭他热了一盒炒年糕，从微波炉里取出年糕，刚叉起来吃了一块，就听见背后传来淅淅沥沥的水声。回头，窗外五颜六色的霓虹变得一片朦胧，雨毫无预兆铺天盖地地落下来，一眨眼的工夫就噼噼啪啪砸在窗棂上。他手里端着滚烫的炒年糕，望着远方潮湿氤氲的灯火出了一会儿神，然后突然像是福至心灵，猛地放下才吃了一口的炒年糕，便抓起茶几上的手机。

八点半，还来得及！

揣好手机拿上钥匙，在玄关换了鞋，带上门边的雨伞，他推开门又想起什么，匆匆倒回屋里，顶着斜吹进来的暴雨把窗户给关上了。

他的头发被打湿得贴在额头上，脸上也是冰冷的雨水，心却是滚烫的。

下了楼撑开伞，雨水跟鼓槌似的打在伞上。

隋轻驰跨进雨里，脚下立刻是哗哗的水声，像在过一条河。等赶到地铁站，他才想起自己都不知道傅错打工的餐吧在哪儿，于是边下自动扶梯边给AK发了一条微信：傅错在哪儿兼职？

刷了卡进入地铁站，列车进站广播响起时AK才给他发来了定位。

地铁呼啸着进站，隋轻驰在人群后仰着头焦急地确认方向，发现正是刚进站的这一班。他眼睛一亮，觉得挺走运的，赶在关门的前一刻挤了进去。

这场大雨显然让许多人始料未及，车厢里不少人都淋湿了头发和衣服，列车的地板都是湿的。隋轻驰站在进门的位置，有个女生在门口滑了一下，他顺手拉了对方一把。

女生抬头小声说“谢谢”，可惜颜值逆天的小哥哥没有理她，只兀自抬头看着那一排排站名，不知道在想些什么。

但应该是令他高兴的事吧，因为他的眼睛是亮的。

隋轻驰赶到餐吧的时候正好是九点十分，雨还没停，只是小了一点儿。这个点餐吧的客人还不少，可见生意不错。他举着伞走过斑马线，在那一扇扇窗户后看见了穿着黑白服务生制服，穿梭于餐桌间的傅错。雨水从伞尖如断线一般滴落，像一串听不见的钢琴音。

傅错九点半下班，但通常没那么准时，他打算就在外面等一会儿。树下的长椅都是湿的，他只能站着等，一只手撑伞，一只手举着手机，将镜头对准餐吧，却见傅错拿着盘子转身时胳膊一不小心碰到了后面客人的头。其实是那个客人把椅子拉得太靠外，几乎挡了半边过道。傅错立刻转身说了对不起，可那个光头男显然是喝高了，怒不可遏地站起来指着傅错就开骂。无论傅错如何道歉，他始终不依不饶。隋轻驰看不下去了，一身火气地朝着餐吧走去，却突然被人拉住。他暴躁地扭头，发现是谭思。

“你怎么来了？”谭思问他，看见隋轻驰手里的伞，仿佛明白过来。

隋轻驰甩开他的手，见餐吧老板过来亲自给客人赔不是，支走了傅错，才稍微消了点儿火气说：“我来看看他。”

“你来接他的吧。”谭思说，“本来我还想顺路和他一道回去的。他知道你过来吗？”

隋轻驰没说话。

那就是不知道了，谭思想。

他知道隋轻驰要干什么，十分庆幸自己及时拉住了他。本来顶多赔一顿饭钱就能过去的事，要是放隋轻驰进去了，怕是没那么容易收场。

顺着隋轻驰的目光看过去，餐吧一角，老板正和傅错说着什么，末了拍了拍傅错的手臂。谭思看到这里放了心，见隋轻驰还无意识地皱着眉头，就好像那个承受委屈而低声下气的人是他一样。

“他很珍惜这份工作。”谭思说，“你们住的那个公寓房租金不便宜，年初还涨了。”

隋轻驰有些麻木地问：“租金多少？”

谭思跳过了这个问题：“本来AK认识一个师兄在求合租，涨租金的时候我和AK都建议他合租，租金能节约不少，离我们那儿也近，而且还是电梯房。但他说你可能要提前高考……”

后面的话他没说了，隋轻驰这才错愕地看向他。

“学费、生活费还有房租的开销，只靠每周的驻唱肯定不够。我和他一样，所以很清楚，但万不得已的时候我妈还能给我转点儿钱应急。”谭思说到这里停了一下，最后只说，“餐吧这份工作对他来说真的很重要。”

隋轻驰的喉结滚了滚，像欲言又止，又像是羞于启齿。

谭思回头看了一眼餐吧的方向：“有你在这儿等他的话，我就先走了。”

临近打烊，餐吧里的客人越来越少，雨也停了。

隋轻驰是这条街上最后一个意识到雨停的人，他迟钝地收了伞，忽然不知道自己来这里是要干什么。

谭思已经用最最委婉的话语告诉他，不要因为一时冲动害得傅错丢了工作。可越是这样委婉，他就越是难受，却也感激谭思及时拉住了自己。

长这么大，他从来没这么讨厌过自己。

站了许久，他还是拨通了那个很久都没拨过的号码。他原以为自己这辈子都不会再拨了。

电话接通了，他说：“给我打点儿钱来吧。”

雨停后，夜晚的长街十分安静，衬得他的声音单调而机械，像个没心没肺，不知羞耻为何物的机器人。

手机那边安静了几秒，才响起女人讽刺的笑声：“怎么，不是翅膀硬了吗？这才出去多久，有半年吗？就想着伸手要钱了？”

隋轻驰向后靠在人行道的扶栏上，冰冷的硬铁硌着他的背，潮湿的寒气一直蹿进身体里。他用力注视着餐吧里的那个人，任由母亲在手机那头对他嘲笑谩骂：“生出你这个赔钱货我就没过过一天安逸日子！为了你受尽人家的白眼，为了你在街头被人扇耳光，为了你受你那个有钱的爹一家人的气，我什么罪没为你受过？！怕你在学校被人瞧不起样样都给你买最好的！你给我找事惹麻烦我花了多少钱给你摆平？！这些都不说了，你放弃出国留学时有没有想过我？！你不出人头地不打他们的脸，你拿什么和你那些有钱的兄弟竞争？！隋轻驰他们真的没骂错，你就是个没出息的野种，把钱投资在你身上比存银行定期还不如！”

“给钱吗？”隋轻驰又一次问，视线麻木地跟随着窗玻璃后的身影，看着傅错走进员工间，换好衣服后走出来，背上包和同事道别。耳朵里听到的仍然是疯狂的怒骂，他觉得自己好像分裂成了两半，有一种极其不真实的撕裂感，分不清哪边是现实，哪边是梦。他唯一知道的是不能多想，说出这种话一定不能多想，跪下来的时候就别去想体面不体面。

傅错推开门走出餐吧，隋轻驰转过身背对着他，对手机那头还在气急败坏的女人说：“不然我就去找你的那个新情人了。”

隋母像被他淡淡的一句话按了静音，良久才丢下冷冷的一句：“我当初怎么没把你给堕了？”

4

晚上十点半，傅错提着东西脚步沉重地上了楼。身体其实谈不上多累，只是心里有挥之不去的倦意。走到门前低头拿钥匙时，看见灯光从门缝底下透出来，照亮了门外的地板和他的帆布鞋，那一刻心情忽然神奇地好了不少。

开了门，屋里却没人。他走到沙发前，把东西放在茶几上，这才看见旁边摆着一盒已经凉透了的炒年糕。他正纳闷，就听见身后传来一个声音：“你进门怎么都不随手关门？”

傅错回头，看见了提着伞在自己后面回来的隋轻驰。他把雨伞靠着墙放好，从背后带上门，视线往前看：“你买什么了？”

“哦，”傅错笑着让开，“我觉得生日还是需要这个的。”

那是一个不大的生日蛋糕，用圆形的纸盒装着，上方有个蝴蝶型的纸提手。隋轻驰看见后笑了笑，走过来弯下腰凑近了去看。从蛋糕盒的提手处可以看见放在里面的蛋糕，虽然不大，但他的名字和“生日快乐”四个字都不缺。

隋轻驰在沙发上坐下，解开红色的绑带，揭开了盒盖，这个距离已经能闻到新鲜水果的清香了。

傅错看着蛋糕上“隋轻驰”三个字，说：“隋字笔画太多，写得有点糊了。”

隋轻驰手里还拿着那个盖子，也看着蛋糕，说：“你写轻驰也可以。”

其实他提前知道了，一直跟在傅错后面。他看见傅错中途去了一家蛋糕店，当时快十点了，蛋糕店的门都半拉下来准备打烊了。傅错是俯身钻进去的，片刻后提着这个和小号比萨差不多大的蛋糕出来。

傅错看了看手机：“还有一个小时到十二点。”

“好，”隋轻驰又把盖子给盖回去，手撑着膝盖站起来，“我先去洗个澡。”

傅错的视线落在他牛仔裤裤脚的泥点上：“你刚刚去哪儿了？”

“一个人无聊，去看了场电影。”隋轻驰边拿衣服边说。

“怎么不叫我一起去？”

“怕你不喜欢。”

傅错看着隋轻驰从衣柜里拿了干净的衣服往洗手间走，有些好奇：“什么电影啊？”

隋轻驰站在门前想了想：“《驯龙高手》。”

“好看吗？”

洗手间的门掩上，声音隔着门板传出来：“龙挺帅的。”

那天晚上他们洗完澡，傅错用在楼下小超市买的一块钱一个的打火机点燃了蜡烛。

隋轻驰看着那一簇水滴样的火光从傅错拨弦的指尖过到蜡烛的引线上，细小的蜡烛立刻开始往下淌蜡。他愣了一下，忙伸手过去：“滴到蛋糕上了……”

傅错赶紧拉住他的手：“这蜡烛是可以食用的。”

隋轻驰觉得丢脸，硬扛着说了一句：“我知道。”

傅错起身去关了灯，隋轻驰等着他走过来坐下。傅错在沙发上坐下后，有些孩子气地笑了笑："等一下！"然后转身拿了隋轻驰放在沙发上的木吉他，抱在怀里，扫了个和弦，唱了一首摇篮曲般的《祝你生日快乐》。最后那个"乐"字他有意拖得很长，是学隋轻驰的颤音。隋轻驰赏脸地鼓了两下掌："可以，傅错哥哥灵魂歌手。"并如愿看到傅错因为那声"哥哥"有点不好意思。

隋轻驰笑了笑，收回视线看向那支蜡烛，说了声"那我许愿了"。

傅错见他垂着头闭着眼，双手却叉在腰上，吊儿郎当又正儿八经地许了愿。

当他要吹蜡烛时，傅错说："你用唱的吧，我听说唱歌好的人用唱的也可以吹灭蜡烛。"

"真的？"隋轻驰不太相信，但中二少年从来不惧挑战。更重要的是，他很愿意满足第一个买生日蛋糕给自己的人，"唱什么？"

"《Stand by me》吧，"傅错说，"Oasis 的。"

结果唱了差不多一整首，烛光也只是摇了摇，并没有熄灭。

傅错看隋轻驰对着那支蜡烛负气地唱着"so what's the matter with you"，又好笑又快乐。

最后唱完那句"nobody knows the way it's gonna be"，隋轻驰直接一口气吹灭了蜡烛。失去了烛光，也失去了隋轻驰的歌声，傅错便觉得房间里彻底暗了下来。沙发靠背在他后面震了震，那是骄傲的西风主唱挫败地倒在沙发上发出的动静。

他竟然还没懂，唱歌吹不灭蜡烛，只是想骗他一首歌。

隋轻驰是将要唱歌给全世界听的人，对此傅错从不怀疑。他一边对西风的未来不确定，一边却又对此笃定不移，好像很矛盾，却又合理，就像快乐的时候觉得可以一辈子像这样听隋轻驰唱歌，悲观的时候又觉得也许听不了一辈子，那么矛盾又合理。

问隋轻驰许了什么愿，隋轻驰张口就要说，傅错忙道："不能说！"

隋轻驰眨了眨眼："不是你问我的吗？"

"我以为你会让我猜……"傅错哭笑不得，说，"说出来就不灵了。"

隋轻驰挑眉："真有这种说法啊？我以为那些都是电视剧里编的。"

灯还没开，只有窗外的灯火淡淡地映照着隋轻驰的侧脸。他看蛋糕的眼神，就像第一次过生日的小孩子。傅错很想问他是不是什么都不知道。

隋轻驰向前倾身，手肘压在膝盖上，盯着小小的蛋糕看了一会儿，抬手轻轻拨了一下那支粉色蜡烛："怎么办，有点舍不得吃了。"

"不吃第二天就坏了。"傅错说，"又不是以后吃不上了。明年我们买更大的蛋糕，可以和谭思、AK一起吃，还可以和粉丝一起吃。"

"好。"隋轻驰双手在膝盖上拍了一下，直起身子，把刀交给了傅错，"你来切吧。"

十九岁的生日，隋轻驰很认真地许了愿，也很小心地保守了秘密，然而那个愿望最后并没有实现。

谭思在姚叔的酒吧打工，下班后偶尔能接到一两单代驾。

这天晚上，他替隔壁酒吧一个喝得酩酊大醉的客人代驾，中途车没油了，他把车开去了最近的加油站。

下车加油时，车主也把车窗摇下来透气，胳膊搭在窗户上醉眼蒙眬地往外打望，忽然吹了声口哨，问他："那小哥长得正不正？"

谭思朝他使眼色的方向看了一眼，看到那个身量高挑穿着加油站工作服的小哥给一辆车加完油后转过身来，抬了一下工作帽。谭思冷不丁看清对方的脸，吓了一跳。

隋轻驰？！

车主拍着车门大着舌头喊他："加满了！"

隋轻驰闻声朝这边回了一下头，就看见了谭思。

原本还在大呼小叫的车主瞧见帅气小哥径直朝这边走来，惊讶地扭头问谭思："你认识他啊？"

"嗯，我朋友。"

隋轻驰走过来，绕过车头，扫了一眼喝得醉醺醺还仰着头张着嘴明目张胆地打量他的车主，问谭思："代驾吗？"

谭思点点头，把油枪挂了回去。

隋轻驰穿着一身灰色工装，胸口沾了点油污，袖口挽到小臂上，戴着同色的工作帽，这样一身竟然也穿得非常帅气。他绕过车头走过来时，谭思甚至听见他代驾的客人捂着胸口对他感慨："你朋友也太帅了吧……"

离上次在餐吧外遇见过去有一段时间了，谭思也不知道被自己发现在加油站工作的隋轻驰此刻是一种什么心情，毕竟是那么心高气傲的个性，就干脆没提这件事："对了，老板今天跟我说了，他朋友同意让我们去Live House开唱。"

“是吗？”隋轻驰若有所思地点点头，“那挺好。”

“那我先送他回去了。”谭思拉开车门坐进去，隋轻驰站在外面看着他发动车子。

谭思忽然抬头问：“傅错知道吗？”

隋轻驰摇了摇头：“我会和他说的。”说着随手拍了一下车窗，“路上小心。”

早上傅错睁开眼，看见隋轻驰就坐在床边，穿着一件纯白的运动夹克，安静地弓着背低着头，仿佛已经这样坐了很久。窗外的光洒在他白皙的侧脸和纯白的夹克上，好像整个人都白得在发光。傅错见他手里拿着他们两个人的手机，正有些奇怪，隋轻驰的拇指点了一下他的手机，回头见他醒了，笑着把手机放回了床头柜。

傅错坐起来，拿过手机点开，发现隋轻驰从微信上转来了五千块钱，并且已经替他接收了：“干吗转钱给我？”

隋轻驰把自己的手机揣进衣兜里，白色夹克在安静的卧室里发出轻微的窸窣声，和他刚才那个笑一样慵懒又柔和。

隋轻驰侧头看着他，说：“我找了一份工作，还不错，以后房租你付半年，我付半年。”

傅错有点意外：“什么工作？”

“在加油站。”

“加油站？”傅错下意识地蹙了蹙眉，斟酌之后说，“其实你有奖学金，没必要这么辛苦，房租反正我一个人住也是要付的。”

“我不觉得辛苦。”隋轻驰说，“这样自食其力我觉得挺好的。本来我想去你兼职的餐吧的，想了想还是不要给你添麻烦了。在加油站工作挺好，虽然有点辛苦和单调，但是很单纯。”

傅错看着隋轻驰，AK 常说隋轻驰身上有股气场，可能因为腿长，收不住，坐哪儿都迈得很宽。现在在他面前的隋轻驰，腿依然迈得很潇洒，手还抄在兜里，依旧是他洒脱骄傲的模样。可是有什么还是变了，“中二”少年在生活面前悄悄地妥协了。他不知道是该感到庆幸，还是为之惋惜，只能扬起一个鼓励的笑：“我们会好起来的，会越来越好的。”

“这样就很好了。”隋轻驰说，“再好我也不敢想了。”

“等知道西风的人多起来，以后只会越来越好。到时候乐队有钱了，我们就买栋别墅，四个人一块儿住。”傅错说。

真不可思议，说完他也想，他自己都从来不信，都那么迷茫，竟然会开出如此不切实际的空头支票给隋轻驰。可是那个时候，除了这些“美好的未来”，他们也没有别的可以向对方许诺的了。

“你这样说，我会当真的。”隋轻驰说。

“那就当真。”傅错微笑着说。

托姚叔的福，西风终于拿到了 Live House 的通行证。

第一次演出时每个人心里都没谱，担心没赚到钱反而会赔钱。演出结束后发现还有盈余，大家都开心得不得了。老板也开心，还开了瓶香槟给他们庆祝。虽然没有做到开门红，但第二场时现场观众就来得满满当当了，此后仿佛是否极泰来，几乎场场爆满。

买票来看他们演出的人越来越多，在不到一年的时间里，他们从两百人的小场子唱到八百人的 TOP Live House；从要自己联系演出，到开始接受周边 Live House 的邀请，微博粉丝数也从两万飙升到二十多万。那个微博本来是 AK 在打理，后来谭思怕他乱讲话，让 AK 交出了密码。AK 不情不愿地让渡了管理权，自己又重新注册了一个小号四处浪。西风的微博大号与他们的私人小号都有互关，只除了谭思。谭思管着大号，就懒得再弄小号了。三个人里，隋轻驰的粉丝无疑是最多的，几乎与西风大号的粉丝数持平，时常让 AK 羡慕得牙痒痒。

乐队慢慢有了钱，他们的日子过得不再像从前那样捉襟见肘。

一起吃烤肉的时候，AK 说：“错哥，我看你们那个房子也可以退了，租个大点儿的呗！”

隋轻驰单手插兜吃着五花肉，眼皮也没掀一下就说：“在哪儿不是住，没必要。”

AK 撇嘴：“你们两个人，住那么小的单间不觉得挤啊？”

隋轻驰边低头吃肉，边用插兜的左胳膊碰了碰身边的傅错，含糊地问：“挤吗？”

“还好吧。”傅错烤着玉米耸耸肩。确实可以搬出去，但现在还远没到他们可以挥霍和享受的时候。

“不挤才怪了，”AK 小声嘀咕，“挤得跟猪窝似的……”

那声音细如蚊子叫，夹在烤肉店的背景音里都一点也没逃过隋轻驰的耳朵。

他皱着眉头睨了AK一眼，说："要论体重，我们四个人当中你才是猪。"

AK立刻拉着谭思控诉："人身攻击！人身攻击要罚钱的！是不是谭哥、错哥？"

隋轻驰直接掏了一百块拍在桌上，自这个规定出台以来，被罚款的至今就他一个。当初定规定时也是以三票赞成对一票反对拍板定下来的。他心里当然也清楚这个破规定就是冲着他来的，为了治疗他的毒舌，免得他动不动又得罪歌迷。一开始他还忍着、憋着，心想你们少瞧不起人。哪里知道不知不觉一个星期就被罚了三次，在那以后也算是彻底认清了自己，干脆放弃治疗了。

傅错收了那一百块，心头有些无力。看来毒舌没治好，乐队的账户会越来越宽裕的。

这一年，他们依然每周都去姚叔的酒吧驻唱一次，一到周末酒吧总是人满为患。姚叔说要给他们涨驻唱费，被傅错拒绝了。事后隋轻驰问他为什么不接受，傅错说老板对他们有恩，反正他们现在也不太缺钱。

隋轻驰仰躺在沙发上，玩着《节奏大师》，口吻淡淡的："怎么不缺钱啊？还要买别墅啊……"

傅错从工作台前转过来，耳麦挂在脖子上，笑道："你还记得啊？"

"难道要忘了吗？"隋轻驰侧头看向他。

沙发在工作台的侧后方，隋轻驰头枕着沙发靠垫，是侧仰着头看过来的，眼神里有一股认真劲儿。

"行了，不打扰你创作了，我出去走走。"隋轻驰坐起来，放下长腿，踩在拖鞋上，坐在沙发上低头看了一眼手机，又放回去，然后起身拿上一件外套出了门。

把门在身后带关上，隋轻驰走到阳台边，拿出手机，低头看着微博上的照片。上次演出结束后，有歌迷送给傅错和谭思一样礼物，是一对弹吉他的小黄人。他原本以为只是刚好两个歌迷送了同样的礼物，今天刷微博才知道这份礼物是同一个粉丝送的，而且是为他们两个人定做的。送给谭思的小黄人弹的也不是吉他，而是贝斯。那个歌迷还在微博上贴出了一张合影，没有他和AK，只有傅错和谭思。

上传这张合影，甚至没有艾特西风的大号，只圈了傅错。傅错并没有转这条微博，但给歌迷回了句谢谢。隋轻驰是在微博搜"@西风傅错"的关键词，然后翻了三页翻到的。

他又点进歌迷的微博，发现她微博里发了不少和傅错、谭思有关的内容，有照片，也有互动描述，给她评论的所谓同好好像还不少。他又顺着她的粉丝和互关不厌其烦地一个个点进去，发现有的人没有关注西风，也没关注他这个主唱，只关注了一个叫“错思”的微博话题。这个话题的简介只有一句话：吉他和贝斯，傅错和谭思。

# 第十四章

## 带你来摩天轮

1

鼓槌轻敲三下，伴奏响起，灯光亮起，隋轻驰已经越来越习惯身为乐队主唱的生活。那时他们活动的区域还不大，CTR 所在的这座城市就是他们的大本营。但乐队的势头超乎意料的猛，只不过一年的时间，走到哪儿仿佛都能遇到认识他们的人。

有一次隋轻驰蹲在教学楼外的花台旁等傅错，嘴里百无聊赖地嚼着一片泡泡糖。这玩意儿他以前从没吹成功过，这会儿没事就又试了一下，却还是失败了。他摇了摇头嚼回去准备吹第二个，突然听见有人在笑。一辆宝马停在路边，驾驶座上的男的看年纪和气质不像老师，可能只是开车来这儿等朋友的，笑着对他说："原来你不会吹这个啊。"

隋轻驰一脸蒙，什么叫"原来"？他问对方："你认识我吗？"

男人冷不丁听到他平时说话的声音，是有点磁性的那种冷，好听还有点重，暗戳戳兴奋地点头："认识啊，西风的主唱嘛，隋轻驰。"

那声"隋轻驰"说得特别熟稔，隋轻驰整个人都有点不好了，表情冷了不少，慢慢停止了咀嚼。

那男人又问了一句："今晚有演出？"

隋轻驰一言不发地站起来，他腿长个高，表情也不怎么好，没理人转身把耳机往耳朵里一塞就往教学楼里走了，背影特别傲慢孤僻冷。男人也识趣地撇撇嘴不再搭讪，低头看起了手机。

隋轻驰走进教学楼，把泡泡糖吐在包装纸上，扔进了垃圾桶，右腿抬高踩在楼梯上，弯腰绑着短靴的鞋带。门外那个男人像是等到要等的人了，正和对方说着什么。隋轻驰巴不得他们快点走，却突然听见一声“咔嚓”夹在涅槃的歌声中，一扭头就看见男人的朋友朝着他的方向收起了拍照的手机。他在心里骂了一句，直起背放下腿，拍照的男人此时已经上车走人了。

他不是不能接受粉丝和歌迷拍他，但并不想发生在他的私生活里。想想走到哪儿都有人认识他，他却不认识对方，任凭不知道什么人躲在不知道的什么地方打量着他的一举一动，那种感觉简直令人窒息。哪怕拍照前问他一句，他也不至于这么不爽。

然而那并不是那天最令他不爽的事。

那天下午，他在楼下等了快一个钟头都没等到傅错。明明他的同学都下来了，他正要发微信去问，就看见傅错和谭思一起下了楼，两个人边走边讨论着新歌的编曲。

隋轻驰愣了一下，楼上的两个人并没有注意到等在下方的自己，结果他在这儿等了一个钟头，他等的人却上楼等别人去了。

他只觉胸口一阵发闷，等谭思没问题，可是不能下楼后两个人一起等吗？

“隋轻驰？”

傅错看见他，快步下了楼。

隋轻驰和他对了个视线，就闷不吭声地往前走了。

傅错赶上去问他：“你等很久了吗？”而他愣是装在听歌没听见。

傅错也就没有再问他了。

一开始三个人是走在一条线上的，他也不知道是哪根筋不对，频繁加快脚步一个人走到前面，又不敢把距离拉得太开。这样又窝火地走了很久，也冷静了很久，才想起他都没跟傅错说自己在楼下等他，傅错当然不知道了。

所以他到底在那儿发什么鬼火，还是朝着那么无辜的傅错？他究竟为什么要对那些来自粉丝的无意义的发散在意？

这个时候转头又开始生自己的气，似乎在他生气的时候傅错从不会打扰他。傅错会尝试一次沟通，如果沟通无效，就退回去给他留一个空间。隋轻驰觉得这一招很有效，却又觉得很无力，想傅错为什么不肯多尝试几次，却下意识又觉得傅错不该反复尝试。什么人都不值得如此放低姿态，包括这个反复无常的自己。

经过商店橱窗的时候，他从玻璃上的倒影看见走在他身后的傅错。谭思在说什么，傅错朝前看着他的方向，缓缓地、心不在焉地点头。

那表情带着些无奈，傅错面对自己时就像是一个没有脾气的人，隋轻驰懊恼地攥紧手指掐着手心。从前这样无缘无故对人发火的时候，他总是想，他会对傅错不一样，但果然人的本性难移。

他那么害怕和傅错冷战，可自己总是先挑起冷战的那一个。

可是他又不知道该怎么和傅错说，总不能跟傅错说：我就是个神经病，你不要和我计较，我有时候自己都会气到想扇自己耳光……

正心烦意乱时，突然有人拉住他的手臂。他转头，傅错在斑马线前拉住他，说："红灯。"

傅错只拉了他一下就松开了手，隋轻驰在那一刻几乎有些恨自己。

站在斑马线后，在满街错乱的车声、人声，和耳机里激烈的金属乐中，他听见傅错说了一句"过马路的时候还是别戴耳机了"。

傅错看着前方的红绿灯倒计时，感觉到有什么坠下来碰到他的手背。低头见那是隋轻驰摘下来的耳机线，又被隋轻驰收了回去，塞进了衣兜里。他方才那么一说更多的是自言自语，压根儿没指望隋轻驰能听见，还反应这么快。他本来还有些担心隋轻驰这莫名其妙的气要生到什么时候，这下总算稍微放了心。

其实刚开始问隋轻驰等了多久的时候他就知道隋轻驰都听见了，他很清楚隋轻驰的耳力有多好，却也更清楚隋轻驰一直都是这样，气来得快，去得也快，来去如风。有时候他还在一头雾水、手足无措，隋轻驰那边就已经恢复正常了。反正问他他也不会说，想安慰他往往适得其反，所以这种时候只能放他一个人静一静。这样的相处方式刚开始有点累，但习惯了也就还好。

晚上的演出，隋轻驰在洗手间多洗了一把脸，是最后一个上台的，上台时脸和头发还是湿的。

Live House 里这会儿只有很暗的蓝光，隋轻驰走上来时只有个模糊的身影晃过，台下的歌迷还是第一眼捕捉到他的出现，立刻兴奋起来。

隋轻驰把麦克风在架子上插好，手搭在麦克风上，等到 AK 敲鼓槌给信号，伴奏响起，舞台上灯光也亮起来。他把打湿的刘海拂到脑后，凑近麦克风正要开唱，就看见人群里有歌迷举着"错思"的手幅，歌词就这样生生进晚了半拍。

每次都这样，每次都不显眼，但他就是能看见。哪怕眼睫毛上还压着水，就像得了强迫症一样，一上台眼睛就会自动寻找那两个字，还每次都能被他找到。今天那手幅离得有点近，他就抬手捂在脑门上，挡住视线，不想看到。

中场 MC 时 AK 和歌迷们唠嗑打招呼，隋轻驰就单膝蹲在角落里喝水。

前排有个歌迷趴在舞台边抬头问他："你头痛吗？怎么老捂着脑门？"

隋轻驰就随便说了句："刺眼。"

他说这话只是为了回答那个歌迷，声音不大，只是眼神带着点儿不屑，撇着眼绝对不看那个方向，被回答的歌迷和旁边听见的歌迷都被搞得一头雾水。

傅错发觉隋轻驰一旦心情不好，演出时就容易出岔子。台下粉丝有时会往台上扔东西，多数都是朝隋轻驰扔，扔礼物的、扔衣服的、扔自己家钥匙房卡的，什么都有。隋轻驰一般都能躲开，也就不太当一回事。这次有人扔了个毛绒公仔上来，隋轻驰没看那个方向，没能躲开。那东西砸在他的腰上让他直接破了音，左手条件反射地在腿上按住那只公仔，然后一只手拿着话筒继续唱，一只手提起那个毛茸茸的大家伙，很暴躁地给扔了回去。

那个毛绒公仔被他掷得很远，台下粉丝发出一声惊呼。隋轻驰也没看自己扔的是什么方向，他只是单纯地回敬，为了那个破掉的音，也许还有些别的。他甩得很用力，扔出去后整个人还往后退了两步。

后排的粉丝们很开心，伸长手臂跳起来抢那个公仔。隋轻驰都唱到副歌了，那公仔还在那儿上蹿下跳。他受不了地上前一步，单脚踏在返听音箱上，对着麦克风"嘿"了一声，把麦克风举向台下，于是全体歌迷都跟着唱起来。他往后面瞄了一眼，总算没人去管那个毛绒公仔了。

演出结束后，乐队从后台通道离开。AK 举着鼓槌一马当先地推开门，门外立刻传来一阵沸腾的人声，后台通道早已被歌迷挤得水泄不通。这都是家常便饭了，每次演出一结束，就会有很多歌迷火速跑来这边蹲守他们，大多数是女生，手里举着手机或是提着要送他们的礼物。四个人都收到过不少礼物，一开始送什么的都有，很多好看花哨却不实用的纪念品。后来AK 说：你们要不送点儿实用的，家里都堆不下了，公仔、玩具什么的等以后咱们买了大房子再送行吗？在那之后粉丝们就听话地改送别的了，送吃的最多，偶尔还有自己织的手套和围巾什么的。

AK 一边和歌迷打招呼，一边挤过人群，谭思跟在他后面，催促着走快点儿。AK 被粉丝簇拥着，乐在其中，充耳不闻。隋轻驰最后一个走出后台门，人群按惯例好一阵拥挤推搡。傅错见谭思被粉丝冲撞了一下没站稳，从身后扶了他一把。这一扶没别的意思，但隋轻驰还是立刻敏感地捕捉到四周高了几分贝的尖叫声。

有粉丝递来礼物，隋轻驰眼睛瞥着傅错神思不属，根本没低头看，对于矮他一个头的粉丝们在他身边挤来挤去也全然放任。有粉丝把他挤得紧了，他就把手臂抽出来，一直这样反复地抽着，但就是不予理会。他想起高中时他们唱完，他也是这样跟在傅错身后离开。只是那个时候他还没傅错高，对那种能一低头就抵在他脖子后中央那个位置的感觉竟然还有些怀念。现在他比傅错高了两厘米，有时甚至想直接伸手绕到傅错胸前，免得他被人群挤开。

推挤中，傅错扭头看见那个执着地送围巾的女孩。隋轻驰不知为何没看见也没接，他就转过身代隋轻驰收下了。收下后他扭头看身后的隋轻驰，隋轻驰看着他，被挤得路都走不稳，唯独眼神平稳幽深。他举了举那条围巾，隋轻驰看起来没什么意见。

好不容易离开 Live House，大街上宽敞起来，不至于挤得这么厉害，四个人一边脚步不停地往停车的地方走，一边和粉丝道别。

车子是一辆福克斯三厢，姚叔借给他们的。

谭思开了车锁，隋轻驰第一个钻进后座，粉丝跟他道别时他很敷衍地朝身后摆了一下手。关上的车门把歌迷的声音挡在外面，让他稍微清静了一些。

窗外，谭思把贝斯包取下来交给傅错，傅错打开后备厢把吉他包和贝斯包一块儿放了进去。

这时 AK 也坐上了后座，朝车窗外挥手："下次见啊！"

女孩们还依依不舍地举着手机，对准后排低着头一言不发地看手机的隋轻驰。

傅错拉开副驾驶座的门，回头对歌迷们说："很晚了，快回去吧，注意安全。"

女孩们七嘴八舌地说："傅错你怎么这么好！"

隋轻驰抬头看了一眼窗外感动得乱七八糟的女生们。

傅错听了觉得又好笑又可爱，不过是一句平常的叮嘱啊。他系上安全带，说："到家了发微博报个平安。"

女孩们连声应"好"，车子平稳驶离，傅错又回头朝她们挥了挥手。

上车后不久 AK 就呼呼大睡了，隋轻驰也窝在后座，戴着耳机，却没有听歌。傅错和谭思在说话，谭思把车开得有点快，傅错说："你开慢点啊！哥们儿。"

谭思说："秋名山车神开车你还担心什么。"

就是这样，又寻常又默契的对话。隋轻驰不知自己为何会在意，他已经在意了一天了，真的够了。

在心里叹了口气后，他低头打开手机，控制不住又点进那个歌迷的微博。

就在九分钟前，这个歌迷发了一条语焉不详的：你们听到了吗？V 在说我们"刺眼"。

V 是什么？他愣了一下，才反应过来那是 Vocal 的意思，是在说他，眼睛一下就红了。

下面还有两条评论——

“V一直是这样啦，全世界都得围着他转才行！”

“可惜老娘就喜欢傅错和谭思，AK也还行，V就算了吧。他都坐拥二十万粉丝了，足够睥睨一切了！”

“隋轻驰。”

隋轻驰一个激灵抬起头，见傅错回头在叫他。

车停在了路边，已经到公寓了。

他把手机塞进衣兜里，下了车，耐着性子等车开远，等傅错背着吉他包走过来，才掉头往公寓入口走。凌晨的风很冷，他本能地缩起肩膀，胸口却被一团怒火充盈。忽然感觉有什么轻轻盖在肩头，偏头一看，是一条红色的围巾，上面还绣了颗爱心和他的名字缩写。

傅错从背后给他披上围巾，笑着说：“你的粉丝也知道你喜欢红色。”

路灯下，傅错的微笑一如既往温柔，却有一种令人无力的温柔的感觉。

2

西风火了起来，姚叔也为他们感到高兴，还常常为他们出谋划策，推荐他们假期试着去别的城市开唱，一方面当旅游，一方面也是积累经验。如果担心亏本，在微博上提前做个调查就能解决了。

“二十多万粉丝，总会有些人愿意去现场支持你们的。”姚叔说，“搞乐队，始终得走出去。”

谭思和AK下意识的反应都是看向傅错，傅错却下意识看了一眼隋轻驰。奈何隋轻驰低着头在看手机，并没有接收到他的视线。看来两个人还是差了点默契，傅错心里也在笑自己，我才是队长，为什么老是要去看他呢？

他们选了周边几个城市，在微博上发起一个投票，没想到响应的人还不少。香蕉鱼的主唱贺斌也看到了，其中一个城市就是他的老家，他放假也会回去，就留了条言，说有需要的话能帮他们联系当地的场地。

AK摩拳擦掌：“妈呀，这就要开巡演了吗？”

有了贺斌的连线，寒假第一站他们就去了贺斌老家所在的S市。没想到刚下动车，就听见外面好几个女生激动地喊道：“隋轻驰！”

隋轻驰是最快被粉丝看到的，傅错一点都不意外，他太显眼了。看到隋轻驰后，粉丝们也陆续看到了他们，高兴地挥手招呼他们。

AK 走上前打量那四个女孩，还有两个男生，说："不是吧，你们这是来接我们的？"

"对的呀！"女孩们捂着嘴打量他们，又兴奋又害羞，用带一点口音的普通话说，"怕你们迷路呀！"

傅错完全没想到，昨晚谭思不过是在微博上发了条"明天就出发来见你们了"的微博，这些歌迷竟然如此有心，他真的被感动到："你们等多久了？"

粉丝们齐声说："不久不久！"

其中一个男粉还开了车来，路边停着一辆 SUV 在等他们。连谭思见了都说："这也太不好意思了……"

开车的男生说："你们订酒店了吗？我直接送你们过去啊。"

"那你们呢？"傅错回头看其他粉丝。

粉丝们连连摆手："没事呀，我们坐出租车！"

傅错又回头问开车的哥们儿："车停这儿没问题吗？"

"没问题。"

傅错就对粉丝们说："那我们陪你们等吧。"

几个人先把乐器搬进 SUV 的后备厢，然后就陪着粉丝等在路边。车站外人多，天气又冷，出租车不怎么好拦，他们就和粉丝边等边聊天。隋轻驰没怎么加入聊天，站在他旁边的粉丝见他只穿着一件白 T 恤，外面套了件浅灰色薄羽绒服，牛仔裤还是膝盖上有破洞的那种，小声问他："会不会冷啊？"

隋轻驰低头看了一眼比他矮一个头还要多的娇小女生，女孩穿着一件红色羽绒服，还穿着短裙，就说："我不冷，你呢？"

"哎！这个袜子是加厚的，看着冷，其实很暖和！"女孩抬了抬腿，说话时脸都红透了，不太敢直视隋轻驰。

隋轻驰也发觉了，淡淡地笑了笑。相比会对着他尖叫的花痴女生，他对面对他会害羞的女孩更有好感。

在那之后便没再说话，女孩的心情还是很难平静下来。她眼睛一晃就能看到身边隋轻驰拿着手机的手，心想真的太帅了，皮肤那么白，眉毛和眼睛真的不是画出来的吗？鼻子真的不是雕出来的吗？还是摇滚乐队的主唱，但身上没有文身，连耳钉、手环、项链什么的都没戴，就这么清汤寡水站在人群中都会发光，站他旁边这么近有种要窒息的感觉……

他们等车的地点不太好，出租车都被站在前面的人先拦走了。AK 极目远眺，又发现一辆空车，但前面刚好又有人，于是有些不高兴："又要被截和了，咱们该找人站到前面……"

隋轻驰抬起头，也看见了那辆出租车，就往路边迈了一步，抬手向那辆车的方向招了招手。

黄色的车子丝毫没有减速地开过前面等车的人，直接停到了他面前。

AK 瞠目结舌，看着隋轻驰拉开车门，示意粉丝上车，酸不溜秋地说："长得好看真是不得了……"

隋轻驰无所谓地笑笑，把门关上："过奖。"

"你今天心情不错啊少爷？"AK 调侃他，"有什么开心的事情吗？"

隋轻驰不置可否。其实也没什么特别开心的，只不过过两天就是情人节了，虽然什么计划和安排都还没有，可不知道为什么就有点开心。

以往上车傅错都是坐副驾驶座，今天隋轻驰拉开后排车门喊了一声"傅错"，他就跟着隋轻驰坐到了后排，谭思坐到了副驾驶座。

上车后，AK 和粉丝小哥聊了一会儿就又仰头大睡了，一路上主要是谭思、傅错和粉丝时不时地聊一聊。隋轻驰跷着腿靠窗坐着，没说话，在看风景。车子过桥的时候他看见巨大的摩天轮，就说了声"够大的"。粉丝听见了，回："是啊，好像是国内最大吧！"

隋轻驰挑了挑眉："真的？"

粉丝点点头，问他们："你们唱完打算在这边玩一玩吗？"

隋轻驰看着傅错问："你玩吗？"

傅错也看他："你想玩吗？"

"是我问你啊。"

"我无所谓啊，看你。"

隋轻驰朝着窗外一脸无奈地摇摇头，傅错被他这个反应搞得有点挂不住面子，心想：你干吗摇头叹气呢……

粉丝都听笑了，说："好不容易来一趟，就玩一天再走嘛，这边好吃的很多呢！"

AK 听到吃的就醒了，坐起来问："什么好吃的啊？"

接着，粉丝就开始介绍这边有什么好玩的、好吃的。一个小时后，车子抵达了他们将入住的快捷酒店，离 Live House 不远。和送他们的粉丝道了别，在前台拿了房卡上楼，然后发生了一件挺尴尬的事——AK在房门底下发现了一张小卡片，捡起来憋着笑问他们：“你们猜这是啥？”

傅错看到那张卡片上印的东西，不知该露出什么表情。隋轻驰神色泰然地看了看卡片上的照片，不动声色地挑了挑眉。

AK还没说话，谭思就把那张小卡片收了，说：“想什么呢？我们可是规矩的乐队。”

AK说：“我想什么了？我啥也没想。”

AK跟着谭思刷卡进了房，房间不大，AK挑了靠窗的那张床，舒服地一屁股坐下，窗外能望见大桥和桥头的摩天轮。他坐在那儿，脚往前一伸就抵到了窗户下的墙角，说：“这屋子这么小，隋轻驰连脚都伸不开吧。”寻思一番后他又说，“其实我和隋轻驰一间房最合适，他个子最高，我最矮，平衡了。不过他那个少爷脾气和洁癖，估计也只有傅错忍得了。”

3

本来他们都以为Live House现场不会来太多人，毕竟不是主场，网上投票也就是看看做不得准，没想到当天晚上竟然真的爆满了。

也有人是被朋友拉着来捧场的，乐队成员上台时一直在问“主唱是哪个”“主唱还没来吗”。傅错和谭思在调音，心想看来是冲着隋轻驰来的，偶尔还能听见一句“主唱有多帅啊，我觉得吉他手就够帅了”。他低头抠了抠眼角，压力挺大，心说主唱出来了你就不会觉得我帅了。

台上打着淡淡的蓝光，隋轻驰穿着一件红色的骷髅头T恤走出来，现场立刻就兴奋起来。蓝光将隋轻驰的T恤映成了魅惑的紫色，他对着麦克风试了一下音，台下便是一阵此起彼伏喊他名字的声音。傅错之前已经帮他调好了麦克风，没有什么需要再调整的地方，隋轻驰扶着麦克风道：“大家好，我们是西风。”然后他回头看了一眼身后的队友，说，“我不知道这边的朋友知不知道这个典故，西风这个名字取自《西风颂》，意思是……”他放慢了语速：“冬天来了，春天……”

傅错看着隋轻驰的背影，这悬而未决的六个字被隋轻驰念出来，带着好听的膛音，像一把大提琴在空无一人的庙宇里发出的第一个动静。这个人不仅会唱歌，连说话都带有韵律的美感。

台下歌迷整齐地喊：“不会远了——”

台上的主唱很满意地冲他们笑了笑，竖了竖拇指。

伴奏响起，灯光在那一刻照亮隋轻驰的额头，如一道光的瀑布在他身上坠落。傅错只能看到他的背影，但隋轻驰这样的人，连背影都是一道风景线。他站在麦克风后，随着节奏一下一下点着头，一只手搭着麦克风，一只手往后提了一下肩膀上的 T 恤，脖子后面斜斜地露出一小片皮肤，在灯光下是一种暧昧的浅金色。

开场曲是《Beautiful》，隋轻驰用有些迷幻的嗓音唱着他当初写的歌词——

曾经我见过一双眼睛
凝视它就忘却了野性
荒野的惊奇
沼泽的泥泞
都不再有意义……

傅错想起自己还从没告诉过隋轻驰这首歌的来历，现在听隋轻驰唱着那个初遇时惊艳了他的美少年，唱着他自己却一无所知，总觉得有点欺负隋轻驰。

中场 MC 时，隋轻驰把时间都留给了乐队，自己站到旁边喝水。

电吉他和贝斯互飙时，台下不出意外再次沸腾起来。

隋轻驰看着舞台上的傅错和谭思，忽然生出一种陌生感。如果傅错不是傅错，谭思不是谭思，他大概也能心平气和地认同歌迷的眼睛是雪亮的，完全即兴的演奏，两个人竟然也能配合得这么默契。彼此一个眼神就能沟通，不需要歌词，只用乐器交流，也能让人热血沸腾。

手里的矿泉水似乎都在振动，呼吸不由自主被这样热血沸腾的场面挑动。嫉妒吗？有一点。羡慕吗？太多太多。

因为隔天就是情人节，台下粉丝最关心的就是情人节他们要怎么过。

AK 说："就我们四个人过啊！"

演出结束后照例收了很多礼物，毕竟有不少粉丝是从微博追来的，这是第一回见到他们真人。

上车后，傅错把一口袋礼物递给隋轻驰，隋轻驰有点诧异："给我干吗？"

傅错说："粉丝送你的。"

AK 也把一个礼盒扔给他，说："拿着吧少爷，人家送你的！"

"送我的干吗不直接交给我？"

傅错不知道该怎么说，因为你看起来不太情愿接？

AK 没那么多弯弯绕绕，直来直去地道："你脸这么臭，谁敢给你啊。"

隋轻驰愣了一下，他没想到自己的脸会很臭，没想到会把情绪表现得这么明显，以为已经很克制了。所以是谁都看得出来他不开心吗？

AK 说："哎呀，你得多笑笑，粉丝这么喜欢你，台下叫你名字的比叫西风的还多……"

隋轻驰敏感地瞪他一眼，说："叫得再多我也是西风的一员。"

AK 一脸莫名地说："是啊，不然呢？"

傅错看出来隋轻驰似乎很怕被排斥在乐队以外，只是不知道他为什么会有这种恐惧。

快捷酒店下面那条街有不少馆子开到半夜，四个人照例吃了夜宵才回酒店，凌晨两点多才睡下。

第二天早上天刚蒙蒙亮，傅错正睡得迷迷糊糊，就被隋轻驰叫醒了。

他睡眼惺忪地睁开眼，看到隋轻驰坐在床边问："还没睡醒吗？"

他确实没睡醒，感觉才刚睡下去就被叫醒了……

反正不管他睡没睡醒，只要隋轻驰醒了，他基本就别想再睡了。隋轻驰问他想吃什么，他随口说了豆浆、油条，隋轻驰便变戏法般从身后拿出一个装了早餐的口袋，里面是豆浆和油条，问他："起来吃吗？"

这下傅错稍微清醒了一点，这是都提前买好了吗？他从被子里坐起来一些，问："你这么早起来干什么？"

隋轻驰说："想趁时间早，去一个地方。"

傅错想了想，问："摩天轮吗？"

"……"

隋轻驰的表情像一只从猫爬架上摔下来的猫，傅错满意地笑了笑，说："原来你也很容易被看穿啊。"

隋轻驰把豆浆和油条放在床头柜上，垂着眼睑说："那说明我们之间还是有默契的，对吧？"

傅错起身一边拿起 T 恤一边点头："当然了。"

身为摇滚乐队的主唱和吉他手，怎么可能没有默契呢？

路过谭思和 AK 的房门时，隋轻驰停下来，挑眉问："要不要叫上他们？"

傅错看他抬起手作势要敲门，故意耸耸肩：“那你叫吧。”

隋轻驰的手果然悬了半天没敲下去，最后还是怏怏地收回来，揣进了羽绒服兜里，说：“算了，他们俩应该挺累的。”

傅错按捺住笑意，严肃地问：“怎么就挺累的？”

隋轻驰瞧了门板一眼，说：“都在打鼾呢，贝斯和鼓二重唱。”

傅错不敢相信：“这你都听得见？”

隋轻驰挑起一边的眉毛：“你觉得我在骗你吗？”说着自顾自地往前走，“也是啊，我能听见的你又听不见……”

傅错看着他走到楼梯口，又犹犹豫豫地停下来，就想笑。是没听见他跟上去的脚步吧？你这耳力这么好，有时候是不是也挺困扰的呢？

4

因为来得太早，摩天轮还没开放，傅错早料到了。

反正是陌生的城市，他们就在附近闲逛，权当旅游，一起合了影，也给彼此拍了照。

隋轻驰真的中二，他一定要坐在人行道的扶栏上拍，旁边就是一根贴满小广告的电线杆，背后的建筑物上是乱七八糟的丰胸脱毛广告。但隋轻驰往那儿一靠，傅错也不由得觉得画面肉眼可见地高端起来，宛如来到了第五大道，充满阳光明媚的异国风情。

隋轻驰个子是真的高，腿也是真的长，左脚向后踩在下方的栏杆上，右腿自然下垂，都能只差一点碰到地面。

傅错按下快门后，隋轻驰从扶栏跨了一步下来，走过来看了看照片，说：“你跟我一起拍一张。”

傅错并不想坐在人行道扶栏上。隋轻驰坐在那上面是相得益彰，他就不那么合适了。

隋轻驰也没勉强他，但显然也不愿勉强自己。最后这张合照，隋轻驰还是坐在栏杆上，而他就站在旁边背靠栏杆。隋轻驰把手臂搭在他的肩上，举起手机拍了一张。

这张照片拍得特别好，傅错也说不出来哪里特别，哪里又好，但看着总有一种他们不是半道结识的，好像是从小一块儿长大的感觉。

两个人经过广场时，隋轻驰看见几尊铜雕，热情地上前合影。其中一尊雕像是穿着清凉的长发美女，隋轻驰合完影脱下自己的羽绒服披在美女的肩上。

路上已经有了一些早起上班的人，经过时都会看向他。他也实在是好看，是会让视线不由自主停留的生物。

傅错帮他拍照，见他对着一尊铜像演练如何向女孩告白。对着假人的隋轻驰比对着真人时要更放得开一些，好像突然想明白自己是个帅哥，也可能是觉得自己的外形只对女性有用。隋轻驰在他面前就时常会害羞，虽然已经是“一拍即合”的关系了。尤其是笑的时候，或者突然开了不太得体的玩笑的时候，他就会低着头抿着嘴笑，又会偷偷抬头看你的反应，就好像突然又从舞台上那个所向披靡的主唱变回了青涩的高中生。

傅错在隋轻驰身后望见远方那座摩天轮，也不知是不是错觉，它仿佛被阳光推动着在缓缓转动。

他不由得眨了眨眼，问：“它转了吗？”

隋轻驰看着他，没有回头，说：“转了。”

傅错好笑地收回视线：“你怎么知道？”

“我从你的眼睛里看到了。”

巨大的摩天轮支在海湾，背后是淡淡的冬日太阳。

傅错仰着头，看阳光一道道穿过摩天轮的骨骼。

摩天轮的登入口外贴着一张“摩天轮上没厕所，一圈半小时，建议您解决完生理需求再看风景”的告示。

隋轻驰拍了下来，挑眉打量着缓缓转动的摩天轮：“这摩天轮上发生过什么？”

原本以为他们是最早来的，没想到上面已经有情侣了，傅错跟在隋轻驰身后进了摩天轮。

隋轻驰低了一下头跨进去，直接就坐在右侧靠窗的位子上。傅错便坐到了他旁边。

舱里挺大的，容纳七八个人都没问题。

隋轻驰背靠着椅背，心满意足地舒了一口气：“早就想坐坐这个了。”

所以是从来没有坐过吗？傅错心想，但其实他自己也没有。这样也算是成全了彼此吧。

两个人的微信同时响了一下，傅错拿出手机，见是AK发来的微信：你们跑哪儿去了？大清早的玩失踪啊！

他稍微斟酌了一下，打字道：出来吃早饭了，吃完就回去。

发完他瞄了一眼隋轻驰，顿时傻了眼。

因为隋轻驰回的是：出来买点东西，一会儿回去。

两个人面面相觑，不知该怎么补救，然后AK分别回了他们——

你没和隋轻驰在一起啊？

你没和傅错在一起啊？

两个人看着彼此的微信界面，不约而同地笑了。

摩天轮慢慢攀升到最高处，四周变得越来越静，城市只余烟波浩渺的虚影。天空将他们包围，四周都是淡淡的，空旷的蓝，那么安静，时间在这一刻已经静止了。隋轻驰懒懒地耷着肩，猫着背，在小小的舱室里，在这无人打扰的几分钟里，他就好像躺在猫草天堂里的猫，全身的戒备都被抽空了。他看着站在窗边正拍摄窗外风景的傅错，真的想和这个人拥有那种默契，吉他和贝斯的那种默契，难道不应该是主唱和吉他永远更有默契吗？

傅错将镜头转过来，对准隋轻驰说："笑一个。"

隋轻驰乖乖地笑了。

傅错看着镜头里的隋轻驰，他没有放下手机，隋轻驰就一直注视着镜头。

西风的主唱，天生是镜头的宠儿。

那一刻，突然有音乐撞进傅错的脑子里。各种美妙的乐器，木吉他、电钢琴、电吉他、电音的碎片，灵感纷至沓来，在他的脑海里组成了一首安静又甜美的歌。主歌不需要太多伴奏，只要零星几个和弦就可以，副歌时会有更多乐器加入进来，却也都是零星的、片段的。整首歌只要有隋轻驰的声音就够了，只有他的歌声是流动的。就像这一刻，一切都是虚化的背景，只有隋轻驰是宇宙的焦点。

那天从摩天轮上下来，隋轻驰在街边小店买了两盒当地小吃带回去交差，但钱是傅错出的。

结果他们提着东西刚回到酒店，就在门口遇到了AK和谭思。

AK一见到他们就挥手喊："正要给你们打电话呢！走之前咱们去坐坐那个摩天轮怎么样？"

隋轻驰："……"

傅错："……"

于是才坐过一轮的两个人又得陪队友坐第二轮。

傅错挺担心工作人员把他们认出来的，不过还好，工作人员好像是认出了他们，但什么也没说，只是多看了隋轻驰一眼。

AK站在窗边直感慨："哇，我长这么大还是第一次坐摩天轮。"他又看隋轻驰，"少爷你坐过吗？"

隋轻驰百无聊赖地佝偻着背，数着外面一格一格转动的摩天轮舱，面无表情地说了声："坐过。"

AK又问谭思，谭思说也是头一次。

"错哥呢？也是第一次吧？"

傅错被AK这么一问，有点语塞。在AK背后，隋轻驰偏头看着他，两个人的视线碰在一块儿。

他说："不是第一次。"

"啊？你居然坐过这个？"AK满脸惊讶。

"喂，吃东西吗？"隋轻驰在背后问，跷着二郎腿的脚尖碰了碰AK的腿肚子。

"哎呀，来来，特产吃起来！"AK回头看见那两盒点心，坐下来就从隋轻驰手中接过来，麻利地打开，取出一块老婆饼就自个儿开动了。

谭思也起身拿了一块，咬了一口，评价道："老婆做的饼还是好吃的。"

隋轻驰也拿了一块，伸手递给对面的傅错。

傅错说了声"谢谢"后接过来，却见隋轻驰坐回去后自己没拿，便问他："你不吃吗？"

隋轻驰跷着二郎腿玩手机，说："我不太爱吃这种东西。"

摩天轮再度旋转到最高处时，四个人合了影，谭思把照片发到了微博上，很快就有评论了。

有人说："哇，你们是在'D城之眼'上吗？听说好像是国内第二大的摩天轮！"

隋轻驰本来在玩手机，听AK念完，放下腿："第二大？不是说国内第一吗？"

AK在评论里翻了翻，说："哦，三年前是第一，现在是第二大了，第一大是'港湾之星'。"

傅错见隋轻驰凑过去看了一眼，立刻就一副失望的表情，往椅背上一靠，一副"搞什么啊"的表情。

第一大和第二大有这么大的区别吗？他好笑地想。

西风的第一次"巡回演出"，就这样完美地结束于那一年的情人节，在国内第二大的摩天轮上。

那天在摩天轮上想的歌，歌词后来是隋轻驰填的，名字叫《带不解风情的你来摩天轮》。这首歌之后作为Bonus Track 收录在西风自己灌录的第一张 CD 里，很多年后也收录进了隋天王的第四张专辑里。这也是在乐队狂潮上淘汰掉他们的一首歌，是傅错最后一次和最好的朋友一起演出的一首歌。

# 第十五章
## 伯乐

1

寒假里，他们先后去了三个城市。这一圈走下来，演出视频也在网上流传开来，西风的微博粉丝已经超过三十万。但这也是第一次，隋轻驰的个人微博粉丝数超过了西风。

傅错并没有多想，但他发现隋轻驰最近没有更微博了，上一条微博还是转发的他们四个人去摩天轮的时候的合影。

傅错想跟他说乐队主唱的人气比乐队高其实也挺正常的，你没必要有压力，我们都不会在意的，可是又怕自己小题大做，这样说了以后隋轻驰会更在意。毕竟就算他这么说了，实际上他也代表不了谭思和 AK，就想还是不说了吧。隋轻驰可能就是别扭这段时间，过了以后发现大家都还是该干吗干吗，可能也就会放下心结了。

回来以后，他开始做《带不解风情的你去摩天轮》的编曲，虽然当初脑子里就有了歌曲的雏形，但等真正开始铺的时候却发觉怎么都不对，好像就是没办法把脑子里想要的感觉表达出来一样。

晚上隋轻驰坐在沙发上玩手机，听见电脑椅发出不堪重负的一响，抬头见傅错向后靠在椅背上，还叹了一口气。因为他戴着耳机，所以大概自己都没意识到这声叹气有点重。

隋轻驰看他头发都被揉得翘了起来，便站起来道：“我出去走走，你一个人慢慢写吧。”

傅错取下耳机回头：“出去干什么？”

“给你留点私人空间好好创作。”隋轻驰说。

傅错有些失笑，道："不需要，外面这么冷，别出去了。"

隋轻驰已经在门边穿好鞋推开门："没事，我遛个弯就回来。在那之后你再没写好我也懒得管了。"说着勾起嘴角笑了笑。

早春时节乍暖还寒，尤其是晚上。

隋轻驰下了楼才发觉是有点冷，早知道就加件衣服再出来了。

他沿着街边慢慢走，也不知道要去哪儿，想找个地方坐下来玩手机，附近餐馆里都是人，路边的花台又有点湿。

后来实在是太冷了，明天还有练声课，他怕自己嗓子哑了，就去买了杯热橙汁。

不知道傅错现在写得怎么样了，他已经想回去了，可摸出手机一看，发现才出来了半个小时。

那就再走一会儿吧。

走进地下通道，下面是地下商城，四通八达的。胡乱逛了一通，看时间也差不多了，他就随便找了个出口上去。

从地下通道口出来，上面就是一家五星级酒店，酒店外乌泱泱地站满了人，有的脖子上还挂着单反。

片刻后，一辆白色保姆车驶来，往酒店地下停车场的方向拐去。

隋轻驰听到了粉丝们的呼喊声，才知道车上的人是唐杜。

有女生撞到他身上，纸杯的盖子被撞开，橙汁泼了出来。

女生抬头看见他，愣了一下，低声说了句"对不起"，又追着保姆车去了。

隋轻驰身上没带纸，就拿手擦了擦衣服上的水渍，抬头看那些媒体和粉丝，心想会不会有点夸张了，顶流歌手这么了不起的吗？

他上初三才知道唐杜，因为他有好几首好歌，音乐圈里几个有名的词曲作者也都为他写过不少歌。来了 CTR 以后他才知道唐杜就是 CTR 声乐系毕业的，认真算来还是他的师兄。

好像是和自己有那么一点渊源可攀，实际却是相隔云泥的人。

云和泥的差别，就是去哪儿都可以住五星级酒店，和只能租住在廉价公寓里；是有带落地镜的专业排练棚，和得自己在防空洞里偷接电线；是有自己的工作间、录音室，和晚上跑出来受冷风吹。

这样一想，当明星确实挺了不起的。四个人住的别墅什么的应该也是想想就能买的吧，隋轻驰想。望着保姆车消失的方向，他想露出一个"我不在乎"的笑，却发现无法做到。

傅错洗完澡，擦着头发走出洗手间时，隋轻驰正好回来了。

开门时门口一股冷风灌进来，两个人身上的寒气和热气撞到一块儿。隋轻驰关上门，问他："写好了？"

傅错点点头，其实也还是没什么进展："去哪儿逛了这么久？"

隋轻驰说："我在希尔顿见到唐杜了。"

傅错抬了一下头："真的？"隔着毛巾看见隋轻驰衣服上的水渍，他拿手擦了擦，发现还有点沾手。

对这次偶遇明星的经历，隋轻驰用无所谓的语气道："我们视唱练耳课的老师动不动就提他，还让我们去看《乐王》，观摩学习唐杜的唱法。"

傅错问："你看了吗？"

"看了，但也没觉得有什么好学的。他是唱得还不错，不过有必要天天在我们面前提吗？"隋轻驰耸耸肩，"仿佛她这辈子就教出来这么一个学生似的。"

傅错说："不是还有你吗？我觉得是可以骄傲了。"

隋轻驰两只手拽着傅错脖子上的毛巾，把人往自己的方向拉了拉，盯着他极其不服输地说："我不是她教出来的，我是天才。"

傅错笑起来，好像曾经也有个漫画主角老把这么中二的话挂在嘴边。

他说："视唱练耳总是她教的吧。"

"我自己也能学。"

"那她也教你走了点儿捷径吧。"

隋轻驰看着他，笑笑不再反驳，最后收了毛巾说："你说得都对。"

第二天是排练日，傅错和谭思下午没课，先去了防空洞。

隋轻驰五点半才到，背着吉他包钻进隧道，听见从里面传来的说话声。

防空洞放大了说话的音量，他停下了脚步，那是傅错和谭思在讨论《带不解风情的你去摩天轮》的编曲。他们还用吉他和贝斯弹了弹，边弹边改。

原来昨天晚上并没有真的编好曲啊，隋轻驰心想，AK还没来，防空洞里这会儿只有傅错和谭思。没人打扰，两个人讨论得很投入，傅错明显找到了感觉。隋轻驰驻足倾听了片刻，配乐用简单的和弦和分解和弦推动主歌的情绪，感觉真的有点像被一点一点推动的摩天轮。

他找到感觉就好，隋轻驰心想，没有多想便转身离开了。他一直走到防空洞外面，不知道要干吗时才对自己下意识的举动感到错愕。他为什么要出来呢？他是主唱，是西风的成员，既然谭思可以留下来和傅错讨论编曲，为什么他要避嫌呢？

“咦，隋轻驰？”AK 的声音传来，他也是刚刚才到，见隋轻驰杵在外面，纳闷地问，“你站这儿干什么，怎么不进去啊？”

隋轻驰面对 AK 一阵语塞，脑子里乱得不行，回了一句“我去买水”，掉头就走了。

一路走到自动贩卖机前，既然是要买水，那就没道理只买自己的，于是他打算买四瓶水，又发现自己竟然不知道傅错喜欢喝什么味道的，或者可乐和功能饮料他会选哪一种，最后只好四瓶都买了矿泉水。

“隋轻驰？”

拿了矿泉水站起来，听见有人叫他的名字，声音半生不熟的。

隋轻驰纳闷地转头，前面一辆大巴刚下完人开走，穿着衬衫背心的男生挂着一脸惊喜的笑往这边走来。是住他们隔壁的师兄，记得好像比傅错高一个年级，同系的学长。

“你们乐队在这附近排练啊？”师兄四下张望着问道。

隋轻驰点了点头：“嗯。”

“这附近有排练屋吗？”师兄狐疑地问。

“防空洞。”隋轻驰说。

“哈？还能这样？”师兄笑道，他这边搭讪得起劲，但眼前这小子还是老样子，对着不熟的人话不投机半句多，心想到底也当了邻居一年啊，怎么总像处不熟的猫似的，只好自己说话化解尴尬，比了比前头艺校的方向，“我来这边接女朋友，她是在艺校学舞的。”

他低头又看见隋轻驰手上拿着四瓶水，左右手各两瓶，于是笑道：“你负责干活啊？”

隋轻驰心情复杂，就淡淡地勾了勾唇，心里无奈得很。

师兄见隋轻驰情绪低落，自以为找到了症结：“傅错是不是要走了？”

隋轻驰诧异地皱眉：“走去哪儿？”

看来还非得提到傅错才有点反应，师兄说：“不是听说系里有去伯克利免费进修一年的名额要推荐他去吗？”

隋轻驰震惊地眨了一下眼：“你说什么？”

2

傅错低头记着谱，和谭思边弹边改，总算对最终的编曲方案满意了，想着等隋轻驰来了以后加入木吉他再合一合。不过没等到隋轻驰，却等来了AK。

AK一进来就看见地上的水壶，是特大号的旅行用水壶。

谭思每次排练都会带的，里面不用看都知道是泡的热茶："这不是有水吗？那家伙还说要买什么水？"

"谁？"傅错抬头问。

"隋轻驰啊，"AK低头把邮差包取下来挂在椅子上，说，"我来的时候看他站在外面没进来，说是要去买水。"

傅错蹙眉，有些不解。

"曲子编好了吗？"AK坐下后兴致勃勃地问。

谭思把手机抛给AK，刚才两个人合的时候他就拿手机录下来了。

"这个啊？"AK点开音频，边听边摇头晃脑，"哇，可以的……这儿是要加木吉他吗？"

傅错点点头。这首歌的伴奏基本是由木吉他、电吉他、贝斯的固定伴奏完成的，木吉他用简单的和弦做铺垫，电吉他一直重复整首歌的主乐句，贝斯藏在电吉他之下，像电吉他的回音，鼓点在第二段主歌时进入，都非常简单。但越简单，越能突出隋轻驰的声音。其实做样带的时候他还想过加入钢琴和电音，但现场没办法用。不过这些都不要紧，只要有隋轻驰就够了。他的声音永远是表现力最强的乐器。

AK听完赞不绝口："错哥我可真是太佩服你了，你就是咱们乐队的塞林格！"

傅错一点也不觉得自己能和偶像比，塞林格是精通各种乐器的人，他的编曲里除了吉他、贝斯、鼓，还有那么多钢琴和弦乐，甚至管乐也能写，根本不是自己这点三脚猫功夫能比的。

"我谢谢你了，"他放下电吉他，"以后这种话拜托你千万别在外人面前说。"

"有啥不能说的啊？塞林格强也只强在他有个伯克利的学位罢了，你要是能去，又不会比他差！"

傅错蹲在地上调音箱，听了也没说话。

AK走到架子鼓后坐下，乒乒乓乓地擦起了鼓。

谭思看着傅错调好音量站起来，在AK打鼓的杂音中，他忍不住说："傅错，黄主任今天……"

他话没说完就打住了，傅错有些纳闷，顺着他的视线转头，就看见隋轻驰从隧道口低头走了进来。

“喂！少爷你走路怎么跟猫似的，能出点儿声吗？”AK 擦着鼓，一抬头就看见隋轻驰挎着吉他包面无表情地出现在门口，捂着心脏说。

隋轻驰不发一言地走进来，把矿泉水扔给 AK 和谭思。

谭思说了声“谢了”，AK 手上拿着鼓槌去接水，差点接脱手，抱怨了一句“你能温柔点儿嘛，防空洞里掷手榴弹啊……”

手上还剩最后一瓶水，隋轻驰犹豫了一下，走过来伸手递给了傅错，然后放下吉他包，在椅子上坐下，看了傅错和谭思一眼说：“刚才在说什么？怎么我进来就不说了？”

谭思不想节外生枝，就佯装无事说了一句：“没什么。”

傅错放下矿泉水，把谱子分出来，对隋轻驰道：“刚把编曲搞定了，这次想加入木吉他，你试一下弹唱吧。”

隋轻驰俯身拉开吉他包，抬头看向他，神情里带着些不易察觉的阴霾：“编曲你不是昨晚就搞定了吗？”

傅错被他问得一愣，昨天是这么和他说的，因为隋轻驰为了给他留出空间，大冷天的夜里一个人出去溜达了那么久。当时他也没多想，就这么说了：“昨天还有些地方没抠好……”

“行了，”隋轻驰打断他，似有些烦躁，皱着眉头，然后又很勉强地松开，说，“吉他谱给我吧。”

傅错把木吉他的谱子递给隋轻驰，隋轻驰拿过来，低头看着看着，眉头又皱了起来。

“有问题吗？”傅错问。

“没，”隋轻驰把谱子放到一旁，吉他谱不算难记，他只看一遍就记住了。但那随手一撂手上不自觉地带了几分力道，谱子从椅子上掉到了地上。他也没心情捡，还是谭思弯腰捡起来放好了。

隋轻驰的余光瞥见谭思把谱子放在空椅子上，等谭思起身，他才拿起自己那瓶矿泉水压在了那份谱子上。

那天没有演出，只是例行的排练，傅错感觉隋轻驰还是有些力有不逮，毕竟要兼顾吉他。弹错后他自己也烦，第三次在同一个地方出错后还骂了一句，连 AK 都吓了一跳，说：“不至于，你第一次弹嘛，没必要这么暴躁。”

谭思也说："慢慢来吧。"

傅错没说话，拿过那份吉他谱，想着对隋轻驰来说木吉他的部分写得是不是过于难了。

排练结束后四个人一起去吃了饭，傅错注意到隋轻驰全程又无话可说，只是提前离席帮他们结了账，然后拍了一下他的肩膀，丢下一句"我到外面等你"，就自己走出去了。

他可能还在对自己拖了大家后腿这件事耿耿于怀吧，傅错扭头看向饭馆外，穿着红色卫衣的隋轻驰走到路边，把手揣进兜里，看着像是要掏烟，结果只是掏了片口香糖放到嘴里嚼。

回程的路上，傅错想起家里的卷纸和香皂快用完了，就对隋轻驰说："去一趟超市吧。"

隋轻驰心不在焉地点点头。

走到岔路口，傅错往斑马线的方向走时，隋轻驰错愕地问："你去哪儿？"

"超市啊。"傅错哭笑不得。

隋轻驰这才"哦"了一声，松开了眉头。

两个人一起去了附近的沃尔玛，傅错往购物车里放了些日用品，也不记得家里还缺不缺别的，就问了一句："还要买点什么啊？"身边没人说话，他回头，身后没见着隋轻驰。

他纳闷地倒回去，才在卖拉杆箱的地方看到隋轻驰。穿一身惹眼红色卫衣的青年站在那儿一动不动，像个时装模特摆错了地方。

他推着购物车走过去，问："怎么了，你要买这个啊？"

隋轻驰看见他，淡淡地笑了笑，说："这个太小了，也难看，我买的话会挑个更大的。"

傅错猜不透他心里在想什么："想去旅行吗？"

"嗯，"隋轻驰接过他手里的推车，自己推着往前走，嘴角勾起，"买个能把一米八三的大高个儿都塞进去的。"

那语气轻松戏谑，傅错以为他在开玩笑，却没想到隔天隋轻驰真的拎回了一个拉杆箱。

彼时他正坐在沙发上吃泡面，见门推开，隋轻驰穿着一件过膝的深蓝色大衣，拎着一个银色拉杆箱进来，让他有点傻眼。

隋轻驰把拉杆箱立在门边，走进来，脱下那件一看就崭新且价格不菲的大衣扔床上，又走到厨房，回头问：“还有面吗？”

傅错起身帮他拿了一袋泡面放到碗里，问：“你买这些干吗？”都开春了，穿着那一身回来不热吗？

隋轻驰把电热水壶插好，倚着橱柜站着，问：“好看吗？”

傅错回头看了一眼扔在床上的大衣，那大衣看着就很贵，面料挺括，下摆却飘逸，不考虑季节因素，隋轻驰穿着那身衣服走进来的那一幕，像在给杂志拍画报。

隋轻驰从傅错手里接过调料包，挤个调料包都大刀阔斧一点不温柔，酱料沾到手上就随便一舔。

傅错又看了一眼门边的银色拉杆箱，说：“箱子家里有啊。”

隋轻驰撕汤料包的手顿了一下。

他低着头喉结滚了滚，说：“太小了，不够装。”

“你想去哪儿旅行吗？”他们才回来一个月，离放假还早得很。

隋轻驰抬头看向他，面色平静地问：“你有想去的地方吗？”

傅错不知该怎么回答，他不想去哪里旅行，但如果隋轻驰有想去的地方，他也愿意奉陪：“我随你的便。”

他说话时带着一如既往温柔如水的笑，水壶里的水在身后发出“咕咕”的响声。隋轻驰内心像有一汪温泉，水漫过他的四肢，冷暖自知。他想说：谭思知道了吗？你打算什么时候告诉我？

傅错等着隋轻驰说一个地名，哪里都好。

这时，电热水壶“吧嗒”响了一声，隋轻驰低头提起水壶，沸水慢慢倾倒进碗里，冲开了调料。

他低着头，嘴角勾了勾，说：“我是个冲动的人，你也知道，有时候可能看了一部电影，听了一首歌，就会想买东西，不用想太多。”把水壶放回去后，他越过傅错的肩，看向床上的大衣，扬了扬下巴，“衣服也好，箱子也罢，以后反正都用得着，也不算浪费。”

“所以你不是想去旅游才买这些的吗？”傅错越发摸不着头脑。

隋轻驰拿盖子盖住面碗，双手撑在桌子上，低头盯着那碗面，说：“我现在哪儿也不想去。”

只想大家一起吃饱，穿暖，幸福。

这天晚上傅错失眠了，闭上眼很久都睡不着，只得又睁开。他看了看窗边的隋轻驰，导致他失眠的人此刻背对着他，一条胳膊枕着头侧身而卧。他知道隋轻驰并没有睡着，因为睡着后的隋轻驰不是这个样子的，睡着后的隋轻驰老喜欢趴着。

想叫他一声，想想还是算了，说不定他就快睡着了。

住同一屋檐下的人们会渐渐被同化，生活习惯、喜好都会变得像彼此。

隋轻驰不爱表达，却也常发微博，觉得摸不着他情绪的时候，可以翻翻他的微博，看看他点赞了什么，转发了什么……

隋轻驰有很长一段时间没有发微博，也没点赞。今天他在微博上发了一首在听的歌，是 Oasis 的《Don't go away》。

傅错把这首歌也加到了自己的歌单里，在地铁里抓着扶手听，在面馆里吃着面听，但依然什么都不知道。像隔着云层望下方的一片湖水，只看得见波光粼粼，看不见暗潮汹涌。

也许压根儿就没有什么意义，隋轻驰喜欢 Oasis 他又不是不知道。他还曾经因为这个和嘲笑 Oasis 是三流乐队的人干过架，满头是血地回来，为了缝针剃了个狗啃头。

想起这个就好笑，再盯着隋轻驰的后脑勺时也没觉得他是在生闷气了。

第二天上午隋轻驰没课，傅错伸手去关闹钟，下了床，洗漱完从卫生间出来，看见先前睡在床边的隋轻驰已经趴着睡在了床中央。他只穿了一件灰色背心，手臂压在被子外，睡姿相当霸道。

因为不想吵醒他，傅错没有拉开窗帘，就打开了冰箱。冰箱里还剩最后一杯酸奶，鸡蛋也只剩最后一个了。怎么昨天去超市忘了买这些呢？他摇摇头，没拿酸奶，取出鸡蛋，放进煮蛋器，自己套了件运动夹克出了门。

在地铁站的自动扶梯上，有人在背后拍了他一下，是隔壁屋的师兄。

“看你在听歌没叫你。”师兄站到他旁边。

“没事，我只挂了一边。”傅错笑着说。

两个人边聊边上了地铁，师兄问：“隋轻驰今天没课？”

“他下午。”傅错说。

师兄点点头，车厢门关了，列车启动后他忍不住道：“有件事我觉得还是得跟你说一声。”

“什么事？”傅错一看对方这副熟悉的便秘表情就紧张，生怕又是要给他介绍对象。

“我先问问你，”师兄手拉着吊环朝他靠过去，“你去伯克利的事定了没？”

傅错愣了一下：“你是怎么知道的？”

“老黄那天把你叫去办公室，大家就猜到了啊。只有两个名额嘛，其中一个名额多半都是你啊。”师兄说，“其实我那天在艺校那边碰到隋轻驰了，你还没跟他说这件事吧，结果我一不小心给说漏嘴了，我看他那样子好像很不高兴，没什么问题吧……”

傅错听完呆呆地盯着他，列车到站的广播响起，他才回过神说：“你是和他说我要去伯克利吗？”

“是啊，”师兄很惭愧，“我以为你说过了嘛，也就没多想……”

左侧车门打开，身后有女生轻拍傅错的背：“不下麻烦让一让……”

对面的列车呼啸着进站，傅错没有让，而是朝师兄丢下一句“师兄我回去一趟”，转身匆匆挤过拥挤的乘客下了车。

师兄很莫名，抻长脖子冲着门外喊：“你不去学校了？”

车门把他的喊声关在了里面，他看着背着吉他包鹤立鸡群的青年从沙丁鱼一般的人群里三两下穿过，赶在对向列车关门前侧身闪了进去，门刚好在他身后合上，看得他捏了一把汗。

早上这个方向的列车通常没太多人，乘客都坐在空位上。

整个车厢只有傅错一个人站在门口的位置，拉着扶手，面朝车门，看列车穿梭在漆黑的隧道里。

那个银色拉杆箱是给他准备的，那件深蓝色的大衣也是，因为那家伙觉得波士顿的冬天会比这边冷。

他心中五味杂陈。

回到公寓，上了楼还没开门，就听见门后传来木吉他声。

现在还没到八点，没想到隋轻驰已经起来了，他在练那首《带不解风情的你来摩天轮》。

隋轻驰的吉他是跟他学的，弹得不算特别好，这首歌木吉他的伴奏比电吉他还多，又需要他弹唱，傅错有些责怪自己，他从没想过原来这对隋轻驰来说真的有些勉强了。

他在门外听见隋轻驰弹错了一处，门后静了好多秒，重弹并不需要这么长时间，那是隋轻驰苛责自己的好多秒。过了一会儿，他重弹了这个小节，这次弹得慢了一些，没有再错。

傅错拿出钥匙打开门。

隋轻驰穿着一件宽大的黑色连帽卫衣，窝在沙发上，怀里抱着那把木吉他。抬头看见他，有些错愕，稍微坐起了一点，问："忘拿东西了吗？"

傅错知道自己其实可以不用回来，只要打个电话或发条信息跟他说"你搞错了，我不去伯克利"就行了。但他真的没想到，万万没想到这么小的误会，这么令人啼笑皆非的乌龙，隋轻驰竟然已经为它花了好几千。明明什么都没有的事，突然被他搞得这么严重……

他走进来，把门在身后轻轻关好，取下吉他包竖在门边，说："我哪儿也不去。"

房间里倏忽安静下来，隋轻驰愣住，睁大眼睛看着他。

"没有我要去伯克利进修这回事，"傅错说，"黄主任是给了我推荐名额，但我当时就拒绝了。所以我觉得没有和你们说的必要。"

沙发上的隋轻驰后背整个离开了沙发背："你拒绝了？为什么？"

"没有为什么，我没想过要去。"傅错说，"我走了你们和西风怎么办？"

隋轻驰不敢相信地瞪着他，往旁边猛地一撂吉他后站起来："傅错你是不是傻？！你知道这种机会有多难得吗？！"

"再难得我也不能这么自私，我走了，那西风呢？"

"就一年而已，我可以等你一年，AK、谭思也可以，这有什么大不了的？！"隋轻驰怒道，眼睛瞪到发红，"这是什么时候的事？已经决定好人选了吗？还有机会挽回吗？"

傅错沉了口气："隋轻驰，没你想的那么简单。'机会难得，所以想也不想去就是了''至于其他人，其他人等就是了'……没那么简单的，再说去国外读书也不是那么容易的事。"

隋轻驰看着他："是因为钱吗？"

傅错没答话。钱确实是一方面，虽然进修的学费是由 CTR 学院替他们出，但是在美国留学一年，生活费也是一笔不小的开支。进修班预订不到学生公寓，光是房屋租金对现在的他来说就很艰难。乍看好像是天上掉馅饼，但想通了就会明白，那压根儿不是属于他的选项。

"只要你想去，钱我来想办法。"隋轻驰说。

傅错知道他会这么说，也猜到他在说出这句话时做的以骄傲为代价的决定：

“隋轻驰，我遇见你的时候你是挺有钱的，但现在你和我一样，兜里也没几个钱，麻烦你就不要装有钱少爷了……”

隋轻驰有些愣怔。

“我压根儿就没想过自己跑去进修，留下你们在这儿等我。”傅错说，“西风好不容易有了起色，让我这个时候走，换了你你会这么做吗？”

隋轻驰紧闭着嘴没说话。

傅错说：“你也不会吧。”

屋子里又安静了片刻，那种剑拔弩张的紧张感终于烟消云散。隋轻驰沉默地把沙发上正面朝下躺平的木吉他扶起来，琴颈向下放好。他当初说过要好好对待这把吉他的，对这样的自己他真的很无奈。

“你以为你留下来我就会高兴吗？”他低声说。

“不高兴吗？”傅错说。

傅错看着站在沙发前无话可说的隋轻驰，猜他现在在想什么：想自己演了那么久，结果被一首歌出卖了；想先前那些义正词严顿时变得苍白无力，好笑得要命……

他现在一定很混乱。

谁都没有说话，屋子里却不那么安静。

有时候他觉得自己一点都不懂隋轻驰，简直比哥德巴赫猜想还复杂；有时候又觉得隋轻驰就是一道小学加减乘除题，他只看一眼就知道答案。就好比现在，他知道隋轻驰脑子里肯定也在回荡这首歌，像开了洗脑循环一样停不下来。

隋轻驰挪动左脚，忽然走了过来，用力拍了拍傅错的胳膊。

他真的难堪，却又何其感谢，感谢这个人看穿了自己。

3

傅错到伯克利进修这件事后来谭思也知道了，那天两个人一起回去的路上，傅错感觉谭思有话要说。

走到岔路口该分道扬镳的地方，两个人不约而同地停下来，谭思笑着说：“今天我送你回家吧。”

傅错也笑：“干吗，担心我被打劫啊？”

“没，”谭思推了推他的背，说，“就陪你走走，高中时都是你送我到楼下，想礼尚往来一下。”

“那是因为你家住我家前面啊。”傅错这么说，但还是顺从地由着谭思推着他往前走了。

现在大多数时候他都是和隋轻驰一起回来，偶尔他们三个人一路，到岔路口，他就会和谭思道别。像这会儿这样，和谭思两个人一起慢慢走回家，让傅错不由得想起中学时的日子。初中时他们天天放学一块儿走，每天到家都很晚，因为在回来的路上会忍不住这里逛逛，那里玩玩。打篮球和逛音像店算是每日日常了，偶尔还会去书店翻翻漫画和小说什么的。等到了谭思家楼下，基本都是六点多了。两个人还会站在那儿天南海北地侃，一定要侃到天都黑下来才依依不舍地道一声“明天见”，再各自回去。两个中二年龄的男生，好像每天都有说不完的话，从篮球赛聊到音乐，再聊到漫画和游戏。表面看似乎是他每天送谭思到家门口，但其实是谭思陪他。因为初二时他就成了孤家寡人，家里根本没人等他，但谭思的妈妈每天都会等谭思回家吃饭。他占据的，其实是属于谭思妈妈的时间。又或者说，是谭思分出了一部分陪妈妈的时间来陪他这个好友。

上高中后，AK 加入了他们，两人行变成了三人行，如今隋轻驰又加入了他们。但谭思还是那个谭思，是他最好最交心的朋友。

“你有什么话都可以跟我直说，”傅错说，“咱们之间不存在不能说的话。”

谭思叹了一口气：“我就是觉得挺可惜的，去伯克利进修的事。”

“没什么可惜的，”傅错说，“CTR 也挺好。”

“我知道你是为了西风才放弃这个机会的……”

“知道就好。”傅错说，“我也不是为了你，为了隋轻驰，为了 AK 才放弃的。当然了，没钱是一方面，说起来乐队现在发展得也还不错，怎么还这么穷呢？”

谭思笑起来：“因为 CTR 的学费太贵了吧，又不管我们的住宿。其实如果是因为钱，我们大家可以一起想办法，大不了先预支你以后的演出费……”

“我不去还有一个原因，”傅错边走边道，“最近在琢磨一件事。”

“什么事？”

其实目前还只是有一个想法，想实现依然需要钱来打通。本来不想这么早说出来，担心最后没能实现空留失望。但对谭思，他似乎没有什么需要保留的。

“我想做一张 CD。”傅错停下脚步说。

谭思也顿住脚步，盯了他好一阵子，惊喜地举起手：“这么巧的吗？”

两个好友默契地相视一笑，傅错拍了拍谭思的手，那种畅快的感觉，就像 AK 说出那句“咱们来组乐队吧”的夏天。

灌第一张CD的事，两个人约定先不告诉隋轻驰和AK。傅错打算先把伴奏带弄好，除了吉他、贝斯、鼓，其它的乐器肯定没法约乐手，只能自己在电脑里做出来。等一切准备就绪，要约录音棚时再告诉他们也不迟。一方面是担心弄不成，另一方面也想给他们一个惊喜。

谭思找姚叔打听了一下录音方面的事，进录音棚录整张CD，如果只是隋轻驰去录首歌的话，可能一个小时就搞定了。但乐队有四个人，即使他们的状态都达到最好，怕也得录一整天。小棚子录不了乐队，大一点的棚子按一个小时八百块算，至少要准备六千。后期还需要混音、刻CD，保守估计得准备一万五的样子。

傅错看着谭思发来的预估账单，有点头疼。乐队有个不成文的传统，每次演出分完账后大家都会往乐队的账户里转点儿钱，多少不定，看每个人的实际情况。因为大家除了学费，也都少不了吃喝拉撒住的开销，所以目前乐队账户里的钱还不足一万。

傅错查看了前几场演出的收益，算了算，再开四五场，假如上座率都还不错的话，应该能凑够钱。

谭思给他发来语音："你别想得太乐观了，咱们还是得多去别的地方开唱，不能老按着一只羊薅羊毛。"

傅错想想也是这个道理，看来以后周末小长假什么的都得争取安排一下了。

偶尔他和谭思说着说着、愁着愁着也会开起玩笑，说要不然伴奏不用他们弹了，伴奏全用乐器库弄，隋轻驰自己带着伴奏带去贴歌，进棚唱一遍过，能节约好多钱。

谭思说："就是这样太委屈他了，钻石级别的演唱，配个什么玩意儿伴奏……"

傅错也笑着说："他肯定会说那我还是清唱好了，他的骄傲不允许。"

"清唱也太寒酸了。"

傅错想了想："没事，他可以弹唱，一把吉他加一把嗓子，够了。"

"他弹唱的话怕就没法one take了。"

"我可以从现在开始给他进行魔鬼特训。"

谭思哈哈大笑："隋轻驰听见了会不会揍我们？"

"不会的，"傅错说，"我和你聊完就删，免得他翻我微信。"

刚聊完就听见门外有脚步声和掏钥匙的声音，傅错飞快地回了句"曹操到"，就删了微信。

隋轻驰推开门，低头换鞋时问了一句："在和谁打电话吗？"

“和谭思随便聊了聊。”傅错说。

隋轻驰听完没吭声，点了点头。

傅错起身道：“我正要热炒年糕吃，你要吗？”

“我吃过了。”隋轻驰走进来，把背包放到一旁，走到沙发上坐下，靠着歇了一会儿。

傅错的手机就放在沙发上，就在他腿旁边。他看了看反光的手机屏幕，坐起来，转身拿起沙发旁边的木吉他。

傅错把炒年糕放进微波炉，回头见隋轻驰拧了拧弦，手指依次拨下去。

隋轻驰对吉他仿佛有一种情结，抱着就不撒手，不管弹得多烂都要弹，目的似乎也不是为了弹得更好。隋轻驰其实有一双很适合弹吉他的手，宽大修长，手指也有力，不好好用来弹吉他确实有点浪费了。

“我教你弹吉他吧。”傅错说。

隋轻驰抱着吉他抬头挑眉：“现在？”

“嗯，”傅错说，“每天晚上。”

他心想：完了，我是真的指望让他一个人带着吉他去录整张 CD 吗？

“不会占用你太多时间吗？”隋轻驰问。

“不会。”傅错说，虽然他也教过隋轻驰，但说到底隋轻驰的吉他最初都是自学的。那个时候他们在上高中，他也没有那么多时间指导隋轻驰，每当隋轻驰有弄不懂的地方问他时，他才会教一下，“你要是觉得过意不去，就教我唱歌好了。”

“好，”隋轻驰点点头，心情愉悦地扫了个弦，说，“那我来弹，你来唱。”

傅错想象了一下，忍俊不禁：“那得多烂啊。”

隋轻驰把吉他竖在一旁，勾起嘴角说：“别这么没信心嘛，我教你绝对百分之两百地投入。如果连你我都教不好，我这辈子就不可能教会任何人了。”

两个人就这样开始了一对一教学。傅错想着，如果隋轻驰的吉他能出师，那西风以后就能有两个吉他手了。而如果自己的唱功有长进，那他以后没准还能帮隋轻驰和个音。只有当他们两个都变得更好，乐队才会有更多的可能性。

被隋轻驰指导唱歌还是会有些丢脸，尤其是音域不够总是破音时，隋轻驰前所未有地有耐心，连笑话他都是很温柔的。

“发音的时候你要把重心放在元音上。”

“上不去的时候你可以试一下弯腰或者下蹲。”

除了正确的发音方式，隋轻驰还教了他一些小窍门。可不管怎么尝试，始终差了那么一点。也可能是因为隋轻驰太优秀，如果要以他为目标，他一开口，你真的会绝望。

傅错不禁自嘲："你后悔教我了吗？"

他站在那儿唱的时候，隋轻驰就坐在沙发前的小矮桌上观察他，并没有评价过半句，只是扬起下巴说："把吉他给我。"

傅错把沙发旁的木吉他拿给他，隋轻驰接过抱在怀里，低头调了调弦，说："我来弹你来唱。"

隋轻驰只弹出前奏傅错就明白了，差劲和差劲相加，谁都没必要自卑了。

夕阳洒在房间的地板上，那地板的颜色像渡了流火般漂亮。而他们站在燃烧的青春上，轻松地弹，放松地唱。两个初学者，牙牙学语，蹒跚学步，像两只在洒满阳光的叶子上爬行的蜗牛。

唱完弹完，两个人你看看我我看看你，刚刚那段合作虽然也有出错的地方，但卸下了包袱，竟意外地顺耳，且傅错还把那个一直唱不上的小节唱上去了。他是没有隋轻驰唱得完美，却也没有想象中那么差。

隋轻驰抬头看他，说："我刚才弹错了一处。"

傅错也听见了，但两个人是半斤对八两："我高音音准也不行。"

"但没破音啊。"隋轻驰笑着问，"你为什么突然要教我弹吉他呢？"

傅错想了想，为什么啊，总不能真的因为想让隋轻驰一个人去录一张纯乐队演奏专辑给乐队省钱吧？

"可能是看你太喜欢整天抱着它了。"傅错说，"等你弹到我这种水平，我们乐队就能有两个吉他手了，你还可以自己在舞台上弹唱。"

"我不可能弹到你的水平。"隋轻驰说，心道，就算可能我也不想。他把木吉他放下，抱起一条腿说，"来吧，练练发声。"

训练发声的时候隋轻驰总是不厌其烦把手贴在他的胸口。

傅错把他的手拿掉，说："你就这样感觉不到吗？"

隋轻驰的理由十分充分："你的共鸣那么差，几乎都没振动，我当然感觉不到了。"

唉，算了……傅错心想。

五一小长假期间，他们又去了一趟S市，这次是受邀去演出的。

上次租的五百人的场子，这次歌迷挤满了上下两层可容纳八百人的大场子，刨去 Live House 的分成，这次的收入相当可观。

傅错琢磨着可以开始弄 CD 了，可惜好事多磨，五一过后市里排查安全隐患，他们的防空洞没法再用了。好在姚叔帮他们介绍了一个便宜的排练屋，解了燃眉之急。

新排练屋在人家住宅区的地下室，一个小时租金就要八十。但因为地方太偏，在郊区，去一趟得个把钟头，租的人少，长期闲着，再加上有姚叔帮他们说情，最后敲定他们一个月来排练十天，租金按一个月一千五算。排练是当务之急，这笔租金没法省，灌录 CD 的事就只能以后再说了。

搬去新排练地，太敞亮了，不用偷接电线，还有一面落地镜，四个人起初还有点不习惯。

第一次排练时 AK 扶了扶自己的帽子，举着鼓槌对着镜子道：“我打起鼓来这么抽风的吗？”

谭思安慰他：“看习惯就好了。”

AK 愤恨地瞪他一眼。

毕竟都是二十岁出头的小青年，有了镜子，大家都开始变得特别在意形象。尤其是 AK，还去染了一头黄毛。

每次来排练，傅错都一个人蹲在那儿接电源音箱效果器，那三个人就站在大镜子前捯饬过去捯饬过来。

AK 本来照得好好的，隋轻驰一过来他就不声不响地闪开老远，不想和这个身高一米八五，颜值爆表身材还好的主唱站在一块儿磕碜自己，却又忍不住老瞥人家。见隋轻驰对着镜子突然举高麦克风，就是那种两条腿分立，低着头像原地起飞的超人一样举高拳头的姿势。

AK 眼里只有不爽：“你都这么帅了还耍什么帅啊，还给不给我们活路了？！”

这叫耍帅吗？傅错心想，并不是啊。

排练的时候三个人也全程盯着镜子，只有傅错低着头该怎么弹吉他还怎么弹。弹完这段他抬起头，见隋轻驰看着镜子里的他说：“可以，很帅。”

他一副“你不注意形象我帮你注意”的理所当然的模样。

五月下旬，他们接到一个湖畔公园音乐会的邀请。

就周末两天时间，在一个森林公园。受邀的除了两位已出道有点知名度的歌手，其余的都是地下乐队或者网红歌手，来的观众也以学生居多。不过令傅错没想到的是，现场竟然有不少粉丝认得他们。西风登台时收到好一通热烈的欢呼声，简直让他们受宠若惊。

唯一宠辱不惊的人可能就只有隋轻驰了，隋轻驰往麦克风前一站，台下就有个迷妹高喊了一声："隋轻驰你怎么这么帅？！"

声音太大了，全场都笑翻了，唯独隋轻驰没什么触动似的，只凑近麦克风说了一句"大家好，我们是西风"。

这个音乐会是露天场，音响效果和封闭的Live House不同。他的声音一出来，山河湖海似的开阔，又云雾缭绕似的灵气，一时间全场认识和不认识他们的人都期待地鼓起掌来。

方才那个妹子又激动地喊起来："隋轻驰你到底为什么这么帅啊？！"

这副问天问地问自己的架势让隋轻驰也受不了了，他往后看了一眼傅错。

傅错嘴角忍着笑，隋轻驰又回过头，对着话筒说了一句："好了听见了，冷静一点。"

那声音真的好听，露天舞台那么宽敞，森林里四处都是风，隋轻驰的声音就像西伯利亚的狼，有点孤傲，有点远，卷着雪横扫过几千人的现场。

傅错听得心里也像是被冰雪冻了一下，心想这样让人家还怎么冷静啊？

他们那天唱了四首歌，中场乐手独奏时，台下有几个歌迷齐声喊道："谭思生日快乐！"

谭思听见了，吓了一跳。

傅错也大吃一惊，后天就是谭思的生日，没想到歌迷们都记得，甚至还追着他们来到这个不算太有名的音乐会现场。明明是客场作战，搞得却像主场一样。他转头，看见谭思的眼眶有点红。

歌迷们还在七嘴八舌地说着什么，傅错隐约听见自己的名字，但听不清楚在说什么，就看向舞台一侧的隋轻驰，问："在说什么？"

他没对着话筒说，声音被数千歌迷吞没。隋轻驰在喝水，就摘了耳返，拿起麦克风走到舞台边蹲下，把麦克风对准台下。

他立刻就后悔了，其中一个女歌迷的声音被话筒陡然放大了，正激动而刺耳地喊着："傅错你给他唱首生日歌啊！"

隋轻驰愣了一下，谭思的生日为什么要傅错唱生日歌？！

傅错自己也挺尴尬，看了谭思一眼，两个人都有些无语。最后，他对着台下歌迷说：“我们一起唱吧！”

于是台上台下一起唱了这首生日歌，可能他唱歌有些放不开，而隋轻驰只是机械地跟唱，最后反而是 AK 的声音最大最嘹亮。

唱后两首歌时忽然就下雨了，虽然谈不上暴雨，却也算大雨了。

歌迷们的情绪却没有打半点折扣，因为隋轻驰在雨里仿佛唱得更得心应手了。他本来穿着一件版型宽大的纯白 T 恤，外面套了件热带风情花纹的牛仔外套。雨大起来时他把外面那件牛仔外套脱了，随便往舞台上一扔，那衣服在他身后落进一朵水花里。大雨飞快地把他身上的白 T 恤淋得湿透，紧紧贴在他的胸口、腰上、背上。

台下的歌迷，男的女的，西风的歌迷，别人的歌迷，通通尖叫起来，为这位魅力非凡的乐队主唱第一次暴露在雨中的身体。

远方滚过一道雷，隋轻驰双手抱住麦克风，唱出了一个压倒雷声的震撼高音。音响上的雨水爆出一片白雾，这个高音达到 E5，他却是用强有力的混声唱出来的。在完全开阔的场地，依然展现出压倒性的声场和声压，镇住人群的沸腾声，雷声雨声都不在话下。

傅错看着隋轻驰的背影，因为发力而绷起的后背肌肉在湿透的 T 恤下若隐若现。隋轻驰平时不常这么唱，他没必要特别用力，也能表达自如。他这样唱的时候，其实牺牲掉了感情，更多的像是一种发泄。

西风乐队年轻的主唱，如此冲动、躁动、激进，但那又如何呢？摇滚的世界本就是这样，在歌迷们眼中，隋轻驰即使是一颗定时炸弹，炸裂时也必然魅力四射。

那天的演出结束，隋轻驰没等他们，自己先下了台。

收拾乐器的时候，傅错看见舞台中央的那件衣服，走过去打算捡起来，忽然听见歌迷在喊。他抬头，看见隋轻驰又回来了，似乎这时才想起忘了衣服。两个人看见彼此都愣了一下，傅错离那件衣服更近一些，就走过去捡起来，再走上前递给了隋轻驰。

隋轻驰接过衣服拧了拧水，这次没再自己下台，而是帮乐队搬运完所有乐器和音箱。

那天本该是值得纪念的一天，不仅因为那是他们第一次和出道歌手同台的一天，还因为那是西风遇到第一个伯乐的一天。

在后台给架子鼓装箱时，后海音乐的彭帅找到了他们，开门见山地说很喜欢他们的音乐，问他们想不想签约后海音乐。

四个人都有点愣怔。

彭帅在大雨中眨了眨眼，问："是有人抢在我前头了吗？"

# 第十六章
## 甘苦交响曲

1

彭帅看上去三十好几，也和歌迷们一样穿着 T 恤和牛仔裤，看不出来是个经纪人。后来傅错应了他的邀约，去酒店和他见面。彭帅换上一身衬衫、西裤，这才有了几分职业经纪人的模样。

傅错对后海音乐也有一点了解，他们旗下都是音乐人和歌手，没什么偶像艺人。彭帅也坦言因为老板喜欢摇滚，只想专心做音乐，所以公司只签音乐人，不搞艺人偶像那一套。傅错听过其中一些歌手的作品，质量着实不错，但奈何没有特别红的歌手，可能也和公司的规模有关。

“我关注你们有一段时间了，”彭帅手指间夹着烟，但没抽，“我和老板都去过你们的演出现场，歌很好。歌都是你写的吧，乐队也亮眼。尤其是主唱，很有魅力。当然了，你们这么出色，未来肯定不止我们这一种选择，你们也可以好好考虑一下。但我只是想让你们知道，我们是很有诚意的。你回去和你的队友商量一下，如果还有什么想问的，改天我们约出来大家吃个饭再慢慢谈。”

傅错带着彭帅向他表露的满满诚意回到住的酒店，因为这件事他们又续了一天房。这一天四个人都聚在傅错房里，搜了后海音乐，也搜了它旗下的音乐人，歌听了无数，MV 也看了不少。毫无疑问，后海音乐是一家用心做音乐的公司，歌真的都不错，但人气也是真的太一般。他们想找一些歌手的演唱会视频来看都找不到，旗下艺人出新歌了，能在排行榜上出现的歌手也就只有一个选秀出身的女歌手 Sara。

专心做音乐和让乐队大火，这两者之间要怎么选，傅错也有些犹豫了。

AK 反而一点顾虑都没有：“签啊！要不然这么自己玩什么时候才是个头啊！

他们以前也没签过乐队吧，而且你看这签约的歌手里除了 Sara，其他人长得都不咋地，当然红不了。说穿了，现在就是个看脸的时代！”

言下之意他们不一样，因为隋轻驰的脸是能扛打的。

傅错问谭思：“你觉得呢？”

谭思沉吟了一会儿：“其实我们现在也没什么别的选择，他们的音乐是做得挺好的，现在还能专注音乐的公司太少了。我还是觉得这一点最重要，我们可以试试。”

AK 忽然八卦兮兮地说：“我听说后海当初还想签 LOTUS，是不是真的啊？”

傅错没问彭帅这件事，毕竟也只是业界传言，不知真假，无论如何 LOTUS 最后签的都是艺天。

四个人坐在两张床中央讨论，只有隋轻驰一直没说话。他坐在床边，手臂向后撑着，看着三个人说来说去。傅错扭头问他：“你呢，有什么想法？”

隋轻驰这才松开撑着的手臂，慢慢地坐起来，眼睛看着平板上后海音乐的介绍页面，说：“我不想签。”

几个人都一愣，AK 问：“为什么啊？”

隋轻驰说：“LOTUS 也没签啊。”

傅错说：“那可能只是个传言。”

隋轻驰换了个姿势，双手放在膝盖上，反问：“那就算他们签了 LOTUS，LOTUS 能在他们手上红起来吗？”

AK 挺直腰杆说：“我觉得能红！”

隋轻驰皱眉：“我懒得跟你说。”

“我说得不对吗？LOTUS 里有季诗有塞林格，放哪儿不能红啊？再说你不签他们，你还想签哪儿啊？还指望艺天来签我们啊？”

隋轻驰睨他一眼：“你怎么就知道没有别的公司愿意签我们呢？”

“现在就是没有啊，地下乐队那么多，最后有几个被大公司签走的？就算以后有了，那也不一定会比他们好！”

隋轻驰说：“你要是对乐队这么没信心的话，我也无话可说。”

这样根本商量不出个所以然来，听着 AK 和隋轻驰两个人争执，傅错只觉得头大。

“哎呀，那不如投票！少数服从多数！”AK 干脆地道。

“我觉得不好，”谭思皱了皱眉，“这种事还是要每个人都达成统一最好。”

“那怎么办啊？”AK看向傅错：“傅错，你是队长，你说吧，你决定了我们就都听你的！”

隋轻驰也看向他。

从投票表决突然变成全体都听他的，傅错比之前更头大了。要他一个人来替整个乐队做决定，这个责任未免也太重了……

AK说：“不是要达成统一吗？我和少爷永远达成不了统一。但是我信你，好赖我都信你。就算要跟着你一起下地狱我也认了，绝对没有半句怨言！你就是我们的统一！”

这一番激情表白让傅错欲哭无泪。

谭思也看着他：“如果我们最后达不成统一，总还是得要一个人来做决定，你做的决定我想这里没有人会反对。”

隋轻驰看了一眼谭思，觉得他的话意有所指。他站起来，低头看着傅错，说：“行，你决定了我就听你的。”

乐队成员和彭帅一起吃了个饭，开诚布公地谈了一席。对于他们的疑问，彭帅都答得毫无保留。傅错本希望在这次谈话后乐队的四个人能达成一致，然而似乎还是没有改变，觉得可以签的依然觉得该签，觉得不该签的还是不想签。他自己其实和谭思一样，更在乎公司对音乐的态度。如果签约以后让他们去走穴，去上综艺节目，走偶像艺人的路线，那公司再大牌又有什么意义？如果只是想红，只是想赚钱，他们也就没必要执着于乐队了。

可吃饭时唯独隋轻驰没怎么讲话，傅错能感觉出来他根本就没有考虑过要签后海音乐。问题就出在这儿，隋轻驰依然是那个中二少年，一旦认定了什么，不管彭帅怎么说他都不会动摇。

所以最后还是得由他这个队长来做决定。

他承诺彭帅一周后给他回复，回CTR的火车上，AK说：“我们说好了，给傅错思考的空间，谁都不要影响他，尤其是你！”他瞪的对象毫无疑问是隋轻驰，“可别做小动作啊！”

隋轻驰靠在窗边睡觉，闻言掀起眼皮看了AK一眼，把棒球帽拉下来，一副眼不见为净的样子。

傅错手机里有彭帅发来的合同，意思是他们对合同有任何问题都可以再商谈。对于他们这样名不见经传的乐队，此种待遇足以见得重视和诚意了。

回到学院，傅错把合同看了好几遍。但毕竟这方面他的经验为零，这么重要的合同，还是得找个专业人士看看才靠谱。他在洗手台前边洗脸边考虑时，隋轻驰靠在门边说："很烦吗？"

傅错关了水龙头后抬起头，从镜子里看着隋轻驰。他可能已经站在那儿看了有一会儿了，但自己都没察觉。因为AK有言在先，所以这两天他和隋轻驰都没聊过这个话题。但负责做决定的人毕竟是他，这两天他都在研究那份合同，不懂的就上网查询，大概他的烦恼隋轻驰都看在了眼里。

隋轻驰起身从门边走过来，拿过漱口杯，接满水说："合同的问题，你找Loki吧。"

Loki是贺斌的好友，香蕉鱼的贝斯手。经隋轻驰提醒后傅错才想起来，好像是听贺斌说过Loki在法学院念硕士。

傅错看了一眼低头刷牙的隋轻驰。

他知道隋轻驰不想签约，但不知隋轻驰为何会如此抵触。他想说点什么，最后还是欲言又止。

第二天是周末，傅错约了贺斌和Loki在星巴克见面。Loki花了点时间看完合同，桌子上的甜点他基本没动，那两块提拉米苏是贺斌一个人干光的。

Loki看完后把合同递还给傅错，说："没什么大问题，在这种制式合同看来，这家还算比较良心了。"

傅错放了心，合同没坑，那按合同里的约定来看，待遇是真的挺不错了。

贺斌放下叉子，问："你们真的打算签吗？"

傅错叹了一口气："还没决定。"

贺斌说："成员意见不统一？"

被一语中的，傅错只能苦笑。

贺斌和Loki互看一眼，贺斌耸耸肩，无奈地笑道："很正常。"

原来香蕉鱼之前也有过可以签约的机会，但因为成员意见不统一，谁也说服不了谁，最后也就不了了之。这样一想，傅错反而觉得自己是幸运的。因为所有人都把决定权交给了他，且毫无怨言。不管最后是签还是不签，总好过不了了之。

不过令傅错吃惊的是，贺斌和Loki对签约的想法也不一样。当初贺斌是想签的，但Loki不想。

傅错忍不住问Loki："为什么不想签？"

贝斯手转了转手里的咖啡杯："我那时觉得合同很坑，时间也太长。所以你们这份合同是真不错，只有八年。一般这种合同都是十年起步的。”

贺斌看了一眼面有赧色的Loki，一脸认命地笑着对傅错道：“法学院的高才生嘛，你懂的。我们都觉得无所谓，毕竟娱乐圈就是这个样子，资本家是肯定要压榨你的，就他认死理，觉得合同不公平。但公司想签的是乐队，如果其中一个人不签字，那肯定签不成，更何况当时我们的吉他手也不想签。”

傅错记得香蕉鱼的吉他手，脾气挺暴躁，叫Morning：“他为什么不想签？”

Loki说：“不是Morning。”

贺斌点头：“Morning是后来加入我们的，我们最早的吉他手是一个挺有天分的家伙。他没说自己为什么不想签，但在那之后不久他就跑路了，现在是热辣的吉他手。”

热辣这个乐队傅错是知道的，是上过第一季《乐王》的唯一一支摇滚乐队。尽管成绩不佳，第二轮就被淘汰了，但因为唱了一首原创歌曲上了热搜，从此也走上了坦荡星途。人气自然没法和LOTUS比，但在从地下走到地上的乐队中，已经算是成功的典范了。热辣的吉他手北方也的的确确担得起“天才”二字，只不过到今天傅错才知道，原来他是被挖过去的。

那天回来的路上，傅错的心情更复杂了。临别前贺斌对他说：“其实搞乐队的，一般有公司找来基本都会签，毕竟自己搞乐队太苦了。能说一句不签的，无外乎三种人：有钱的，有天赋的，有毛病的。”

隋轻驰是有天赋的。

傅错一个人漫无目的地走在商业街，春末夏初，天气已有些热。他不知不觉就走到了地下商场，等从凉爽的地下通道再出来时，发现到了希尔顿酒店外。

好像那天隋轻驰就是在这里遇见唐杜的。

傅错觉得隋轻驰可能没有真的见到唐杜，很大概率只是见到了唐杜的保姆车。那一个车影，以及粉丝们喊着唐杜名字的声音，让他知道里面坐着唐杜。

他还记得那天隋轻驰帮自己擦头发时说的话。即便是唐杜这样被誉为国民歌神的存在，籍籍无名的隋轻驰都没当一回事。

他的心得有多高？傅错抬头望着高耸的酒店大楼，心想。

隋轻驰坐在沙发上弹着吉他，一个上午过去了，并没有真正弹出个什么名堂，只是心烦意乱漫不经心地拨着弦。手机忽然在身旁振动了一下，屏幕亮起，他低头，看见是傅错发来的微信：我在谭思这儿，你过来一下吧，我们谈谈签约的事。

隋轻驰盯着这条信息，眉毛不由自主地皱紧。他很清楚傅错和谭思的想法是一样的，每次只要一到这种关键时刻，他总是和谭思想的一样。

隋轻驰坐起来，拿起手机准备打字，想说我们有资格再挑，想说我们还年轻，为什么要急于一时？想说我们为什么不可以像LOTUS那样，为什么要将就？他两只手拿着手机，输入框已经点开了，木吉他还抱在怀里，硬邦邦地顶在胸口，像有巨石堵在心上。

房间里有一刻异常安静，时间一分一秒地过去，手机屏幕暗了下来。他慢慢坐直身子，放下了手机。傅错应该已经想好了，现在再说什么都没用了。

到谭思门口的时候，门已经给他留着了。他走出电梯，看着走廊前方那扇半开着的门，犹豫了一下。门是开着的，但他没听见客厅里的说话声。他期望他们能说点什么，好让他有点心理准备，便加重脚步走过去。他“嘎吱”一声一把推开门，看见坐在沙发上的三个人，合同就在茶几上摆着。

他咽了口唾沫，他是真的不想签，到这一刻更加惶恐，觉得这是极其错误的。八年的时光，只能这样平庸地度过，他梦想里的星河体育场和梦想里的别墅，全会变成泡影。

他一直希望有朝一日能和西风一起站在那样的舞台上，可是现在却被告知乐队压根儿就没有这样的梦想。原来他们根本就不是一路人，这让人怎么接受……

傅错抬头看向他，说：“就等你一个了。”

隋轻驰闷不吭声地走过去，害怕那份合同上只差他一个人的签名，那他到底要不要签字呢？

他怕自己会签，更怕自己拒绝。

沙发上已经没有空位了，隋轻驰走到茶几对面，视线一直在那份合同上，然后在地板的垫子上盘腿坐下。

傅错说：“刚刚已经和他们说过了。”

隋轻驰的手指下意识攥了一下牛仔裤，脑子里翻来覆去滚动着一句话，好像随时会脱口而出：不，我不签，对不起。

然后他就听见傅错说：“我们暂时不签。”

隋轻驰蓦地抬头，看向沙发上的傅错，以为自己听错了：“不签？”

傅错看了看旁边的谭思，说：“我们还年轻，反正也还在读书，我想……就再等等好了。”

隋轻驰不敢相信，像被人从沸水里捞出来的一只虾。

AK看上去还是不太甘心，向后倒在沙发上，嘴里嘟囔着：“我还是觉得咱们会后悔……”

傅错也知道，对于一直期待签约期待了很久的AK，这个决定让他有多失望。但与其今后再后悔，至少现在他们还有后悔的机会，还有大把的青春和时间容许他们拨乱反正。

“对不起……”他看着AK，带着歉意说道。

AK耸耸肩：“算啦，说好了跟你下地狱也无怨无悔的，这起码比下地狱强多了。”

谭思拍着他的肩笑了笑，傅错也有些不好意思地笑了。

隋轻驰闭了闭眼，他的手还按在膝盖上，手心有些湿热，差一点就要站起来了。他的膝盖还蓄着一股力道，到这一刻才完全松懈下来。

明明如愿以偿，却并没有开心的感觉，未来他们还会面临这样的选择，他不可能每次都逃过一劫。傅错此刻的表情，他第一次有些不敢去看。

当晚傅错便联系了彭帅，对于这样的结果，彭帅觉得可惜，却也表示能理解，在电话里说：“那行吧，哪天你们改变了主意还可以联系我。”

傅错说了谢谢。

周三的晚上，谭思来了一趟餐吧。傅错正给靠门的一桌收盘子，抬头就看见好友推门进来，朝他挥了挥手：“有人和我换了班，我就顺道过来了，等你一块儿回去。”

已经九点了，这个时间点店里客人也不多，傅错笑了笑：“好，那你随便坐一会儿吧。”

餐吧的装修和酒吧类似，也有一长溜的吧台。这会儿吧台这边的位子都空着，谭思就在这边坐下，偶尔和傅错聊两句。

“账户里现在有多少钱啊？”

傅错知道谭思问的是乐队的账户：“做CD的话还可能还差点儿。”

谭思开玩笑道：“后悔了没？要是签约了，咱们就不用自己弄CD这么麻烦了。”

傅错走过来，手按着吧台，说了一句：“对不起，让你失望了。”

谭思愣了一下，然后笑起来：“干吗啊，我开玩笑的！你这个人能不能别这么认真啊？唉，虽然不知道你为什么会改变主意，但后来我也和姚叔谈了谈。我觉得他说得挺对的，我们又不能预知未来，签约也好，不签也罢，谁也不敢说哪一种决定就是对的，哪一种一定是错的，都是摸着石头过河而已。只要慎重地思考过，就算对得起自己了。”他看着吧台后的傅错说，“我相信你一定比我们思考得更慎重，因为你这个人就是太认真了。”

傅错无奈地笑了笑，递给谭思一杯咖啡：“请你的。”

谭思没客气，接过来喝了一口，又放下，趴在吧台边有些好奇地问：“但我还是好奇你为什么又改变主意了？”

傅错低头擦着吧台，其实也没什么特别的原因。这样的决定，说白了，是有一些功利的。如果再早几年，他可能自己都不敢相信自己会做出这样的决定，放弃了好好做音乐，而选择了要大红大紫的道路。

那天从星巴克出来，他坐在希尔顿酒店外的长椅上发了很久的呆，脑内互搏不出结果时，就低头打开了手机微博。乐队微博上大部分是谭思转发的歌迷拍的乐队现场演奏视频，他以前总是忙着上课、排练、写歌，还从来没有像现在这样，什么都不想，认真地一条一条看完这些视频。

歌声和伴奏从白色的入耳式耳机传入耳朵，站在观众席拍录的视频充斥着大量噪音，但隋轻驰的声音依然像光穿透混沌一样，把他从现场和大街的喧嚣中拯救出来，带进他的世界。

他唱一首忧伤的歌，可以把美好盛夏唱成一种煎熬；他唱一首热烈的歌，即使在寒冬腊月，你也会心怀火苗，偷偷雀跃。如果音乐是魔法，那隋轻驰就是天赋最高的魔法师。

镜头里，隋轻驰穿着黑色的 T 恤和牛仔裤，灯光有时候打过来，他就像一尊艺术家雕刻的雕像，被裹在人间简陋的衣裳里，依然带着来自天上的光，肉眼可见地夺目。

在舞台上，他看到的都是隋轻驰的背影。这还是头一次从歌迷的角度去看台上的隋轻驰，看他单手扶着麦克风，看他双手抱住麦克风，看他抽出插在兜里的手，张开双臂，这个动作伴随着青云直上的高音，让他忘了自己其实就是他背后的吉他手。这一刻他只是一个误点入视频的陌生人，仅仅几分钟的时间，就被这个年轻的主唱征服了。

假如隋轻驰没有加入西风，他随便参加一个选秀节目，也绝对会脱颖而出。哪怕是现在，他想走，想签一个比后海好得多的公司，也都不是问题。

合同上的时间是八年，Loki 说在这样的合同中八年已经是一个相对短的期限了。可是八年后，他、谭思和 AK 就三十了，八年后隋轻驰也二十八了，这是最最宝贵的八年。

隋轻驰值得更好的。假使未来真的没有更好的，那他也不应该被将就。

是他成全了西风，那西风也应该成全他。

“也没什么原因，”傅错收回思绪，看向洗耳恭听的谭思，“就是有那么一刻，我真的感觉我们可以有更好的选择。”

谭思了然地点头：“其实我们都希望能有更好的选择，只是不是每个人都敢去等。”

快九点半的时候，谭思上了一趟洗手间。傅错正要去员工间换衣服，忽然听见手机响，谭思把手机留在吧台上了。他抬头看见谭思从洗手间回来，便指了指他的手机。这一指他就看到了屏幕上的来电号码，不由得愣住了。

号码显示是医院，却不是这儿的医院，而是老家那边的。

2

隋轻驰是被冷醒的，醒来的时候发现自己倒在沙发上，浑身酸痛，尤其是腿和腰。他用手撑起来，压在腿上的吉他立马掉了下去。他虽然眼明手快地抓住了琴颈，但琴尾还是磕在了地板上。他连忙提起来，吉他表面看起来没什么损伤，却还是让他很心疼，心想自己真是天生不懂得爱惜的人。其实早就可以换一把单板吉他了，只是他舍不得换掉。

他也不知道自己为什么就这么睡着了，凉意是从窗外传来的。外面在下雨，雨声听着还有点大，也不知傅错有没有带伞。雨飘进来把地板都打湿了，隋轻驰放下吉他，起身走过去关上了窗户。外面稀稀落落的灯光在雨水中变成朦胧的一团又一团，路上也没多少路人，有些过于安静了。他有点狐疑，转身回到沙发上坐下，拿起茶几上的手机。

竟然已经深夜十二点半了吗？

通常傅错不到十点半就会回来，这是搞什么鬼？他翻了翻微信，没有发现任何留言，就拨了个电话过去，电话通了很久都没有人接听。

隋轻驰有些不安，一直等到电话那头传来“您拨打的用户暂时无人接听”，才挂断通话。

他立刻又打给了AK，也是等了半天都无人接听。他开始有些心浮气躁，正要挂断时，那边终于有人接起了，回了一声呵欠连天的“喂”。隋轻驰立刻问：“傅错是不是在你那儿？”

AK 听他语气急迫，稍微清醒了些："啊？你怎么问我呢？我在跟他们自驾游啊，不是跟你们说过了吗？"

隋轻驰这才想起艺校放假比他们早，AK 所在的班组织去西藏采风了，要一个星期后才回来。

"怎么了？"AK 问，通话质量不是很好，他大着嗓门说，"傅错没回来吗？哎呀！他多半和谭思在一块儿呢，别瞎操心！"

隋轻驰没说什么就挂断了，盯着手机陷入纠结之中。要打给谭思吗？AK 说得没错，如果傅错没回来，那多半是在谭思那儿。可能两个人又是聊音乐聊编曲尽了兴，就忘了时间。

纠结许久，他决定再等一会儿，没准傅错已经在回来的路上了。如果一个小时后他还没回来，那再说吧。

雨点"砰砰砰"打在玻璃上，隋轻驰坐在亮堂堂空荡荡的屋子里，睡意全无。也不知道该干些什么，他中途去洗了把脸，然后就一分一秒地数时间，感觉这一个小时简直度日如年。实际上他没有真的等到一个小时，午夜一点十五分时，他感觉自己再也等不下去了，于是拨通了那个极不愿拨通的号码。

"嘟嘟"两声后，只听到手机那头传来"您拨打的用户已关机"的提示音。

医院的走廊静悄悄、空荡荡的，傅错从病房里走出来。病房里，两个阿姨正在给去世的陈阿姨换衣裳。一切来得太突然了，晚上九点半的时候谭思接到医院打来的电话，说他妈妈下楼丢垃圾时从楼梯上摔下来，后脑撞在尖锐的栏杆上，正在抢救，让家属赶快来医院。他陪着心急如焚的谭思往车站赶，在高铁上又接到医院的电话，说是已经抢救过了，但没能抢救过来。谭思就这样失去了妈妈，甚至失去了见她最后一面的机会，在一辆疾驰的列车上。

傅错站在病房外，看着坐在走廊阴影里的谭思。谭思已经号啕大哭过了，他从没见谭思这样哭过。谭思一直是一个非常冷静克制的人，也可能正因为自己是谭思最好的朋友，谭思在他面前才能这样放肆地哭吧。这一幕太过熟悉，让他想起了十四岁时的自己。只是这一次被陪伴的人成了谭思，而陪伴的人换成了自己。

外婆去世那天也是在夜里，他也是这样趴在外婆身边哭着不肯离开，被人拉开后才渐渐接受这个事实。这不是梦，也没有奇迹会发生，他失去了生命中最亲的人，觉得世界都坍塌了。但世界没有坍塌，太阳还是会照常升起，生活下一秒就得继续。

他一个人不知所措地坐在医院阴暗的走廊里，然后电梯门开了，他听见十四岁的谭思在喊自己的名字：“傅错！”

抬起头，他看见谭思和陈阿姨从电梯里走出来。谭思朝着他跑过来，他脸颊上的泪水已经风干了，却在见到好友的那一刻，又有热泪从干涩的脸颊上滚落下来，火辣辣的疼。

那天多亏了谭思和陈阿姨，要不然他一个人根本不知道该怎么去面对。

他记得那时他抱着谭思，语不成调地哽咽着说：“我没有亲人了，我只剩一个人了……”

谭思抬手顺着他激动起伏的背，笨拙地安慰他：“你还有我，我们是永远的朋友，以后会比亲人还亲！”

这句话，他一辈子都会记得。

两个阿姨从病房里走出来，说衣服已经换好了。傅错点点头，殡仪馆的车也已经准备好了。他走过去，在谭思身边坐下，轻声说：“再坐一会儿，我们就走吧。”

谭思没有说话，像灵魂出窍了一般垂头呆坐着。过了很久，他才说：“我一直想能给我妈换一套带电梯的房子，想先攒够首付的钱。如果这些钱我不攒着，帮我妈租一套带电梯的房子就好了……”

傅错听着，没有说话。外婆病逝的时候，他也一个劲地在自己身上找原因，觉得是自己没能帮外婆分担，是自己太不懂事，才会让外婆操劳生病。

可是那个时候，谁又知道这些呢？所以人永远都摆脱不了后悔，会做错的事太多了，但总是要很久以后才知道原来都是错的。

殡仪馆的车子里没开灯，空调开得很大，司机也没说话。傅错看着身边的谭思，谭思一直出神地望着车后，陈阿姨就安静地睡在那里。他甚至知道谭思现在在想什么，他一定在想，陈阿姨孤零零地躺在后面，会不会难受，又会不会冷。

殡仪馆还是外婆去世时的那个，到殡仪馆后要走一些流程，还好他都已经很熟悉了。他知道陈阿姨生前就节约，就免去了一些花钱的繁文缛节，要付钱的时候才发现手机没在包里，一定是留在餐吧里了。他当时走得太急，只来得及换了身衣服，手机多半是放在架子上了。

他拿谭思的手机付了钱，然后两个人就坐在灵堂里。这个时候已经快一点了，谭思给姨妈打了个电话，然后坐在那里一个一个地通知陈阿姨生前的同事和好友。傅错除了陪着他打电话，也不知道能做什么。

通知得差不多的时候，他的手机也没电了。他们连充电器都没带，傅错就去灵堂外看能不能借到充电器。

这个时候，大概也只有殡仪馆里会有这么多人，麻将声阵阵，仿佛很热闹。但挂在灵堂中央的那一张张照片，走道里飘着的香烛的气息，还是让人感觉窒息般难受。

楼下的一个工作人员借了他们一个充电器，傅错带着充电器回到二楼灵堂，看见谭思站在水晶棺旁，看着躺在里面的母亲。

他没有去打扰谭思，进房间给手机充上了电。

谭思的姨妈和姨父随后就赶到了，傅错松了一口气，他们现在是这个世界上唯一和谭思还有血缘关系的人了。但你能称他们为亲戚，却很难把他们当亲人。他们有自己的亲人，但那些都与谭思无关。现在对谭思来说，自己恐怕才是这个世界上跟他最亲的人。

这个时候已经快两点了，姨妈让谭思去休息一会儿，这里他们先看着。谭思这才带着满眼的血丝去了房间。

两点的时候，傅错用充了一半电的谭思的手机给隋轻驰打了一个电话。他是走到灵堂外打的，手机响了三声后被接起，却没听见隋轻驰说话，只听见那边哗啦啦的雨声，还有诸多嘈杂的人声。他甚至听见了警笛声，有些诧异："隋轻驰？你在哪儿？"

那边传来一声沉重的呼吸，接着便是一声怒吼："你跑去哪儿了？！"

那声音裹挟着暴怒，即使想压低也压低不了。从灵堂外路过的人都听见了，惊异地转头看过来，傅错觉得非常难堪。

他走到走廊尽头，对着手机那头说："对不起，我手机忘带在身上了……"

他把今晚发生的噩耗原原本本告诉了隋轻驰，原以为说清楚了这些隋轻驰就会理解，哪知手机那头的人根本无动于衷，甚至没听他说完就劈头盖脸道："我找了你一个晚上！我以为你出事了，你现在跟我说是别人出事了？！"

事实证明你绝对不能和乐队主唱吵架抬杠，光是声压都能把你逼疯了。但即便傅错早已经有了心理准备，也还是难以接受自己听到的。他想反驳什么，一抬头却看见从灵堂走出来的谭思。他只睡了不到一个小时就起来了，正看向这边。他压下所有情绪，对着手机匆匆说了句"我回头再打给你"，就挂断了电话。

通话说断就断了，隋轻驰站在瓢泼大雨中，眼睫上全是水，被雨水打得睁开都费力，仍是睁大眼睛不敢相信地瞪着手机屏幕。他也没有再拨过去，而是放下手机，就听见充斥世界的巨大雨声，铺天盖地的雨落在江面，江水变成一片混沌起雾的白色。桥面上救护车和消防车的红灯闪来闪去，事故现场还拉起了警戒线。晚上十点半时发生的车祸，一辆末班公交车被疑似醉驾的车辆追尾导致坠河，搜救进行了很久，直到半小时前才捞到第一具尸体。

这半个小时他就站在大雨里，守着现场寸步不离，看尸体一具两具地浮现，一具两具地再被抬出来。每一次他们捞出来什么，抬出来什么，都让他提心吊胆，瑟瑟发抖。但即使被吆喝、驱赶、甩白眼，他也没有离开半步。

结果什么事都没有，让他大半夜从谭思的住处找去餐吧，又找去酒吧，赶到大桥边，到头来只是虚惊一场。

这叫黑色幽默吗？

雨声中传来遇难死者亲属的哭号声，隋轻驰转身离开了。

他满身疲惫地走到附近的24小时营业的肯德基，要了一杯热牛奶。他实在是浑身湿得不舒服，感觉湿冷的死亡气息都渗入骨头里了。等牛奶时，他对前台的女服务生说：“有干毛巾能借我一条吗？”

可能他一出声牙关都冷到在颤抖，刘海还在往下滴水，博得了女服务生的怜爱，对方让他等等，然后就去员工间拿了一条没用过的毛巾给他。

隋轻驰在洗手台前擦着头发，从镜子里看到自己脸色煞白，头发像刚从水里打捞起来的海草，看上去真是惨得不行。他进男卫生间脱了身上那件T恤，摸了摸胸口，果然连身上都是湿的，就用毛巾还干着的另一面擦了擦身子，又把T恤拧了又拧。水从手指缝里如断了线的珍珠一样滴落，直到再也拧不出水，他才抖开衣服，又勉勉强强套在脖子上。衣服虽然拧出了不少水，但还是凉，一上身他就觉得浑身发冷，还得硬着头皮把皱巴巴的T恤一点一点给拉下来。外面的洗手台旁有一台烘手机，他挺想脱了衣服放那儿烘一会儿的，但想想还是作罢。

待雨小一点的时候他也想过回去睡，但反正回去了也是一个人，在这里睡还是回去睡似乎也没什么两样。最重要的是，他再也不想淋一点雨了。

热牛奶缓和了一部分寒意，他打开手机，不晓得要看什么，就点开了微博。

他没有查看乐队和自己的微博，而是径直点进了那个叫“错思”的话题，一条条拉着往下看。他这会儿看这些已经不像之前那样不爽得要命了，但并不是因为释然，而是因为已经接受了。

天快蒙蒙亮的时候，他身上的衣服终于干得差不多了，他也终于被困意击倒了。他趴在桌子上，一条胳膊枕着头，一条胳膊伸得老长搭在桌面上。偶尔有人推门进来，穿着深色的衬衫或者T恤，厚厚的刘海下一双幽深的眼睛，说话的声音很温柔，他总觉得那似乎是傅错，是来叫他回去的。

等门又关回去，人影离他远去，他才明白过来自己是在做梦。

颤动的眼皮就又合上，心想：老天，我真的好会做梦。

守灵的三天两夜里，傅错没有联系隋轻驰。等到遗体火化完毕，几天后下了葬，一切尘埃落定，他才订了车票陪谭思一起回来。

那一个多星期里，傅错都在谭思家陪他。回CTR的前一天晚上，准确地说是凌晨一点多，AK打来电话。电话是打给谭思的，但是傅错接的，手机就放在客厅里充电，傅错正好睡在沙发上。

AK刚从西藏回来，好像是从隋轻驰那儿知道了谭思妈妈的事，赶忙打来电话，在那头结结巴巴地问："那他还好吗？我能做点儿啥？"

"你就……过两天他回来了多陪陪他吧，别老让他一个人待着。"傅错抬头看向谭思的房门，轻声说。

这个时候谭思最需要的就是陪伴，甭管多烦人的陪伴。

第二天中午，他和谭思坐高铁回来。从地铁站出来，两个人一句话都没有说。走到分岔路口的时候，傅错还打算跟谭思同路，可谭思停下来说："我自己会回去的，别担心。"

他抬手拍了拍好友的胳膊，虚弱地笑了笑，转身走了。

傅错一直目送他走到看不见的地方，然后给AK打了个电话，说："他回来了。"

AK忙说："回来了吗？好好，傅错你放心好了，我会照顾好他的！"

傅错说："麻烦你了。"

本来陪在他身边的人应该是自己，因为那个时候陪着他的人是谭思。

"什么话？"AK说，"大家都是好兄弟，有什么麻烦不麻烦的！"

傅错回家后没见到隋轻驰，不过这会儿才下午三点，隋轻驰应该还在学校。他现在已经累得没有精力去多想什么，冲了个热水澡后换了身衣服，将那身风尘仆仆的衣服带到隔了一条街的洗衣房，然后回了一趟餐吧，拿回了落在更衣间里早已经没电的手机。

回去的路上，他找了家面馆吃了一碗炸酱面，到家已经是晚上七点多了，隋轻驰还没回来。虽然自己和谭思都还在兼职，但隋轻驰已经没有在加油站工作了。他有奖学金，不需要交学费，乐队现在的收益对隋轻驰来说完全够了。

傅错给隋轻驰打了个电话，挺担心他不会接的，但隋轻驰还是接了。奇怪的是隋轻驰并没有和他吵，只是语气平静地说："我已经在回来的路上了，你累了就先睡吧。"

傅错确实很累，倒到床上就睡着了。

3

隋轻驰挂断电话，把手机揣回兜里。他正走在闹市，没有目的地，手里提着一罐啤酒，接傅错的电话前刚在自动贩售机买的。外面还是太热了，后来他又进了一处地下通道。电梯下行，冷气扑面而来，下面是一座商业广场的负一层。隋轻驰打开手里的啤酒，经过垃圾桶时随手把拉环扔到里面，开始边走边喝，抬头打量四周。

地下的世界就像个迷宫，有种赛博朋克的不真实感。起先他还走在商业广场的负一楼，四面繁华又亮堂，冷气让他都感觉有点冷。再一转眼，他又走进了某条店铺林立的平价地下商场，也有墙上喷着涂鸦和各种手机号的破败通道，一个流浪汉正靠墙睡着……他穿过一条又一条通道，啤酒喝完一罐就再买一罐。不知何时易拉罐里的酒总是晃出来，弄得他满手都是，行人也越来越少。他听见了老旧电梯运行的声音，想起了网上那些骇人听闻的行人掉到自动扶梯下，被卷得血肉模糊的都市传说，朝着它走了过去。

三两步踏上自动扶梯，隋轻驰有些乏力地向后靠着扶梯扶手，电梯带着他离开了阴凉的地下。上方吹来一阵风，微热的气流拂过他的刘海，地上的世界已经变了一个模样。整条商业街上一时间看不到一个人，所有商场都关了门，只剩下高高在上的奢侈品巨幅灯箱广告牌还亮着，已是一个沉睡的大都会。

隋轻驰站在巨大的明星代言广告前，感觉整条街只有这里最亮，最刺眼。广告上的女明星他认得，是顾桑妮，有着蜜色皮肤的唱跳女歌手，好像和唐杜是差不多时期红起来的。唐杜是歌神，顾桑妮就是天后级别的明星，他还记得她是塞林格的绯闻女友，而塞林格是傅错的偶像。

酒精放大了身体里的某些东西，他突然意识到自己一辈子都不可能与这些人相提并论。从他放弃母亲安排的出国留学的道路，选择当一名地下乐队的主唱那天起，他就被永远地摁在泥泞里了。

也许西风真的应该签约后海，他想，因为他们不可能复制LOTUS，他们心里早该有数。为什么那么多地下乐队，真正走到顾桑妮和唐杜这个位置的只有LOTUS呢？因为地下乐队就是地下乐队，不是所有地下的，都是繁华商场的负一层。LOTUS只不过是一群玩着地下摇滚的公子哥儿，他们从来没有把脚踏进泥泞里，他们在最最落魄和无人问津的时候也是体面的。他们当中可能唯一有一点点泥泞气质的就是塞林格了，可是塞林格能念得起伯克利，傅错却念不起。

他不知道傅错是怎么想的，在他被迫放弃那个机会的那一刻，他会不会也曾觉得屈辱。如果换了自己，那将会是忍受不了的屈辱。所以他真的难过，如果他有钱，有很多很多钱，他就可以让傅错去追逐自己的偶像，他就可以带领乐队从地下走到地上。

他喝醉了，却比任何时候都更清醒。难怪他们想签后海，只因为他们心里都门儿清，只有自己心里一点数也没有。

《Beautiful》里怎么唱的？

什么沼泽、荒野、黑暗森林，我们根本就不可能逃出去！

隋轻驰在奢侈品卖场外的一条长椅上坐下，弓着背，低着头，难受地手扶着额头。不要想这些，别想这些，想些开心的事隋轻驰……

然而他越想越头疼，越想越暴躁，忍不住骂自己：长这么大，你就找不到几件开心的事吗？！

内心一角有一个声音很委屈地说：找得到，我找得到……开心的事也有很多，但都和傅错有关，没有哪一段充满色彩的记忆里没有他。

隋轻驰听见“咔嚓”一声，向着钟楼的方向抬起头，眯起眼。

广场中央的钟楼，指针指向了凌晨两点。这个大钟只有分针和时针，没有秒针，也不会报时，但每次来这座广场，隋轻驰总是能听见整点时分从时钟方向传来的“咔嚓”一声。

小学时他说自己能听见灯管里电流的响声，但那个声音从来没人听得到。班上的同学就都笑话他，说他吹牛。他没有吹牛，他明明听得到，所以很不服，为此打了人生中的第一场架。

为什么只是因为大部分人都听不到，就要强迫那个能听到的人闭嘴呢？为什么就是不相信他真的能听到呢？他把这些写在日记里，写在作文里，后来老师把他叫去办公室，让他多写一些开心快乐的事，不要钻牛角尖。

可那个时候的他还不认识傅错，哪儿来的什么开心快乐的事？之所以把问题写在日记里，是因为他真的很困扰，却找不到人开解。他怀着也许看见日记的人能告诉他为什么的希冀，但只有一个个“已阅”，和让他“不要钻牛角尖”。可能这些问题挺蠢的吧，毕竟别的同龄人都没工夫去想这些破事。可能他们也不在乎，而且确实也没什么人欠他的，他只能自己慢慢去寻找答案。

胃突然痉挛得厉害，他这才想起自己晚饭都没吃，就喝了这么多酒。不一会儿他就疼得冷汗涔涔，弯下腰捂着胃，膝盖也缩起来抵在胃部。

太疼了，得想点什么来分一下心。可能是胃实在很想吃点东西，他不自觉地就想起了昨天和 AK 一起吃的夜宵。

晚上十一点的时候，他在 AK 家楼下等着。快到十二点时，终于等来了提着行李，风尘仆仆地从西藏采风归来的 AK。当时他靠在楼道的阴影里，AK 在楼下冷不丁看见这么一个无声无息的高挑影子，吓了一大跳。走近了发现是他，AK 错愕地问：“你怎么来了？傅错呢？”说着便左看右看。

隋轻驰就从阴影里走出来，说：“就我一个人，请你喝酒，去吗？”

吃货鼓手果然说：“好啊！我先把东西提上去。”

“我帮你吧。”隋轻驰走过去，低头接过他手里的一个行李袋。

AK 拽着提手没放，一副受宠若惊的样子：“哇，不用了吧，让少爷你帮我提行李，怎么好意思？”

“没事。”隋轻驰没跟他客套，手上一用力把行李袋提起来，转身就往电梯的方向走，也没管 AK 在背后是什么样的表情。

进了屋，谭思没在家，AK 也没在意。因为谭思在酒吧打工，通常都回来得很晚。

AK 正在放行李，隋轻驰就站在谭思的房门口。透过那扇棕色的门，他今天才发现，谭思的房间乍一看就像是傅错的房间，墙上都挂着乐器，连贴的海报都是同一张。他按捺不住地走进去，看着墙边的 CD 架，如果不是背景墙的颜色不一样，他恐怕会以为这就是傅错的 CD 架了。他们都喜欢 Coldplay，也同样喜欢冷门一点的 The Verve。

“隋轻驰？”AK 在后面叫他。他换了件衣服，喜滋滋地催促道。

隋轻驰转过身：“走吧。”

要找吃夜宵的地方，隋轻驰想也没想就打算去隔了一个街区的餐饮大道，那里有不少营业到凌晨的餐饮店。

AK 拉住隋轻驰：“不用去那么贵的地方，随便找个路边摊吃点烤串就好！谭思都跟我说了，你没在加油站兼职了吧，那能节约一点是一点呗，我这个人对吃的不讲究。”

隋轻驰听完，表情有些阴郁，有些讽刺地冷声道：“他倒是什么都和谭思说啊……”

AK没听明白他在嘀咕啥，望见一处支着棚子的路边摊，就大步流星走了过去。

拿串的时候，隋轻驰都没怎么动，他对架子上的食物一点食欲都没有。AK塞给他一个盘子，他什么菜也没拿，最后是AK自己的盘子里放不下了，就都回头放在他盘子里了。AK拿着串走过来放在桌上，拉开凳子坐下，隋轻驰也把东西放在桌上，心不在焉地坐下，就听见AK说：“你别说，就我和你两个人出来吃东西，我还有点不习惯。”

隋轻驰抬头看他一眼：“为什么不习惯？你没和傅错、谭思单独吃过饭吗？”

AK边把串放锅里边说：“就是跟他们吃过才不习惯啊，这不从来没跟你吃过嘛……”

隋轻驰没说话。

席间隋轻驰吃得很少，他给AK和自己倒了酒，坐在那儿耐着性子听AK和他说起去西藏的见闻。AK给他看手机里的照片，他就接过来随便看看。看AK的酒杯空了，他就给AK满上。

没一会儿AK就醉醺醺的了，隋轻驰把手机还给AK，随口问道：“和我说说傅错和谭思是怎么认识的吧。”

AK打了个酒嗝儿，一只手托着下巴说起来：“我和他们是上高一才认识的，他们俩好像从小就是邻居，连裆裤一般的友谊了。”

这个隋轻驰也知道，但知道得毕竟不多。

AK继续道：“傅错写的第一首歌叫《Brother》，你知道吗？”

隋轻驰有些意外地看着AK，他不知道。

“你不知道也不奇怪，那是咱们组乐队前他瞎写的，写的是他小时候被人叫私生子，谭思冲过去帮他揍人的事。歌词还有点血腥暴力，哈哈哈。谭哥跟我说他也是无意中发现傅错在写那首歌的，问他在写什么他还不好意思，一个劲地往身后藏。不过谭思看到歌词后说还挺感动的，肯定的吧，要是我我也感动。”

隋轻驰继续沉默。

“他们俩有好多黑话和梗我都听不懂。”AK“啧啧”道，“老实说我挺羡慕他们俩的，连裆裤的友谊，又志同道合。真好！”

他说着拿起酒杯仰头又喝了一口，这才发现隋轻驰没给他倒酒，杯子都空了。

酒瓶在隋轻驰那儿，但隋轻驰没有动静，陷入了自己的世界，像每次上台前需要绝对领域一样。他想着，难怪每次四个人玩牌、划拳，甚至是打球，他和AK都是输的一方。

AK见隋轻驰没动，只能自己起身去拿酒瓶，拿过来给自己倒了一杯。拿起杯子要喝的时候，他抬头看了看天："说起来，我听说当初傅错想学吉他，谭思好像是说你学吉他那我就学贝斯吧，这样以后还能一起玩，所以他后来才学了贝斯。要不是谭哥当年做了这个决定，可能就没有现在的西风了。"

隋轻驰终于开了口，低声道："你知道的可真多。"

AK这时才问："你怎么突然问起他们俩的事了？怎么不去问傅错？"

隋轻驰心想这个人活得可真是粗神经，太令人羡慕了。他站起来准备去结账，起身时说："你回去给谭思打个电话吧。"

"为什么？"

隋轻驰转身去付钱，只丢下一句："他妈妈过世了。"

身后的AK突然像被按了静音键。隋轻驰付完钱，就听见AK"喂"了一声，他竟然立刻就给谭思打电话了，说话的语气像是酒都醒了似的。

电话却是傅错接的，隋轻驰走回来，在桌子边不动声色地坐下。于是傅错在手机那头说的每一句话，他都听见了。

谭思的母亲才刚去世，隋轻驰千不该万不该这么想，但还是忍不住羡慕谭思。因为所有人都关心谭思，都深爱着他。因为谭思是那么好的一个人，"谭思"这个名字俨然是"隋轻驰"的反义词。

回忆至此，胃好像真的没那么疼了。隋轻驰从椅子上稍微动了一下身子，深吸一口气，心想这就跟烦躁郁闷的时候看恐怖片是一个道理。

凌晨两点的时候，傅错醒了过来，隋轻驰并没有回来。他隐隐觉得有些不对，自己到底还是忽略了什么。他给隋轻驰打电话，得到的却是"该用户已关机"的自动回复。穿上衣服半夜出去找人的时候，他才稍微明白当时隋轻驰急着找自己的心情。

他不知道自己是怎么找到隋轻驰的，走了两个街区仿若大海捞针，他就走了隋轻驰常走的地下通道，依着本能按图索骥。从某一个出口上来，他就望见远处偌大的天后顾桑妮的高奢代言广告。他会一眼就看见是因为那一面广告是目之所及中最大、最亮的，比月亮都醒目。

找到椅子上的隋轻驰时，有个巡逻的保安正拿手电筒在照他。

隋轻驰抬手挡在眼睛前面，保安在问他什么，隋轻驰皱着眉头一副很烦躁的样子，大声反问“你说什么”。他的声音明显有些醉，却又特别醒脑，隔得老远都听得一清二楚。保安的声音是沙哑的，形成鲜明对比。

傅错快步走过去，挡在保安前面，好让保安的手电筒光不要频繁地照在隋轻驰脸上，容易把他惹火：“对不起，他是我的朋友，喝多了一点儿。”

保安也是年轻人，收了手电筒，很无奈地说：“他刚刚在这儿唱歌，声音太大了。虽然唱得……其实还挺好听，但大半夜的太吓人了，你快把你的朋友领走吧。”

保安走后，傅错回头看隋轻驰，见他耳朵里还塞着耳机。他走到隋轻驰身边坐下，摘了他一边的耳机塞到自己耳朵里，发现根本没声音，有些搞不懂，就又拿过隋轻驰放在腿上的手机。

他的手刚伸过去，就被隋轻驰按住。

隋轻驰扭头看了他一眼，说：“你很随便啊。”

傅错在心里叹了口气，没理会他的干扰，挣开隋轻驰的手拿过那部手机，发现早就没电了。

他不知该说什么好，就问：“你在唱什么？”

隋轻驰把手机拿回来，说：“《Bitter Sweet Symphony》。”

傅错抬头看向眼前的寂静广场，想象了一下隋轻驰在凌晨三点，空无一人的商业广场上，在高奢代言巨星们的环视下大唱《Bitter Sweet Symphony》的画面……老实说，他很想听一下。

椅子上还有一个易拉罐，倒在一旁，被捏瘪了一角，毫无疑问是隋轻驰唱歌的时候捏的。他把它捏得咔咔作响，想象着那是世界上最牛的乐队。

傅错起身把“最牛的乐队”丢进最近的垃圾桶里，又走回来，低头看着隋轻驰说：“回去吧。”

隋轻驰没看他，向后靠在椅背上，望着夜空发呆，然后说：“这儿像不像一口井？”

傅错也抬起头，他们所在的地方是商业街的中心广场，四面都是高耸的大厦。他们在这些墓碑一般的大厦底端，只中央有小小的一片天，月亮屈辱地吊在一角，的确像一口井。

“我们就是井底之蛙。”隋轻驰说，语气有些悲伤。他看向傅错，说，“傅错，我觉得你错了。”

傅错皱眉：“哪里错了？”

“你应该去伯克利，应该签约后海。”隋轻驰说，那一瞬间，他的眼神是挣脱了酒精的。

“我没觉得错。”傅错说，他不想在这里陪隋轻驰聊到天亮，伸出手，“走吧，已经三点了。”

隋轻驰看着他的手，那只弹吉他的手会捏着拨片潇洒地扫弦。

他没有去拉住，而是疲惫地垂下眼睑，说：“你不用来找我，我喝够了、玩够了自己就会回去。”

“你真的会回去吗？”

隋轻驰眼神清晰地看着他：“我会。”又说，“你为什么觉得我不会？你总是低估我。”

傅错抿了抿嘴唇说：“隋轻驰，那天我确实走得太急了，没有及时联系你，我很抱歉……”

“不要再惺惺作态了。”隋轻驰打断他。

傅错愣住了，盯着隋轻驰，眼睛都睁大了一圈。

隋轻驰的手在长椅扶手上撑了一把，站起来。他其实醉得连起身的力气都没有了，那一下却还是颇有气势，眼神阴鸷地道：“你其实根本就不想和我道歉。”

傅错无言以对，在灵堂的时候，隋轻驰在手机那头对他发火，他的心真的很累。其实他当时想反问隋轻驰：你知不知道发生了什么？谭思的妈妈死了，你难道不懂失去家人的感觉吗？可是话没出口，只在脑子里一闪，他就沉默了。失去家人的那种痛，隋轻驰可能真的不懂。他又还能说什么呢？是气他还是心疼他呢？

“你喝醉了。”他说。

“我没醉。”

“你醉了。”

“我、没、醉！”

隋轻驰狠狠地说出这三个字，傅错无言地看着他，看他红着眼睛，像被饿坏了的狼。

隋轻驰揉了揉有些酸胀的眼睛，从傅错身边走过去，说：“算了，我可能真的醉了，我们回去吧。”

傅错注视着隋轻驰的背影，隋轻驰走了几步就停下来，有些惴惴不安地偏了一下头，发现他就跟在后面，这才放心地转过头去，并放慢了脚步。

傅错认命地走到他旁边，在那一刻难受地想：你为什么总是要说出伤人的话，做出伤人的事以后才来后悔呢？

“以后别喝酒了，好吗？”

“好，再也不喝了。”

# 第十七章
## 祝你平步青云

1

那一周谭思都没来参加排练，也没去酒吧打工，只参加了月底的考试，之后就放暑假了。在这件事发生以前，傅错还和谭思商量着暑假要去巡演的城市。他们本打算七月去三个城市开唱的，那样八月就可以开始计划他们的第一张CD了。

但是以谭思现在的状态，要让他参与巡演大概会很勉强吧，傅错想着还是推迟一些时间比较好。乐队的微博号上，有歌迷在问“暑假了，你们来吗”。傅错点开想回复对方，却发现已经有人回复了。

回复只有一个“会”字。

当时他和隋轻驰正在面馆吃面，刷到这条微博，他抬起头看隋轻驰。隋轻驰一直低头安静地吃面，左手放在下面，没有在看手机，也没看他。不是隋轻驰，也不可能是AK，只能是谭思回的。

果然，第二天谭思就和AK一块儿来排练了。他看起来瘦了不少，也没什么精神。他们三个人按事先说好的，谁也没去安慰。身为过来人，傅错心里很清楚，他已经在慢慢走出来，那就不要一直提醒他去想那些已经过去的事了。

排练的时候谭思没怎么说话，只是一言不发地配合他们。傅错看得出来，他很努力想投入到音乐中。

挑选巡演曲目时，谭思第一次开了口：“我们能加一首吗？”

“哪首？”傅错和AK异口同声地问，隋轻驰也抬头看向他。

谭思说：“《Castle》。”

AK看向傅错，傅错点点头：“好。”

巡演的第一站依然是和他们颇有缘分的S市，那天晚上的演出，《Castle》

被安排为最后一首。

前一首歌是略带金属风的硬核摇滚，一曲终了，台上的灯光暗下来，歌迷还沉浸在亢奋的氛围中。站在第一排的歌迷能从一片暗蓝中看到隋轻驰的身影，看见他转身离开了麦克风一会儿，再次回来时手里提着一把木吉他。台下人声还鼎沸着，混乱得像巷战的尾声。隋轻驰就像一个提着武器回归的年轻士兵，要来终结这一切。灯光再度亮起，暖黄色的光照亮正低头挂上吉他的隋轻驰。

他拨动琴弦，木吉他干净的音色响起，全场犹如夜色里炮火平息后的废墟，寂静陡然降临。歌迷们一个个抬头注视着隋轻驰，他弹吉他的动作越来越像傅错了，连抱着吉他的动作都像。

隋轻驰的木吉他越弹越好后，傅错给这首歌又做了一次编曲。主歌第一段是木吉他独奏，第二段开始电吉他和别的乐器才会加入。这是他们第一次用这个新编曲来演出这首歌，有了木吉他，整首歌的感觉真的变得很不一样。木吉他和电吉他彼此唱和，就好像他们简陋的编制里有了一台钢琴。傅错看向谭思，再看向身后的AK，还有舞台前方的隋轻驰。西风或许还不成熟，无法和那些传奇乐队相比，但他们都在成长。他十分感激他的队友们，为他写的每一首歌全力输出，从不懈怠。

这首歌不仅唱哭了台下的歌迷，也唱哭了台上的贝斯手。尤其当最后一段副歌到来，傅错的和声在隋轻驰的声音背后响起，原本就有着催泪力量的声音像被风声扩大了。

傅错唱着隋轻驰写的《城堡》，和他一起唱“This castle of you and me, I hope will be evergreen”。这首由自己作曲的歌，唯独在舞台上时，却是完全属于隋轻驰的，是隋轻驰的能量和情感支配着这首歌。就像是交响乐队的指挥，他只是跟着隋轻驰唱，也好像被带进了他的领域，在一个小小的旋涡里随波逐流，冷暖自知。

跟隋轻驰一起唱，和听他唱是截然不同的感受，有那么一点上瘾。被隋轻驰的声音接纳，就好像走入了他的世界，难以自拔。

一曲结束，台下是带着热泪的掌声，隋轻驰站在舞台中央，掌声响了很久。他需要这些掌声，他想乐队的每一个人都需要。也许他们需要的理由各不相同，但他们每个人都是靠这些掌声活着的。

掌声响了有数分钟之久，隋轻驰才将那把木吉他往后背，回头朝三个人点了点头。大家都走到舞台前，隋轻驰对着麦克风说了一句：“我们是西风，谢谢大家。”

然后他退后一步，拉起左右的傅错和谭思的手，四个人手牵着手，向台下歌迷弯腰鞠躬。

这个鞠躬他们都不约而同地保持了很长时间，再次直起身来时，傅错发现每个人的眼眶都是湿润的。乐队让他们四个人走到一起，但其实每一个人都是那么不同。让他流泪的不一定会让隋轻驰动容，让AK大哭的也不一定会让谭思潸然泪下，但这一刻，也许是因为彼此牵着的手，因为响彻Live House的雷鸣般的掌声，让他觉得他们在这一刻变成了名为“西风”的情感共同体。

七月的巡演结束，隋轻驰有几天没上微博，这天再登录微博时，发现微博粉丝数已经突破了八十万。他有些在意，点进关注列表。西风的粉丝数现在是六十六万，到底是哪些人关注了他却没关注西风，真够扯的。以前他还会为这个紧张不安，现在只觉得好笑。何必跟微博粉丝数较真，他并不相信这些粉丝数能改变什么，顶多把他们从地下乐队变成某些人嘴里调侃的网红乐队。那他宁愿一辈子当地下乐队，至少还能有点尊严。

未读私信积攒了不少，大部分来自歌迷。反正这会儿也是闲着，他便一个个点开头像，看人家有没有关注西风。十个粉丝里就有三四个没关注西风的，只关注了他。隋轻驰盯着“唯粉”们的头像冷笑着想：那你们喜欢我什么？我唱的歌是傅错写的，演出是要和乐队一起的，没了西风现在的我又算个什么？在舞台上念经给你们听吗？

翻着翻着，他忽然看见一条来自“寰艺柳眉”的私信。他注意到这条私信也是因为对方没有关注西风，只关注了他一个人。私信内容其实他都没细看，等点进对方的头像后，才发现这不像是普通的歌迷。微博是认证过的，简介上写着：寰艺娱乐，艺人经理人。

他没听说过寰艺娱乐，像这样来联系他们的名字都没听说过的野鸡工作室其实也有一些，不过联系的都是西风的微博，这还是头一个单独发给他的。

他点进私信，打算要是没什么重要内容就随便回绝了，若有需要再转给傅错。

寰艺柳眉：你好，我是寰艺娱乐的经纪人柳眉，不知道你有没有兴趣签约寰艺。因为你的个人信息保护得很好，找不到你的其他联络方式，所以就联系了这个微博，希望这是你个人在使用的。这是我的手机号：×××××××××××，如果有兴趣可以加我微信，我们约个时间、地点，和你单独谈谈。

寰艺娱乐，隋轻驰又默念了一遍，确认自己没听过。签约地下乐队的能有什么大公司？他扫视得有些心不在焉，就准备回“我不是队长，你联系傅错吧”。

都快把傅错的微信号报上了，他忽然看清私信上“单独”两个字，心头顿时涌起一种怪异的感觉。他退出自己的微博，登录乐队的账号。虽然谭思早就把账号和密码告诉他们了，但这还是他头一次登录乐队账号。他翻了后台所有私信，未读的和已读的，并没有来自寰艺柳眉的。

她是认真的吗？隋轻驰缓缓睁大了眼，有些不敢相信，又再次点进柳眉的微博。她的热门微博第一条是转发的前段时间在偶像选拔比赛中胜出的某C位偶像的微博，转发时写的是“机会永远留给有准备的人”，而这位刚刚红起来的C位偶像在她的转发下回了一个鼓掌的表情。

他又上网搜了一下寰艺，这是一家新公司，成立刚两年，但后台据说是寰丰集团。寰丰的大名无人不晓，老总是国内巨富孟寰丰，而寰艺的法人代表和CEO一栏写着的正是孟寰丰的长子孟安的名字。寰艺成立不到两年，精挑细选地培训了一些练习生，现在在主推一个偶像团体。这些练习生年初参加一档全民选拔的偶像节目，最后取得了出道C位和第四位的成绩。在寰艺的百科里，隋轻驰还发现了另一个有印象的名字，叫安洁。之所以有印象是他正好听过对方一首歌，是在快餐店的背景音乐里听到的，一首英伦风的抒情摇滚。很少有女性歌手挑战这样的风格，他用识歌软件查了一下，演唱者名叫安洁，词曲作者竟然是与非。今天他才知道，原来安洁是寰艺从韩国一个女性偶像团体中挖过来的，可以预料支付了多高的违约金。虽然安洁现在还没有那位C位偶像的人气，但隋轻驰在最新一季《乐王》的歌手名单里看到了这个名字，毫无疑问她是打算走歌手路线的。

网上没有柳眉的百科，但从一些零星的出处，隋轻驰还是找到了一些柳眉的相关信息。她曾任职艺天，带出过一位颇有名气的选秀出身的男歌手。虽然当初这位歌手在歌唱选秀中只得到第五名的成绩，最后却成了那一届最红也唯一还被人们记得的名字。可惜后来两个人拆了伙，柳眉从艺天出走寰艺，那位红极一时的男歌手也因为各种原因人气一落千丈。要不是他的粉丝在论坛里抱怨时提到柳眉，隋轻驰大概会以为柳眉带出一个C位偶像只是凑巧。

原来根本不是什么野鸡工作室，隋轻驰盯着手机，脑子里一片空白。

傅错回来的时候屋子里没人，隋轻驰出去了，只给他发了一条微信，说要晚点儿回来，不用等他吃饭。

傅错给自己泡了一碗面，等面泡好以后给隋轻驰回了一条微信：等你回来，有个好消息告诉你。

他刚从录音棚回来，问了录音混音的一些费用情况，终于决定要开始录西风的第一张CD了。七月巡演回来后，他将几首歌的编曲做了大刀阔斧的改写，把之前掉下的进度都补了回来，伴奏带不到一周就全部准备好了。出CD是一件大事，虽然这个年头已经没多少人听CD了，可音乐人们还是做梦都想出CD。那是一种情结，也可能是只有音乐人才懂的浪漫。

本以为隋轻驰可能只是出去吃饭或者闲逛，没想到一直到晚上他洗完澡出来，一看时间都十点半了，隋轻驰还没回来。发给他的微信也没有回，这不像隋轻驰。傅错一只手擦着头发，一只手看着手机，把和隋轻驰的微信聊天记录往前翻了翻，觉得这段时间并没有哪里不对劲。

他忍不住又发了一条：什么时候回来？

过了一会儿，隋轻驰回复：五分钟。

傅错以为隋轻驰只是随便回的，没想到五分钟后门真的开了。他正坐在电脑前，才开机不久，回过头，就见隋轻驰低头在换鞋。

“这么快？”他问。

隋轻驰低着头懒洋洋地换鞋，嘴角淡淡地勾了勾，说：“很准时吧。”

傅错本来有点好奇，想问他去哪儿了，但隋轻驰这个低头换鞋的动作耗时好像比往常都要长。傅错看着他心不在焉地垂首，手扶着鞋柜，手里的钥匙还一直磕在柜子上，都忘了像平常那样搁在鞋柜上。换完鞋，隋轻驰走进来把背包放到沙发上，去厨房给自己倒了一杯水，自始至终没有问他那个好消息是什么。

傅错皱眉：“隋轻驰，你还好吧？”

隋轻驰这才朝他看过来：“嗯？很好啊。”他放下水杯，走过来，一只手扶着傅错的电脑椅背，看着屏幕上的Cubase界面，问，“在写什么吗？”

“没写什么，”傅错笑了笑，把耳机摘下来，“是伴奏带。”

隋轻驰眨眼：“伴奏带？”

“我打算录一张CD。”

隋轻驰看着他，半晌才有些迟钝地说：“是吗？挺好。”

这完全不是傅错期待的反应，隋轻驰的眼神甚至有些呆滞。他拿过傅错放在桌上的耳机戴上，拿鼠标点了其中一首歌，听了一会儿：“你换伴奏了？”

“嗯。”

隋轻驰听到一半，像是突然想起什么，问：“录CD钱够吗？”

傅错点点头：“够了。”

“不够我这儿还有。”隋轻驰说。

“够了。”傅错说，有些不明白隋轻驰为什么从回来起就心不在焉的。

隋轻驰双手摘下耳机，轻轻放回桌上，说：“够就行。”

晚上关灯后，傅错听见隋轻驰问：“你微信里说的好消息还没说。”

傅错有些哭笑不得：“不是已经跟你说了吗？”

隋轻驰侧过头来看他：“就是录CD吗？”

“是啊，你以为是什么？”傅错笑道，“开全球巡演吗？”

隋轻驰也笑了，有一道光划过他的侧脸，那个笑显得有些无力。傅错觉得他应该是困了，就道了晚安。

虽然关了灯，但这间廉价出租屋的窗户朝向马路，即使关了灯拉上窗帘，屋子里也总是被路边店铺五颜六色的店头光照得很亮。时常有车经过，天花板上就会有一道光滑行，或是一道树影晃过，像在放电影。好在他的睡眠质量还不错，很少失眠。但隋轻驰总是心事重重。

傅错看见隋轻驰疲倦地闭上眼睛，天花板上的那些光影好像一直打扰着他。

傅错在微博上发了一个CD意向调查，才一天时间，投票数就上四千了。AK看着这个数据，有些不敢相信：“真的假的？别是在溜我们玩吧！”

歌迷们甚至已经开始展望封面和歌词本，这方面四个人反而没怎么想过。

AK说：“花这些冤枉钱干吗？到时候我拿手机给咱们四个人每人拍一张，四张照片凑一起，封面就有了！”

在这之后，乐队定下了进棚录音的时间，在八月十号，还有一周时间可以排练。这一周他们几乎从早排练到晚，毕竟要录十首歌，其中还有一半是新编曲的。

为乐队第一张CD奋战的这段日子是傅错终生难忘的，也可能是因为只此一次，才弥足珍贵。当然，这些那时他们都是不知道的。

以前排练的时候大家还会对着镜子臭美一下，这一次每个人都全力以赴，连AK都没有再插科打诨，排练前四个人还都上交了手机。有一回他们练着练着就开始浑身冒汗，感觉委实比往常热多了。

AK拧着汗湿的T恤问：“这空调是不是坏了？”

隋轻驰走到空调前，出风口光在出风，却没出冷气，镜子里每个人的领口和后背都被汗水湿透了一大片。

打了电话让房东来修空调后，他们又抓紧时间排练了半小时。毕竟修空调也得耽误时间，维修人员来了以后几个人都热坏了，全脱了上衣，粉丝送给他们的小电扇总算是发挥了作用。隋轻驰直接平躺在地板上，傅错站在他头顶上方的位置喝着水，低头看着躺在自己脚边的隋轻驰。年轻的主唱满是汗水的胸口上下起伏着，平坦结实的小腹也随着呼吸一松一紧。从旁边经过的AK吹了一声口哨："哟，少爷，你的腹肌够漂亮啊！"

隋轻驰仰头看见他，展开手臂平放在地板上，说："躺下来吧，会凉快很多。"

傅错就躺在他旁边，后背接触到凉爽的木地板，感觉是舒服了许多。那边AK也躺了下来，拉着谭思一起睡在地板上。AK忽然说："哎，我想到了！"他一个骨碌翻身起来，跑去门口拿来手机和自拍杆，又原地躺下，将自拍杆举高，喊道，"哥哥少爷们看镜头啊！"

这张合影拍下了四个人并排躺在排练屋的地板上的样子，但只拍到了上半身。AK拿回手机，看完后喊起来："隋轻驰！不是让你看镜头吗？！"

傅错看向旁边，隋轻驰闭着眼睛，头歪向一边，一副闭目养神懒得搭理的样子。

谭思说："给我看看。"

AK把手机拿给他，高兴地说："除了少爷没睁眼，别的都很好，歌迷们一定喜欢！"

谭思看完忍不住笑了："为什么？因为看着像全裸吗？"

AK大笑："知我者谭哥也！"

谭思这一笑，让傅错也如释重负，好像这段时间盖在他们头顶的乌云终于散了一些。

谭思把手机还给AK，AK又传过来。隋轻驰根本没接，还闭着眼睛在休息。AK拍他的手臂，他都没动一下。

AK撇撇嘴，说："死了吗！"

傅错从AK手里接过手机，可能是大家被热晕了，拍得都很随意，没有刻意摆拍，效果反而意外的自然。虽然隋轻驰没有看镜头，但兴许这样歪着头睡觉的模样才更适合一身反骨的西风主唱。撇去屋子里的热度，只看照片的话，就像一个惬意的盛夏午后，四个人一起做梦醒来。

也不对，傅错看着照片里闭着眼睛歪着头的隋轻驰笑了笑，还有人没醒。

AK坐起来蹬了隋轻驰一脚，说："起来看看，咱们仨都拍得好好的，就被你一个人给毁了！"

傅错说："我觉得没毁，就这张吧，用来做封面。"

排练一直持续到进棚的前一天，最后一天全员放假，用来调整状态。这天傅错一直睡到十一点才起来，还是被屋外的嘈杂声给吵醒的。意外的是，一向比他会赖床的隋轻驰竟然已经起来了，他穿着一件宽大的迷彩款T恤，站在窗边往下看，手里拿着一个马克杯。

傅错起身下了床，问："你什么时候起来的？"

隋轻驰依然看着窗外，拿起杯子喝了一口水，说了一句："一个小时前吧。"

傅错从洗手间洗漱完出来，也纳闷地走到窗边，拉开了窗帘。阳光直射进来，伴着扑面而来的热度。这会儿外面的嘈杂声已经比刚才要小多了，他只来得及看到从下方街道走过的人群的末端，和他们手里舞动着的彩虹色的小旗子。

他看着他们一路走远，像一条鲸，游弋过河湾。

这条鲸却将在他和隋轻驰的世界掀起滔天巨浪。

2

隋轻驰带上那扇门，在走廊外站了一会儿，回头看了一眼紧闭的门板，终于头也不回地快步下了楼。

炽热的阳光吞噬了眼前的一切，就如同两年前他提着行李来这儿找傅错，下定决心要进入这个人的人生时一样。他要把自己的轨道和这个人的并在一起，他那原本没有一点方向的人生，是因为傅错才找到了出口。可现在他真的很难过，难过透顶！

柳眉这个人也未免太残忍了，把他的麻药拿走，再把血淋淋的真相亮给他看，告诉他为什么乐队很难红，偶像团体却容易得多，明明都是团体是吧？只因为乐队是靠感情维系的，而偶像团体是靠利益维系的，后者永远比前者坚固。她绝对不会明知一个乐队里有人拖后腿却还要签下整个乐队，任何一个有水准的经纪人都不会做那么愚蠢的事，他们要做的是把那个能红的人给拯救出来。

"拯救"两个字特别刺耳，那天他们在一家日式料理店，隋轻驰抬头看了餐桌对面的柳眉一眼，把筷子放在盛芥末和酱油的碟子上，说："我不用谁拯救。"

这家昂贵的日式料理店也不过如此，味道还比不过楼下那家他和傅错经常光顾的面馆。

柳眉一点也不在意他的抵触情绪，事实是自隋轻驰在她对面坐下后，聊了差不多二十分钟，都是一副心事重重的样子，几乎没怎么正视过她，刚刚是他第一次抬头直视她。她笑道："是啊，天才肯定能自己拯救自己，你不自己拯救自己，我想拯救你也拯救不了。”

隋轻驰又看了柳眉一眼，这个女人显然和他面对过的那些粉丝完全不同。他知道自己和柳眉之间必须要有一个妥协，于是想到了LOTUS：“我们为什么不能像LOTUS一样？”

“LOTUS是个孤例。”柳眉说，“就算是艺天，也不敢说他们还能捧出第二个LOTUS来。业内的人其实都挺搞不懂LOTUS的，因为后来模仿他们那种模式签约的乐队都失败了。”她向后靠在椅背上，感慨道：“其实也不奇怪，LOTUS是一群天生有偶像气质的人，碰巧都喜欢摇滚，还搞了乐队，这种巧合太难得了。”

隋轻驰没有听进去：“签我一个，和签四个，有那么大的区别吗？你们可以用签我一个人的条件来签我们四个，我今后所有的收益都可以分成四份。”

柳眉笑了，她挺欣赏这个年轻人在她把话都说到这个地步时还要垂死挣扎，他天真又勇敢的样子很迷人。第一眼见到隋轻驰穿着一件深灰色T恤走进料理店，他身上那种带着一点孤僻，眼神里透着迷茫和自我厌恶的气质，就让她觉得自己没看走眼。隋轻驰身上有一种强烈的冲突感，像那些刺激视觉的撞色，他一定会红的。

“这不可能，”柳眉摇摇头，拿出手机，翻开微博，“你的微博粉丝数现在是八十六万，乐队六十七万，你还记得半年前这两个数字差多少吗？再看你和乐队其他成员的差距，这个差值以后只会越滚越大。你希望以后来看演唱会的人都是你个人的粉丝，乐队形同虚设吗？你们这个天平根本不平衡啊，隋轻驰。我带过不止一个偶像团体，太清楚团员之间的人气之争有多么残酷。我敢说，就算上面同意以签你一个人的条件签西风，到最后你们之间肯定会爆发矛盾，没准你还会是最早受不了的那一个。长痛不如短痛，你觉得呢？”

隋轻驰有些痛苦地皱起眉头：“就真的不能试一试吗？”

“公司是不可能答应的。”柳眉淡淡地道，“我想你的队友也不会开心你这么做。我知道要你离开乐队你会有罪恶感，但真的没必要这么想。其实多得是年轻时玩乐队，最后单飞成功的歌手。他们脱离乐队后能尝试更多风格，取得更大的成就，等红起来了说不定还能拉乐队一把。”

隋轻驰听到这里笑了一声，有些讽刺。

柳眉耸耸肩：“好吧，这种例子确实不多，但未必是别人不肯帮忙。很多乐队一旦走了核心人物，就等同于解散了，因为乐队价值都体现在核心人物身上。说句难听的，不是西风成就了你，是你成就了西风。你大可不必背负什么道德的枷锁，如果这个单签的机会摆在其他人面前，你觉得他们可能不心动，不行动吗？”

隋轻驰盯着桌上食不下咽的日料，沉吟道：“傅错不会。”

柳眉看着他，仿佛探到了那个横亘在他心里最大的阻碍：“那是他太傻了，这么做或许很讲义气，但完全没意义，之后一定会后悔。如果你一直待在乐队不肯走，不会有好的公司愿意签你们。乐队是可以一直不散，但就这样吊着一口气搞所谓的地下摇滚，有意思吗？如果西风将来签约了一家普通公司，那你怎么办？你是很优秀，我现在就可以说你是金子，是钻石。但现在早就不是‘是金子就能发光’的时代了，没有资本运作，再亮的金子也只能埋在土里，到那时你真的不会后悔吗？如果你到那时才后悔，才是真的背叛乐队吧。”

隋轻驰听着柳眉的话，完全混乱了。

他是离不开乐队的，可是现在他真的迷茫了。他发现自己原来并没有自己想的那么坚定，尤其当傅错否定了那个提议后。

四个人待在一起沉沦真的是正确的吗？

他的梦想究竟是那些舞台，还是西风？

有没有，到底有没有什么两全其美的法子？！

傅错想要快一点做出专辑，尤其是在那天他和隋轻驰不欢而散的对话后，他又再一次陷入了摸不清隋轻驰头绪的一团迷雾中。也许只有音乐才能将他们又粘合起来，在音乐的世界里，他和隋轻驰是最最默契的。

令傅错庆幸的是，录音这天一切都很顺利，四个人都很在状态，包括隋轻驰。乐队下午一点进棚同期录音，同期录音能节约一大笔费用，但对乐队的水平要求很高。其实他们心里也没多少谱，虽然每首歌都排练了一遍又一遍，傅错还是担心乐队如果频繁出错会拖了隋轻驰的后腿。没想到录完全部十一首歌，差不多晚上八点，比预计的快了不少，十一首歌里只有四首录了两遍以上，其余的都是一遍就过，甚至调音师都觉得没什么需要剪辑和修改的地方。

傅错本来担心隋轻驰突然没有麦克风抓，对着电容话筒会有点不自在。但他显然太低估他们的主唱了，隋轻驰就单手插兜照样发挥完美。

傅错为这张 CD 写了唯一一首新歌，叫《Somehow》，努力想要表现那种壮阔大气的抒情风。开录之前他让录音师把监听耳机里返送的隋轻驰的声音调大，他的声音很能调动情绪，那样自己也会更在状态。电容麦克风捕捉到隋轻驰声音里的各个细节，返送到他的耳机里，但他没想到会那么上头。灵敏的电容话筒凸显了隋轻驰声音里的颗粒感，演唱时就像潮汐从四面八方冲撞着耳朵。为表达歌曲意境，隋轻驰在这一首歌里运用了不同的唱腔。其中一个低音段落他将共鸣的位置降得特别低，是排练时傅错从未听过的诱人沉溺的迷幻，被设备增幅后的声场和声压一瞬间带来了宛如海下的压迫感。而进入副歌，傅错又觉得自己仿佛是一架飘摇的飞机，冲进了山峦一般的积雨云里。主唱的歌声像闪电在四周骤然炸开，向云层辐射着电流，完美契合了编曲里最浓墨重彩、气势磅礴的段落，简直是听觉世界里亮如白昼的爆闪！

傅错难以克制自己不去注视隋轻驰，注意到他用来握麦克风的右手偶尔会虚握在胸口，在他唱到高音时攥成拳头。他能看见隋轻驰脖子上突出的青筋，他并不是唱不上去这些高度，而是有意将力度宣泄在里面，不是张扬狂放的发泄，而是一种攥紧要爆炸的心脏般的震撼。

他用尽了全力去克制，又可以说是用尽了激情！

这是最后一首歌了，原本不应该安排在最后一首的，但是他们谁都没有想到连唱了那么多首歌的隋轻驰还能有这样的状态和情绪。录音师表示十分完美，所有人都看向隋轻驰。

隋轻驰抬手取下架子上的歌词，让自己慢慢抽离出来，将那张歌词折叠了两下后拿在手里，低头摘下了封闭式的耳机。

他听见 AK 在说：“这声音，这是神啊……”

隋轻驰看着正对面震惊地盯着自己的傅错，心想：我把最好的都留在这首歌里了。

那天结束了录音后，他们都还没吃晚饭，就一起去吃了夜宵。AK 本来提议吃小龙虾的，走到半路突然改口，说还是算了，不要吃辣的：“少爷你可得保护好嗓子，以后辣的咱们都别吃了！”

隋轻驰说：“你想吃就去吃吧，偶尔吃一次也没关系。”

AK 一脸的受宠若惊，最后折了个中，四个人一起去吃了烤肉。

落座后，AK 神秘兮兮地从背包里拿出一个 CD 盒放在桌上，拍了拍，问：“怎么样？”

傅错这才看清 CD 封面是那张四个人在排练屋的合照。AK 请艺校的同学帮忙 PS 的，还没加上名字，上方留着一半空白。隋轻驰正转身放背包，看见那个封面，动作也顿了一下。

谭思微笑着说了一句：“挺好看的。”

四个人躺在一起的画面被做成专辑封面，是真的挺好看的。

AK 问傅错专辑名想好没有，傅错想过几个名字，但最后都被自己给否决了。

“第一张专辑可以用乐队的名字，”谭思说，“西风，或者 West Wind。”

这是傅错唯独没想过的方案，他想的那些都太复杂了，结果过犹不及。现在听谭思说出来，他才觉得其实这样就挺好。好多乐队出第一张 CD 也都是同名专辑，简单好记，又有意义：“那就 West Wind？”

AK 高兴地拍着桌子：“我没意见啊！叫什么都行！”

傅错又看向隋轻驰，隋轻驰看着他道：“你说什么就是什么。”

“对了，”AK 说，“我那个朋友 PS 是业余的，字体做不了，要请人设计字体又得费钱了。录音、混音、母带这都花四五万了，P 个电脑字体上去也太丑了。我是这样想的，反正少爷字写得好，不如名字就让少爷写下来，我再让朋友 P 上去就搞定了！”

三个人都看向隋轻驰，隋轻驰点了点头，说：“只要你们不嫌弃。”

不知为何，傅错感觉隋轻驰显得有些疲惫，可能是录音消耗了他太多体力。

“哇，就我们三个人那一手臭字，谁有资格嫌弃你啊！”AK 说。

隋轻驰不予置评，只问：“写什么样的？”

“帅一点！霸气一点！”

谭思无奈地摇头：“又不是毛笔字，怎么霸气？”

AK 习惯性想怼回去，话到嘴边又连忙咽下。谭思又开始吐槽他，虽然吐槽得没什么精气神。AK 哪里好回怼啊，巴不得谭思多吐槽几句呢！最后他只傻呵呵地笑了笑，一脸“谭哥你说的都对”的狗腿样。

隋轻驰看向傅错，问：“队长想要什么样的？”

傅错拿起那个 CD 盒，想了一会儿：“西风的话，还是飘逸一点吧。”

隋轻驰从他手里接过 CD 盒，看了看，在心里描摹出一个雏形：“这个就放我这儿吧，回去我就写。”

隋轻驰说回去后就写，还真的一回到家就坐下来写了。傅错洗完澡出来，桌上已经散着好些写过的谱纸，还挺浪费谱纸的。隋轻驰见他过来，把茶几上那些半成品一把收了，两只手把那沓纸揉成一团压了压，扔进了字纸篓：“这些就别看了。”然后把那张封面递给他。

傅错接过来掉了个头，看见封面上两个飘逸的英文单词，隋轻驰最后直接写在了这张封面上。虽然是用黑色的签字笔写的，但字体十分简洁漂亮，几乎是一笔带过，像是地板一侧的方向有风，这两个字是很自然地被吹拂出来的。

隋轻驰抬头看着他，认真地问："你满意吗？不满意我再改。"

"没有什么不满意的。"傅错笑了笑，放下封面说，"你还练过英文字体啊？"

隋轻驰向后轻轻靠着沙发，盯着那张封面："小时候很多人不喜欢我，我还记得上小学时我往黑板上写字，不小心写了个错别字，他们就在下面笑得好像被氦气弹攻击过一样。所以往后我便力求完美，让这些浑蛋不服也只能憋着。"

傅错默默听着，隋轻驰很少和他说小时候的事，虽然他很想也很愿意倾听，但隋轻驰的骄傲不允许他倾诉。他绕过来在隋轻驰旁边坐下，最后只说了声"辛苦了"。

隋轻驰看着他，欲言又止了一会儿，说："写几个字而已，没什么辛苦的。这个以后可以作为乐队名重复使用，不用给我版权费。"

傅错被他的答非所问逗笑，他们有时候真的是挺没默契的。不过还好，昨天那个病恹恹的隋轻驰好像只是幻觉，今天这个隋轻驰才是健康的、正常的。

整个八月对于傅错来说比开学还忙，花了不少时间跑混音，跑母带处理。尤其是混音期间，他经常在混音师那儿一待就是一整天。因为乐队没有制作人，身为队长和编曲的他只能兼半个制作人。平时乐队排练演出时的现场音响效果也都是由他负责，监听混音和后期处理的任务只能他亲自来，乐队其他人都帮不上忙。除此之外他每周还要驻唱，要去餐吧兼职，还要排练，有好几次都在地铁和公交车上睡过了站。

月底时，母带终于制作完成了。傅错收到信息，第二天就可以拿到母带和样盘了。回完信息，他倒在床上，一闭眼就困得睡了过去。

隋轻驰晚上回来他才醒过来，睁开眼，见外面的天都黑尽了："几点了？"

隋轻驰换好鞋走进来，说："困了就睡吧，不用管几点。"

傅错还是坐起来，和隋轻驰说了明天就能拿到母带和样盘的事。隋轻驰给自己倒了一杯水，走到床边坐下，弓着背，像一只卸下力气的大猫，边喝水边盯着他看，像是没怎么听进去。等他说完话，隋轻驰才说："你看起来好累。"

傅错看隋轻驰两只手托着那个马克杯放在大腿上，他的样子，包括他说话的声音，也都不太有精神："这段时间大家都累，不过值得。"

隋轻驰有些欲言又止，想说你知道平常这样制作一张专辑的成本是多少吗？

没有个几十万是拿不下来的。因为你一个人扛下了作曲、编曲、监制，我们才能省这么多钱。你能得到的比你付出的少太多了。

但最终他还是什么也没说，站起来道："明天我去拿母带和样盘吧，你多睡一会儿。"

傅错也没和他客气："好啊，约的时间是十点半，蒋老师卡时间卡得特别紧，你记得别迟到了。"

隋轻驰边脱下T恤边走进浴室："放心吧。"

可能这段时间真的太累了，这一觉睡得特别沉，等傅错醒来时竟然都过了中午十二点了。下午一点还要排练，他吃了一碗泡面就赶去排练地，可还是迟到了半小时。从楼梯走到地下室，他发现排练屋的大门敞开着，AK正在里面发火："还排什么练啊？！乐队解散算了！"

傅错没搞懂他哪儿来的这么大的火气，以为是因为自己迟到了。他背着吉他走进去，AK一见他进来，就气鼓鼓地闭了嘴。

傅错看见地板上的鼓槌，什么也没说，弯腰捡起来扔还给了AK："对不起，来晚了。"

AK张嘴想说什么，谭思打断他，问傅错："隋轻驰呢？他没和你一起来吗？"

"他去拿母带了，可能要晚点儿到。"

AK终于忍不住了，脸红脖子粗地喊起来："什么晚点儿到啊？！我看他是要一个人跑路了吧！"

傅错被AK一顿发泄吼得莫名其妙："什么跑路？你在说什么？"

"你还不知道啊，你这个队长是怎么当的？"AK受不了地道，"隋轻驰要签约别的公司了，就他一个人，人家合同都发给他了！"

"不可能。"傅错沉声道，皱眉问，"你听谁说的？"

"你不信是吧，今天早上我在KFC遇到Morning，他一上来就问我西风是不是要散伙了，我跟你一样蒙！就在上个星期，Morning亲眼看见隋轻驰带着一份合同去找Loki，问签约的事！我要说了一个字的谎话罚我出门200码碾成相片！"

傅错脑子里"嗡"的一声。

谭思看着这样的傅错，有些看不下去了："隋轻驰本人不在，光靠Morning的话也不能说明什么。"

AK火上浇油地道："行，那打电话给隋轻驰啊，问他到底是怎么一回事啊！

敢吗？！”

傅错二话没说拿出手机一键拨打隋轻驰的号码，手机铃声一直在响，但无人接听。

AK 看向两个人，冷笑道：“他为什么不接电话？”

一连三个电话，隋轻驰都没有接。傅错等不下去了，AK 和谭思的质疑现在都落在了他身上，他挂断电话后转身走了出去。

“你去哪儿？”谭思喊。

“我去找他过来。”

傅错给工作室的蒋老师打电话，对方说隋轻驰已经走了，他又换乘地铁赶回公寓。隋轻驰取了母带和样盘后应该会直接回去，来排练前他还得带上吉他。

他不相信隋轻驰会瞒着自己和任何一家公司接触，更不相信他会抛下乐队。他可以打电话给 Morning 和 Loki 去证实 AK 的话，但他不会那么做。AK 可以这么做，但他绝对不会越过隋轻驰去问任何第三者。

上到公寓二楼，傅错在走廊就听见了木吉他的声音。还没等他走到门前，拨弦的动静就停下了。隋轻驰似乎知道他回来了。

开了门，坐在沙发上抱着木吉他的青年果然正抬头看着他。傅错都不知道该怎么开口问他，问出这样的问题太伤人了，可是他需要给 AK 和谭思一个交代。

隋轻驰坐起来，放下木吉他，说：“母带和样盘我拿回来了。”

傅错心里没想着这件事，站在门口斟酌了许久，开口道：“问你一件事。”

隋轻驰看着他的方向，目光几不可察地闪烁了一下，说：“什么？”

“AK 今天早上遇见 Morning 了，”傅错说，“他说你拿了一份合同去找 Loki。”

他说得很平静，拿捏着分寸，想看到隋轻驰听完后一脸蒙的表情，想听他不屑一顾地反问“什么鬼”，甚至希望他冲自己发火，因为自己竟然跑来质问他这么无稽的事！但隋轻驰的反应冷静得有点可怕，既没否认也没承认，只是看了他许久，然后转身从背包里取出两份文件，低声说：“你先不要发火好吗？”

傅错在那一刻完全崩溃了。

其实在隋轻驰不说话的时候他就感觉到了那把抵在头顶的达摩克利斯之剑，可直到这一刻他都没死心！

隋轻驰起身，走过来将其中一份合同递给他，说：“这是你的，签了字我们可以一起走。”

傅错低头盯着那份合同：“什么意思？”

“寰艺那边会给我们安排更好的贝斯手和鼓手……”

他的话戛然而止，傅错拿起那份合同，看都没看一眼就撕成了两半，扔在隋轻驰脚下。

隋轻驰低头看着地上的碎纸，深吸一口气，蹲下来一张张捡起。傅错不忍直视，起身时隋轻驰手里就拿着这些破纸，那简直不像隋轻驰。傅错在心里大吼：你的骄傲呢？你的自尊心呢？为了这些你就可以低头吗？！

隋轻驰对着手里的一堆破纸，依然不舍得放下，喉结滚了滚：“傅错，我也没有办法，公司只愿意签我一个人，我真的已经尽力了。”

傅错看着他，所以这份要自己和他一起走的合同是他为自己争取来的吗？自己是该哭还是笑呢？

想说的话太多了，他心里像有一场地震、一场海啸，隋轻驰就是这场天灾的始作俑者。他用一副那么无辜的样子把自己的心掰开，撕碎，自己却不知道该怎么怪他。隋轻驰做错了什么吗？他不过是为自己选择了一个耀眼的未来罢了，甚至还想着带自己一起走。可是，为什么这么让人绝望呢？！

以为自己有多么了解他，结果一夜之间这个“他”面目全非。他甚至想把眼前的隋轻驰拆开来看看，看到底是哪里出了故障。隋轻驰一定是被什么病毒感染了，否则这怎么可能是他认识的那个隋轻驰？！

比起被背叛的愤怒，终究只是失望吧。

这个隋轻驰也没有错，他只是不是自己幻想的那个人罢了。

“隋轻驰，你没有必要这样。”最后看了眼前人一眼，他说，“我祝你平步青云。”

3

柳眉打来电话时已经是晚上十一点了，隋轻驰从沙发上醒过来，第一反应是屋子里的灯怎么是亮的。傅错回来了？他猛地撑起身子，然而房间里除了响个不停的手机铃声，什么声音都没有。他看向衣柜旁，没有电吉他，傅错没有回来。几秒后他才想起来，灯明明是自己开的。

他坐起来，拿过手机接通电话，揉了一下酸胀的眼睛，很轻地“喂”了一声。

柳眉听见他声音里的嘶哑，愣了一下才问：“怎么样？”

“他不肯签合同。”隋轻驰说。

“是吗？”柳眉说，“那你也尽力了。”

隋轻驰垂着头，胳膊杵在膝盖上，身子压得很低，背上像是被什么压得直不起来。他看着地板上的影子，听见柳眉说：“隋轻驰，他是他，你是你，你为什么一定要捆绑他，捆绑乐队呢？每个人都是独立的个体，来的时候都是一个人来，最后走的时候也是一个人走。你一个人也可以活得很精彩，你只要试一下就知道了。”

他有些烦躁地闭上眼，脑子里还是傅错那句“我祝你平步青云”，挥之不去。柳眉的声音怎么都进不来，在柳眉还要继续往下说时他几乎是不堪忍受般打断了她：“可我现在觉得很不好。”

不该跟柳眉说这些的，可他现在没有一个可以倾诉的人。他真的烦透了，烦到要爆炸了。

“那你想唱歌吗？想站上几万人的舞台吗？”柳眉问，“你签了合同，这些立马就能兑现，公司会给你约最好的音乐制作人，你马上就可以独当一面。”

隋轻驰揉着眉心说：“你再给我点时间。”

第二天傅错也没回来，接着是第三天。隋轻驰一个人睡在那张床上，整夜整夜地失眠，爬起来喝水，洗脸，又接着睡。他知道傅错在哪里，好几次他下楼吃饭，恍惚中走到那栋楼下，又在看见阳台上出现熟悉的身影时匆匆离去。

如果他没有做错，为何他会这般心虚？

如果他真的错了，难道他真的不配拥有更好的未来？

他不知道这场冷战要持续多少天才能完，但他知道傅错会回来。总是如此，只是时间问题。第四天独自一人躺在床上，望着天花板上的灯光时，他这样告诉自己，然后困倦地闭上眼。

柳眉又给他打过几次电话，一次他正守着电热水壶发呆，一次他在给吉他调音。手机铃声响起的一刹那，他手一抖，一弦断了，他烦躁地起身出了门。门在身后“哐当”一声关上，他才发现忘了带钥匙。他站在公寓走廊里，穿着黑色背心和迷彩沙滩裤，脚下还穿着拖鞋，隔着门板，听见手机仍在屋里响着。而他就这样把手机和钥匙全落在了屋里，像一个被自己发火赶出来的傻瓜。

站了不知道多久，手机铃声停了，过了一会儿又响起来。他担心是傅错打来的，条件反射地走到门前拉住门把手，却不知该怎么办。

他用力拽了一把门，骂了一声，整个走廊都在他的咒骂声中尴尬地安静下来。

没有傅错的第五天，隋轻驰觉得自己的生活完全停摆了。

那天好在房东刚巧过来给隔壁屋修马桶，隋轻驰只在外面关了半小时就进去了。那通电话不是傅错打来的，而是Loki打来的。隋轻驰有些失望，没有回拨过去，扔了手机，倒在床上，不消一会儿就睡了。虽然依旧半睡半醒，床变得很轻，让他睡不踏实。

第二天中午，手机铃声又响了，不是傅错，还是Loki。这次隋轻驰接了电话，这才知道了Morning偷听到他们的对话私下告诉AK的事。适时他正低头穿鞋下床，听到这些，一下就火了，猛地站起来："这关他什么事？！他脑子有病吗？！"

无辜的Loki代替Morning承受了他的炮火，连说了好几遍"隋轻驰你冷静点"，却还是无法平息隋轻驰的怒火。隋轻驰的情绪一秒恶化，像遭遇了一场闪燃。

"你别让我冷静！我凭什么冷静？！凭什么？！"

Loki等到他发泄完，最后说："他是做得不对，但你迟早也是要说的。你不是已经决定签约了吗？"

隋轻驰站在空屋中央，Loki的一句反问像一盆凉水，浇得他哑口无言。但他也突然醍醐灌顶，怎么签约的事反而被他给忘了呢？

沙发上的那把木吉他还夹着调音器，他走过去在它旁边坐下，轻轻摘下调音器，对Loki说："你记得转告Morning，等着我回来打他的脸。"

手机那头的Loki骤然沉默，听出了弦外之音，有些不敢相信地问："你认真的？不会后悔吗？"

隋轻驰佝偻着背坐在沙发上，听Loki在耳边说着"毕竟这是多少人梦寐以求的机会"。好几天没睡着，他的右眼干涩酸胀，像有一粒沙子嵌在里面，抬手去揉，却什么都揉不出来，直到把眼睛都给揉湿了。

多可笑，他以为自己走得掉，可傅错不放他走，他哪里也去不了。

他抬起头，深吸一口气，故作潇洒地道："后悔了不说出来谁知道。"

今天是周末，隋轻驰背着吉他去了谭思兼职的酒吧。酒吧门口的小黑板上写着"今日乐队演出取消"，他认得那是傅错的笔迹。

站在那儿看了一会儿，他转身想找刷子和粉笔把这行字擦掉重写，但没找到。从门口看去，酒吧里现在已经有零星几个客人了。他看到吧台方向的姚叔，觉得有些难堪，便没从正门进去，而是走了后门的员工通道。

他打算先去后台待着，再发消息让他们过来。到时候要怎么说，他都已经想好了。AK 一定会冲过来揍他，他也准备好了。现在他只想和傅错和大家重归于好，多的也没力气想了。

走进员工通道，狭窄的通道右侧有一扇门，演出前他们都会聚在门后的房间里做上台前的最后准备。隋轻驰停下脚步，因为房间里有人在说话。

"演出可以取消，那 CD 怎么办？隋轻驰那个浑蛋，可真会挑时候单飞！既然他早就联系好了，为什么做专辑前不说，是成心硌硬我们吗？！"

是 AK。

"对不起。"

隋轻驰听见傅错道歉的声音，一瞬间甚至以为是从自己心里发出来的。只是那声音听起来干枯又沙哑，隋轻驰站在过道，抓紧了吉他包的肩带，顶着巨大的压力往前走了一步。

"CD 我们不出了。"傅错又说。

隋轻驰愣在原地，抬头盯着那扇门，听见傅错一句一句断断续续地说着。

"花掉的钱算我的。

"封面也扔了吧。

"专辑等以后有了新主唱再重录。

"还有什么？"

房间里一片死寂，没有人回答傅错的问题。隋轻驰一双眼睛通红，死死地盯着透过门缝的那一丝光。半晌，他才听见谭思的声音："我觉得，他既然早就联系好签约公司了，应该也是想留下来把专辑好好做完吧。"

"我知道。"傅错说。

那声音又一句一句，像已经拧干的毛巾一样一点一点费力地往外挤。

"他说乐队名以后可以反复用，不用给他版权费。

"我那时以为他在开玩笑，没想到他是这个意思……

"但我不想这样。"

"错哥你别这样啊！"AK 突然道，"大不了咱们再找一个主唱！隋轻驰那种天才，我们高攀不起。他就是今天不走，明天也会走！千错万错也不是你的错！"

"是我的错，"傅错说，"他没有错，他一直在做他自己，是我把他想错了。我想他按我的期望去做，只是他做不到而已……"说到这里，他的语气终于平静了一些："这样也好，本来就是两个世界的人，早点认清也好……"

屋子里又安静下来，隋轻驰拽着肩带的手背上青筋暴起，感觉自己像在被凌迟，倒数着那最后一刀。

“那些歌真的要重录吗？”谭思出声道，“歌迷那边……”

“重录吧，歌词我也会重写。”傅错说。

隋轻驰眼里蓄满愤怒和泪水，终于在那一刻飞快地转身离开。他脑子里传来“嗡”的一声，像是吉他上最后最粗的一根弦也断掉了。

周末的步行街上到处是人，人群像幽灵一样从身边涌过。偶尔他能听到路人的说话声，有那么一两句，曾经他和傅错好像也说过。他下意识地扭头去看，忍不住在心里恶毒地诅咒着那些人。

不知何时又走到了那条熟悉的隧道，某一天晚上，他和傅错步行穿过了这里。那个时候他觉得他们就像一个子宫里的生命，当别的生命都在自相残杀，争抢着来这个世界的唯一一个名额时，他们就已经分享了所有的养分，共享每一寸空间，情愿孱弱瘦小、营养不良，也要拥抱着彼此来到这个世界。那个时候是谁说一辈子只给他一个人写曲的？现在又是谁说要把所有他唱过的歌和写过的词删得干干净净？

走出隧道，前方是四个人走过多次的大桥。海风迎面扑来，又冷又涩，冷风灌入他的肺，像是在提醒他，他现在是孤独的生命了。

花了二十分钟走到大桥的中央，这里再也没有别人打扰。他从牛仔背心的衣兜里掏出房门钥匙，想抛出去，手臂几次抬起，最后还是没能做到，无力地搭在桥栏上。他真的很想知道傅错是怎么做到的。

垂首看着手指上挂着的那串钥匙，背景里，湍急的湾流在岩石上撞出一条条白浪。

“你够狠的……”

你就只是想要一个主唱，只要我待在乐队，我就拥有全世界。一旦我退出乐队，我就什么都没有了，我连个前主唱都不配当了是吗？！

你的曲子可以重新填词，我的词又怎么办？

它们现在都是垃圾了，是吗？

谭思走进员工洗手间，看见傅错洗完冷水脸，默默地把水龙头拧上。

“你还好吧？”他轻声问。

傅错双手撑着洗手台，冷水不断地从头发和脸颊滴下来：“我是不是做错了很多事？”他竭力回想，想自己是在什么地点、什么时候，做了什么决定、说了什么话，引发了蝴蝶效应，才会导致今天的局面。他越想越觉得，每一句话都可以再推敲，每一件事都可以有更好的结果，每一个决定都可以再慎重，一桩桩一件件，一字一句，也许都是今日的导火索。

“你没错。”谭思握了握他的肩膀，“换了任何一个人都不会比你做得更好，就别太苛责自己了。”

“那他错了吗？他也没错。”傅错抬头看着镜子，“归根到底是因为我没有办法达成他的梦想，我一直以为我再努力一点，就能让他看到一点希望，我觉得他值得我拼命！他是应该走的，他是天才，而我只是个凡人。”

谭思看着傅错发红的眼圈，听他说“他值得我拼命”时真的差一点就哭了。他这辈子最好的兄弟，记忆中上一次这么难过，还是在外婆过世的时候。

“其实，”他迟疑道，“做出这个决定，隋轻驰心里应该也很难受。”

傅错低下头，拿毛巾擦了擦被水溅湿的洗手台，疲惫地道：“再难受他也做了，可见这个决定对他来说有多重要，西风对他来说不算什么……”

那天来酒吧看演出的歌迷败兴而归，甚至有人问他们隋轻驰是不是病了，三个人根本不知该如何回答。

傅错和 AK 回去后，谭思在酒吧工作到凌晨一点，姚叔问他们接下来有什么打算。

这一点大家倒是都商量好了，谭思说：“先和歌迷说这件事，该走的走，该留的留，然后我们再找新主唱。”

姚叔颇有感触地摇头：“太可惜了……不过好在还有一张专辑可以留下来，做个念想。”

说起这个，谭思难免有些遗憾：“傅错看起来不想做这张专辑了。”

“他现在只是太伤心了，等过段时间再劝劝他吧。”姚叔说，“我觉得以傅错的性格，他会尊重大家的意见的。”

“姚叔，你们乐队有人走的时候，你难过吗？”谭思问。

姚叔苦笑：“难过是肯定的啊，不过他们走的理由和隋轻驰不一样，比较容易接受吧。但话又说回来，他们也不是隋轻驰。”他拍了拍谭思的肩，“想开点吧。”

有些人是注定要离开的。

傅错再次见到隋轻驰，是在隔天的晚上。这段时间他都住在谭思和AK那儿，但衣物和生活用品还留在出租屋里。本来AK说要帮他去拿，他担心AK撞见隋轻驰会冲动，便还是自己去了。他到了公寓楼下，远远地看见窗户是黑的，隋轻驰应该没在，他稍微松了一口气，上楼开了门。

房间里的陈设还和走的那天一样，连窗帘拉开的幅度都没变，电脑桌旁的字纸篓里依然是他写废掉的谱子，那天被他撕碎的合同没扔在里面。

傅错没有多看，默默地收拾好衣服，又带走了U盘和抽屉里的曲谱，然后听见"咔嚓"一声，身后的门打开的声音。

隋轻驰站在门口，手还扶在门把手上，看见他时像是也有些意外。因为他不记得自己走的时候有没有关灯了。

两个人看着对方，谁都没有说话，也不知道该说些什么。

隋轻驰看了傅错脚边的行李袋一眼，低下头，拎着行李箱走到衣柜处，拉开后发现里面只剩下自己的衣服了。他对着半空的衣柜无声地笑了笑，一言不发地全取了出来，柜子里最后只留下那件深蓝色大衣。隋轻驰合上行李箱，说："应该我搬出去，你就不要有负担了。"

傅错这才想起来他签约了大公司，应该是会给他安排不错的住处的，已经用不着自己瞎操心了。

隋轻驰拖着行李箱走到玄关，拎起靠在门边的吉他包挎在肩上，临走前问了一句："我们是不是完了？"

那声音低沉压抑，像在做最后的确认。傅错说不出话来，他和隋轻驰之间还有情谊，只是那份情谊还剩多少呢？当他们不再是彼此的主唱和吉他手，各奔东西，南辕北辙；当他们之间不再有任何音乐和梦想的关联，又要怎么维系那么奢侈的情谊呢？

"还有别的办法吗？"他说。

"懂了。"隋轻驰点了点头，转身打开门，却又仿佛不甘心似的停在门口回头说，"和西风比我算什么？"

傅错没想到他会这样问，他从来就没有把西风和隋轻驰分开过，沉声道："你说什么？"

隋轻驰恶狠狠地道："我问你和西风比我算什么？！"

拉杆箱都被他抓得震动了一下，傅错看着他一脸的冷酷乖戾，仿佛换了一个人一样，彻底死了心，点点头："我听清楚了，你一定要这么比吗？"

隋轻驰紧绷着脸：“你敢比吗？”

“我为什么不敢？”傅错看着他，逼自己说，“和西风比，你不算什么！”

隋轻驰的眼睛一下子就红了，但他忍住了。傅错不会再为他动容，那他眼红鼻酸、痛哭流涕就什么意义都没有了。最后他只说：“对我来说不一样，你记得。”

他用很低的声音压住了喉咙里的哽咽，说完转身离去，再不回头。

傅错麻木地看着那扇门关上，那个少年的背影，青年的背影，从少年到青年，陪伴了他近六年时光。那些骄傲的、中二的，敏感不安又炽热勇敢的背影，他将再也不会看到了。在一切结束的时候，给了他最沉重的一击……

他忽然就后悔了，在屋子里愣怔片刻，拉开门追下了楼。

他并没有追上隋轻驰，却看见了被隋轻驰砸坏后扔在路边的木吉他。

他不敢相信地走过去，蹲下来捡起那把吉他。琴颈完全砸断了，断掉的吉他弦在他的手中纠缠成一团，又硬，又刺人。他太难受了，居然流着泪笑了。

隋轻驰上了柳眉的车，整整半个小时没有说一句话，也没有问要去哪里。

柳眉也有些不忍：“你要是真的那么喜欢乐队，我们可以帮你物色你自己的专属乐队，固定的鼓手、吉他手……”

听到“吉他手”三个字，他就像被人狠狠地掐了一把心脏：“不用了，我一个人就够了。”他望着窗外，语气冷冷的，但坚定地道，“吉他我自己也可以弹。”

# 第十八章
## 恍如隔世

1

隋轻驰离开后，西风的所有演出活动都停了。谭思在西风的微博上简短地说明了情况，歌迷们都震惊不已。不过隋轻驰的粉丝很快就接受了，西风的歌迷却无法接受。

隋轻驰的个人微博成了战场，隋轻驰没有站出来回应这件事，粉丝们就在他的上一条微博下混战。三个人一起吃饭时，看到西风的粉丝在微博下大骂隋轻驰是叛徒，AK 解气地道："骂得好！"

傅错闷头吃着饭，等 AK 放下手机，他才扫到手机屏幕上正是隋轻驰的微博。而第一条热评就是"叛徒，我希望你一辈子记得这两个字"，他突然就吃不下去了。

谭思问："怎么了？"

傅错放下筷子，站起来："我吃饱了，你们慢慢吃吧。"

AK 眨了眨眼："这才吃多少啊，这样也能饱？哎，你去哪儿啊？"

傅错心累到不想回答，走去柜台付了钱。

招新主唱的消息发出去已经有一段时间了，这期间来过三个主唱，但傅错总觉得不够满意，也都没有了下文。这天去酒吧的时候，酒吧门口站着一个背着吉他包的高个儿青年，身上穿着一件红色 T 恤。傅错愣了一下，那个青年在门口徘徊了一阵，才在一旁的空椅上坐下，规规矩矩地坐在那儿看酒保们打扫酒吧和吧台，样子看着有些腼腆。傅错心想：这个人这和隋轻驰是完全不同的类型，隋轻驰才不会小心翼翼地在门口徘徊大半天。他帮他们救场时也没管工作人员说什么，自己就闯进来找他们会合了。全球五十多亿人，他才是主角，他根本没把别人当一回事，也从来不知道什么叫怯场。

他走过去拍了拍对方的肩膀，说：“迪伦？”

男生立刻站起来，那身量是和隋轻驰差不多，但身体明显更单薄瘦削一些。傅错这才注意到，男生身上的红色 T 恤上面竟然印了一个同款的白色骷髅头。

阴森嚣张的骷髅头被枯萎的玫瑰环绕，那种艳丽又凶残的风格，和男生的气质其实一点都不搭。

迪伦见他注意到自己的衣服，也低头看了看，笑着说：“那天经过商场，我看见这件和轻驰哥同款的 T 恤在打折，就买了。”

都这么久了这款衣服还在打折啊，傅错心想，隋轻驰之前和人打架把一件他挺喜欢的红色 T 恤扯坏了，从医院缝完针出来，还很熊地说“打架我是没在怕的，就是可惜了这件衣服”，搞得他挺无语的：“你可惜衣服不可惜你的脑袋吗？”

那时隋轻驰身上穿的是他的衬衫，手里抓着那件红色 T 恤，举起来说：“这衣服一扯坏就玩完了，在我脑袋上划一刀我完不了。”

“你是完不了，但别人会担心啊。”

“谁？”隋轻驰问。

他瞄了一眼身边的隋轻驰，知道他是在明知故问。偏偏隋轻驰一脸无辜，还好奇地睁大眼睛，好像他真的不知道一样。

“隋轻驰，”他说，“你装傻装得特别假。”

隋轻驰笑起来，把那件红色 T 恤甩到肩上，指了指自己的耳朵说：“队长，你害羞时耳朵特别红。”说完他就转头走到前面去。

傅错至今都记得那个笑，从十五岁到二十岁，在一起的五年时光里，隋轻驰学会了露出最自然的笑。只是隋轻驰的笑总是让他意犹未尽，也许是因为他老是笑到一半就转过头，笑到最灿烂时就离开。

后来隋轻驰买了那件骷髅 T 恤，倒不是因为那个骷髅头很酷炫，而是因为颜色红得很像他旧情难忘的前 T 恤，而且刚好在打折。

隋轻驰走了有多久了？他下意识地算了算，到今天已经是第五十四天了。

迪伦显然很喜欢隋轻驰，傅错听着他唱《Beautiful》，能从他的唱腔和台风中看到隋轻驰的影子。但终究只是浮于表面的模仿，一破音，不单是他，连 AK 和谭思都忍俊不禁。

给了迪伦几句鼓励后，他们还是婉拒了他。迪伦离开后，傅错在收拾音箱，AK 在背后吞吞吐吐道：“我觉得吧，错哥你还是不能把目标定得太高了……”

他说得很委婉，可傅错哪里会听不出他的意思，背对着两个人点点头："我知道。"

那天AK说想减肥，他们就又一起走了大桥。桥上人行道的宽度不够三个人并排走的，以往总是AK和谭思走前面，他和隋轻驰在后面跟着。虽然隋轻驰不怎么说话，但在他的记忆里，依然有很强烈的存在感。因为就算是他不说话的时候，自己好像也会注意他，会留意到他听见AK讲完某个笑话低头偷笑，或者望着江面两眼放空；又或者一阵寒风吹来，转头问他"冷吗"；更或者在盛夏的夜晚，当AK和谭思忙着吵架拌嘴时，忽然说一句"吉他包我帮你背"……

"这两天有很多人在微博上问专辑的事，"谭思的声音打断了他的思绪，"重录专辑也不是一时半会儿就能搞定的，我们现在连新主唱都没找到，还是应该和歌迷说一声。"

是啊，傅错心想，是该给个准信了，已经有西风的歌迷把专辑出不了的账算在隋轻驰头上了。他知道这些歌迷未必是真的想要这张专辑，他们只是想要隋轻驰为这件事负责。隋轻驰的体质可能确实有问题，他至今没上微博，也没有回复过那些质疑和咒骂他的评论。整整五十四天过去，西风的歌迷好像依然沉浸在被他无情抛弃的情绪里，恨他恨到了骨子里。即使隋轻驰的粉丝多，血厚，可是一百句"我爱你"，终究敌不过一句"我恨你"的威力。

傅错说："专辑还是出吧。"

AK欣喜地道："不重录了？"

"不重录了。"傅错说。

谭思默不作声地看他一眼，AK颇欣慰地拍了拍傅错的肩："错哥你总算想通了！"

傅错没说话。

AK又担心起来："可隋轻驰的那些粉丝会不会觉得我们是在利用他圈钱啊？"

傅错沉吟了一会儿："我有个想法，你们看行不行。"

谭思和AK齐声问："什么？"

"专辑我们只发一千张，不赚钱。"

谭思愣了一下，随即点头："我没意见。"

AK叹了一口气："行吧，这次我也认了。但是我们不赚钱可以，隋轻驰不赚钱那哪儿行啊，他的粉丝肯定又要发疯！"

"那就把他的那份算上，其余的我们按成本价算。"傅错说。

“唉，那错哥你可亏大了。我和谭哥也就是打个鼓、弹个贝斯，你又作曲又编曲又监制的……结果最后等于帮隋轻驰做了一张专辑，没准儿我们怎么做隋轻驰的粉丝都会鸡蛋里挑骨头……”

“那是他们的事，只要我们自己问心无愧就行了。”

晚上傅错给隋轻驰发了一条微信：专辑会按计划出，收益到时候我转给你，你有意见吗？

隋轻驰没有回复。傅错放下手机，他早料到了。

因为专辑的母带和样盘都有现成的，所以一千张制作起来非常快。专辑要发的消息终于带走了一部分人对隋轻驰的火气，这样所有人都明白隋轻驰是做完专辑才走的了。傅错剪辑了一个五分钟的试听音频在微博上放出，他不知道会有什么后果，也不知道听完这个音频，是会让那些咒骂隋轻驰的歌迷更加怨恨隋轻驰的离去，还是想念他在时的美好。

这个试听音频被转了上千次，收获更多的是惋惜和祝福。傅错心里的石头这下终于落了地。隋轻驰这个人可能是有各种毛病，但他的演唱就像精致的艺术品，唤不起一点点恶。不管你有多讨厌他，你都没有办法在他唱歌的时候骂他。

矛盾，却又迷人。他不就是这样的人吗？

西风的第一张专辑在当晚一秒售空，隋轻驰的微博这下终于清静了一些。傅错放下手机，仰躺在床上，天花板上还是有同样的光慢悠悠地划过，只是盖在自己身上的就只有被子，不会再有别的，他还是有些不习惯。

睡不着的时候，他会循环听这张专辑，听隋轻驰唱着那些沧海桑田也不变的情感。起初觉得讽刺，但他的声音那么真，一丁点的虚伪掩饰都没有。慢慢地，你就会情不自禁地相信他，像相信电影里的主角，为他心绪翻涌，走火入魔。隋轻驰是演员，西风的主唱是他演过的角色，你不能因为他现在要去演别的角色，就怪他曾经演得不够投入。

西风与隋轻驰的重合，也许注定只此一次。因为隋轻驰太完美，所以你无法不怨恨他的抛弃。但有一点毋庸置疑，下一站无论他去往哪里，他已经把最好的年华留在了西风。

隋轻驰走了已经有两个月了，他没有再回 CTR 学院。傅错不知道他是怎么想的，他的经纪人又是怎么想的，这让他严重怀疑这个公司到底能不能给他最好的发展。

专辑获得的收益他后来转给了隋轻驰，隋轻驰没有收，也是意料之中的事。傅错联系了柳眉，托她转交给隋轻驰，又忍不住多嘴问了一句：他还回CTR上课吗？

第二天柳眉才回他：看他自己。

说了等于没说。

西风恢复了一周一次的酒吧驻唱，由傅错暂时兼任主唱。这天他们来酒吧驻唱，AK带来一个令人震惊的消息：香蕉鱼解散了。

吉他手Morning跳槽去了别的乐队，鼓手不打算玩了，Loki要准备司法考试，贺斌便干脆解散了香蕉鱼。

傅错听完只觉得讽刺。

AK靠在椅子上感慨："Morning那个家伙，他当初怎么好意思嘲讽我们？"

谭思坐在那儿思虑了很久，最后问："那贺斌愿意加入我们吗？"

就这样，贺斌阴差阳错地成了西风的新主唱。香蕉鱼的风格和西风差别挺大的，香蕉鱼要更金属一点，所以贺斌的唱腔也一直带着一点儿金属嗓。一开始傅错还怀疑贺斌是否适合唱隋轻驰的那些歌，但事实证明，优秀的主唱都是能够驾驭各种风格的。贺斌的嗓音比隋轻驰更沙哑磁性一些，音域自然没有隋轻驰那么宽，现场台风也和隋轻驰完全不一样。但他的演唱始终是在西风的框架中的，并没有跳频到香蕉鱼，是非常合适的主唱人选。

贺斌加入他们的第一场LIVE，现场来了不少歌迷，很多西风歌迷甚至是大老远跑来支持他们，前香蕉鱼的粉丝也来捧场了。灯光亮起，傅错看向舞台中央的人，听到另一个人，用另一种声音，说出那句"大家好，我们是西风"，他第一次那么清楚地意识到，隋轻驰已不再是西风的主唱了。

那个夜晚所有人都很尽兴，AK也好，谭思也罢，每个人都在为西风的回归高兴，只有他一点也兴奋不起来。贺斌是优秀的主唱，也是他熟悉的朋友，但是他唱出来的《Beautiful》，仿佛是另一首歌。

他的主唱不该穿着烟灰色的衬衫，不该跳下舞台，不该对歌迷如此热情友好，他应该穿着红色的T恤或者连帽卫衣，扶着麦克风还要单手插兜。他绝对不会跳下舞台，他的头发即使被汗水打湿也依然会很软地散开在灯光下。他也不会和乐手激情互动，却会在黑暗中递给他一瓶水，看着他喝完，再接过来自己喝……

不知何时，眼睛里蓄满了泪水，在灯光大亮的那一刻，台上的一切都模糊了。在全场的欢呼雀跃声中，傅错仰起头，努力不让眼泪滑落下来。

那么多愤怒、不甘，最后都成了从胸口一路汹涌到眼睛的火热。

如果我们都知道今天会分道扬镳，我还会愿意遇见你吗？你还会对我说“那声音很大，你不能不听吗”？

这些问题的答案，是不是只能我们各自带去坟墓里？

我从来没想过有一天我的舞台上不再有你，就算世界毁灭，你都不会离开；就算谭思和 AK 都老得玩不动乐器了；就算歌迷和粉丝都离我们远去，我还会为你写歌，你也还会为我唱歌。我们会牢牢捆绑在一起，我们会死在一起，葬在一起，我们之间不会有“再见”。

可是……

灯光暗下来的那一刻，眼泪像暴雨落下。

再见了，隋轻驰。

在那之后，傅错与隋轻驰之间渐渐再无交集，只是西风和隋轻驰的粉丝依然摩擦不断。一次有人发了一个贺斌和隋轻驰演唱现场的对比视频，这个视频被隋轻驰的粉丝轮了好几千转，甚至在专业的音乐论坛里也引来围观。

AK 气得大骂：“这些人也太过分了吧！就不能放过彼此吗？”

AK 甚至想上微博去和粉丝理论，被谭思拉住：“你去和人家吵什么？去证实他们说得没错，我们恼羞成怒了吗？”

好在贺斌心态好，但傅错已经厌倦了和隋轻驰的粉丝动辄交锋，他以贺斌的声音为蓝本写了一首新歌《Roleplay》，在微博上发了歌曲小样。这首歌会成为贺斌的第一首专属歌曲，未来也就不会再有什么对比视频了。

他以为这样会转移大家的注意力，歌曲发出来的那天是十一月十六日，没想到又引起了轩然大波。几天后就是隋轻驰的生日，隋轻驰的粉丝当晚便圈了他，大骂：你发歌维护你们的新主唱我们不是不能理解，那前主唱就什么都不算了吗？发歌一定要挑在他生日前夕发好硌硬他吗？！有想过他的心情吗？！

有人甚至整理了歌词发在微博上，暗指傅错的歌词是在内涵隋轻驰。

西风的粉丝自然也在微博下以牙还牙：不是你们自己挑事发视频内涵别人，会有这首新歌吗？虽然我错哥根本懒得内涵这个叛徒，但是果然主子做过亏心事狗腿看什么都要心虚！

《Roleplay》是隋轻驰离开后这三个月里傅错写的唯一一首歌，他已经觉得很对不起贺斌了。这首歌的确是有感而发，但他从没想过要内涵谁。如果任何隋轻驰带来灵感的歌都要被定性为在内涵隋轻驰的话，那还让他怎么写歌？是要他去受几次电击把隋轻驰彻底从记忆里删除掉吗？原本他并不想把这首歌发出来，但那个视频真的过线了。如果贺斌以后唱隋轻驰唱过的歌都要不得安生，作为队长的他难道能袖手旁观吗？

不过炮火转到了自己这里也算是间接达到了目的，只要不再波及贺斌就行。西风和隋轻驰的恩怨本来就与贺斌无关，他是来搭救西风的人，不该受到这样的待遇。AK 为他打抱不平，傅错自己反而已经对隋轻驰粉丝的谩骂习以为常了。他告诫所有人这段时间都不要发微博，静静地等待事情过去。

然后就在隋轻驰生日当天，隋轻驰终于发微博了。他发了一个新歌的 MV 预告，傅错却是在别人的转发里看见的，这才知道自己被隋轻驰取关了。

隋轻驰不止取关了他，也取关了西风和 AK，然后限制了微博只能粉丝评论。

AK 在微信群里怒骂：他什么意思啊？！这是要用行动来表示他也觉得咱们是在内涵他吗？！

傅错没想这么多，仔细听了那首歌的预告。这不是一首摇滚曲风的歌，而是一首经典老歌的翻唱，编曲做了很大的改动，但依然保留了歌曲的本色，是一首安静而悲伤的情歌。新编曲里减去了前奏，直接让隋轻驰的声音同伴奏一起响起。隋轻驰一个摇滚乐队主唱出身的歌手，声音一出来，傅错竟然觉得和这首二十世纪的老歌太过丝丝入扣，他唱摇滚时的面目忽然就模糊了一大半。

没有了电吉他，没有鼓点，没有贝斯，只有层层叠叠的钢琴伴奏，和时而加入的木吉他。声音还是那个人的，感觉却全变了。

微博下点赞最多的一条评论写着：果然钢琴才是最配他声音的乐器，隋轻驰的声音其实是很有古典气质的，搞什么摇滚啊！差点被耽误！

傅错看着这条评论，心中五味杂陈。

预告只有一小段主歌和副歌，这样的歌曲，隋轻驰发挥起来当然游刃有余。傅错却想不通，为什么第一首歌不让他唱原创呢？隋轻驰的粉丝那么强势，这样势必又会引发一场原唱和翻唱的对比。不知公司是不是对他太过自信，他现在的粉丝数自然打得过已经过气的原唱的人气，唱功也只强不弱，但一定会给人留下狂妄的印象。

他总觉得内心忐忑不安，隋轻驰自从离开了西风以后，好像就一直生活在非议中。

预告 MV 暂时没有引起任何争议，所有讨论都集中在 MV 里隋轻驰逆天的颜值上。这首歌好像是电影插曲，MV 里有很多电影镜头。隋轻驰穿着一件他平常根本不会穿的浅蓝色细纹衬衫，戴着一顶浅牛仔色的渔夫帽，背着一把木吉他，是 Gibson 的蜂鸟。这把吉他他们以前在吉他专卖店里看到过，还请店员取下来，隋轻驰弹过不到五分钟。只轻轻扫了一下弦，隋轻驰就抬起头不可思议地看向他。因为音色太美了，隋轻驰一脸“怎么能差这么多”的小孩子样的表情他至今记忆犹新。

几百块钱的合板吉他到底是不能比的，傅错看着 MV 里怀抱蜂鸟坐在天台上的隋轻驰，心想。

隋轻驰一头又黑又软的头发也被精致的造型所取代，天台上那么大的风都没怎么吹得动，傅错竟然看笑了。有一个特写镜头他能看清隋轻驰的眉眼，隋轻驰的眉毛形状没有这么温柔，是直来直去的锋利笔锋，还有些放肆生长的趋势，离得近了能看到边缘细小的杂毛，尾巴根本不是这样微弯的弧度。

难怪连 AK 也说：“这个隋轻驰也帅，但帅得很假，他还是自然一点更帅。”

贺斌说：“他不唱摇滚可惜了。”

AK 撇着嘴：“人家粉丝都说了，他们小隋有古典气质。”

贺斌笑着摇摇头：“不是有钢琴伴奏就叫古典，粉丝不懂这些。”

傅错关了视频，隋轻驰会取关他们只是时间问题，都形同陌路了，又何必在意这些形式上的东西。

电影在圣诞节前夜上映，那天西风也在 Live House 开唱。隋轻驰的粉丝都去支持电影了，据说有他客串的镜头。当贺斌在台上唱着他写的《Roleplay》时，隋轻驰在电影里本色出演一名校园歌手，也就三五个镜头，加起来不超过五分钟。他几乎没有什么演技可言，出场不是在睡觉，就是在弹吉他，好像是女主单恋的人，一抹白月光而已。

电影成绩平平，但白月光照进了很多人心里。总是穿着一件清爽的衬衣，背着红色的吉他，懒洋洋像睡不够似的俊美青年，颜值实在太能打，气质说不出的卓绝，一开口简直是天籁之音。以致女主到最后竟然能对这位白月光释怀，让观众觉得不可思议。

寰艺趁机发了歌和完整的歌手单人 MV。这首歌上热搜时，傅错的担心也成了真，关于原唱和翻唱的争执一时间甚嚣尘上。有骂隋轻驰不知天高地厚的路人，也有被他的颜值和声音收服的吃瓜群众；有趁机帮忙科普他背叛史的西风粉，也有为他辟谣洗白的粉丝。除了隋轻驰的粉丝，所有人莫衷一是地觉得他只是个录音棚型的花瓶歌手，而隋轻驰位于旋涡的中心，没有任何表示，只是关闭了评论。

这一关，又关了好长时间。

隋轻驰那时还有两年多才从CTR毕业，但直到傅错和谭思都从CTR毕业了，他也没有再回来继续学业。这之后仿佛理所当然一般，傅错开始从网络上、音像店，从打歌节目里看到被包装过的隋轻驰出现在人们的视野里。最初那场原唱翻唱之争并没有影响他的发展，反而为他带来了第一批粉丝。他出道的势头很好，始于颜值，陷入实力，八个字完美诠释了那时的隋轻驰。

隋轻驰上过一个音乐类综艺节目，穿着一件白色T恤，红色格纹衬衫绑在腰上，简单的牛仔裤和黑色板鞋，抱着吉他自弹自唱了一首《Stairway to Heaven》。那是隋轻驰出道后第一个高光时刻，他完全没有模仿原唱，用他自己的理解征服了听众。弹吉他时他低着头，胸前的吊坠随着他身体的律动轻微地晃动。镜头也拍到了他闭着嘴用鼻音哼唱时喉咙的微震，傅错看得心一紧，是真的美，就像涟漪之于湖泊。

中间一段吉他的Bridge（桥段）是新加的，隋轻驰用了双手多指点弦的手法。导播也给了特写，拍他两只手在指板上交错，修长的手指起起伏伏像在弹钢琴。傅错不得不承认，隋轻驰的吉他弹得越来越好了。

舞台被布置成西部酒吧的样子，台下只有很少的特邀听众扮成酒吧的客人。隋轻驰唱完，掌声虽不大，但都透着热情。他从高脚凳上下来，扮客人的主持和嘉宾开玩笑地说："腿好长啊，我们坐那种高脚凳脚都是悬着的，他就跟我们坐普通椅子一样，脚能直接踩在地上。"

女嘉宾问："隋轻驰你多高啊？"

隋轻驰说一米八六。

傅错这才知道他长高了，AK说他可能报了个假身高："娱乐圈不经常这么搞？"

傅错不这么觉得，这种无聊的虚荣，隋轻驰还不至于当回事。

主持和嘉宾当场就迫不及待给了点评，女嘉宾说："最美的部分你知道吗？是你哼唱的段落，太迷人了。你有自己的特色，我不知道你意识到没有。我没觉得我在听Led Zeppelin，我听你唱第一句就记住你了，现在我是你的迷妹了。啊不对，我这应该叫迷姐了吧……"

傅错特别能理解，听隋轻驰唱歌，就是那种走火入魔的感觉吧。唱得好的歌手有很多，但隋轻驰就是有那么一个瞬间，会让你的灵魂像失重一样向他坠落。

接下来的采访环节里，主持人说隋轻驰那种双手多指点弦的弹法很特别，问是谁教的。隋轻驰的表情突然就有点不自然，说是看别人弹过。主持人就给他科普了这种弹法的由来，末了又问隋轻驰：“你是真不知道啊？那你这算是自学成才了？”

隋轻驰说了一声“没有”，却也没有反驳或纠正什么。他的手从膝盖上垂下来，是打算就这样放弃辩解了。

傅错看到这里，无奈地笑了笑。

在节目结束时，隋轻驰又唱了一首山羊皮的《Everything will flow》，还是那家西部酒吧，只是他们在他身后播放了幻灯片，一整面墙都是卓别林《城市之光》的片段。黑白默片的光影也打在隋轻驰身上，他唱着“Ahh, and everything will flow. Ahh, you know everything will flow.”,无情得像荒漠，又温情得像细雨，再一次用属于他的风格改变了这首歌的面貌，完成了这个高光时刻。

傅错只听了个开头就知道后来了，这两段视频一定会上热搜，会有更多人知道隋轻驰，虽然知道他的人已经不少了。

隋轻驰离开西风已经大半年了，他并不是有意想追踪隋轻驰的动向，但他火得那么快，你根本无法避免。再次看到隋轻驰，傅错发觉自己已经能够坦然接受他的新身份了。

他还在唱摇滚，还钟爱摇滚，就已经是一个惊喜了。

2

任谁看了，都会觉得隋轻驰的星途就应该如此平坦，找不到任何坎坷不顺的理由。可是不知道为什么，隋轻驰在如此迅速地声名鹊起后，却有一段时间，让傅错感觉他突然间销声匿迹了。刚开始傅错也怀疑是自己的错觉，首页有很长一段时间没有出现过与隋轻驰相关的内容。他觉得很奇怪，但AK和谭思根本没留意，也许只是他太在意了。

然而隋轻驰的的确确突然陷入了沉寂之中，有这种感觉的人不止他一个，所有隋轻驰的粉丝都察觉到了，甚至连一部分西风的粉丝也察觉到了。他的微博停更，没有作品，没有通告，没有代言，这样的状态持续了大半年。粉丝们在他的微博下天天打卡求他报平安，还跑去公司的微博追问抗议。不过公司一句都没有回复，就连柳眉也关闭了评论。

粉丝们曾经把事情闹大过一次，制作了一条怀疑公司雪藏隋轻驰的长微博，这下终于连谭思和 AK 都知道了。

有一回 AK 喝醉了酒，借着酒气骂隋轻驰：“他就是活该，现在栽跟头了吧！那些资本家能把他当一回事？傻不傻呀？！”

傅错听着，竟然觉得心酸，闷头喝酒没有附和。

他顺着长微博给出的种种证据上网一一搜索验证，隋轻驰消失得太没有道理了，很有可能是真的被公司雪藏了。有传言说他得罪了高层，有的甚至说得十分不堪。虽然也只是道听途说的八卦，什么证据都没有，但傅错还是情不自禁地信以为真了。因为那太像会发生在隋轻驰身上的事了。

乐队结束演出回来，车子经过商业街，拐过某条大道时，傅错冷不丁看见某个年轻时装品牌的灯箱上，穿着牛仔服的隋轻驰被换成了不认识的男艺人。这一换，好像突然之间这个品牌的风格都变得温顺了起来。

“看什么呢？”AK 问他。

傅错转过头：“没什么。”

AK 顺着他的方向转头望去，看见灯箱广告上脸生的男艺人，有些不明所以。

傅错还记得那个代言广告上的隋轻驰，墨蓝色的牛仔外套上到处是破洞，穿在他身上却相得益彰。红色的蜂鸟吉他被隋轻驰随意地杵在地上，双手搭在琴头，这个动作让他的背有些慵懒地驼着。那份充满摇滚气息的桀骜不驯，就这么消失在了这条商业街。

到底怎么了？你得罪了谁？就算是被公司雪藏了，为什么什么都不说？

脑子里有太多为什么，但转念一想，是离开得太久忘了他是怎样的人吗？越委屈的时候他越不会讲，隋轻驰那张嘴，除了会唱歌，并不擅长别的。连续七八个月保持沉默，不是他有多能忍，而是他的自尊在压制他。

他是在谷底等待反弹，又或是挣扎着无力反弹呢？

傅错回到家，坐在沙发上很长时间想不通。别人可以不管隋轻驰，公司可以雪藏他，柳眉怎么能对他不闻不问呢？是她从西风手里带走了隋轻驰，许诺他光辉的未来，可是现在……他想起十五六岁时的隋轻驰，那个好不容易从孤僻乖戾中走出来的隋轻驰，几乎要被他们打回原形。

他打开微信，在那个一年多没联系的头像下写下四个字：你怎么了？

可能发出去就会后悔，但他仍这样做了。

然而他还没来得及后悔，就立即收到“消息已发出，但被对方拒收”的提示。

他被隋轻驰拉黑了。他甚至都不知道这是什么时候发生的事。

他盯着那个头像回不过神，直到突然跳出来一条新微信。

是贺斌发来的语音，他有些犹豫地说：“傅错，明天你有时间吗？”

Loki 回来了，司法考试后不久他就被诊断出了胃癌早期，治疗了差不多一年。就在前天，医生告诉他，说癌细胞都消失了，他第一个想通知的人就是贺斌。他想重组香蕉鱼。

“如果问我余生还有什么愿望，我还想和你一起玩音乐。”

那是傅错从贺斌口中听到的 Loki 打电话时对他说的原话。

贺斌最终离开了西风。

再次失去主唱对西风而言无异于雪上加霜，但这一次傅错已经能坦然接受。他理解贺斌对香蕉鱼的感情，就如同他对西风的。

那天出来见面时，他问贺斌：“乐队的名字还叫香蕉鱼吗？”

贺斌点点头：“这个名字是 Loki 取的，他想用就接着用吧。那家伙也真是，生病了都不告诉我，我还以为他是不要我这个兄弟了。”

他们在星巴克里等了一会儿，看见一个穿着厚厚的长羽绒服，戴着套头帽的人推门走进来。两个人第一眼都没有认出这是 Loki，是以前那个潇洒帅气的贝斯手。

傅错站起来，Loki 上前拥抱住他，说：“谢谢你替我照顾我的兄弟，对不起，我来把他抢走了。”

“本来就是你的。”傅错拍了拍他的背，他拍得很轻，因为这个人的背变得太单薄了。

他承认目送贺斌和 Loki 离开时，心里想过那个人会不会也在外面碰了钉子，终于认输了回来。

那个人可能是 Loki，甚至可能是 Morning，但绝不会是隋轻驰。

AK 后来找来了樊凡，樊凡让他想起好久以前的迪伦。他们都是西风的粉丝，樊凡只比隋轻驰小一岁，演唱中也有受隋轻驰影响的地方，一些尾音的处理，还有单手插兜的动作。看着樊凡唱着唱着把手插进裤袋里，他自己还没发现，他们三个人都一愣，太尴尬了。不过很快 AK 就捂着嘴笑起来，凑到傅错耳边，憋着笑低声说：“插兜就插兜，抖什么腿啊，山寨果然还是山寨……”

不到两年换了两个主唱，傅错真的有点没信心，对自己没信心，对乐队没信心，对新来的主唱更没信心。加入乐队前，樊凡说了一番话：“错哥你放心好了，我呢一长得不帅，肯定不会有大公司来挖角我；二呢我没玩过乐队，绝对不会像贺斌哥一样跟初恋跑了。西风就是我的初恋！”

可能真的是被他这一番玩笑话给说服了，他需要这些保证，虽然也明白保证并不代表什么，但聊胜于无。

再说樊凡是唱得真不赖。虽然还比不上隋轻驰，但并不输给贺斌。

隋轻驰唱得到底有多好，其实他都有点想不起来了。

樊凡成为西风的第三任主唱，自然也因为模仿隋轻驰而被人嘲笑过。但也许是隋轻驰一反常态地沉寂，他的粉丝现在根本没精力来围攻一个新人主唱。

樊凡也好奇过他们和隋轻驰分道扬镳的事，傅错甚至觉得他加入西风的一部分原因就是为了搞清楚真相，看得出他很在意隋轻驰和他们之间是不是有网传那样的深仇大恨。傅错当然直接否认：“理念不同，分道扬镳而已，没那么戏剧化。”

“我就说嘛！好歹也是一个乐队的，这么多年，怎么可能没感情呢？”樊凡一副放下心的样子，又问，“那轻驰哥为什么取关了西风啊？”

“可能是公司要求他取关的吧。”傅错说。

樊凡是个天真的小子，基本上傅错怎么说，他就怎么信。

这样又不知过了多久，有一次乐队排练结束后去吃夜宵。吃着喝着，酒过三巡，当谭思去了洗手间，AK和樊凡在划酒拳时，傅错突然听见一个声音，整个人像被闪电打了一下。在钢琴伴奏后响起的那个歌声，迷人又迷幻，连呼吸都恰到好处地熨帖，他感觉已经有一个世纪没有听到过了。

不可思议地抬头循声望去，从洗手间回来的谭思一脸纳闷，不知道他在看什么。餐馆一角挂着一台电视机，里面正在播放一部烂俗的偶像剧。男女主演得那么虚情假意，但背景音乐里的那个歌声，让观众一瞬间代入了感情，找到了情绪的爆发点。

AK或者谭思或者樊凡喊了他，又或许他们在笑他那么认真地在看一部偶像剧。而他竖起耳朵，面朝那台挂在角落里的电视机，想要听得更清楚一些。

也许是男女主讲的那些蹩脚的台词掩盖了歌声，又也许是餐馆里太吵闹，谁都没有注意到这首插曲。但他认出来了。这不可能是别人，哪怕音质里流动的颗粒感都模糊到几乎听不见，闭上眼他还是能感受到那发光的沙砾在耳畔流动，堆积，散开，又堆积……

这首歌整体的调不高，而是偏低的，隋轻驰唱过的歌调都挺高，他的低音不是大众所熟悉的。但这一首有很多低音段落，当他的声音缓缓滑落，就像大提琴的琴弓从高音位拉到低音位，那种熟悉的、动人心弦的感觉，叙事一般感情充沛的演绎，他一生中听过无数声音，只有那一个符合。

十个月了，他在一部八点档偶像剧的插曲中找到了那个消失快一年的声音，竟然有种久违的热泪盈眶。

电视剧在网上乏人问津，歌却被隋轻驰给唱火了。人们在片尾Cast名单中找到了插曲的演唱者，从粉丝到吃瓜路人都炸开了锅。沉寂将近一年后，隋轻驰和这首新歌一夜蹿上热搜，甚至带高了当晚电视剧的收视率。凌晨时，隋轻驰终于发了微博。他什么也没说，只分享了一首在听的歌，不是电视剧插曲，而是Bon Jovi的《It's my life》。

粉丝们大半夜如同在狂欢一般，不少人在微博问他怎么了。

隋轻驰没有回答，只点赞了一条评论。

夏日骄阳：Like Frankie said ,I did it my way.

复出后的隋轻驰比雪藏前更势不可挡，热度有很长一段时间居高不下。在一次采访中被问到这九个多月的去向，隋轻驰也只是说回去上学了。

AK指着电视机不屑地道：“一看就是在撒谎！”

傅错猜一定有什么隐情是隋轻驰不愿意说的，但他接受采访时的语气听起来异常潇洒，一副“我什么都不在乎”的样子，潇洒无畏到让傅错感觉有些不舒服，却又说不出来哪里不对。

那一年的娱乐圈，隋轻驰绝对是一个避不开的名字，所有热门话题里都要带他，所有杂志封面上都有他，综艺中经常会提到他，营销号更是隔三岔五地蹭热度。他带动的流量和话题，好的坏的，不一而足，红到发紫后仿佛是一种必然，开始被是是非非缠绕，负面评价越来越多。有些是粉丝的锅，也有一些傅错深知绝对甩不到粉丝头上。然而粉丝给他的爱太可怕了，他习惯了恃宠而骄，有恃无恐，那些带有攻击性的所谓维护和保护，隋轻驰从未加以劝阻。傅错太了解他了，他是不会劝阻的，因为他十分享受这些，享受这些他从小就不曾拥有，曾经拥有过又被剥夺了的东西。

黑黑红红的纷争像是他的背景色，他出现在哪里，就带到哪里，只除了一处。

舞台是隋轻驰唯一没有黑点的地方。

年底时，新一季的《乐王》节目赫然出现了隋轻驰的名字，他终于站上了那个唐杜曾称王的舞台。隋轻驰在《乐王》节目的首秀，所有人都在猜测他在自选轮会唱什么歌。他没有唱他自己的歌，而是演唱了Coldplay的《Viva La Vida》。节目录制那天他穿了一件非常普通的黑色卫衣，连弹幕里都在说“长得太帅也不能这样，过分了啊小隋”。当乐池里的小提琴部拉开序幕，隋轻驰站在舞台中央的光束之中，没有任何走动，从低头吟唱到抬头看向观众席。他抬头的那一秒，恐怕是电视机前许多人第一次被那股迷之“中二”征服的一刻。隋轻驰演唱歌曲的气质像一位诗人，唱出来的却是史诗。乐队敲击定音鼓，在那伴奏最强有力的时刻，他的声音仍在鼓声之上，如鼓槌猛地一下撞击胸骨。那一刻，灯光照在他普通的黑色卫衣上，人们已然感觉不到这着装的简陋，强大的气场和声压让他整个人简直在发光，骄傲自信甚至正如弹幕所说“中二到无敌”的台风让他成了无冕之王。

一个王朝的辉煌与陨落，被隋轻驰用金属般辉煌的声音演绎，就像奔腾的大河。在这条河流里，他的豪情与反叛融为一体。他背后是庞大的乐队编制，非美声的演唱家想要用通俗的唱法驾驭这样的编制难于登天，而隋轻驰就像一台钢琴，纹丝不动地立在那里，驾驭了乐队，也澎湃着人们的激情，台下不断有观众激动难耐地站起来。

当舞台上灯光全亮，台下已经没有坐着的观众，新的收视高峰在那一刻被缔造。有太多人曾在《乐王》节目上被忧愁伤感的歌唱哭，但这是第一次，他们为一种激昂振奋而鼓掌流泪。

从登上《乐王》节目并夺得冠军的那一刻起，傅错就知道再也没有什么能阻挡他了。乐评人好像就是从那个时候开始展望这位“未来天王”的。他是《乐王》新一季的王者，更将统领一个新的时代。

在那之后，西风也等来了命运的垂青。傅错自己也没想到竟然还能等到愿意签约他们的公司，这一次竟然还是后海，还是彭帅。彭帅对于隋轻驰的离队并没有多说什么，开出的条件依然和以前一样。傅错的心情十分复杂，彭帅笑着说：“都跟你说过我们对认真做音乐的乐队是很有诚意的啦。”

傅错沉吟道：“你当时和我说过，想签西风的一个原因是隋轻驰很有魅力……”

他已经好久没有提过隋轻驰这个名字了，现在说出来，感觉顿时陌生了好多，就像在提某个流量明星的名字。

彭帅摆摆手：“隋轻驰离队后我也有关注你们，我觉得他不是西风的灵魂人物，你才是。”

傅错很感激他这样说，但内心其实真的很迷惑。他写了那么多歌，但主唱走了又来，来了又走，总是有种不安定感，不知道方向在哪里。

但无论如何，西风终于出道了，乐队和歌迷都很开心。开心之余樊凡也很好奇，问：“你们怎么好像认识彭帅哥啊？”

谭思和 AK 对视一眼，只笑笑不说话。

樊凡并不知道这已经是彭帅第二次来找他们了。兜兜转转，西风还是来到了后海。虽然从头到尾都没有人责怪，但傅错自觉十分愧疚。当年的那个决定是他做错了，这条弯路他们走得何其辛苦。

没有了隋轻驰，四个人突然一点分歧也没有了，竟让他生出几分怅然来。他们每个人都像一个齿轮，隋轻驰的那一个其实从来都无法和他们咬合在一起，一直都是勉勉强强，甚至是在用自己强大的动能带动他们。他们这些齿轮，从一开始就属于不同的地方，在一起久了，一定会互相磨损彼此。

签约庆功那天，AK 喝着酒问：“等有钱了哥几个都想买什么啊？”

“买车，”谭思想也不想就说，“买了车哥带你们自驾游去！”

樊凡扔了一颗花生米到嘴里，想了想说：“我想给我妈买一套带电梯的房子，小一点儿也没关系！”

他说完四周安静了片刻，傅错看向谭思，谭思抬手拍了拍樊凡的后背，说：“快了。”

“错哥呢？”AK 问。

傅错想说买别墅，最后又改了口：“先攒着吧。”

AK 举手和他击掌：“哎呀，错哥，就你跟我一样！唉，没钱赚的时候想赚钱，有钱赚了又不知道怎么花……”

樊凡又扔了一颗花生米到嘴里，说：“那说明你注定是穷人的命！”

AK 给了他一下，樊凡都被他敲习惯了，揉揉脑袋也没当回事。

AK 感慨道：“也就你，我还能欺负一下了。”

樊凡点点头：“那是，我猜你也不可能这么欺负轻驰哥。”

“我没欺负过他吗？”AK 不服气，找傅错和谭思作证，“我还让他去给我买过水呢！”

樊凡掀起眼皮：“他给你买了吗？”

AK 说：“当然！给我买了一瓶农夫山泉！”

樊凡大手一挥："不可能！"

AK把酒杯一搁，圈住樊凡的脖子使劲把人的脑袋往下摁："你个脑残粉！说！当初在微博骂西风的隋轻驰粉丝里有没有你？！"

"没有没有！"樊凡挣扎着大呼冤枉，"哪儿能呢！我首先是西风粉，其次才是我轻驰哥的粉！"

"你轻驰哥眼里都没你！"

"我现在是西风主唱了，轻驰哥肯定能看见！"

签约后海后，他们全部搬去了公司所在的S市。签约出道后最直观的改变，就是傅错陡然觉得轻松了好多，排练、录音、发歌、巡演都有公司把关，自己这个队长除了传传话，终于可以专心写歌了。

买车的愿望很快就实现了，那天傅错陪谭思一块儿去买了车。卡上的钱谭思一分都没留，买了一辆雪佛兰科鲁兹，又给他的小表妹买了一部新手机。傅错本想劝他省着点儿花，但其实也能理解他的想法。他现在花钱大手大脚，都是因为没有牵挂了，再也不需要存钱买带电梯的房子了。

听谭思说，年初他的小姨和小姨父离了婚，消息还是表妹打电话哭着告诉他的。谭思的小表妹傅错也认识，知道她从小就爱腻着谭思。傅错还记得初中时他们一块儿带过生日的小姑娘出去玩，那时苗晶晶小朋友才六岁，一左一右牵着他们的手，昂首阔步在人群中，像个小公主。其实那时谭思身上也没几个钱，一路上给吃货苗晶晶买这买那，一会儿就把钱给花光了。苗晶晶小朋友特别感动，看到谭思的钱包里没钱了，哭着说长大以后要嫁给谭思，把他们两个人都乐坏了。苗小朋友自那时起就老以谭太太自居，傅错对她的印象一直是她一本正经地说"你们得叫我谭太太"的样子。上初中后，小姑娘终于知道不好意思了，但还是对这个表哥喜欢得紧，总是逢人就说她心目中的未来老公得像谭思哥那样。

谭思买了那部手机，开车回去的路上拿给他看，问："现在的高中生会喜欢这种吗？"

傅错其实也不知道："你送的她肯定都喜欢。"

"唉，你是不知道，"谭思敲着方向盘摇了摇头，"其实我不是像你这么自律的人，我有时也想任性，也想耍坏，可能是被她逼出来的。有个小姑娘从小就这么崇拜你，你也就不好意思在外面胡搞了。"

"挺好的啊。"傅错笑了笑。

“好什么啊？”谭思说，“我的梦想是有朝一日能环游世界，最好是去那些荒无人烟的地方，没有任何约束，想怎么撒欢就怎么撒欢。不过现阶段大概只能穷游一下祖国了。”

他笑着看傅错一眼：“到时候咱们俩一块儿，再带上 AK 和樊凡！”

“不带苗晶晶吗？”

“不能带她，带个女生上路就不能放飞自我了！”

傅错笑着望向车窗外，谭思的车总是开得有一点点野，像他 SLAP（拍打）时的样子。他不知道谭思记不记得，这样的对话他们曾经也有过一次。那时他说要带着西风和陈姨一起环游世界，现在这个愿望终于要开始实现了，只是早已物是人非。

车子驶向大桥，远方的巨大摩天轮在风中缓缓转动。听说它现在已经沦为全国第三大的摩天轮了，不知道隋轻驰知道了会不会更加失望，又或者他已经完全不在意了。

在那之后傅错回过一趟老家，不是特意回来，只是和西风一起来这边开唱。虽然不是第一次故地重游，但还是感触良多。AK 趁着这个机会回了一趟家，谭思也带着礼物去了小姨家，樊凡则留在酒店睡觉。那天傅错就一个人在街上走着，去了毕业的高中，又去了曾经排练的废旧仓库。那家书店还在街对面，仓库已经拆掉变成工地了，篮球架也不在了。他走过老家的筒子楼，走过时常光顾的音像店，走过已经消失的面馆，夜幕降临时，他经过星河体育场，忽然听见了谭思说的轰隆隆的雷声。

他停下来回头望去，在夜色下发光的不是闪电，而是正合上穹顶的巨型建筑。

隋轻驰就在那里。

第一次来看 LOTUS 的演唱会已经是多少年前了呢？他一时竟没想起来，只觉得那好像是很久很久以前的事了。那时他们还未成年，囊中羞涩，只能买最便宜的看台票，站在山顶眺望舞台中央的巨星，离他们那么遥远。谁能想到今天隋轻驰会站在那里，那片曾经让他抬头惊叹的人造星空不再是 LOTUS 的专属特权，终于也属于他了。属于他一个人。

原来这就叫恍如隔世。

隋轻驰离开西风已经三年了，这三年里，西风先后换过两任主唱，等到第二任主唱定下来，他们也终于等到了签约出道的机会。作为一支成立快七年的乐队，这些年浮浮沉沉，在地下摇滚圈和独立音乐圈也慢慢广为人知。只是比起隋轻驰飓风式的走红速度，西风依然宛如一只蜗牛。换过的两任主唱，大家也心知肚明，无法和隋轻驰相比。歌迷们虽然表面不说，私下也常议论隋轻驰是西风最好的主唱。为了照顾贺斌和樊凡的音域和唱功，傅错无法再随心所欲地写歌，但想想也没什么大不了的。不认识隋轻驰的时候，他也是戴着枷锁在写歌，世上的歌手，天赋异禀如隋轻驰的本来就凤毛麟角，哪个作曲者又不是戴着枷锁镣铐在写歌呢？他只不过是……刚好遇见了隋轻驰，享受了片刻从枷锁中释放的自由罢了。

本以为这辈子都不会和隋轻驰的人生再有交集，直到有一次排练结束，谭思叫住大家："大家留一下吧，我有件事想跟你们说。"

谭思说完就在排练室席地坐下，他们三个人面面相觑，也走过去坐下。

谭思打开手机页面，递给他们。

傅错接过手机，看到上面是一个名为《乐队狂潮》的网络选秀比赛的官方报名页面。

AK 睁大眼："不会吧，你想让西风参加这个？"

樊凡把手机接过去，划拉了两下，说："这个主办方以前搞过那个偶像团体选秀，超级火的！"

谭思看着他们，很认真地说："我想给西风一个更大的舞台。"

樊凡边看手机边头也不抬地说："好啊！我同意！"然后声音忽然高了八度，"哇？！明星评委里有轻驰哥哎！！"

他一说完傅错就愣住了，AK 也愣住了，樊凡很开心地把手机递给他们看。傅错看着页面上的隋轻驰，心情难以言喻。

迟钝如樊凡也察觉到了什么，自以为找到了解释："哎呀，不要害羞嘛，虽然人散了，但情谊还在嘛！"说完他就把手机还给谭思，说："谭哥，我觉得行！说不定轻驰哥看在大家以前是队友的分上，能给咱们放点水呢？"

谭思笑道："歪门邪道我可没想，西风也不需要人放水。"

AK 有些迟疑，左看右看，说："谭哥你真想参加啊？隋轻驰在里面，外面的人会不会说什么……"

"你管别人说什么呢？"樊凡打断他，"只要符合参赛要求就行了，我们又不走后门！错哥，你听我给你分析哈，这个节目有轻驰哥在，收视率绝对不会低，我觉得这是一个很好的机会！"

傅错抬头看向谭思，谭思的表情十分坦然。他显然知道隋轻驰就是《乐队狂潮》的嘉宾评委，只是他却不知道谭思在想什么。

# 第十九章
## 乐队狂潮

1

这件事没有当场决定，之后傅错才问谭思是怎么想的。

“我就是想给西风一个更大的舞台。”谭思开着车，樊凡和 AK 都下车了，车上只有他们两个人。夜色中，道路有些拥堵，沿着大桥缓缓前行。

谭思说：“傅错，其实我和 AK 没有那么好，樊凡也明显不如隋轻驰，但是你值得一个更大的舞台。”

傅错摇摇头说：“我没那么值得。”

“你值得。”谭思点头道。

“其实……”

“你不想参加是因为隋轻驰吗？”谭思打断他。

傅错侧头看向身边的人，谭思转头笑着瞄他一眼。傅错沉了一口气，果然什么都瞒不过这个人。

谭思说：“就是因为有隋轻驰在，我才想让西风参加的。那个时候我们都太年轻了，人在年轻的时候真的会犯很多错，不成熟，容易冲动，话也说不开。但我觉得每个人都值得拥有一次改正错误的机会，你就当是给他一个机会，也给你自己一个机会，给以前的我们一个机会。”

傅错望着前方，红色的车尾灯在大桥上闪成一片，像警灯。那也是隋轻驰演唱会上的应援色，是危险又迷人的颜色。

公司也支持他们参加，开会的时候，彭帅说：“咱们公司和那些大公司没法比，可能确实没有太多资源给你们。我也觉得这是一个机会，只要你们决定参加，公司一定全力支持。”

傅错不知道自己是被谭思和彭帅说服了，还是在内心深处他其实是渴望再见到隋轻驰的。

三年了，大家都成熟了不少，他想着是不是当年他们真的太年轻，太容易走极端，才会把事情搞得那么惨烈，现在终于可以冷静下来把矛盾都说清楚了。

在大众眼里，可能隋轻驰的标签依然是中二，是桀骜不驯，不可一世。但他毕竟在娱乐圈待了三年，这三年里他的经历也许比他们四个人加起来还多。他可能更加愤世嫉俗了，但也一定成长了很多。

没理由他们还像以前一样。

西风参加《乐队狂潮》比赛，而隋轻驰是《乐队狂潮》比赛的三位明星评委之一。从海选开始，他们就遇到了不少麻烦。这麻烦并非来自节目组或其他乐队，而是来自隋轻驰的粉丝。傅错和谭思早就有心理准备，但AK和樊凡却不是能忍的性子。尤其是樊凡，一开始他还回应过隋轻驰的粉丝，一口一句“轻驰哥”，但并没有让嘲笑他东施效颦的声音低下来。到后来他大概是真的受不了了，干脆和隋轻驰的粉丝吵了起来。

“我的唱功如何，接受轻驰哥的任何评价，可还真轮不到你们来评价！以为自己是谁啊，粉了个天才就以为自己也是天才了？”

这条微博发表于凌晨，可能是以为乐队其他人都睡了不会发现。没想到傅错没睡，刚好刷到这条，当即就给樊凡发了微信：“把微博删了。”

樊凡：“他们太恶心了！我这条微博也不算过分吧！我不删！”

傅错翻了翻那条微博，已经被隋轻驰的粉丝截图存证，删了也没用了。他揉了揉眉心，发微信道：“这条留着吧，以后别再乱发了。”

樊凡还不服，在语音里咬牙切齿憋着一肚子火气：“队长，我觉得摇滚人不该这么尿！”

傅错：“得罪评委就叫不尿吗？”

樊凡：“我骂的又不是轻驰哥，是他的粉丝！我就不明白了，粉丝恩怨是一回事，都是西风主唱，为什么一定要这么对我？！”

傅错看着这句话，不知该露出什么样的表情。他想了很久，最后对着手机道：“樊凡，我知道你很喜欢隋轻驰，但他已经不是西风的主唱了，你才是。你不要总觉得他和西风还有什么关联，我跟你说过我们不是仇人，没有深仇大恨。但我们毕竟理念不合分道扬镳了，三年没有联系过，连互关都没有。说明白一点，我们现在是陌生人，他的粉丝对我们做什么都是很正常的，他不可能站出来为你主持公正。”

这条语音发出去很久，樊凡一直没有回复。

傅错放下手机，想自己的话是不是伤到他了。樊凡一直在各种场合称呼隋轻驰为轻驰哥，他其实就是个很天真的小子，会这么叫是因为真的崇拜隋轻驰。他能体会到那种粉丝心理，作为粉丝，期望有一天能得到偶像的回应，知道他是站在自己这边的，无可厚非。可这样做只会让别人觉得西风在攀关系，这个世界比他们想象的要复杂太多。

当然，这些都不算什么，后天就是初选第一天了，对他来说，面对隋轻驰的粉丝的压力远远低于将要面对隋轻驰本人。

评委除了隋轻驰，还有另外两位。一位是国内早期乐队的代表人物，图腾乐队的吉他手法老，另一位是海外的华裔独立摇滚音乐人莎夏。这三个人的组合很明显是要从乐手能力、创作能力和演唱能力来考察乐队。可能隋轻驰不会对樊凡的演唱功底满意，但最起码不用让隋轻驰来点评自己的演奏能力，已经是命运的网开一面了，傅错自我解嘲地想。

翌日，微博上报告了隋轻驰抵达S市的机场图和视频。隋轻驰身穿反光面料的黑色连帽运动衫和灰色T恤，戴着墨镜，脖子上挂着耳机，被保镖簇拥着。视频里粉丝举着手机大声尖叫，现场一度非常混乱。拍视频的粉丝被挤得晃来晃去，隋轻驰在他的手机镜头里并没有停留几秒。

好像当天引起了机场骚动，有不少粉丝在拥挤中摔倒，在微博上引起了热议——

“隋轻驰是没来过S市还是怎样？看把这些粉丝给疯的！”

“他好像还真没来过S市……”

“去查了一下真没来过啊，开唱五个城市没有S市，说是明年再来。”

“隋轻驰粉丝真的圈内毒瘤，回回接机都这么没素质！”

“各圈粉丝里隋轻驰的粉丝绝对是最有优越感的，天天瞧不起这个瞧不起那个，我看粉圈里面他们素质最低！”

“因为隋轻驰不是偶像啊，他走的是歌手路线，粉丝先天觉得比偶像高点儿，长得还比偶像好，够他们嘚瑟的。”

“而且隋轻驰非常傲，哪个偶像敢像他那样傲？工作原因接触过隋轻驰，他倒不是耍大牌，但就是特别傲。跟他坐一起你整个人感觉是被压着的，非常难受。

真的是还不够巨星咖位，已经自带巨星气场！而且他的经纪人超变态，提纲上只许问与音乐相关的问题，别的一律划掉。我们一时尚杂志又不是专业搞音乐的，能问他多少与音乐相关的问题啊？”

“造什么谣啊，以前还问过爱情观这些，他都答过啊。”

“那是刚出道的时候，现在你再去问他一个试试？”

“恃宠而骄，恃才傲物呗。”

“粉丝追到酒店楼下，吵死人了！”

“楼上和隋轻驰在一家酒店？有钱人啊！”

“酒店是万豪，网上都爆出来了。”

……

傅错关掉微博，站在窗边，从这里能望见万豪酒店大楼的一角。隋轻驰下榻的酒店被爆出来，并不是因为追车的粉丝，而是他自己在酒店套房的窗户前拍了一张照片，拍的是摩天轮，很快就被人扒出了酒店位置。

那张摩天轮的照片已经删了，他都能想象出隋轻驰删照片时有多暴躁。

但也未必吧……

三年了，他也真的没那么确定了……

有钱人，万豪，百万千万的出场费，这是不是你想要的生活呢？

《乐队狂潮》的海选是从乐队报名时投给主办方的演出视频中进行筛选的，挑选出来的一百支乐队将会在S市的文化中心进行第一次现场评选。头一天现场就来了好几十支乐队，来自全国各地，甚至还有海外的乐队。

他们坐公司的车抵达文化中心时，外面已经人山人海。有等待入场的乐队，但更多的是前来支持的粉丝。出于安全考虑，车辆不能进场，只能停在外面。下车后一行人在现场工作人员的指示下往里走，乐队进场的通道被围栏拦着，粉丝都挤在围栏后面。他们跟在别的乐队后面走进来时，听见有粉丝大喊他们的名字。

AK和樊凡都非常惊喜，喜笑颜开地走过去和粉丝拍手合影。

“傅错傅错！”一个戴着黑框眼镜的胖姑娘双脚踏在栏杆下方，站高了朝这边使劲喊着。

她看起来好像有话要讲。傅错走过去，女孩一把拉住他的衣袖，凑近了压低声音机关枪一样说道：“听说有三条评委通道，你们小心千万不要选到隋轻驰的通道！”

傅错都不知道她是从哪儿听来的消息，那女孩手推着镜框，很严肃急迫地看着他说：“我没别的意思，就是……”傅错朝她点了点头，说了一句“我明白”。

女孩的镜片因为汗水或者泪水起了雾，却还不忘对他们说：“加油！想看西风走得更远！被更多人知道！比赛开始后我们会疯狂安利的！”

女孩因为激动声音有些颤抖，那一声声颤音让傅错真的被感动到，甚至是有点惭愧。从什么时候起，自己渐渐变得安于现状，歌迷们却那么努力，只希望看到他们更上一层楼。

她们好像都比他更像摇滚人了。

排队过安检的时候，场外人群突然引起了一阵骚动，许多声音此起彼伏地回响。一辆深蓝色的商务车直接开进来，傅错听清了那些声音喊的名字，心像被揪了一下。

AK一副大开眼界的样子：“不是车辆一律不能进场吗？凭什么搞特殊待遇？”

樊凡抻长脖子往那个方向打望：“她们怎么知道那是轻驰哥的车啊？”

AK翻了个白眼：“说你傻你是真傻，这些前线粉丝有什么不知道啊。隋轻驰三餐吃的什么、上过几次厕所她们都知道！”

“呃！”樊凡恶寒地搓了搓手臂。

两个人还在激情讨论着，傅错却没有队友这么放松。三年还是太短了，不是一个可以心如止水地再见他的时机。

谭思喊了一声“傅错”，他才回过神来。

“走吧。”他朝谭思点了点头。

进入内场，现场做了非常特别的布置，共有三个舞台，彼此隔开。舞台周围的隔板也非常高，从外面看不到里面的情况，有点像各自独立的几个摄影棚。傅错也没想到真被那个女粉丝说中了，现场设了红、绿、黄三条通道，每条通道对应一位明星评委。但问题是，谁都不知道哪条通道对应谁，要由乐队盲选自己要去的通道。

AK犯了难：“咱们走哪条啊？”

傅错看了看那条红色通道，说：“去绿色的吧。”

樊凡附和：“我也觉得绿色好，绿色看着安全！红色看着就可怕！”

傅错其实也不知道隋轻驰会在哪条通道，只希望西风不要在这个环节遇上他。毕竟评委只有隋轻驰一个人的话，双方应该都会很尴尬，他也没有把握能在隋轻驰面前正常发挥。

乐队考核比歌手考核要慢很多，因为要先调试乐器，会有五分钟的准备时间。但明星评委是可以在乐队表演中途就给否决票的，第一批进行考核的乐队很快就有了结果，通道上方的灯亮圆就是通过，亮叉就是没有通过。

最先有乐队通过的是黄色通道，然后是红色通道，绿色通道迟迟没见到灯亮起。一个小时里，黄色通道只有两支乐队没有通过，红色通道通过率也过半，绿色通道目前竟然只通过了达姆弹一支乐队。

AK 有些忐忑，小声地问傅错："完了，该不会选错了吧？"

傅错知道他这么问是什么意思，他们都想尽量避开隋轻驰，难道隋轻驰正好就在绿色通道？这会儿不仅他这么觉得，很多乐队也在小声猜测着。因为隋轻驰一直给人一种不好接触的印象，他实在太像是会苛刻选手的类型了。

外界大众不太了解隋轻驰的乐队经历，但这点儿事在地下摇滚圈并不是什么秘密。傅错也知道不是自己的错觉，从他们现身文化中心的那一刻起，西风就成了被众人注意的对象。现在绿色通道的通过率这么低，大家已经认定了评委就是隋轻驰。可以想到这会儿大家心里在想些什么，大概是在怀疑他们选绿色通道是因为提前知道隋轻驰在那里，而隋轻驰作为西风的前主唱，一定会给他们大开方便之门。

傅错心中唯剩苦笑，真是百口莫辩，跳进黄河都洗不清。

达姆弹是很优秀的乐队，如果要达到他们的水平才能过关，也难怪排在绿色通道的选手都有些没信心了。很快就轮到西风，他们从看台站起来时整个场子突然陷入微妙的安静之中，傅错有一种强烈的不安感，恐怕他们过与不过都不会讨好。谭思安抚地拍了拍他的肩膀。

从身后看台的方向忽然传来几道掌声，渐渐地，鼓掌加油的人多了起来。傅错转身朝看台上的大家看了看，理解他们和支持他们的人也是有的，只是这种东西不能强求。

走进通道，他已满手是汗。隋轻驰很可能并不知道他们来参加比赛，大概也没料到他们会来参加比赛。时隔三年，突然再次见到彼此，他会是什么样的表情？会像以前一样把什么情绪都明明白白地写在脸上，还是已经学会了如何掩饰表情……

通向舞台的通道很短，前方有一个九十度的拐角。傅错脚步稍缓，不知不觉便成了最后一个。看着樊凡略带兴奋地走在最前面，带头拐过那个拐角，舞台便在前方展开。傅错最后一个见到舞台陈设，舞台不大，上面简单地放置着架子鼓、键盘等乐器。

原本走在最前面，显得有些迫不及待的樊凡突然停在舞台的入口处，AK 和谭思也跟着停了下来。傅错最后一个走过来，不知道队友的反应代表着什么，心如擂鼓地走上前，抬起头时也恍然一愣。

舞台对面有三位评委，坐在中间的是图腾乐队的吉他手法老，坐在他两旁的是助理评审。

没有隋轻驰。

他的神经一下子就松懈下来，几乎有些高兴。

法老开玩笑地道："怎么了？你们的表情好奇怪啊，进来这么多乐队，就你们的表情最奇怪。"

樊凡想也没想就不过脑地说："我们还以为是隋轻驰呢……"

AK 在后面对着樊凡翻了个白眼。

法老问："啊？为什么以为是他？你们不希望是他吗？"

樊凡仿佛感应到了 AK 的白眼，只能傻笑着闭嘴。

"他也还好吧？有这么可怕吗？"法老问左右两名助理评审，两个人都是笑而不语。法老说，"他选的红色。"

红色通道的通过率其实并不低，傅错着实没想到竟然会是隋轻驰，那个会当着吉他店老板的面拆台别人弹错了还觉得自己没错的隋轻驰。

那天的初选曲目，他们准备了乐队的一首新歌《困兽之斗》。先前紧张的氛围突然缓解，傅错感觉乐队的每一个人都十分放松。最终决定他们去留的人是法老，但他也会和两名助理评审一起讨论。

之后三位评审几乎没怎么讨论，西风直接成为继达姆弹后第二支在绿色通道晋级的乐队。

"哇，你们……"法老颇感慨地向后靠在椅背上，鼓了鼓掌，"很棒，我太喜欢了。歌也好，演奏也好，演唱也罢，你们是一支很成熟的乐队。我其实听朋友说起过你们，但还没有听过你们的歌，总之就是……很好，你们值得走得更远，加油！"

这赞美来得有点太出人意料，本来能晋级就已经是凤毛麟角的运气了，亲耳听到来自前辈的肯定，让傅错第一次觉得来参加这个比赛是对的。

那天他们没有见到隋轻驰，虽然知道他就在那条红色通道后，被外面那么多乐队诟病害怕着却一无所知。连 AK 都有点替隋轻驰不值："啧，他还是吃了自己性格的亏……”

初选的流程要等到在演播厅录制完第二场后才会在网络上播放。在这之后又过了一个多星期，彭帅哥接到电视台打来的电话，通知他们去 STV 大楼的演播厅进行彩排。

四个人提前到了电视大楼，却被告知还得再等一个钟头，因为隋轻驰他们还在楼上彩排。傅错听完愣了一下，樊凡却兴奋起来，回头睁大眼睛看向他们：“轻驰哥在彩排啊？哇，他们也要表演吗？”

AK 让他好好坐着，可樊凡根本坐不住，一会儿说要出去开嗓，一会儿又说要上厕所，然后去了一趟厕所就再没回来。

AK 打电话过去也没人接，不由得有些抱怨：“这小子跑哪儿去了？”

谭思无奈地道：“他肯定是跑去偶遇偶像了。你打电话他是不会接的。”

休息室里一阵安静，三个人你看我我看你，傅错只得沉了一口气，手撑着膝盖站起身：“我去带他下来。”

他出门问了一名工作人员《乐队狂潮》彩排演播厅的楼层，本打算走楼梯上去，经过电梯时发现电梯已经下来了，而等电梯的只有三名工作人员，便掉头走到电梯外。不一会儿工夫，只听“叮”的一声，电梯门打开了。

从电梯里走出来不少人，傅错的心猛地“咯噔”了一下，意识到迎面走出来的明显是艺人的保镖和助理。这个时候他想要掉头离开已经晚了，电梯里侧，穿着一件简单的深灰色 T 恤的高大帅气的青年有着一双让人过目不忘的眉眼，并没有立刻走出来。

傅错感觉呼吸都要停滞了。

隋轻驰一双眼睛正盯着他，但很快就将目光移开，跟在助理身后走出了电梯。经过他旁边时略低着头，四周没有人说话，连方才等电梯时在聊天的工作人员此刻也没出声了，只听见错落的脚步声。隋轻驰出电梯时甚至有意靠边走，但即便他让出了一大片空间，三名工作人员也规规矩矩地等到他走出一段距离后才踏入电梯。

傅错感觉隋轻驰绕过他后从侧后方离开，因为中央空调的冷气在那个方向被隋轻驰挡了一下，一股淡淡的陌生男士香水味飘过来，很快又消散得无影无踪。傅错麻木地跟着工作人员走进电梯，站在门口转身，伸手按了关门键，看着隋轻驰一行人走远。他最后看到的画面里，隋轻驰低头戴上了墨镜。

电梯上升时，两位女工作人员小声地聊了两句。

“他挺低调的嘛，穿得好普通。”

“身材好穿什么都好看。”

可能是因为电梯里有他这个外人，两位女工作人员议论得十分克制。

傅错无数次设想过再次见到隋轻驰的情景，自己始终是台下的那一个，却万万没想到会是在这样的场合，没有台上台下的距离，没有一点点防备。

所以真的狼狈不堪，真的无话可说。

这三年里，他在电视上、广告中无数次见到隋轻驰，以为从未陌生。等真的见到本人时，他才惊觉已经相隔天渊。网友调侃的“不够巨星咖位，自带巨星气场”竟然十分真实，从电梯里走出来的，已经不是那个和他住在逼仄的小屋里，穿着背心、沙滩裤，吃着泡面和炒年糕的隋轻驰了。

到底还是没有那种勇气叫住他，傅错就想，那就用音乐说话吧。

彩排结束三天后便是正式比赛了，五十支乐队，近两百人被安排坐在偌大的备战间。他们看不到舞台，但备战间里有电视屏幕，会直播舞台上的画面。电视信号接通时，原本在插科打诨的乐手们也陆陆续续认真起来。傅错看到已坐满观众的观众席和媒体席，彩排时他们已经上过舞台了，演播厅非常大，舞台灯光华丽，二十多人的乐队落座于两旁的乐池，从弦乐到管乐一应俱全。虽然是网络选秀比赛，但规格完全是按照电视节目的标准来做的。从这期开始，乐队的每一场表演都将接受现场三百位大众评审、一百位媒体评审和三位明星评审的投票。

这会儿评委席是空着的，主持人正在说开场词。听到开场演出的嘉宾是三位明星评委时，观众们已经按捺不住兴奋之情，连备战间里的乐队都小小地沸腾了一下。有人在说：“法老、莎夏、隋轻驰，要不是这个节目，这三个人是没可能一起演出的吧。”

备战间里除了坐在前排的人，大部分人都站了起来。一号摄影机给出了舞台正面的画面，法老带着电吉他第一个登台，然后是莎夏，最后走出来的是隋轻驰，最年轻，也是观众呼声最大的人。

舞台灯光暗下来，现场出奇安静，只偶尔听见来自观众席方向的一两声咳嗽。

小提琴部的嘈嘈切切突然切入，鼓点像炮声轰隆而至。隋轻驰穿一件红色机车夹克，站在扫射下来的无数光束下，唱出第一句“Put on your war paint”。备战间的选手们都嗷嗷叫起来，掌声、口哨声一片，甚至有不止一个人转头朝他们看过来。这种隋轻驰在台上演唱，他们却在台下被别人关注的感觉十分奇怪，傅错只能假装没看见。

法老的电吉他宝刀不老，莎夏不单是键盘的演奏者，还给这首歌重新做了编曲，但隋轻驰才是这场现场表演的焦点，他甚至是整个《乐队狂潮》节目的收视率保证。

傅错眼睛一眨不眨地注视着镜头里的隋轻驰，他那么英俊，三年的时光，让他身上更加充满荷尔蒙和魅力。如果不是因为太过年轻，缺少一份沉淀感，他就是真正的巨星。

隋轻驰在台上并没有过多地和观众互动，他从不靠肢体语言来煽动情绪。然而他一开口，就将人们带到硝烟弥漫的战场，要你哭就哭，要你狂就狂。他只一个将麦克风从麦架上扯下来的动作，一个绕过麦架站到前方的动作，因为连脚步都踩在鼓点上，都会让人热血沸腾。从观众席到备战间，呐喊跟唱的人无数，隋轻驰的声音始终充斥全场。那种摁头的压迫感传到四面八方，令人头皮发麻。他唱完最后一句，人们还沉浸在火焰燃烧后的余烬里。

备战间里的乐队选手们意犹未尽地慢慢坐回去，燃炸的开场演出后，比赛正式开始了。乐队登台的顺序将由评委席上的评委来决定，他们手上的赞助手机里有一份乐队名单和将要演唱的作品。傅错无法不注意隋轻驰低头看名单时的表情，那天在电梯外偶遇，他一定已经知道西风会来参加《乐队狂潮》，也很有可能在那之前就知道了。

隋轻驰看起来没什么表情，却也没有要开口说话的意思，只有一下没一下地划着手机屏幕。

法老越过莎夏对隋轻驰说："我们让女士优先吧。"

隋轻驰放下手机点点头，莎夏笑道："那我可就不客气了啊。"她低头翻着手机，备战间的气氛也一下子紧张起来，"第一支乐队，我觉得必须要炸一点，法老老师之前在休息室给我推荐了好几支他看好的乐队，那我就在其中盲狙一个？"

男主持说："可以，你盲狙好了吗？"

莎夏抬起头说"好了"，法老凑过去看了一眼她选好的乐队，长长地"哦"了一声。

"您选择的乐队是？"男主持问。

"我很喜欢一首诗，"莎夏举起手机，用纯正的美式口音背诵道，"If winter comes, can spring be far behind？"

备战间的所有人都朝他们看过来，傅错没想到他们的运气这么差。

屏幕里，隋轻驰的神情肉眼可见地变了一下。他紧闭着嘴，但傅错看得出他在用舌尖顶着牙关，又或者用牙齿咬着舌尖，那是他紧张烦闷时的表现。

2

第二场乐队依然可以自由发挥，他们彩排的曲目是《陨落》。乐队比赛和歌手比赛不同，没办法拿了话筒上台就开唱。现场准备乐器时，隋轻驰起身离了席。傅错看着他走出演播厅的背影，观众席上许多观众的视线也追随着他。

其他两位评委的年龄和资历都在隋轻驰之上，隋轻驰还那么年轻，就已经能坐在那个地方。从前认为的所谓背叛，也在见到他如巨星般耀眼的那一刻全部释然了。

他走是对的，他用行动证明了。

虽然也很残酷，原来隋轻驰留在西风真的是一种勉强，西风于他而言真的是一种拖累……

隋轻驰在舞台设备准备好以前就回来了，他脱掉了那件红色机车夹克，可能还洗了个脸，因为眉毛是湿的，灯光照在额头上有淡淡的水光。他重新坐回评委席，只穿一件印有猫头鹰的白T恤，戴着一条克罗心吊坠项链。

傅错告诉自己，一旦站上舞台就必须全情投入，不可以分心。然而真的站到台上，知道隋轻驰在台下看着自己，他还是无法不在意。那是他的第一任主唱，从前在舞台上他是看着这个人的背影，听着他的声音完成每一场演出的。如今他却坐在评委席上，沉默地审视自己。虽然名义上他是西风的队长，但实际上他这个队长是看着西风第一任主唱的背影成长起来的。每当他紧张得放不开时，他就看向舞台前的隋轻驰。只要隋轻驰的声音一出来，一镇住全场，他就会觉得没什么好担心和害怕的。被外界吐槽“中二”的隋轻驰，正是靠着那股“中二”气质，给了整个乐队“无所畏惧，所向披靡”的气势。

间奏时手指好像有些不受控制，他不小心弹错了一个音，瞬间对自己的表现失望透顶。那一秒，他下意识地看向隋轻驰的方向。光都在舞台上，评委席在暗处，所谓灯下黑，其实他看不清隋轻驰在看哪里，但隋轻驰显然能看清他的一举一动。当他抬起头本能地看向隋轻驰时，原本双手搭在台子上的隋轻驰微微低了一下头，收起了搭在台上的胳膊往后靠去，陷入阴影里。

一曲结束，掌声长久，法老和莎夏也都在鼓掌。

主持人宣布观众和媒体停止投票，然后就到了评委点评和投票的环节。

莎夏拿起麦克风说：“是我选的乐队我就先说吧，”见两侧的人都没有意见，她接着说道，“这首是原创歌曲吧，我先问问，为什么要选这首呢？《陨落》，听着有点不吉利啊。”

樊凡举起话筒，却又不知道该说什么，忙跑过来把话筒凑近傅错。傅错被他强塞话筒，有些无语，全场观众都被这个主唱愣头青的样子逗得发笑。

“好像没想过这个问题，”傅错说，“是歌迷帮忙选的。”

“原来如此，”莎夏点点头，“那就能理解了。虽然歌名不吉利，但歌我很喜欢，主歌出来的时候我觉得这首歌好像不那么摇滚，钢琴和小提琴的手法都太Pop（现代）了，主歌B段开始听见电吉他的声音，哎，就有点感觉了。后面进入副歌，电吉他和贝斯一起出来真的有炸到我，是那种温柔的炸。整首歌除了人声，我最喜欢电吉他的部分，写得非常简单，但用在这首歌里就非常经典……”

傅错仔细听着莎夏的点评，法老一直在点头，隋轻驰其实也点头了，只是法老是面向舞台的方向点头，隋轻驰却是低下头点的。傅错眼角的余光瞥到他两只手隔得老远搭在桌边，一边点头，手一边不自觉地摆弄着那部手机。

莎夏说完后看了看两旁的人，见隋轻驰没反应，就抬手示意法老发表看法。

法老说：“我想问一下，中间是不是有个地方弹错了？”

国内首屈一指的吉他手果然名不虚传，傅错点点头：“是。”

隋轻驰转手机的手顿了顿，抬头看了法老一眼。

“我是觉得以你的水平不该犯这么小学生的错误，”法老说，“不过也可以理解，你们第一个上场，肯定有压力。除了那个小瑕疵，我觉得整体发挥还是可圈可点的。之前就说过了，我非常喜欢你们，我这个人对越喜欢的就会要求越严格，希望下次你们能给我更棒的演出。”

傅错说：“一定。”

只剩下最后一位明星评委没表态，主持人问：“那隋轻驰呢？对他们的表现有什么想说的吗？”

傅错咽了口唾沫，还是觉得喉咙发干。明明他不是唱歌的那个，不过此刻他的三个同伴应该同样感到局促不安。他还是没有办法直视隋轻驰，低头错开了目光，反正樊凡一定会双目炯炯地盯着隋轻驰。

然后他就听见隋轻驰的声音：“我觉得很好。”

隋轻驰说完似乎没打算再多说，主持人就问：“就……很好吗？”

隋轻驰本来都要放下话筒了，又拿起来，看了台上有意回避目光的吉他手一眼，思忖了一小会儿，然后说："歌曲和编曲都是我喜欢的风格。"这句话他说得沉稳笃定，末了又抬手比了比台上，"鼓手、贝斯，包括吉他，表现得都无可挑剔。"

他那一下抬手比得很囫囵，也没有认真去看台上的人，而是看着主持人。

主持人并未注意到这些，倒是有些意外隋轻驰给出的评语："刚刚法老说……"

隋轻驰像是现在才想起吉他手弹错了一个音，说："他弹错了一个音，但实力毕竟摆在那里。"

傅错终于抬头看向隋轻驰，隋轻驰也一边看着他，一边把麦放在桌上。

他虽然从隋轻驰的眼神里感受到了一种沉默和冷淡，却并未感受到敌意。

那一场，他们获得了评委的三票，来自观众的两百八十一票，和来自媒体的七十九票，在当天出场的乐队中位列第一。因为参赛乐队共有五十支，所以比赛要分三天进行。最后五十支乐队全部亮相完毕后，西风与达姆弹一起并列第三，排在他们前面的是一支来自藏族的原生态乐队纳木错，以及拿到了媒体席九十多票的鼓风机乐队。

对于这个结果，可能唯一不满意的就是樊凡了，因为隋轻驰唯独没有提到主唱的表现。比赛结束当天回去的路上，谭思安慰他："哎呀，他可能就是忘了提了。我说你也二十三岁的人了，怎么还这么玻璃心啊？"

AK 靠在椅背上，笑嘻嘻地往樊凡的伤口上撒盐："我看不一定，说不定就是觉得你唱得太烂……"

樊凡真有点没信心了，问傅错："我真的唱得很烂吗？"

"真唱得烂观众会给我们投票吗？"傅错回头看他一眼，摸了一把他的脑袋，"你是主唱啊，给我自信一点！"

樊凡歪着头嘟囔："我不是不自信，我平常还是挺自信的。但轻驰哥是评委啊，并且还是西风的前主唱，换了你你也会不自信的。你不是还弹错音了吗？"

傅错被他噎了一下，不知该怎么回答。

樊凡还在怨念："还是前主唱呢，一起同台不知道多少次了，连你都这么不淡定……"

AK 听不下去了，坐起来踢了旁边的樊凡一脚："说的是什么话？他走的时候又不是我们开欢送会送走的，你也粉了他这么多年，不知道他的粉丝怎么骂我们的吗？"

樊凡斜瞥他一眼："哦，你也不淡定。"

眼看 AK 要发火，谭思忙转移了话题："樊凡，你怎么都不等你轻驰哥出来去找他合影啊？"

樊凡撇了撇嘴："你们都不去，我一个人跑过去多奇怪啊。"他显然还不死心，接着说，"你们看吧，我就说轻驰哥和他的粉丝不一样，不会和咱们过不去。我看要不然我们下次一起去和他打个招呼？"

樊凡扒着前车座，神情中难掩期待。这话一出，三个人都有些为难。AK 咳了一声："想啥呢？会被人说打人情牌的！"

"哦，也是……"樊凡这才有些失望地坐了回去。

送他们回来的是公司的车，AK 和樊凡租了同一个小区的房子，两个人先下车了。车门关上，樊凡在车窗外向他们挥手告别。谭思朝他挥了挥手，坐回来，对傅错说："怎么样，听我的来参赛没错吧？你这个人就是太不自信了，得出来比一比你才知道自己有多牛！"

傅错笑了笑，不置可否。

谭思看他的神情依然若有所思，笑着拍他一把："隋轻驰这个人呢，肯定是不会逼着自己说好话的，所以我觉得他现在应该多半已经放下了。我们现在就啥也不想，只要专心比赛就可以了！"

傅错并不是怀疑隋轻驰在说违心的话，只是那些并非违心的话让他更加后悔自己当初的口不择言。

第二天是周六，白天隋轻驰转发了《乐队狂潮》节目的官宣。他是三个评委里转得最晚的，当天晚上《乐队狂潮》就播出了第一期。两天的初选被剪辑成了一期，弹幕几乎被隋轻驰的粉丝承包了。因为西风的参赛，隋轻驰的乐队经历开始进入世人的视野。一直以来隋轻驰的百科履历中都没有写进乐队的这段经历，又或许曾经写过，却被粉丝编辑掉了。粉丝将这么做的理由振振有词地解释为，隋轻驰在所有节目和采访中都没有谈过进乐队的经历，所以他一定很痛恨这段经历。《乐队狂潮》开播后不久，不知是谁又将这段经历给编辑了进去。虽然很快又被粉丝删除了，但已经有越来越多的路人开始知道隋轻驰是乐队主唱出身的歌手。在弹幕和热搜上频繁看见隋轻驰和西风两个字捆绑在一起，双方粉丝也开始了混战——

"隋轻驰真惨，被某乐队粉丝骂成这样，这个时候都还要承担奶乐队的重任。"

“西风为什么要去参加？该避嫌的吧。”

“不要带乐队大名！不要带乐队大名！活用‘某乐队’！”

“又不是只有隋轻驰一个评委，避什么嫌？”

“某乐队贱不贱，这不是明摆着逼死隋轻驰吗？他投票要被骂，不投票也要被骂，隋轻驰还要因为某乐队被骂多久？！”

“贱个鬼啊！该反省的是动不动就骂街的狂犬。这么难得的机会，圈内那么多乐队都参加了，要西风因为隋轻驰就放弃这个机会吗？你们才是贱得出奇！”

“雪莱那首诗真无辜，高中时我还挺喜欢的，现在看见这两个字就恶心。”

“你主子当年当主唱的时候还天天说‘我们是西风’呢，你怎么不恶心你主子？”

……

其实在这些无意义的掐架中，西风的粉丝根本不可能是隋轻驰粉丝的对手。傅错和谭思也劝过好几次，说你们不要去和她们吵了，没意义。但摇滚乐队的粉丝别的没啥，就是脾气大，根本管不住。傅错本来挺担心樊凡会受影响的，但好在这段时间大家的重心都放在比赛上，没有太理会网上的风言风语。连樊凡扫完那些掐架帖，都说：“反正都习惯了。”

AK还竖起大拇指夸他：“钢铁就是这样炼成的！”

第二场比赛一口气淘汰了得票最少的二十支乐队，下一期会要求乐队进行翻唱表演。在公司的排练室，四个人正商量选曲，因为要尽快报给节目组。

然而选歌时卡在了两首歌上，樊凡坚持要选Linkin Park的一首，AK却想选Imagine Dragons的歌。谭思很佛，说这两首他都可以，傅错又被要求最后拍板。

“得赶快啊，”AK拍着地板催促傅错，“要是报晚了万一有别的乐队选了呢？”

傅错听着两首歌的第N遍洗脑循环，扯下耳机线说：“不会有别的乐队选的。”

三个人一脸莫名地看着他。

“我们做两首歌的重编曲混音。”傅错说。

彭帅把选好的歌报了上去，节目组让他们先做个样带出来给乐队参考一下。傅错只用一天就做好了样带，中间休息了一天，第三天再进行细微的调整，之后把小样发给了节目组。等待节目组通知他们彩排的时间，四个人先在公司排练室用伴奏带排练了一番。樊凡第一次唱完全曲，抱着脑袋直呼过瘾。所有人，包括到场来听他们排练的彭帅和助理，都听到浑身起鸡皮疙瘩。不管是现场效果还是听众反馈，都好到超出了傅错自己的预期。

彭帅毫不吝啬赞美之词："这个重编曲混音真的是神来之笔，如果现场能还原效果的话，我觉得咱们的名次肯定不会低。"他说着拿拳头怼了怼傅错的肩窝："傅错你太可以了！"

助理也连连点头，摸着后背："哥，我听得背上都起鸡皮疙瘩了！真是神仙编排啊！"

夸得太猛了傅错有点受不住："没这么神，运气好而已，刚好他们俩在争，我才想到的。"

节目组通知五天后去演播厅彩排，傅错到了现场，和音乐总监以及乐队交流了一番，现场加入了十个人的和声部，还有部分电音。

音乐总监是圈内挺有名气的制作人吴天，见到傅错后直言："我跟首席说了一下，给你们争取多一点彩排时间，我们争取把这个现场弄到最炸！"

排现场时还是有一些问题，因为这首歌的伴奏非常密集，和声也很有气势，樊凡的声音明显有点压不住场。他自己也察觉到了，所以傅错和吴天商量时，他就蹲坐在一旁闷闷不乐地看手机。AK一见他这副不上进的样子就来气，走到他后面想兜他一脑瓢儿，却见樊凡是在看隋轻驰唱开场时的视频。这期节目还没播，他当时是自己拿手机对着屏幕拍的。《The Phoenix》的伴奏也很炸很强劲，他在看隋轻驰是如何做到的，一点也没意识到AK过来了。

AK悄悄地从旁边走开，跑到傅错那边问："调一下音量不行吗？"

傅错摇摇头："不是音量的问题，他的声音还是薄了一些，副歌最需要气势的地方被乐队和和声压了，我们已经在商量减少和声了。"

彩排从乐队到摄影到灯光，大家都非常给力。而樊凡的问题并不是彩排那几个小时就能弄好的，只能在剩下的几天时间里多练习。

樊凡找彭帅要了排练室的钥匙，每天乐队走了以后便一个人留下来练。头天排练结束，傅错回家后发现手机落在排练室了，回公司拿手机时发现排练室里还有人，那时都快凌晨三点了。

推门进去，看到樊凡躺在地板上闭着眼睛在号，傅错走过去把伴奏带给关了。樊凡吓了一跳，脸上一副"闹鬼了"的表情从地板上弹起来，就看见了站在他跟前俯身看着他的傅错。

傅错心里叹了口气，其实樊凡也只比自己小三岁，但成天就像个没长大的毛孩子一样。

"你这么瞎唱不行啊，别声音没练上去反而把嗓子给喊哑了。"他在樊凡旁边坐下，看了看没说话的樊凡。两个人安静地坐了一会儿，傅错又说，“我跟乐队首席谈过了，他说这首歌对歌手的要求太高，大部分歌手都只能在录音棚里反复尝试完成，不是主唱的问题。”

樊凡还是很沮丧，垂着头说了一句：“但隋轻驰可以吧。”

“有几个隋轻驰？你没必要和他比。”

樊凡抬头瞄他，说：“可他是西风以前的主唱。”

傅错也很无奈，西风的两任主唱，好像一直都活在隋轻驰的阴影里。他手撑着地板站起来，说：“他以前教过我发声，我没那种天赋，还是转教给你吧。但我得提前和你说，声音条件这种东西是先天的，你记得只和你自己比，别和他比。”

一周很快过去，到了第三期比赛日的第一天。这次的出场顺序会以上一次的排名为基础，排名高的乐队进行压轴表演。比赛分两组，单数排位的乐队在第一天，偶数排位的乐队在第二天。由于西风和达姆弹名次是并列的，所以西风的出场被排在了第二天。

比赛当天，四个人提前到了电视大楼，可以和另外三支早到的乐队在备战间一起看前一天乐队比赛的情况。傅错、谭思和 AK 都比较在意达姆弹，因为风格和西风相似。达姆弹在地下摇滚圈很有人气，相比西风成军近九年才在摇滚圈有了一点成绩，达姆弹据说成军只有五年，非常年轻。

达姆弹出场时，备战间里的所有乐队都很安静。他们翻唱了林肯公园的《In the End》，樊凡不由得夸了一句“哇，真是有缘”。而这首歌的所有说唱部分都是由吉他手完成的，令人惊艳。表演结束后，莎夏大呼过瘾，法老问：“你们是原装乐队吗？”

台上五个人连连点头，主唱兼队长说：“对，大一组的乐队，现在还是出厂设置。”

观众们都笑了起来，法老很是感慨：“那你们特别幸运，希望这份幸运能一直陪着你们，你们五个人能一直走下去。”

法老说这样的话也许只是有感而发，但备战间里的人都无法不去注意隋轻驰，连导播都给了隋轻驰一个镜头。隋轻驰穿着一件 QUIKSILVER 的黑色连帽卫衣，当法老问达姆弹是不是原装配置时他很轻微地挑了挑眉，并不是表情投射，更像是神经反射。在这之后，对法老的话他都抿着嘴唇没什么反应。轮到他发言时，他说得也很少，只说吉他手的说唱很惊艳。每次轮到隋轻驰说话时，主持人总是要提很多遍，却也没能让他多说几句。这次主持人先是顺着隋轻驰的话把吉他手的说唱夸了很多遍，再把话题丢给隋轻驰，隋轻驰一副“你还让我说什么”的表情，手放在按钮上随时准备往下按，说：“就投啊。”

场上观众对他这种不啰嗦的作风回以笑声和掌声。

看完昨天的比赛情况，舞台那边过来通知第一支乐队做登场准备。信号传到电视屏幕上，傅错看见评委已经落座了，隋轻驰还穿着和昨天一样的衣服。

等待是非常枯燥的，樊凡时不时就去外面热热身开开嗓，终于等到了他们倒数第二个登场。

那天的演出，傅错真实地看到了樊凡的努力。那些他先前唱起来略飘略单薄的段落，经过这几天没日没夜地训练气息，真的好了许多。虽然还是有两个地方破了音，但气势上竟然没有输。观众给他们的反馈甚至可以说媲美了隋轻驰开场唱的《The phoenix》，所有人都站起来跟随节奏晃动呐喊。为了不让自己的声音被淹没，樊凡唱到青筋暴起，浑身震颤，并不是一味地扯着嗓子号，而是尽全力运用了共鸣和腹部的力量，始终让自己的声音立体而厚实。领衔场上和声和现场的所有观众看到樊凡唱到几乎要弯腰跪下，那一刻傅错也被深深地打动，仿佛看见一头在大浪里不服输地翻滚的海豚。

演出结束，场上的掌声、口哨声经久不息。樊凡看向观众席，满脸通红，胸口一直起伏着。傅错情不自禁地看向评委席上的隋轻驰，三位评委都是站着的，隋轻驰也站在那里。他忍不住在心里问：你觉得他怎么样？你给他一点鼓励吧。

法老一直站在那儿为他们鼓掌，主持人花了一会儿工夫才让观众们安静下来，末了自己也忍不住说：“天哪，我以为这个节目结束了，这就是本赛季的最后一首歌！”

“这次我先说吧。”法老拿起麦克风，指着台上的乐队说，“他们是地下乐队，敢于做这种突破真的非常不容易，肯定会被骂！”他说到激动处还拍了一下桌子，“以前图腾想做一些融合性的东西，被好多人骂我们是地下摇滚的败类。结果呢？我们现在成摇滚圈的前辈了。你说扯不扯？所以我想说，不管结果是挨骂还是受夸，我觉得这种尝试永远是值得的。现场能证明一切，很棒，你们是我挑选的乐队！”

“哎，你把我要说的话都说了。”莎夏在旁边佯装不高兴。

法老笑着说：“对不起对不起，你说你说。”

莎夏就说：“那我就表扬一下樊凡同学吧，虽然后面有一点点小破音，但是完全没有减分。你看人家宇宙摇滚天团主唱也破音，我觉得这些都不是问题，你应该为你今天的表现感到骄傲，你是有给乐队加分的！不管是你发挥到极致的演唱，还是你今天所展示出来的那种拼搏至死的台风，给我的感觉都非常震撼！然后AK的鼓、谭思的贝斯和以前一样，功力非常扎实，一看就是平时排练没放水，老老实实在练的乐队！”说到这里，她又转移了目光：“然后我想问一下，傅错，你多少岁啊？现在是单身吗？”

傅错被问了个措手不及，台下观众都开始起哄了。

莎夏回头看观众，说：“我问一下怎么了？你们不觉得他很帅吗？”

樊凡赶紧把话筒递过去，傅错接过话筒，说：“二十六了。”他没有回答后一个问题。

莎夏转向隋轻驰：“你是不是比他小啊？”

隋轻驰看着傅错，说：“是，他大我两岁。”

他这话没对着麦克风说，现场听不太见，但傅错从他的口型看出来了。

莎夏对法老感慨道：“所以真的是江山代有才人出，那边站着一个二十六岁不管技术还是创作能力都已经拔尖的吉他手，这边坐着一个二十四岁的小天王，我都觉得我们老了。”

法老问：“你不是在问他是不是单身吗？”

莎夏摆摆手：“他不愿意回答嘛，把这段剪掉吧。不过我敢打赌，肯定有很多女粉丝喜欢你。”

傅错不知该说些什么，耳朵有点热，也就笑笑没说话，把麦克风递还给樊凡。

莎夏忽然笑起来：“这么帅还这么害羞，我跟你讲，女孩就是喜欢你这种纯情吉他手！”

隋轻驰坐在那儿淡淡地哼笑了一声，带着一点点微妙，不知是怀念还是戏谑。

主持人询问隋轻驰，隋轻驰慢慢拿起麦克风，话到嘴边想了想，才说：“他们都说得差不多了，我总结一下吧。”他还真扳着手指总结起来，“总之就是编曲好、乐手好、主唱好，吉他手还帅。”说到这里，他看着自己的无名指，嘴角勾了勾，放下手说：“反正投就是了。”

主持人看隋轻驰放下话筒又靠坐回去，一脸苦笑。

法老说：“他们年轻人就是这样，不玩虚的，那我们三个就一起来吧。”

三个人同时投了票，观众和媒体的票数加起来，西风暂时取得了本场第一，票数竟然超过了上一场的达姆弹。不过从这一期开始会添加场外投票环节，所以真实的票数和排名要到节目播出以后才能知道。

连续两场取得不俗的成绩，傅错眼看着队友们脸上的兴奋之情溢于言表，自己却并没有太多兴奋感。他觉得那种感觉更应该叫如释重负。那天他们同隋轻驰在场外依然没什么交集，除了公司那边派车来接他们的时候，刚好遇到隋轻驰的车也要出来，两辆车不巧卡在了半道上。彭帅让司机倒车让对方先走，司机为难地说“我这儿不好倒啊”，然后就看见隋轻驰的车闪着灯往后倒了一点，竟然是让他们先走。彭帅降下车窗，受宠若惊地朝对方司机说了声“谢谢”。

车子驶出去，傅错回头看向那辆蓝色商务车。没有交集，这样也很好，三年了，隋轻驰对他来说只是一个年轻的流量明星，而自己对隋轻驰来说更是形同陌生人。他们都需要一段时间去适应这样的改变，等到《乐队狂潮》结束，他们应该就可以从无话可说，到有话可聊了吧。

3

《乐队狂潮》播出了第二期，隋轻驰、法老和莎夏合作的开场曲登上了实时热搜的第一名，弹幕刷到屏幕都堆满了——

“法老的电吉他，莎夏的键盘，隋轻驰的主唱，这个组合王炸！”

“啊啊啊啊！居然是《The Phoenix》！！居然能再听见隋轻驰唱摇滚！”

“这首确实很适合当乐队狂潮的开场曲！”

“瑞思拜！和原唱完全不同的感觉，他的声音真好听啊，是青年嗓那种炸！”

“其实觉得编曲有点弱，但隋轻驰的声音一出来真的给跪下，全程有一种，啊啊啊快要爆音了快要爆音了的感觉……”

“隋轻驰今天有好好穿衣服啊，红色机车夹克好燃好帅！”

“隋轻驰非常在状态啊，他就适合唱这种中二的歌，机车夹克的流苏甩来甩去我被苏到了。”

“还有唱 here here 和那一段喘音时，喉咙猛提两下真是看得人好舒爽！感谢导播给镜头！”

“唱 Like a phoenix 时咬字好实啊，声音还那么厚实，那么高的音……”

“有什么稀奇的，这个音高他完全可以用混声达到，你们也太小瞧‘中二’了！”

“现场全体起立跟着喊，三百多观众群魔乱舞，发音都抖不清楚！”

“隋轻驰肯定心想唱得这么难听别跟着老子唱！”

“这歌没有他这么中二的眼神就不带感了，眼神才是精髓！”

……

到西风第一个出场时，弹幕依然持续高能——

“第一支乐队是西风啊！”

“西风冲呀！”

“隋轻驰坐在那儿浑身上下写着‘我不自在’。”

“这首好听哎！”

“这一场最喜欢《陨落》！”

“为什么现场都没人问隋轻驰和西风的事？西风这么糊的吗？”

“绝对是柳眉打过招呼了啊。在隋轻驰那儿西风是禁语，在他的微博下留‘西风’两个字，清晨四点他都能爬起来给你删除！”

“哈哈哈——真的？！那我去试试！”

“别试了，惹毛了会直接关闭评论，放过我们这些卑微的粉丝吧！”

“傅错好帅啊！现场没有隋轻驰就他最帅！”

……

《乐队狂潮》在网络上火得一塌糊涂，几期播下来，西风的微博粉丝数涨到了近两百万。最令傅错感动的，是粉丝们真的在为乐队疯狂安利。微博上建了一个叫“刮呀西风”的超话，《陨落》的演出视频被转发了上万次。后来因为版权原因，这个视频被删除了，歌迷们就又剪了一个介绍西风的视频，把他们的各种演出视频串在一起。虽然这样类似粉圈的做法也被很多地下摇滚人笑话，但对乐队的四个人来说，只有感动可言。

也有过一些不愉快，因为这个介绍视频里没有提到隋轻驰是西风第一任主唱。

隋轻驰的粉丝非常不满，转发评论说：“真的是把最应该感谢的主唱一脚踢走啊！”

西风的粉丝就反驳：“不是你们自己不承认隋轻驰当过西风主唱吗？正话反话都被你们说光了！”

傅错和队友忙着排练，回到公寓都只想睡觉。他没有太多工夫跟进网上的这些争议，但那天收到了一条特别长的微博私信，是关于那个视频的。做视频的粉丝小心翼翼地询问这个视频是不是做得不妥，是不是应该加上隋轻驰：“其实做视频的目的只是想安利现在的西风，却又真的很担心会适得其反，给你们拖后腿。”

傅错看完私信，睡意全无。他又看了一遍视频，里面真的没有隋轻驰一个镜头。有提到贺斌，但一个字都没提隋轻驰，只在提贺斌的时候捎带了一句“继第一任主唱后”。他心里不是不遗憾的，隋轻驰在西风当主唱的时间比贺斌和樊凡加起来还要长，可如今却是这样的结果。

他靠在床头，关了微博，翻开手机相册，往下拉了好几下，拉过嘻嘻哈哈的樊凡，再拉过神采奕奕的贺斌，然后那些尘封许久的照片终于一张张重见天日。从每次演出结束后和歌迷的合影，到第一张专辑的封面，到四个人在那辆老虎涂装二手车前的合影，隋轻驰曾是他手机相册里出镜率最高的人。就算算上现在，隋轻驰也是他手机里出镜率最高的主唱。

有那么一刻，傅错想去回复那位做视频的歌迷：他是我们的主唱，请把他剪进去吧。

可他到底还是按捺住了，都已经被剪掉了，这个时候再加上，只会吵得更厉害吧。反复无常的结果通常是两边都不讨好，所以他到最后也只是回了一句“就这样吧”。

比赛一直进行得很顺利，隔天乐队排练完从公司回来，车子经过夜宵一条街。AK 把车窗摇下来一条缝，各种火锅、烤串、小龙虾的香味裹挟着热风飘进来。谭思见状有些好笑：“想吃就下去吃嘛，搞什么望梅止渴！”

傅错也留意到了，自比赛以来，别说夜宵了，连每次排位赛结束后的庆功宴 AK 都没提过。

AK 又摇上窗子，一派潇洒地道：“现在吃没意思，又油腻又浪费时间，等赢了比赛咱们再来好好搞一回庆功宴！”

谭思调侃他：“你想拿冠军啊？脸也太大了！”

AK 红着脸：“那最起码得是前三吧，说太低也很虚伪啊！”

樊凡趴在前座问：“拿了前三是不是有很多钱？”

AK 嗤之以鼻：“你就知道钱！”

樊凡说：“好歹也凑个首付和装修费啊！我都跟我妈说好了，年底搬新房！”

谭思说：“奖金估计没多少，你就别指望了。不过如果能拿前三的话，应该会有很多商业资源吧。”

樊凡背靠在后座座椅上点了点头，车子开上大桥时，他突然一下蹦了起来。三个人都吓了一跳，扭头看他像个小孩一样在后座嚷嚷：“哥，咱们要红了是吧！西风要红了是吧？！”

谭思转过头去，啼笑皆非：“口水都喷我脖子上了。还没拿前三呢，你冷静点。”

AK 嫌弃地上下瞥他："凡子，你是不是虚报年龄了？我怎么感觉我们雇了个童工？"

樊凡咧嘴笑着，冲坐在副驾驶座的傅错道："队长，我好开心啊！"

谭思回头笑了一下，说："开心是吧，那我飙个车让你更开心一下！"

樊凡立刻就叫"好"！

傅错和 AK 连忙阻止。

"喂喂喂——不行！"

"哎哎哎——谭哥你悠着点儿！"

谭思松开油门："我开玩笑的。"

车里所有人都被后座上那个二十三岁大小孩的快乐感染了，连大桥前方转动的摩天轮好像都不再是悲伤的故地，一路闪着雀跃的光。

傅错至今还记得，樊凡刚加入乐队时，曾大言不惭地说，梦想是让西风成为第二支 LOTUS。其实没人问他的梦想，但他一股脑就说出来了。三个人都被他的口气窘到，AK 更是捧着肚皮笑他不知天高地厚。可十七岁那年他们刚组乐队时，好像每个人都是这么想的，理所当然地拿 LOTUS 当目标，不知天高地厚地努力着。

恍惚中仿佛又回到了那辆老虎涂装车里，这么多年，谭思就一直开车载着他们和他们的乐器，从故乡的盘山公路，到 CTR 学院那条隧道，再到 S 市的大桥。春夏秋冬，刮风下雨，人聚人散，终于第一次望见目的地的风景。

《乐队狂潮》经过四期排位赛，一路淘汰到只剩下十六支队伍，晋级的每支乐队实力都非常强。从十六进八开始，赛制就变成了 PK 赛，网上也在讨论前三期排位赛的名次。虽然第四期排位赛还未播出，但 PK 赛的赛制宣布后，大家的焦点都集中在了排位较高的几支乐队上。

三期排位赛名次最高的五支乐队分别是：西风：3，1，3；鼓风机：1，6，4；纳木错：2，9，1；达姆弹：3，5，5；加农炮手：5，3，6。

"西风！如果只按排位赛这么比下去，我大西风肯定夺冠！"

"乐队的微博粉丝数：达姆弹第一，鼓风机第二，西风第三，加农炮手第四，纳木错第五！"

"达姆弹毕竟平均颜值高，已经被粉丝号称 LOTUS 第二，微博粉丝数吊打后四支乐队。鼓风机买粉了吧，他们自己都承认了，说是公司瞎搞！"

"PK 赛时三个评委就不能都投票了，两支乐队里只能给一支投票。如果西风和这四支队伍 PK，很好奇隋轻驰会怎么投！”

“讲真的，隋轻驰离开西风就是个商业歌手而已，他有什么资格给上面这些乐队投票，真搞笑！”

“楼上才搞笑，凭他的现场功力，给上面任何一支乐队的主唱当导师都可以了！”

“我要是隋轻驰，不管哪支乐队和西风 PK 我都投西风！”

“他要是这么做就感人了，我个西风粉想想都要落泪！上帝啊，给我一个再次拥抱隋轻驰的机会！”

“会被骂黑幕的，醒醒！”

“你们小隋会在意被骂吗？”

“隋轻驰和西风都没有互关，难说！”

“不是没有互关，是取关，我觉得真的难说。但老实说西风是真的强，音浪网乐队狂潮的专辑里，点击和下载量最高的都是西风的那几首歌。这个最能说明问题，因为基数大啊。纳木错太原生态了，听众没那么高的境界。加农炮手搞金属的，大众基础也不好，主要是现场炸，但炸久了风格单一还是会有点腻。鼓风机玩朋克的，现场气氛很好，就是歌词有点太口水了。达姆弹整体风格和西风比较像，但在编曲上还是西风更牛。当然了，达姆弹是乐队里平均年龄最小的，哥几个气质也还不错，确实潜力高！”

“都挺好的，没那么倒霉这五支下期就撞到吧，我都想留到最后啊！”

网上讨论得沸沸扬扬，网下第四期也已录制完毕，现场投票数西风暂居第二，还有一半的票数要看播出后的网上投票。下一期 PK 赛时正好赶上七夕，所以这期的比赛主题是情歌，且要求必须为原创。

在公司排练室选歌时，樊凡犯了难：“我在西风都没唱过多少情歌哎，”他抬头看向另外三个人，说，“要不唱轻驰哥以前唱过的？”

AK 皱眉：“没那么简单，那些歌是隋轻驰填词的，你要唱还得联系寰艺，版权处理起来很麻烦的。”

樊凡不以为意：“让彭帅哥去联系呗，又不用你去说。”

谭思沉吟了一会儿：“其实有一首还挺合适的。”

“哪首？”AK 眨眨眼，自己在脑子里过了一遍，“你别说，隋轻驰写的爱情主题的歌还挺多的，没想到这小子还是个情种……”

傅错打断他，问谭思：“你说的哪首？”

谭思：“《带不解风情的你来摩天轮》。”

AK 眼睛一亮，打了个响指：“对哦，这首超应景！”

樊凡眨眨眼，自以为是地恍然大悟道：“哦，是因为 S 市那个摩天轮吧！”

AK 也懒得和他解释，就打了个哈哈过去：“对对对！真聪明！”

傅错没说话，谭思见他有些犹豫，就说：“歌词实在不行我们可以重新填，还是以摩天轮为主题。”

AK 也说：“重新填词的话我觉得可以。”

樊凡跃跃欲试地哼了几句：“这首歌我第一次听轻驰哥唱就很喜欢，还想着有朝一日唱给女朋友听呢，就这首吧！”

被三双眼睛盯着，傅错最终点了点头：“好吧，词我先抓紧时间写一个初版，大家再一起改改。”

翌日，节目组在网上放出了之前拍摄的比赛花絮，其中一部分是三位明星评委的采访。在公司排练的空当，樊凡兴冲冲地把手机放在架子上，招呼大家一起看。

傅错扫了手机屏幕一眼，放下吉他，走到谭思身后，坐在地板上远远地看着。

三个评委中，隋轻驰的采访播放次数无疑是最多的。备采间里，他穿着一件黑色无袖 V 领 T 恤在单人沙发上坐下，领口别着麦。坐下后从前面递来一块白色题板，他又起身接过来，然后习惯性地跷起二郎腿，那块题板就平放在架起的腿上。弹幕里很多人都注意到他这个动作，因为他跷得并不优雅，而是有点张扬的那种，说他没教养，自大狂妄，不尊重人的比比皆是。

AK“啧啧”道：“这些人对他的要求真严格，他妈都没这么要求过他。”

傅错听着没说话，樊凡哈哈哈地笑过去，大概以为这只是个笑话。

导播的画外音在说问题是从《乐队狂潮》节目的观众那里征集的，都是歌迷最想问的。隋轻驰拿笔的手搭在沙发扶手上，一下一下转着笔，无所谓地点着头，说了句“都是这么说的”。

问题经过筛选，大多都很无趣。隋轻驰在题板上写完亮出答案时，弹幕里瞬间飘过一行行——“字好好看”“年轻艺人里字写得最好的”“隋轻驰这手字有点圈粉”……

导播又问：“我们这儿做了个统计，初选晋级了五十支乐队，排位赛时你只给十八支乐队投了票，你会给怎样的乐队投票呢？投票时又最看重什么？”

隋轻驰蹙眉想了想：“创作能力吧。”

“为什么？”

“不知道，”隋轻驰抬了一下肩膀，“可能因为我不会写歌，会比较崇拜那些歌写得好的人。”

“下一个问题，现在晋级的二十支乐队中你最看好哪一支？请写在题板上。”

隋轻驰挑了挑眉，转笔的手停下来：“必须回答吗？”

“是的。”

隋轻驰又皱了一下眉：“另外两个评委也回答了？”

“他们都回答了。”画外音说。

樊凡看到这里，拍着地板喊：“骗你的！他们都没回答！”

隋轻驰坐在那儿没有动，应该比他们看到的剪辑出来的时间还要久。弹幕上飘过了一排排字，导播小声催促了一句“就随便写一个吧”，隋轻驰才沉默地拿起题板。他虽然没说话，但有一个很沉的呼吸的动作，隔着屏幕也能感觉到他身上散发出的咄咄逼人的压力。这一段就只听见他在题板上写字的声音，导播一点声音都没有发出。写字时他垂着眼睑，但没怎么低头，有种微妙的倨傲感。题板是竖在他腿上的，并不能看清他在写什么。写的时候他说了一句“随便写是吧”，声音很沉，导播忙“嗯嗯”地应声。最后隋轻驰亮出来的是“达姆弹”，画外音里不止一个声音“哦”着，隋轻驰亮完题板就翻过去把字给擦了。

虽然隋轻驰这样写不是不能理解，但傅错看樊凡的样子明显还是有些失望，尤其是当弹幕上连续飘过——“居然不是西风”“我就知道他不会写西风”“始乱终弃人设不崩”“隋轻驰你真的觉得达姆弹比西风更好吗”“不是让随便写嘛，上纲上线的干什么，还不能写达姆弹了吗”。

导播问：“为什么是达姆弹？”

隋轻驰说：“你不是让我随便写吗？”

导播才说：“呃，好吧好吧。”

AK看得直摇头，对旁边的谭思说：“你说他也是在娱乐圈泡了三年的人了，这种当都会上，是不是傻啊？”

隋轻驰当然不傻，傅错想，但可能是他对这个问题太过在意，反而给自己预设了一个不能不答的立场。

访谈看得差不多了，他从地板上撑着起来：“好了，接着排练吧。”

他们赶在电视台通知彩排前写完了歌词，新歌的名字改成了《Ferris

Wheel》，歌词主要还是由傅错操刀，谭思修改了一下副歌，AK和樊凡没怎么添油加醋。写完樊凡还是觉得隋轻驰的那个版本更好，AK便教育他："你这是粉丝滤镜，先入为主，我看着就很好！"

也不知道他有没有说服自己，傅错看着AK豪迈地拍着歌词的样子，好笑地想，其实他自己都没把握这个歌词会比隋轻驰的那版要好。

去演播厅彩排时，舞美老师和他们讨论舞台设计，舞台后方的大屏幕上会出现摩天轮和焰火。傅错抬头看着偌大的屏幕，虽然焰火在摩天轮后绽放的画面是很美，但总觉得和这首歌的意境还是有些距离。他想了想，指着屏幕问舞美老师："这里能不能不用摩天轮？"

舞美老师问："你有什么想法吗？"

"我想就用蓝天白云，可以吗？"

屏幕更换了素材后，他们又彩排了一遍。彩排完看到拍摄下来的现场效果，进入副歌，钢琴的分解和弦响起，电吉他摇出了一个特别梦幻的长音，歌词唱到"一点点，靠近你的脸，一秒秒，停下了时间"时，屏幕上出现一片缓缓上升的蔚蓝天空，整个舞台都变成了蓝色，白色的干冰喷雾铺满了舞台。傅错觉得这种感觉对了。

"哇……"樊凡感慨，"好浪漫啊，真的有坐在摩天轮里的感觉哎……"

AK说："你还是唱得太干了，你得想象一下和女朋友坐在摩天轮里的感觉啊。"

队友还坐在舞台边，把脑袋凑在一块儿看彩排录像。傅错站起来，走过去向乐队、舞美和摄影老师道了谢。

彩排挺累的，那天下午回到公司他们就放假休息了。傅错留了一会儿，和彭帅商量了一下年底发数字专辑的事。经过排练室时，他发现樊凡还没走。

他站在门外听樊凡唱着新版的《Ferris Wheel》，樊凡在努力模仿隋轻驰，但真的是东施效颦，不伦不类，听得他忍俊不禁。

他重重地敲了两下门，樊凡抻长脖子看过来，扯下耳机："队长你还没走啊？"

"别练了，"傅错把门打开示意他出来，"走吧，带你去一个地方。"

他们去的地方是D城之眼。

这是第二次，准确地说，是他人生中第三次坐摩天轮，竟然还是这个国内第三大的摩天轮。没想到那张搞笑的告示还贴在那儿，经过它时傅错停下来看，有一点点怀念。

樊凡指着那条标语，笑得很夸张。隋轻驰当时不是这种反应，那时的隋轻驰就像个演员，演出了一个令人神魂颠倒、目眩情迷的角色，每一个镜头都让人心醉，又让人心碎。

舱里依然宽敞透亮，窗明几净，舱外的风景没有变，只是舱里的人不同了。

越往上越安静，当四周再次被纯净的蓝色包围时，连好动的樊凡都安静了下来。

摩天轮一点一点抵达最高处，樊凡就坐在对面，举着手机拍着窗外的风景。傅错却忽然觉得有些孤独。

孤独的时候就会想要用力想一点什么，摩天轮最高处的心愿，是希望西风也能一点一点抵达顶点。樊凡可以为他妈妈买一套电梯房，别再画大饼了；谭思能带他们去穷游祖国，学贝爷在野外好好地撒个欢，做一次他自己……除了这些，要是还能够实现十七岁时站在星河体育场外的那个心愿，就更好了。虽然并不强求，但真的是锦上添花。哪怕一生只有一次，也算不负青春了。

那天从摩天轮上下来时，天边已染满晚霞，傅错显得有些沉默。

樊凡在旁边说："傅错哥，我会唱好这首歌的，你信我。"

傅错也不知道该说什么，他好像已经无法再被别人的承诺打动了。无论承诺的人有一双多么赤诚的眼睛，他最后只是说："我觉得你不用学他。"

做你自己吧，没有人模仿得了他。

两天后，PK 赛正式开始，十六支队伍要进行现场抽签。然而负责抽签的不是他们，而是三位明星评委。法老抽第一组 PK 的乐队时，备战间里静得落针可闻，每个人都盯着法老的手。

傅错看着被点到名的两支乐队上场 PK，到这一刻，身处备战间的他们也很难再潇洒放松惬意地投入到别人的舞台演出中。投票的环节冗长又煎熬，每一支乐队为自己拉票时说的那些话都触动泪点，因为那些难处，那些沉浮，每个搞乐队的人都经历过。当比赛结果揭晓，看着其中一支乐队或潇洒或含泪离开，都会有一种无助感。他们十六支乐队在台上其实并没有特别大的差距，都只是一群想用自己的音乐和态度去打动别人的摇滚人。可是前十六和前八的差距，也许之后在他们之间将会是一道天堑。

录了不到一个小时，已经淘汰掉两支乐队，回来的人也并没有显得很开心，更多的是如释重负，劫后余生。

轮到隋轻驰了，主持人拿着卡牌走到他面前。隋轻驰没怎么犹豫，抽了左数第一张。

主持人点头："好的，第三组要 PK 的乐队是……"

隋轻驰看了一眼牌面，朝摄影机举起来："达姆弹。"

全场都在鼓掌，这是第一次抽出排位高的乐队，观众自然十分期待。备战间里却只剩下更胶着的紧张，达姆弹的五位成员跨出座位准备登场，每一个人的背影都不轻松。

主持人背过身把牌面又洗了洗，然后转过来说："好，请抽第二张。"

隋轻驰准备抽左数第二张，主持人突然挑高眉毛问："你确定吗？"

旁边的莎夏瞄了主持人几眼，靠过来小声提醒隋轻驰："再选选吧，你再选选！"

隋轻驰紧盯着主持人，是非常锐利的眼神，备战间的其他人都在紧张地祈祷——

"不要选这张！"

"那张排位肯定很高！"

"我觉得东哥不会突然诈他吧……"

隋轻驰依然抽了这一张，傅错一点都不意外，备战间里响起一片"我就知道""就是这么不为所动"的哀号声。

主持人摇摇头，笑道："不管我怎么洗牌，你都是要从左往右抽的吧？"

隋轻驰没有回话，备战间的屏幕上看不见隋轻驰的牌面，只能看见隋轻驰抽出卡牌低头看了一眼后，快速地咽了一口口水。

傅错听见身后某乐队的乐手在说："看他的表情应该是排位高的了……"

主持人道："和达姆弹 PK 的乐队是……"

镜头里，隋轻驰捏着那张牌一直在看，傅错心中突然涌起强烈的不安。

"第三组 PK 的乐队是达姆弹和……"主持人第二次提到隋轻驰。

隋轻驰把那张牌翻过来，在观众席突然响起的喧哗声中说——

"西风。"

# 第二十章
## 世界尽头

1

傅错想过，要是再回到那一天，有没有什么办法挽救。即使挽救不了西风，最起码能挽救一下谭思。但是他怎么都想不到，就像事后看到谭思的行车记录仪拍下的画面，明白自己已经什么都做不了了。

达姆弹很强，但那时他居然也不害怕。在他心底有一个不为外人道的秘密，那就是只要他们拿出最好的自己，只要西风的表现不输给达姆弹，评委席上就一定会有十票是属于他们的。

尽管比赛以来他们一句话都没有说过，连在舞台上都没有对过话，可他不知为何就是这么笃信。在他，和那个被他在废弃仓库的篮球场上堵截的少年之间，不需要说话，只需要一个眼神，就能知道彼此之间仍有默契。

他也相信谭思，相信 AK，相信樊凡，相信西风。这首歌，他不是随便写写，那个摩天轮，它真实地存在。既然它打动过西风的歌迷，也一定能打动台下的观众。

达姆弹上台演唱时，他们就站在第二舞台，看着主舞台上那支成军才五年，原装首发，令人羡慕的年轻乐队，为观众带来一首俏皮甜蜜的朋克风作品。达姆弹的五个少年，其中有四个人都来自中产阶级家庭。西风和他们太不同了，面对这样的乐队，又羡慕，又自卑，又不甘。

他忍不住看向隋轻驰，心想他会怎么看达姆弹，会不会和自己是同样的心情。

隋轻驰穿着一件白色无袖 T 恤，胸口印着一只硕大的猫头鹰头像。那只猫头鹰的眼睛很像此刻的他，沉默警惕，透着锋芒。他一直看向主舞台的方向，脸上没有特殊的表情。傅错注意到他戴着铆钉朋克手环的左手放在靠椅的扶手上，手指不时地搓揉着。不管隋轻驰做怎样的造型，穿怎样的衣服，左手手腕一定会佩戴手表和手环。当年在西风时，很少有歌迷注意到他左手的情况。这么多年，那道伤疤其实已经淡得看不见了。但他现在获得的关注度太强了，是一点破绽都不能留的吧，傅错心想。

达姆弹结束演出，双方交换了舞台，主舞台的地板上还有方才飘落的彩带，台下观众也还沉浸在达姆弹带来的快乐摇滚中。这样的快乐摇滚真实地感染人，只是他注定写不来。因为他经历的那些，就算在最青涩和最幸福的时候，也不是这样的。它始终夹在支离破碎的生活里，不是什么空运来的玫瑰，只是一把廉价的塑料花。所以他和隋轻驰总是想从粗鄙的生活中逃出去，从狭小的出租屋逃到Live House的灯光下，带着他们的吉他，和最值钱的情谊，去音乐和梦里避难。

现在的隋轻驰，还会想要去哪里避难吗？

钢琴琶音的前奏像小溪，带走了达姆弹制造的夏日情怀。当樊凡唱出新填的歌词，傅错想到的却是Live House不大的舞台上，当这首歌那么有幸，能被隋轻驰第一次唱起的时候……

樊凡那把躁动的摇滚嗓后，是隋轻驰总是充满迷幻气质的声音——

“一点点，靠近你的脸……”

Maybe you will never understand...

“一秒又一秒，停下了时间……”

What I truly mean when that day I said...

“我宁愿，它永不落下来……”

When I said it moved in your eyes...

“挣脱了束缚，去宇宙的深处……”

Sometimes to my heart，Sometimes to my lungs...

然后是吉他的高光时刻，踩下效果器，用那个最梦幻的电音，带所有人挣脱束缚，去音乐和梦里避难。这个人生的避难所，叫西风。

那时的他尚不知道，这一段吉他的高光，也将是西风最后的高光时刻了。多年以后，每当他喝醉，或是昏昏欲睡，意识还朦胧时，眼前还会情不自禁浮现那日的情景，耳边甚至听得到声音。他听到的不是某一个人或某一把乐器的声音，而是所有声音融合在一起，成为一种声音的声音。以前总是觉得，樊凡的声音多少还是游离在乐队之外的。可在那一刻，那个二十三岁小伙儿的声音完美地嵌入了西风的光谱中，让他听见了另一种可能，失去隋轻驰后，另一种可能的西风的声音。

真美啊，那是樊凡加入西风后，他们最棒的演出了……

来自观众的反馈真的一点也不差，不管傅错如何回想，当天他们的表现真的真的不差。主持人让两支乐队给自己拉票，他们按事先约好的，把发言的机会让给了樊凡。

“因为只有一分钟时间，所以我准备了一下。”樊凡从牛仔裤兜里摸出一张小字条，连傅错都有些意外。他之前在排练室就看见樊凡趴在地上写着什么，没想到会是这次的拉票感言。观众都笑起来，很小的一张字条被樊凡捏在手心，语速飞快地念着，“首先非常感谢三位哥哥，感谢你们让我加入西风。虽然我现在是西风的主唱，但我知道自己其实还差得很远，我一直是以粉丝的心态来做这个主唱的。然后我们的队长傅错哥……”他回头朝傅错看过来，“真的给了我很多帮助，我总是破音，找不到感觉，他都会像哥哥一样带着我。不管是作为主唱，还是作为粉丝，我都爱这支乐队。有人说西风的歌又丧又假，可我就是觉得他们的音乐能让我流泪，我觉得每首歌都浸透着眼泪和汗水。我还知道他们真的很不容易才能走到今天，所以请大家投西风一票！他们真的值得！谢谢！”

樊凡鞠躬的时候，主持人笑道：“写小抄是有用的啊，一分钟还没用完。”他又转向傅错，“那作为队长，对你们主唱的发言还有要补充的吗？你还有十五秒。”

傅错看向笑得很不好意思的樊凡，低头凑近主持人手上的麦克风说：“不要说他们，是我们。”

这大概是他在舞台上说过的最肉麻的话了，AK 举高了手在鼓掌，谭思搂住了差点哭鼻子的樊凡的肩膀。

在乐迷投票环节，他们拿下了一百六十票，达姆弹是一百四十票。在媒体投票环节，西风八十四票，达姆弹一百一十六票，他们输给达姆弹三十二票。这没什么，投票的媒体代表说过，之所以选择达姆弹，可能是因为他们更有潜力。这是一个不争的事实。但即使票数落后，也不代表他们没有机会。到这时，他依然觉得他们是有机会赢的，所以当法老投出第一个属于他们的十票时，他的心脏都用力紧了一下。

轮到莎夏：“我很早就投好票了，两支乐队我都很喜欢，但可能我和媒体投票的标准不一样，我只看这两首作品的创作水平。达姆弹那首歌写得非常好，但西风就不只是好的程度了。这首歌这么抒情，但旋律一点都不芭乐、不流俗，编曲乍听很简单，但和声编排里有很多巧思。他们的和声，包括他们的编曲，有一种画面感，这是很高级的。而且我不知道你们听出来没有，《Ferris Wheel》是一首有故事的歌，可能是经历的原因吧，爱情这个主题，这一次的确是西风更打动我一些。所以我的十票投给西风。”观众席传来掌声，莎夏又继续道，“然后我想对樊凡说：有人说你们又丧又假，但生活的本质就是丧，你们在丧的时候还在构建这些美好的东西，可能才会被人说假。但我不觉得假，我觉得这很戳我的心。幸福的时候唱幸福，丧的时候唱丧，大部分人都是这样，这没有什么特别的。你们不是身在福中不知福，不是无病呻吟，那些才是假。生活并不那么美满，却一直唱着美好的东西，哪怕只是幻想出来的美好，哪怕只是逃避痛苦的避风港，那都是一种力量。你们的音乐，就像你们的乐队名一样，是在寒冬里做的春天的美梦。”

寒冬里做的春天的美梦吗？他又有些醉了，身上忽冷忽热，分不清自己现在是二十六岁，站在舞台上，和自己的队友在一起，聆听到这句高到不真实的评价，还是已经二十九岁，孤家寡人地坐在酒吧的吧台旁，身边坐着一个大半夜来找他喝酒的巨星。

那个时候，他曾满心感激谭思为乐队取了一个好名字，一个冥冥之中将乐队带向浪漫主义怀抱的名字；一个让他即使再迷茫，再低潮，也没有将丧气写进歌里的名字。

可是他现在浑身都是丧气，浪漫主义已经与他无关了。

凌晨三点，没开空调的酒吧里寒气侵袭，他终于一点一点从记忆中抽离出来，可以像个局外人那样审视记忆中那个二十六岁的自己。那个满怀期待的西风的吉他手，自以为终于战胜了命运，一切雨过天晴，他正看向舞台右侧的计分屏幕，那上面的数字很快就要击沉他的世界。

他转了一下头，很想问身边的隋轻驰：投票时你在想什么，你能说出来让我痛痛快快地恨一回吗？因为直到今天我都想不出到底是为什么。你知道事后人们是怎么说的吗？他们说“怕隋轻驰黑幕达姆弹的，现在你们放心了”；他们说“隋轻驰对西风是真的恨啊”……

所以你真的就这么恨我们吗？

可是他不会去问，隋轻驰放下酒杯看着他，他就收回视线，盯着那杯红酒。

怎么又变成红酒了，之前不是香槟吗？

他不会去问隋轻驰为什么，因为那代表他还在意，代表他真的没有从西风毕业，甚至没有从隋轻驰那里毕业。他不想让这个人笑话，不想给他那种胜利的快感。

吧台对面的玻璃映着隋轻驰的脸，架子上酒瓶潋滟的光簇拥着这个人美好的模样。他两条胳膊懒懒地搭在吧台上，正低头看手机。面前放着一杯红酒，像是画家为了装点他画上的，只是他的配饰。他看起来那么安静无害，傅错耳边又响起那天主持人问隋轻驰的声音："你这十票很关键，你想好了吗？"

隋轻驰说："想好了。"

"不变了吗？"

"我想好就不会变了。"

隋轻驰的声音不只是好听，对他来说，那是至亲密至熟悉的一个声音。用他的声音说出来，听起来就像一句歌词，带着巨大的、迷人的、深情的回响。

傅错对着玻璃上隋轻驰的倒影，情不自禁地笑出了声。

全是滤镜而已。

曾经他们有多期待，待到票数揭晓，就有多不敢相信。他努力回忆那时隋轻驰的表情，也许是因为自己被包裹在巨大的下坠感中，已经看不清高高在上的明星评委隋轻驰是怎样的表情了。

亮出那十票的归属时，隋轻驰只是看着他，那是他们之间最后也是最长的一次凝视。可是看了那么久，都看不懂彼此。

他情愿现场所有人都不给他们投票，情愿屏幕上就只有这十票，情愿最后也是被淘汰的结果，总好过这样的结局！

这段回忆走得太漫长，不知何时，玻璃倒影中的隋轻驰放下手机，看了看他的酒杯："你喝得有点多了。"

他这才想起来自己正和当初的命运之神坐在一起，条件反射地侧头看了隋轻驰一眼。

讽刺的是，这样轻轻一眼，却还是被这个人的外表抓住了。隋轻驰的头发似乎没有以前那么软了，也可能是才上过节目，还保持着造型。隋轻驰似乎很钟爱两鬓或者单侧稍微铲青的造型，普通男艺人弄这种发型只是增添时髦值，在他身上就会显得尤其叛逆。这大概也是他作为一名主流歌手，身上唯一还摇滚一点的地方了。他现在唱的都是些什么歌？傅错想了想，似乎什么都唱，大概自己也闹不明白要唱什么了吧。

隋轻驰右耳上有一枚耳钉，是很简单的样式，周围一圈银色，中央一点黑。这枚耳钉会让人注意到隋轻驰的耳朵很漂亮，那些深浅起伏的曲线和沟壑仿佛是循着某种黄金比例生长的，像海浪、沙丘，卷起来的耳郭看着总是很薄又很脆弱的样子。他时常觉得碰一下没准它就会红，毕竟隋轻驰的耳朵很敏感，对声音。

酒吧里没开空调，有些冷，隋轻驰将黑色大衣的衣领竖起来遮住了下巴。他把隋轻驰端详了个够，隋轻驰竟然也没有恼，甚至把大衣的衣领翻下来，侧过头来看着他，眼神竟然称得上温柔。

傅错收回视线，听见身边窸窣一声，隋轻驰又转了回去，拉起了翻领，右手单手捏着竖起的大衣领子，像在御寒。沉吟一会儿后，他问："你看我长变了没？"

傅错拿起酒杯轻轻晃动，他也觉得自己好像喝了很多："我看他们把你包装成什么样子了。"

隋轻驰哼笑一声，手指拨动酒杯在桌子上一下下转着："别大言不惭，没有人包装我。"

傅错在心里冷笑，所以是你把自己包装成这个"中二"暴躁人设的吗？他拿起酒杯，里面还有小半杯红酒。

"别喝了。"隋轻驰说，声音里有一丝厌烦。

傅错没理他，喝了一口，正要喝第二口时，隋轻驰直接从他手里把杯子拿了过去。

傅错看着被隋轻驰放下的酒杯，酒杯和他之间隔着一个隋轻驰，他认命了。

AK 走了，他多想找一个人说话，却又找不到可以说话的人。唯一一个可以说话的人主动出现在他面前，可他又不想和这个人提任何一点有关 AK 的事。

顺着隋轻驰的肩膀看过去，他看到了台上那把孤零零的吉他。

"你不是在唱歌吗？"他问。

"我唱了。"隋轻驰转头睨他，嗓音冷冷的，"你听见我唱什么了吗？"

很可以了，这一声爆粗控制得很矜持。傅错心想。他有气无力地用手撑住吧台站起来："打烊了，回去吧。"

起身时他的脚步有些不稳，手臂立刻被人牢牢一把抓住，感觉却并不是出于善意地想扶他一把，那力道更像是一种发泄。傅错扭头，看见隋轻驰紧皱着眉头盯着他，这画风太隋轻驰了。

"谢谢。"虽然不是要扶他，但他还是说了这两个字，再用力抽手臂。两个人像在扳手劲一样，谁都没让对方占到便宜。隋轻驰在他最用力的时候松开了手，身子高的人桩子都没那么稳，他往后退了一步才扶着吧台站稳，隋轻驰居然在那儿笑出了声。

他看了隋轻驰一眼，隋轻驰就收了嘴角的笑，但眼睛里还有凉薄的笑意，把手搭回吧台，发出一声讽刺的轻嗤。傅错无动于衷地走到对面的沙发上，直接躺下了。

“你就睡这儿？”良久，从吧台方向传来隋轻驰的声音。

傅错“嗯”了一声。

“那我呢？”隋轻驰说。

“你怎么来的怎么回去。”

过了一会儿，隋轻驰的脚步声传来，上方的灯光被他高大的身形挡住了。

隋轻驰拿大衣的衣摆碰了他一下，声音从头顶上方传下来：“我喝酒了，开不了车。”

换了别人他会觉得大衣衣角碰到自己是无心的，放隋轻驰身上这绝对就是有意的，是把手抄进大衣的兜里，然后居高临下掸灰尘一样碰了碰他。

以为自己是企鹅啊……

“你自己想办法。”傅错没心情理他，转了个身，背朝外面，裹了裹身上的夹克，避开了那件大衣，说，“我管不了你了。”

你甚至都不是我们的主唱了……

他没有立刻睡着，所以能感觉到隋轻驰依旧站在身后，影子就落在他身上，覆盖在他蜷在沙发内侧的手臂上，一片陌生又熟悉的灰。

过了一会儿，隋轻驰的声音又回到了吧台的位置。他问：“酒钱多少？”

傅错在心里叹了口气，本来都不想说话了，却还是耐着性子回了一句：“你看着给吧。”

隋轻驰的语气有点烦：“我没带现金，你这个扫码机不设置金额我扫不了。”

“那你不用给了。”

身后骤然安静了很久。

“行，”他听见“砰”的一声，是隋轻驰喝完酒，把杯子搁在吧台上的声音，“给你唱那么久也够抵酒钱了！”

傅错的眼皮动了动，够凶的。不过也对，不是说过唱一首十万嘛，认真算起来他还得倒贴钱给隋轻驰。

傅错听着身后的动静，之前默默走回吧台时一点儿声音都没有，现在要走了就被他搞出老大的声响。

“等一下。”傅错偏了偏头，叫住走到大门前的人。

隋轻驰手都拉开门了，又停在那儿，扭头朝他看过来，喉结滚了滚。

“麻烦把吉他物归原处。”傅错说。

他真的醉了，已经没力气去想隋轻驰听到这句吩咐会是什么样的表情。不过并没有人走过去把那把吉他物归原处，身后安静了好一会儿，然后便传来门被用力拉开又用力合上的声音。

隋轻驰终于走了。

2

傅错做了一个梦，梦里他坐在谭思那辆白色雪佛兰里，窗外是深沉的夜色，两道车灯在蜿蜒的山路上转来转去。谭思就坐在他旁边，穿着那件墨绿色的带帽T恤，沉默地开着车。车里很安静，他轻轻喊了一声“谭思”，但没有声音，谭思也没有回应他。

挡风玻璃前那一段弯路他很熟悉，那就是行车记录仪最后拍下的地方。

那天晚上他们离开演播厅，樊凡一个人不知去向，谭思开车把AK和他送回去。平常下车时他总会和谭思说一句“开车慢点儿”或者“明天见”，唯独那天什么都没说。下车后谭思忽然叫住他，他回头，谭思看着他，最后说：“没什么，早点睡。”

他没有早点睡，一个人在窗边坐了好久，手机上不停地弹出微信信息，有来自彭帅的，也有来自贺斌的。他不想回复，不想洗澡，不想睡觉，只想这么坐着。无意间往楼下看去时，才发现路边还停着那辆白色雪佛兰，心情顿时难以形容。他起身关了灯，这才看见那辆白色雪佛兰慢慢开走。

网上都说谭思是飙车出的车祸，他的确常在那一带飙车。但其实他当时的车速不到一百，深夜里，山路上也没有什么车，只有前车灯孤单地在山路里打着转。他知道谭思的心情有多糟糕，所以开得是有点快，但没有发泄，没有疯狂飙车，依然稳稳的。

他的好兄弟是秋名山车神，这样的速度，这样的弯道，又怎么可能难住他？

在快到山顶的地方，手机铃声突然响了。

谭思低头看了一眼手机屏幕，傅错记得谭思手机上的这个通话记录，晚上十点五十九分，是苗晶晶打来的。

响铃响了很久，谭思才接通电话，女孩在那边兴高采烈地说：“哥，我看了这一期比赛，西风好棒啊！”

车子平稳地过了一个弯，谭思有一小会儿没有回话。

“谭思哥？”苗晶晶问，“你那边不方便通话吗？”

谭思这才问了一句“这么晚怎么还没睡”。

“晚吗？明天星期天啊，我是看完节目才给你打电话的！”苗晶晶说。

平常他们录完节目回去都是凌晨三四点了，那天他们只录了不到两个小时，谭思和他一样，都忘了。

一个多小时前，他们在舞台后的休息室，准备收拾东西离开。其他人沉默地将乐器一件件装到包里，只有樊凡一个人杵在屋子中央。他像是被一棒子打蒙了，几番压抑之后，终于还是开口问道：“不是你们和我说没有深仇大恨的吗？到底为什么啊？！”

傅错低着头，手里拿着效果器，绕着一堆连接线。他最怕樊凡问这个问题了，因为他根本就不知该如何回答。

AK 扔了鼓槌，冲樊凡大吼：“这种话你不该去问你的偶像更好吗？！”

休息间里一片死寂，樊凡红了眼眶，转身拉开门就走了。

“下一期比赛你们录了吗？”苗晶晶在手机那头问，“成绩怎么样？”

谭思像是没听清：“什么？”

“我问下一期比赛你们录了没？晋级了吗？”

“到时候你就知道了。”

“哥！那……”

“我在开车，先挂了。”

那是谭思生前说的最后一句话，也是他第一次主动挂断苗晶晶的电话。

车子一路开到山顶，谭思下了车，靠在车头眺望山下的灯火。傅错和谭思来过一次这个地方，视野开阔，能望见大桥，还有桥头的摩天轮。谭思盯着摩天轮的方向看了许久，谁也不知道他那时在想什么。

而他被困在车里，只能从挡风玻璃后看着谭思的背影。看见他就这么一直坐着，然后起风了，很大的风，吹得他的 T 恤在背后鼓了起来。他看见谭思低下头，时间是十一点三十二分，谭思就是在这个时候给他发那条信息的。谭思一定纠结了很久，删删改改了很久，因为他的脖子一直弯着，许久都没有抬起来。

然而这条信息他并没有收到，是后来在谭思的手机上看到的。碎掉的屏幕上显示的是没有发送成功，可能因为山上信号不好。

第一滴雨落在挡风玻璃的右上方，谭思还靠在车头，低头写着。雨点一滴滴落在挡风玻璃上，他透过挂满水珠的玻璃，看见谭思只是一只手把T恤的兜帽拉起来，又低头继续写了一会儿。直到雨噼里啪啦落下来，他才起身绕过车头，拉开车门上了车。

行车记录仪的镜头记录下了谭思最后的样子，雨水淋湿了他的脸和肩膀。

上了车他拉下兜帽，两只手搭在方向盘上，手里拿着手机，又对着那条信息认真地看了很久。车子久久没有发动，傅错再也忍不住，一把抱住他："别开车，别下去，你再改一改，再等一等！"

谭思终于还是按下了发送，然后放下手机，发动了车子。

车灯亮起，照亮前方壮阔的雨幕。傅错流着泪按住他拉手刹的右手："别走……求你了！你再看一下手机，那条信息还没发出去，至少等它发出去以后再走啊！"

不管他怎么恳求，拼命祈求，车子还是一点点倒退，掉头。四周除了雨声，只剩下雨刷刮动的声音，来来回回，像钟摆，傅错只能眼睁睁看着车子沿着山路往下而去。

七八分钟后，谭思会遇见一辆开着远光灯的大货车，因为这道光，他没有及时看见从大货车后面蹿出来的摩托车。为了避开对方，车子在湿滑的山路上打滑，因为速度过快而坠下山崖。

为什么呢？

为什么这一切非要发生不可呢？！

他脑海里挥之不去的最后那个画面，是剧烈的震动、翻滚，是手机撞在挡风玻璃上落下来。当翻滚停止，挡风玻璃龟裂成一片白色，雨还一直"哗哗"地下着，就好像没有发生过什么。

他总是在想，这个时候谭思是不是还活着？他是不是只是昏迷了过去？他是不是很痛苦？而他们没有一个人在他身边，每个人都沉浸在自己的情绪里，没有一个人陪着他，在他生命最后的时刻……

两天后才有人发现山崖下的雪佛兰，傅错再次见到谭思时，他已经被装在冰冷的裹尸袋里。到这个时候，他依然强烈地希望里面躺着的人不是谭思。可是拉链一拉开，他脑子里的最后一根弦就轻轻地崩断了。

在警方交还的谭思的随身物品里，包括那部摔碎了屏幕的手机。为了核实身份，手机已经充了电，触屏虽然碎了，但还能正常使用。傅错坐在警察局长廊里的椅子上，在锁屏状态的手机屏幕上缓缓划了一个W。屏幕亮起，壁纸依然是四个人的合影。哪怕合影里最大只是AK和樊凡，谭思只占了一个小小的角落，很温柔地笑着。今天的天气是多云，一小片云和半个太阳正挂在他的额角。

微信提示音不停地响，他点开微信，看着谭思和朋友们的对话，就好像他还活着一样。

最后，他翻到了那条发送失败的信息——

“对不起傅错，本来想当面和你说的，但原谅我当着你的面无论如何也说不出口，所以才给你发了这条信息。我真的很抱歉，抱歉把一切搞成这样，看着AK发火，看着樊凡离开，我应该站出来承担一切的。可你一定会说与我无关，你会说做决定的人是你，瞒着樊凡的人是你。但我不想看你再把所有责任都扛在自己身上，明明你才是最痛苦的那一个。如果不是我怂恿大家去参加比赛，你是不会愿意来参加这样的选秀节目的，AK也不会愿意。都是因为我，我以为事情过去了那么久，大家都长大了、释怀了，我以为我们一定可以重修旧好。其实我也没指望隋轻驰能回来，我只是太清楚，他对你来说不只是西风的主唱，他对你来说有多么重要。所以我就想，咱们再给西风一个机会，也给你和他一个机会。直到今天，我才知道自己是多么自以为是，自作聪明，是我害了我们所有人。在舞台上，我看到你那时的表情，你不知道我有多心疼。对我们来说，只是西风输了，期望落空，大不了我们不去星河体育场开唱，大不了我们一直就这样。可是对你来说远不止如此。我好像做了一件最愚蠢的事，自以为是为你好，却把你给害惨了，你甚至都没有办法找人倾诉。我想了很久，不知道要怎么弥补我造成的这一切，我现在只希望你不要再把这个结果扛在自己身上。让我和你一起扛吧，不管樊凡会不会走，不管别人走不走，我只想告诉你，我会一直陪在你身边。还有AK，至少我们会永远在一起，不管发生了什么，我们都可以一起面对。”

眼泪滴在破碎的屏幕上，在“永远”两个字上一点一点晕开。他埋下头，两只手用力握紧了手机。走廊尽头的电梯门打开又合上，“叮叮”一声又一声。到这一刻，他才终于彻底意识到，再也不会有人从电梯里跑出来，抱住他，对他说“你还有我”了。

葬礼办得很简单，刚刚升上高一的苗晶晶和她妈妈一起来了，樊凡来了，彭帅哥也来了，连贺斌和Loki都来了。遗体在当地火化，骨灰则带回了他们的老家，和谭思的妈妈安葬在同一个墓园里。下葬那天又下起了很大的雨，来了很多西风的歌迷，雨声中夹着女孩们的啜泣声。每个人经过他时都会拍拍他的肩，或是对他说一声“节哀顺变”。他多么希望站在这里听这句话的人，会是谭思未来的太太和儿女。

雨很大，天越来越暗，人们来了又走。他站在那里，一直等，一直等，等到所有人都离开，谭思的小姨也带着苗晶晶离开了。

天色暗到压抑，四周只有铺天盖地的雨和撕裂乌云的闪电，墓地除了他，仿佛已空无一人。

“你还待在这儿干什么？”身后蓦地传来AK的声音，原来他还没有走，又或者是走了又回来了。

他被暴雨淋得眼睛里都是水，头也不回地说：“你先走吧，让我和他再待一会儿。”

“你真的是想和他再待一会儿吗？”AK突然间怒不可遏，完全忘了这里是墓地，怒吼道，“你是在等那个人渣！”

两个字比雷声更刺耳，刺耳的还有这个被陡然拆穿的可耻的真相。傅错不堪重负地闭上眼，双手在身侧紧握成拳。在最最失望的时候，AK也只骂过隋轻驰叛徒。被AK骂过人渣的，只有那个举着一把椅子砸过他的宋凯，他真的不想听到这两个字落到那个人头上。

可是还能怎样呢？

AK在雨中大吼：“傅错，我不管你怎么想，我这辈子都不会原谅他！这辈子都不会原谅！你自己要等就等吧，你能等到他来看谭思，明天我就也进火葬场！”

AK走了，傅错看着墓碑上谭思的照片，被大雨淋得心都凉透了。

那段时间他每晚都失眠，睡不着就只能吃安眠药。因为他想梦见谭思，哪怕在梦里，想再和他说说话，想能好好地道个别。可偏偏他总是梦不到，也不知这样浑浑噩噩过了多久，一个星期还是一个月。终于有一天晚上，他得偿所愿了。

那天他梦见了小时候的谭思，那是他们初识的场景。他趴在窗户上看那只猫身手矫健地捉老鼠，一抬头就看见对面楼的窗户那儿趴着的男孩。只是这一次，他看见的谭思一脸惨白，正目光阴森地注视着自己。他趴在窗户那儿大喊谭思的名字，哭着说你不要吓我，你不是这样的！喊着喊着他就醒了过来，醒来后依然在为梦里的那一幕感到后怕。他坐在床上，后背被冷汗打湿，低着头手撑着额头，挥之不去那个噩梦，眼泪不自觉就往下掉。

经常吃面的那家面馆的老板娘告诉他："那是因为你太想念他了，你那个朋友不想你再这么想念下去，所以才托个梦来吓吓你。你得往前走。"

白色的面条舀进面汤里，傅错接过热腾腾的一碗面，抽出筷子掰开，身边的空位忽然有人坐了下来。他愣了一下，抬头看着这个坐到自己旁边的陌生大叔。

这里有人了……

我朋友坐在这儿……

这样的话，到头来也只能在心里想想。

他真的不敢再去想谭思了，怕又梦见那么可怕的谭思，他这辈子最好的朋友，他不希望忘记谭思最美好的样子。

那一个多月，他关闭了所有联系方式。重新开机那天，他收到了彭帅发来的一条微信：你还好吗？要是方便的话，来一趟公司吧。

他盯着这条信息，知道该来的总会来，是时候去面对了。

到了公司，他发现排练室的门开着，以为是别的歌手在用。低着头经过时，门却突然从里面拉开了。樊凡背着背包走出来，一抬头，两个人猝不及防看见彼此。

傅错停下脚步，为自己见到樊凡却只想假装看不见的心态惭愧又内疚。

"这一个多月我联系不到你，也联系不到AK哥。"先开口的是樊凡，他说，"但我每天都过来排练，每天也都登录西风的微博，回复歌迷，说明谭思哥的情况。"

傅错不知道这些，他甚至都没看过微博："对不起……"

樊凡低着头笑了笑，耸了耸肩："算了，说这些有什么意思。"

过道里是一阵难耐的安静。

最后依然是樊凡先开口："我不说点什么你就什么都不会说吗？"

傅错真的不知道能说什么，如果说在这件事里有谁是最无辜的，那就是樊凡了。他看向排练室，问："你一个人排练吗？"

这根本是一句废话，不然呢？

"傅错哥，在比赛时你说'不是他们，是我们'。"樊凡盯着他，眼眶微红，"我当时特别感动。"

傅错听见他声音里夹杂了鼻音。

“但我觉得你不是这么想的，你们当中没有一个人是这么想的。”

最后那句话重重地砸在他的心上，他还能说什么？他又还能怎样解释呢？

“对不起……”

“不必了。”

樊凡飞快地说完，擦着他的肩膀离开了。

傅错回头看去，樊凡的背影消失在走廊拐角。这三个字，大概是这个二十三岁的小伙儿迄今为止说过的最硬气的话了吧。

彭帅约他来，就是为了和他说樊凡要和公司解约的事。

傅错听完平静地点点头：“他解约后有要去的地方吗？”

“听说有一个搞偶像乐团的公司想签他。”彭帅说。

听到这个消息，他竟然觉得安了一半心：“那挺好的。他需要赔多少违约金？”

彭帅叹了一口气。

傅错看着彭帅，等着他开口。谭思走了，樊凡离队了，AK 失联到现在，西风就像一面镜子，被打碎了一遍又一遍。每一次他都努力把它再粘上，可是这一次，它摔得太碎了。

乐队已成泡影，公司自然也看出来了。傅错最后为西风做的一件事，就是和公司谈好了解约条件。彭帅提出公司有意购买西风迄今为止所有歌曲的版权，如果他同意卖给公司，不但可以抵消违约金，还可以剩下一大笔钱。

“行，你们拿走吧。”

彭帅诧异地看向他，一阵欲言又止，最后说：“这些歌公司会给它们寻一个好去处，你可以信我。如果你以后还打算组乐队，也都可以拿回去唱……”

“不重要了。”他拿起沙发上的外套，站起来，丢下一句“合同拟好了就发给我吧”，然后便离开了办公室。

结束了，他再也不想搞乐队了。

一切都结束了。

3

因为他是歌曲的实际版权拥有人，所以公司把剩余的版权费都转给了他。他把这笔钱分成四份，两份转给了樊凡和 AK，自己的那份和谭思的那份都留给了谭思的小姨，留着给苗晶晶以后上大学用。

在这之后卡上只剩下几万块钱，他买了一张火车票，踏上了北上的行程，算是完成谭思的心愿。他没有和 AK 说，也没有和任何人说，只是心里冒出这么一个念头，第二天就打点好了一切。他也不知道自己要离开多久，只是不想被任何人找到，不想被反复提醒，反复询问已经发生的一切，所以换掉了手机号，切断了和外界所有的联系。就像谭思曾经梦想的，想去那些杳无人烟的地方，至少那些地方看不见巨星。

火车上一开始有很多人，像集市一样热闹，人们在他身边挤来挤去。因为个子高，他帮不少女生和老人放了行李。就这样一路向北，车上的人越来越少，到后来那一节车厢里就只剩他一个人了。他靠在窗边小睡，后来被冻醒，发现外面天亮了，是非常非常明亮的黎明。他往窗外望去，大地一片白茫茫。一夜之间，突如其来的大雪掩埋了一切，冬青树的林木线在远方像波浪一样起伏。

现在还不到十月，照理不该这么冷。听列车员说是有一股突如其来的寒流，带来了一场强降雪。

他加了一件外套，叠着前襟裹在胸前，可还是觉得冷，不由得想起走的时候从衣柜里拿衣服，想挑件厚点的。他的视线不自觉就扫到那件挂在最里面的深蓝色羊毛大衣，自己都不敢相信它竟然还在这里，从买来起就没有穿过一次，就这样从 CTR 陪他来了 S 市。每次冷的时候都会想起它，大概因为那是他柜子里最暖和的一件衣服了吧。每次想起它，就会不可避免地想起那间狭小的出租屋，想起没有去成的伯克利，想起不知道有多冷的波士顿，想起他泡的那碗泡面……

火车开到了最北端，傅错拎着行李下了车。月台上除了戴着大帽子的值班员，就只有他一个人。车站挺大，却像是被抛弃在世界尽头一般冷清。走出车站，眼前的开阔让他不由自主地停下脚步，驻足在火车站的台阶上。四周看不到什么高楼大厦，整个世界好像是在寒冷的纸上被冰做的裁纸刀削出来的，削得薄薄的，冰的刀刃刮在极寒的大地上，到处都是飞舞的冰沫。这里不拥挤也不忙碌，随便一口呼吸，肺里就是干净冷冽的空气，像焕然新生。

他没有目的地，只是跟着感觉走。晚霞了，经过一家青年旅社，就停留一晚。朝霞了，就再上路。一路上他有意避开人群，因为谭思说过想去荒无人烟的地方。往偏僻的北方行进时，他经过一个小镇。说是镇子，可能连村子都不如，只有十来座木屋在雪地里星罗棋布。房子还没电线杆高，尽头就是莽莽的森林，有一条河穿越其中，还没有结冰。傅错问了旅馆的主人，他们说河的对面就是俄罗斯。

当地人告诫他，最近天气不好，不要一个人进森林，可他还是去了。

雪下得不厚，但林地上还是铺了一层白，脚踩上去嘎吱作响。偶尔会有堆雪从树枝上掉下来，或是被风一吹，就像雾凇一样四处飘散。雪后的森林寂静无声，他只听得见自己的脚步声和呼吸声。走了不知道多久，他被一条大河挡住了去路。他停下脚步，茫然地看着眼前的河流。它比他想象中宽多了，像巨人的臂膀，却没想到河面会那么静，宛如一面镜子。

是一个内向又温柔的巨人，这非常像谭思。

这里就是荒无人烟的地方。他提了提肩上的肩带，自言自语："你想怎么撒欢啊？"

他在这个国家的最北端，独自体会着死亡和孤独。

在风雪变大以前，他将一片贝斯拨片埋在了一棵冬青树下。或许来年春天，会有什么动物把它拿去筑巢，它会在树上，又或是在水里，被带去更多野蛮生长的地方。谭思会很喜欢这个点子的，因为这很硬核。

太阳落山前，他顶着风雪，费力地循着自己的脚印回到了镇上，差一点这些脚印就要被雪盖住了。

镇上只有一间小酒吧，因为风雪太大，已经关门了。

傅错走到门前，拿戴手套的手擦了擦结霜的玻璃，看见里面似乎还有灯光，于是哆嗦着拉起门环叩了叩。

几分钟后门开了，开门的是一个金发碧眼的俄罗斯姑娘。

傅错有点意外，愣了一下，才想起用英文说："May can I come in？"他缩着肩膀回头示意外面的降雪，"It's too cold outside."

金发姑娘笑了笑，拉开门用中文说："我会说中国话，进来吧。"

傅错走进来，雪也跟着他飘进来，肩膀上都是雪。但屋子里烧着炉火，他肩上的雪一会儿就化掉了。

俄罗斯姑娘好奇地打量着这个英俊中带着点儿忧郁颓唐气质的青年，他显然不是当地人，不知道为什么这个时间还在外面走，而且……看见他背上背着乐器包，她好奇地问："这是吉他吗？"

傅错把包放下来，靠在吧台边说："不是，是贝斯。"

"贝斯不是吉他吗？"

傅错不知该如何解释，笑了笑说："也算吉他，是低音吉他。"

俄罗斯姑娘给他倒了一杯酒，趴在吧台上问："能弹吗？"

傅错喝了一口酒，看着满眼期待的金发姑娘，摇了摇头："我不会弹贝斯。"

俄罗斯姑娘一脸不解："那你……"大雪天背着它在外面走？

电话铃声响了起来，俄罗斯姑娘没把话问完就去接电话了。

傅错摘下手套放在吧台上，静静地喝着酒。酒有点呛人，入喉后特别辣，但身体立刻就暖和了起来。

身后传来火焰的噼啪声，他回头瞅着通红的炉火，一明一灭的火光让他想起那晚桥上闪烁的无数车尾灯。红莲一样的火光在黑暗中闪动着，四处播撒着火种……

恍惚间，他听见身边有人笑着说："你不攒钱买别墅了吗？"

像是谭思的声音，又像是另一个人的。

深夜时，风雪停了，天边出现了极光，但并没有人特别在意。这么美的极光，只有他一个人彻夜欣赏。

在那之后他又由北往南走，每个城市都会停留一下，坐了很多趟顺风车。开车的人要去哪里，他就跟着去哪里。就这样迷迷糊糊辗转到了墨脱，他跟着一群从国外音乐学院来采风的团队进了西藏。

有一天能见度特别好，他们望见了世界最高峰。只是老有一片云缭绕在山峰处，一直也等不到它飘走。雪白的山顶就这样偶尔露出来一点，看着很害羞的样子。傅错笑了笑，心想。

晚上有一场篝火晚会，老外请他帮忙伴奏贝斯。

"我不会弹贝斯。"傅错说。

老外有点诧异："那……能借你的贝斯吗？"

傅错有些犹豫。

他最后还是把贝斯借了出去，也许是因为知道谭思一定会借的。谭思和他不同，并不介意别人碰自己的贝斯，只要对方弹得足够好，他就可以分享自己的乐器。

晚上，人们围着篝火开起了音乐会，各种民族乐器、西洋乐器粉墨登场。

傅错听见那把 Gibson 的贝斯再度响起，贝斯手抱着它在怀里尽情 slap，换来阵阵掌声，唯独他鼻酸了。

在那条好久没听到的重低音线上，各种乐器都加入了进来，卡洪鼓、吉他、小提琴……人们载歌载舞，有热情的藏族姑娘上来拉他，他笑一笑摇摇头婉拒了。

深夜从帐篷里出来，星空那么璀璨，星光干净得好像可以直接落进眼睛里。这一路他见过太多壮美的和平凡的，一直在心底积淀着，有时想要狂溢出来，他就拼了命地压住。

星光一闪一闪，像循着某种乐律。傅错抱着手臂抬头仰望长空："不玩乐队了，你们去找别人吧。"

然后它们好像一下全都不闪了。

他走遍了大江南北，一晃就到了年底，终于又经过人烟稠密的大都会。说来和这座南方城市还挺有缘的，以前西风也来这里开过唱，两个主唱都来过。

傅错又一次见到了隋轻驰，在地铁站的灯箱广告上，特别巨大的一张脸部特写，想不看见都不行。

已有半年未见，突然把这么大的特写放到眼前，背景是雪白的，隋轻驰也穿着一件领口敞开的雪白的衬衣，只露到肩膀的位置。那种感觉，就像一头闯进大雪后的森林，以为什么都死去了，却突然又被一双野兽的眼睛盯得复燃了。

隋轻驰的头发烫卷了，但还是黑得很纯粹，像那些冬青树。这张特写大到什么地步呢？他走到灯箱前，发现摊开手刚够遮住他一边的眉眼，甚至还能从瞳孔里看见摄像时的灯光。

地铁在身后呼啸着进站，傅错最后看了一眼这个广告，转身上了车。上车的乘客不多，跨进车厢时他低头自嘲地笑了笑。眼睛放得太大了，隋轻驰的眼睛本来就抓人，害他走进车厢时老觉得后背有人盯着……

这个广告应该是刚换上的，他看见车厢里有高中女生举着手机在拍，站台上也有两个女生，手里拿着奶茶从扶梯上下来，就绕到这个广告前，边喝着奶茶边评头论足。从那些明媚的笑容里，他能感觉得出她们是真的很喜欢隋轻驰。随便住了一家快捷酒店，推开房门，他低头就看见被背脚尖踩住的小卡片。他弯腰捡起来扔到一旁，隔壁传来一些不太好听的声音。于是他打开电视机，调大音量，脱下衣服准备洗澡。刚解开皮带，他就愣住了。

他听见了隋轻驰的名字，扭头看向电视机，电视里正在播娱乐头条。

傅错仍有些不敢相信。

隋轻驰竟然有绯闻了。

有记者在机场拍到他开车来接一名女子，而该女子疑似寰艺CEO的妹妹。

傅错注视着两个人的照片被并排列在屏幕上，一直到这二十秒的新闻过去，切换成某个男团的见面会新闻。

既然这样，就让他成为他们的隋轻驰吧。

对傅错来说，这座城市并不值得落脚太久，计划中只有一个去处，那就是中央大厦的楼顶观景平台。早年他在网上看过一张照片，是从观景台上拍的入海口的日落。

第二天一大早他就退了房，步行去了中央大厦。不写歌以后他就喜欢上了摄影，也谈不上有多发烧，就是看到有感觉的场景会拿手机拍下来。和中央大厦在同一片街区的还有威斯汀酒店，酒店门口蹲守着很多人和车，猜想应该是有明星下榻。毕竟今天是跨年夜，每个电视台都会举办跨年晚会。不过这边的跨年晚会比不上 STV 和 CBS，也不知道请了谁来，能让粉丝和狗仔这么疯魔，一大清早就来蹲点，还说不定是从晚上守到天亮。

不可能是 LOTUS，他们每年都在 CBS。唐杜倒是有可能，但唐杜的粉丝没有这么疯魔。以隋轻驰的人气和性格，就更不可能来这边了。

他走过斑马线，对面有一家 KFC，在美食广场一楼，紧挨着中央大厦。这个时间观景台还没开放，他简单地吃了一点早餐。KFC 里都是来去匆匆的上班族，就他一个人低头吃得不疾不徐。隔壁桌也有边吃早餐边看手机的高中男生，都这个点儿了好像也并不急着去上学，也有可能本就是逃课出来的，一脸麻木地刷着手机，仿佛入定了似的，左手手腕上戴着白色的耐克篮球护腕。

傅错看着那个同款护腕出了一阵神，男生放下手机喝饮料时他收回了目光。自从换了手机号，好像就失去了刷手机的动力，在西藏认识的驴友问他要微信号，好把拍下的合照和视频发给他，他说没用微信，对方拿看外星人的眼光看着他。

KFC 一楼很快就只剩他和那个逃课的高中男生了，店里人少了，那个男生也放松下来，趴在桌上睡起了觉。快九点时傅错起身，拎起贝斯包挎在肩上，拉开门时突然被马路对面的骚动声吸引—— 一窝蜂的人和车跟在一辆从酒店车库开出来的黑色丰田埃尔法后面，尤其是在酒店门口和大堂蹲守的那些女生，上车开追的速度之快令人瞠目。

傅错站在 KFC 门口，目睹了面包车是如何把那辆埃尔法别在路中央的。前面一百米处有一个十字路口，埃尔法在前面掉了个头，刚绕到隔离带这边，面包车就从外侧超车，惊险地挡在了埃尔法前面。

马路被堵了一半，其余车辆只能绕道走。埃尔法前后左右都是车，连往后倒的空间都没有。有几个女生从面包车上下来，绕到丰田车的挡风玻璃前，举着手机往里拍，还有人狂敲后车窗。傅错心想，是私生吧，真的有病。

围观的人不太多，可能还都以为是交通事故。傅错没工夫看戏，进了中央大厦电梯。一起进来的还有一男一女，好像是在大厦某层工作的人。电梯是透明的，上升时还可以看见下方的事故现场。男的问是不是车祸，女的说不是车祸，是私生粉追车。

男的瞪大眼："这阵仗，谁啊？"

"好像是隋轻驰。"

傅错的眼睛猛地睁大了一下。

4

男的有点惊讶："他今年来我们台吗？不去CBS吗？"

"CBS有LOTUS，STV有唐杜、顾桑妮这些人，他可能不想和这些一线争牌面吧。"

"他以前也都是在CBS跨年的啊，至于吗……"

两个人在29层下去，电梯载着傅错到了顶层。工作日的早晨，观景台这会儿才刚开门，除了他，一个游客都没有。天台边架着一台望远镜，他投了硬币，却没有第一时间看向波光粼粼烟波浩渺的河口方向，而是看向了下方越来越混乱的现场。

两辆车的司机都下来了，同时下来的还有两名黑衣保镖。私生们围着车不知道在说什么，保镖开始动手驱赶她们。因为驱赶得非常不客气，女生们的情绪看着也有些激动。就在这时，商务车的车门忽然又开了，场面在一瞬间凝滞后猛然变得更混乱起来。除了加大了拉扯力度的私生粉和保镖，肉眼都能看到路边的行人纷纷惊讶地停下围观，从旁边经过的车辆也差不多停滞了。

弯腰下车的人正是隋轻驰。

他穿着一件雪地迷彩色的短羽绒外套，黑色阔高领的毛衣，没戴墨镜也没戴口罩，连一顶帽子都没戴。如此眉目如画、鹤立鸡群，一看就知道是他本人。

傅错觉得他是不是疯了，非要在这个时候下车出现在车流拥堵的大马路中央？

立刻就有私生冲到隋轻驰面前，但并没能对他做什么。隋轻驰像是说了声"滚"，几个私生被生生吼得愣住，那场面又滑稽又让人印象深刻。隋轻驰往那儿一站就像是开启了绝对领域一般，把人挡在了一堵看不见的墙外。然而四面都是兴奋地对准他举起的相机和手机，不仅有私生的，还有狗仔的、路人的。隋轻驰没等交警来处理问题，就在两名保镖的开道下快步穿过马路和人群，然后消失在视野下方。

一直到隋轻驰的身影消失不见，紧跟着私生和狗仔也浩浩荡荡地消失在下方。傅错感慨这真的比电视上演的还要夸张，然后才后知后觉，隋轻驰莫非是进了中央大厦？！

他的行程里有中央大厦？应该没有，看起来他就是临时来避难的。可是狗仔和私生会继续追着吧，他为什么要在这个时候下车呢？待在车上等警察来处理不好吗？

傅错有些烦躁，是该坐电梯下去免得撞见他，还是继续待在这儿呢？隋轻驰应该也不一定会上来顶层吧……可他现在什么美景都欣赏不下去了，投了币使用望远镜，却也只是看了一眼隋轻驰，有些过于好笑。

他没有想到隋轻驰真的来了顶层观景台，就在他刚从观景台离开，在等电梯的时候。隋轻驰是乘坐另一台电梯上来的，和两个保镖一起。电梯门一开，傅错就听见了他的声音，便侧身站到了电梯一侧。隋轻驰没有看见他，他听见隋轻驰在和谁通着电话，压低了声音，语气十分冷酷。他没有立刻上观景台，而是点点头让一个保镖先去了天台。傅错背靠着电梯沉了一口气，真心希望他不要往这边走过来。隋轻驰讲电话的声音伴着他的脚步声，忽近忽远，忽大忽小，渐渐处于爆发的边缘："我想去哪个台跨年就去哪个台，跟你有关系？还要我怎么说，我是第一次和你谈这个问题吗？你要是觉得我欠你的，开条件就是……所以你倒是开啊！这不可能，你是十七八岁的女生在演偶像剧吗？行了！是我的错，我后悔了行不行？！狗仔拍几张照片你以为就和我生米煮成熟饭了？！"

傅错心里是有些震惊的，他不明白隋轻驰怎么会变得这么暴躁。虽然他的脾气一向不好，却也不至于像现在这样动辄充满戾气。观景台上暂时是没人，可怎么说也是公众场合，他是疯了吗？

隋轻驰终于没再说话，不知道是对方先挂断电话，还是他没等对话结束就中断了对话。外面安静了一会儿，傅错走出来，看见隋轻驰在保镖的跟随下上了观景台。

电梯门"叮"的一声打开，傅错愣了一下，从电梯里一下出来不少人，很明显是尾随隋轻驰上来的私生和狗仔。其中一个狗仔匆忙挤出来时撞到他的肩膀，连句道歉都没有。

这是不是有点过于疯狂了？！

他一把拽住了狗仔的相机带子。

狗仔男扭头瞪向他："干吗？！"

“道歉。”傅错说。

“神经病！”

狗仔男转身想走，傅错用力一拽，直接让狗仔的相机脱了手。

“想干吗？！”狗仔男凶狠地道。

傅错把那台相机提在手里，挑眉道：“不知道，看你。”

他不知道自己是不是被隋轻驰的情绪感染了，竟然也有点暴躁了。

狗仔男目测了一下两个人的差距，不管身高、体格还是气势，他都不是对手。这个人还背着吉他包，一看就是个玩摇滚的主儿，他惹不起，最后飞快地认了㞞，说了句“对不起”。

傅错也没想到对方会这么快认㞞，带子从他手上被拽过去时他都没回过神，那狗仔男已经揣着相机奔观景台去了。所以是为了隋轻驰连自尊都不要了吗？

傅错站在原地发了一会儿呆，没注意到身后的电梯已经关门下去了。他能听见观景台方向传来一阵骚乱，许多声音七嘴八舌地包围了隋轻驰，有问他绯闻的，有问他跑这儿来干什么的，有不知道在喊什么的。他没有听到隋轻驰的回应，而那一团嘈杂的人声又集体往出口的方向过来了，看来隋轻驰也意识到跑到这上面来并不能甩开这群疯子。

傅错重新按了电梯，取下贝斯包放在身前。他背着贝斯包太明显了，然后就听见隋轻驰一声怒吼：“手给我放开！！”

隋轻驰这一被点燃，瞬间就爆了：“让你们滚听不懂吗？！”

他被逼急了就会口不择言，骚动声都被他震停了半晌。

傅错一颗心提到嗓子眼，都二十五岁了能不能别再这么任性，什么话你都敢说吗？！

狗仔追问隋轻驰和孟静是不是潜规则。

隋轻驰火大地吼道：“我跟你很熟吗？！滚！！”

保镖在劝隋轻驰：“你别和他们说话……”

狗仔还在挑衅：“骂了挺多脏话啊，咱能有点儿教养吗天王？”

“你再说一遍，站过来，站我跟前大点儿声说！”

接着也不知发生了什么，突然响起几声尖叫。傅错一个激灵回过头，听见什么东西重重地砸在地上的声音。他下意识往观景台的方向转身跨了一步，有点担心隋轻驰真动手了……

但他并没有听见更进一步的骚动，拥挤的脚步声从观景台往这边传来。这时电梯也上来了，傅错只得趁隋轻驰人还没出来进了电梯。电梯关门的那一刻，他看见了隋轻驰。准确地说，是他看见隋轻驰和他身后的苍蝇们从观景台出来，隋轻驰和两个保镖身高相当，狗仔和私生并不能挡住他的脸和视野，只是两名保镖要驱赶十来人还是有些吃力，好在已经有保安赶上来了。

电梯下行前的最后画面里，隋轻驰正不耐烦地把手臂从人群里抽出来，同时往电梯的方向看了一眼。那只抬起的胳膊在半空中停了一秒，然后他突然斜过肩膀，挤开了前面的保镖和狗仔……

傅错为隋轻驰最后的那个举动惴惴不安，但并不觉得隋轻驰能在这样的情况下看见他。其实两个人能在这里遇见，想想都挺不可思议的。这如果也叫缘分，那他们之间一定是孽缘太深。

当天的跨年晚会开始时，他已经乘动车离开了这座城市。在车上枯坐了许久，他登录了半年多没上过的微博。隋轻驰打人的热搜在凌晨时分登顶，文字描述得很夸张。他点开视频，看完稍微松了一口气，果然是标题党，隋轻驰并没有真的打人。那个狗仔站在几个私生后面举着手机，边拍隋轻驰边出言挑衅，说了句“能有点儿教养吗”后，隋轻驰就指着他，让他站过来大声说。狗仔脸上带笑，却没敢过去，那一脸“你来打我啊”的得意表情，连傅错看了都觉得欠揍。于是隋轻驰转头就拽了旁边另一个狗仔的相机，直接朝那个狗仔砸了过去。相机砸中了那个人的额角，私生们都吓得抱头躲开。

也有人爆出了隋轻驰和狗仔对峙时口不择言的视频，但那些破罐子破摔的话似乎没什么人相信，大家都觉得那只是在怼私生而已。寰艺又发了声明谴责私生粉和部分狗仔的行为，却被眼尖的粉丝发现这份声明和以前发过的一模一样，一个字都没改过，让人感慨隋轻驰真的饱受私生骚扰之余，也不由得笑话寰艺对他们这棵摇钱树一点诚意都没有。

粉粉黑黑大半夜的也在出没——

“喜欢隋轻驰，因为他是一个很真的明星，不像别的明星，完美得很假。我们中二他就是会生气，就是会暴躁，他发的每一条微博都很真性情，不参加CBS的跨年我猜是因为有合不来的艺人，那就不参加咯。DBC跨年晚会收视率差那么多，他也不会挑剔人家人气低。”

“别的明星得罪你了？你可真会替nili天王拉仇恨啊！”

“粉丝莫不是要笑死我，他参加DBC跨年怎么就不是因为DBC银子砸得多呢？还不挑剔人气低，你们天王是天使在人间吗？那他怎么不去城乡接合部跨年啊？”

“以前是他的路人粉，现在真的有点看不懂他；以前他还算真性情，现在真的是动不动就黑脸，在微博上怼人，是红到让他找不着北了吗？”

傅错不知道看了多久，周围的人都睡着了，安静的列车上，他又这么一头扎进了隋轻驰的世界。在搜索框里输入“隋轻驰”三个字，就跳出了他的各种新闻、视频、爆料……

在他逃离的这大半年里，隋轻驰真的爆出了不少负面消息，但他读着心里都没有太大波澜。直到翻到一张照片，照片里隋轻驰嘴里含着烟，手里拿着打火机，正低头点烟。私生甚至收集了他现场抽过的烟头，摆出来炫耀。

从点烟的动作来看他已经不是新手，和这张照片被并列贴出来的，是圈内一位资深乐评人对他的评价——

“他的声音富有细腻的颗粒感，身为摇滚乐队主唱出身的歌手，这样的音色其实并不是典型的金属嗓。如果把我们熟悉的金属嗓比喻成钢铁、青铜，他的声音更像是白银和黄金。他能成为乐队主唱，更多仰赖的是现场展现出来的强悍声场和声压，不需要声嘶力竭就能够稳住全场。关于声场和声压的体现，举个例子，我们有时听歌手唱歌，觉得音感和音准都不错，只是歌声会让你觉得很窄很憋，声场强大的歌手则会让你有辽阔感。声压，直白地说，就是那种摁头拍你天灵盖的感觉。当然还有音域，他的音域最低时我听过 C#2，最高时我听过是 B5，从咬字发音的方式看这些并不是他的极限，跨四个八度已经非常可怕，但他的哨音应该能达到更高。而且他的高低音处理非常美，在高音的领域他可以如白鹤般青云直上，在低音的领域他低沉得犹如深渊。在低音部有深潜感，在高音部有失重感的歌手，他是我听到的第一个。有歌迷听他唱重金属时担心他毁嗓子，其实大可不必担心，他的发音方式是很科学的。记得在一个采访里，他说自己没想过成为歌手，只是机缘巧合。我觉得他应该感谢那个让他加入乐队成为主唱的人，我们这些歌迷也得感谢那个人。他是一个没有自觉的天生歌者，需要被人发掘。以上这些都是老天爷赏饭吃，一个歌手光拥有这些天赋就已经可以睥睨群雄了，然而最难能可贵的，是他不是徒有先天优势的歌手，他还非常懂得诠释音乐和歌词，用他极具迷幻气质的嗓音，让你觉得火花四溅，暗流汹涌。他的演唱是很难模仿的，因为这种演唱并不具备浓烈的个人特色，他似乎也不屑人为地为歌曲添加入太多风格化的演绎。演唱这件事，最难得就是自然，那么自然了还能让你过耳难忘，又让你难以言说……”

这同一位乐评人，在时隔三个月隋轻驰被爆出吸烟的照片后，转了自己的这条评论，只写了四个字："太可惜了。"

粉丝们也十分伤心，傅错看到有个粉丝在自己微博里小心翼翼地发了一条微博给隋轻驰："我知道艺人们压力都大，你的压力肯定更大，我不期望你戒烟，但能不能不要把烟吸入肺里？我听说有一种口烟的吸法，你在嘴里过一圈就把它吐出来，好吗？"

傅错看到这里，也难得地动容。他关了手机，靠在贝斯包上，闭上眼，心情久久难以平静。一个人旅行这么长时间以来，他已经好久没有这么烦躁过了。只因为一个人抽了一支烟，居然让他好不容易获得的平静前功尽弃……

原来这些都还不够，走遍了大半个中国还不够，既然如此，那就再去哪里走走吧。

在那之后，他又去了很多地方。他去过最干燥的沙漠，也在深山老林里迷过路，觉得自己是不是要死了的时候，幸运地被巡林的护林人捡到了。听护林人大叔说自己常年住在这片森林里，他还以为会被带去某个诗意的林间木屋，却没想到那小木屋像岗哨一样建在高处，要爬很久的梯子才上得去。但是真的站上去了，看见脚下树冠的海洋，就会觉得自己像鸟一样自由。

大叔说住在高处是为了方便看火，因为经常有人跑来露营，乱生火又不记得灭干净，这儿已经发生过好几起小火灾了。

晚上他陪大叔喝了点酒，听大叔聊在林子里发生的那些故事，有的挺伤感，也有的挺惊悚。

醒来时自己就躺在小木屋里，睁开眼就看见窗外的漫天星辰。他坐起来，行军床发出"吱呀"一声。

大叔睡在地板上，见他醒了，就说了一句："桌上是你刚刚写的东西，我也看不懂你写的是啥……"

大叔说完又翻过身去睡了，傅错拿起桌上的那沓纸，应该是大叔平常用的信纸，被压在一支铅笔下。借着月光，他看到了一首歌的谱子。

难怪大叔会说看不懂，这分明就是鬼画符，可他还是只扫一眼就听见了上面的旋律。

并不是毫无意义的鬼画符，而是极光，是地球最高峰，是银河高悬，是如江洋的树冠。所有压抑的冲动，终于还是找到了宣泄口。

傅错坐在行军床上，慢慢折好这份谱子，收进贝斯包里。他可能这辈子都无法告别这种本能。

三月底，他又一次回到了人群聚居的地方。他不知道自己为什么又回来了，就像是游走的候鸟，时间到了，就要飞回起点。

他以为那个起点会是老家，或是S市，然而不知道自己为什么又回到了这里。但是走出地铁站的那一刻，看到CTR学院熟悉的校门，他心中有了一种终于可以停下来的疲倦感。

穷游并没有花多少钱，钱还剩下好几万，他给自己租了间一居室的公寓，联系了好久没联系的彭帅哥，拜托对方帮忙把他的乐器和笔记本打包寄过来。

彭帅接到他的电话时很激动："天哪，你跑哪儿去了？！我这么长时间都联系不上你！"

"去旅游了一段时间。"傅错说，"你能帮个忙吗？只要寄乐器和那台笔记本就好。"

"这个没问题，"彭帅的声音有些犹豫，"但有件事要跟你说……"

"什么事？"

"西风的歌，有人想打包买走，但不知道你的意见……"

"我没意见，"傅错一点也不想知道这些歌最后给谁做了嫁衣，打断道，"卖吧。"

彭帅叹了一口气："好吧。你给我地址。"

三天后，东西寄了过来。好大的三箱，傅错蹲在地上拆了两个箱子，里面分别是他的两把吉他和笔记本电脑，那额外的那个纸箱里又是什么呢？他有些疑惑地打开了那个箱子，发现里面是打包的他的衣物，简直有些哭笑不得。

衣服上还放着一张字条，上面写着：反正都要寄的，就一起寄了，免得再买新的，这些衣服也不便宜吧。

他揉了那张字条，起身扔掉，又拿起手机发了一句"谢谢"。

他就这样又一个人悄无声息地开始生活，他一生所学都和音乐相关，最后还是在酒吧落了脚。

有一天傍晚，他背着吉他出门去酒吧，下了楼，突然听见有人大喊他的名字："傅错！！"

他愣怔了一秒，转过身，在一辆开走的黄色出租车旁，提着一个行李袋的AK"啪"地丢下行李，冲过来一把抱住了他。

他条件反射地搂住AK，听到曾经的鼓手在自己耳边大声呜咽：“你去哪儿了？！我以为你死了！”

“我怎么会死呢？”他都不知道该说什么好，万万没想到AK会出现在这里。AK是来找他的吗？AK还会来找他吗？他以为AK再不会原谅自己了，内心无数滋味翻涌，最后只问出一句，“你……你还好吗？”

“好好好！你没死就好！呜呜呜——对不起！对不起傅错！我找了你好久，这段时间我想了好多，我不该对你说那些话，我以前真的太不懂事了！”

“该说对不起的人是我，”傅错极力忍住哽咽，为这一番话，心中不知该欢喜还是难过，“对不起，我把你的乐队梦给毁了……”

“不关你的事，是我自己不懂事，丢下你一个人跑了。傅错，我以前说过的，只要老了我们能在一起就成。西风没了，我还有你，你还有我，你可千万不要抛下我一个人走了啊！”

他紧紧搂了搂AK的背，感觉自己像在抱一个小孩子：“不会了。”

（未完待续）